À PROPOS DE L'AUTEUR

Laura Lee Guhrke a brillé dans des domaines aussi variés que la publicité, la restauration et le bâtiment, mais c'est dans l'écriture de romances qu'elle s'impose comme une figure incontournable. Confortée dans sa voie par de nombreux prix (dont le prestigieux RITA Award), elle se consacre aujourd'hui entièrement à l'écriture.

DU MÊME AUTEUR

DANS LA COLLECTION

Victoria

Dans la série « Les presses du cœur »

Orgueil et sentiments

Dans la série « Les héritières américaines »

La perle rare
Une épouse à séduire
Raison et mariage
La gloire de Miss Valentine

Pudeur et impudence

Collection : VICTORIA

Titre original :
THE TROUBLE WITH TRUE LOVE

© 2018, Borio, Laura Lee.
© 2019, HarperCollins France pour la traduction française.

Le visuel de couverture est reproduit avec l'autorisation de :
Couple : © ARCANGEL / VICTORIA DAVIES
Réalisation couverture : E. COURTECUISSE (HarperCollins France)
Tous droits réservés.

HARPERCOLLINS FRANCE
83-85, boulevard Vincent-Auriol, 75646 PARIS CEDEX 13
Service Lectrices — Tél. : 01 45 82 47 47
www.harlequin.fr

ISBN 978-2-2804-1810-2 — ISSN 2493-013X

LAURA LEE GUHRKE

Pudeur et impudence

Traduit de l'anglais (États-Unis) par
Marie Pascal

Victoria

H HARLEQUIN

À Sophie J<small>ORDAN</small>, Gayle C<small>ALLEN</small>,
Margo M<small>AGUIRE</small>, et Jennifer R<small>YAN</small>

Vous ne vous contentez pas d'être
de formidables écrivaines,
vous êtes aussi les reines du brainstorming !

Un grand merci à vous.

Chapitre 1

Clara Deverill dut attendre ses vingt-deux ans pour se rendre compte qu'elle avait un défaut qui lui avait échappé jusque-là.

Il ne s'agissait pas de sa timidité, car elle avait bien conscience de cet aspect de son caractère. C'était même une chose contre laquelle elle luttait quotidiennement.

Il ne s'agissait pas non plus de son apparence très ordinaire ; cela faisait longtemps qu'elle avait accepté le fait que des cheveux bruns, un visage rond et un petit nez retroussé et parsemé de taches de rousseur n'attiraient pas les hommes, surtout lorsque ces caractéristiques étaient associées à une silhouette qui évoquait davantage celle d'une très jeune fille que d'une femme adulte.

Et il ne s'agissait certainement pas de ses opinions et de ses valeurs plutôt conservatrices puisque, même si sa sœur Irene qui était très audacieuse et moderne se moquait souvent de ses idées démodées, la plupart des gens, dont Clara elle-même, considéraient qu'il était tout à fait normal et raisonnable d'avoir comme but dans la vie de trouver un gentil fiancé, de l'épouser et d'avoir des enfants.

Non, reconnut Clara alors qu'elle contemplait d'un œil

morne le tas de lettres posées sur son bureau, c'était la procrastination qui était son plus grand défaut. Et c'était cette facette de son caractère dont elle n'avait commencé à prendre la mesure qu'une dizaine de jours plus tôt.

Le coude sur la table et le menton dans la main, elle fixait le télégramme posé en face d'elle, sur une pile d'enveloppes. Nul besoin de le lire, elle l'avait déjà fait tant de fois qu'elle le connaissait par cœur.

Contente que papa aille bien — STOP — Voyage merveilleux — STOP — Souhaitons le prolonger de huit semaines pour voir Grèce et Égypte — STOP — Peux-tu t'occuper de Lady Truelove pendant ce temps STP ? — STOP — Ne t'en fais pas trésor, sûre que tu t'en tireras avec brio — STOP — Réponse par télégramme souhaitée — STOP — Venise, le 7 mai, Irene — STOP.

Clara était heureuse qu'Irene profite de sa lune de miel, mais elle ne partageait pas son enthousiasme quant à la prolongation de ce voyage car, à la maison, les choses ne se passaient pas aussi bien qu'elle l'avait laissé entendre dans ses lettres.

Leur père avait toujours eu un faible pour le brandy, et ce penchant n'avait fait qu'empirer suite au départ de sa fille aînée pour le continent. Quant à leur frère, Jonathan, il avait accepté de rentrer d'Amérique afin de prendre la direction du journal appartenant à la famille. Mais presque deux mois après avoir donné sa parole, il n'était toujours pas arrivé, et il ne répondait aux lettres pourtant insistantes de Clara que par de vagues promesses. Le télégramme qu'elle lui avait envoyé l'avant-veille pour lui demander une date d'arrivée précise était pour l'instant resté sans réponse.

Néanmoins, Clara ne voulait pas inquiéter Irene pendant sa lune de miel, ainsi lui avait-elle répondu tout de suite positivement. Qu'aurait-elle pu faire d'autre de toute façon ? Irene s'était toujours occupée d'elle et avait toujours pourvu à tout sans jamais rien demander en échange jusqu'à maintenant, alors pour rien au monde Clara n'aurait gâché ce voyage sans doute destiné à devenir l'un des plus beaux souvenirs de sa vie.

Cependant, tandis qu'elle regardait le télégramme d'Irene et la pile de lettres sur laquelle il était posé, elle se disait que la loyauté entre sœurs n'allait pas sans quelques inconvénients. Irene n'avait rédigé que le nombre exact de chroniques de Lady Truelove pour tenir jusqu'à sa date de retour initialement prévue. Maintenant qu'Irene avait prolongé son voyage, Clara allait devoir prodiguer des conseils à tous les amoureux malheureux de Londres jusqu'à l'arrivée de Jonathan ou jusqu'au retour de sa sœur.

« Ne t'en fais pas trésor ».

Ces mots ne rassuraient pas du tout Clara. C'était facile pour Irene de dire cela, songea-t-elle avec morosité.

Sa sœur ne se faisait jamais de souci pour rien. Et pourquoi aurait-elle dû s'en faire ? Elle était belle, tout lui souriait, et elle débordait de confiance en elle. Après la mort de leur mère, dix ans plus tôt, c'était elle qui s'était mise à tenir les cordons de la bourse à la maison, et il ne lui avait fallu qu'un an pour faire renaître de ses cendres l'entreprise éditoriale familiale. Le journal qu'elle avait lancé était un succès et la rubrique « Lady Truelove » qu'elle avait créée était devenue le courrier du cœur le plus populaire de Londres. Pour ajouter à tous ces triomphes, elle avait épousé le très beau et très convoité duc de Torquil, et elle avait bien l'intention, dès qu'elle serait de retour en Angleterre, de se servir de l'influence dont elle jouissait en tant que duchesse pour contribuer à ce que les femmes obtiennent le droit de vote. Clara ne doutait pas un seul instant du succès de sa sœur dans ce projet. Irene réussissait tout ce qu'elle entreprenait.

« Tu t'en tireras avec brio ».

Vraiment ? Clara ne parvenait pas à partager la confiance de sa sœur en ses capacités. Une femme timide et quelconque, qui bégayait quand elle était nerveuse et qui n'avait jamais attiré le regard d'aucun homme était mal placée pour donner des conseils sentimentaux, et encore moins pour le faire avec brio.

C'était le cœur du problème, bien entendu, et c'était aussi la raison pour laquelle elle avait passé plus d'une semaine avec les lettres non lues et encore cachetées sur un coin de son bureau. Mais le temps commençait à presser, elle ne pouvait plus s'accorder le luxe d'attendre davantage.

En songeant une fois de plus à tout ce qu'Irene avait fait pour elle, Clara prit une grande inspiration, poussa le télégramme de sa sœur et attrapa la lettre qui se trouvait au sommet de la pile.

Au même instant, quelqu'un frappa à la porte, et elle s'interrompit. Cette pause forcée provoqua en elle un soulagement tout à fait irrationnel. Cependant, ce sentiment fut de courte durée, et il se dissipa totalement lorsque la porte s'ouvrit et que Mr Beale pénétra dans son bureau.

Augustus Beale était le rédacteur en chef du journal.

Avant son mariage, Irene occupait la double fonction de rédactrice en chef et de directrice du journal, mais elle avait ensuite engagé Mr Beale afin qu'il prenne en charge toute la partie éditoriale. Ce choix s'était révélé être une erreur de jugement surprenante et très inhabituelle de la part d'Irene. Malgré une expérience conséquente et de nombreuses lettres de recommandation, Augustus Beale était, aux yeux de Clara tout du moins, un homme odieux. Et en ce moment précis, remarqua-t-elle, c'était aussi un homme très en colère.

— Miss Deverill.

Il prononça son nom comme si cela lui demandait un effort surhumain.

— La date d'arrivée de votre frère est-elle connue ?

C'était une question qu'il posait tous les jours, et à laquelle elle répondait toujours de la même façon. Elle essaya de le faire avec légèreté et détachement.

— J'ai bien peur que non. Mais, ajouta-t-elle en croisant les doigts sous la table, je suis sûre qu'il va arriver d'un jour à l'autre. En attendant, puis-je faire quelque chose pour vous aider ?

Il fit la moue et ses sourcils sombres et fournis se rejoignirent au-dessus de son nez jusqu'à former une espèce de haie broussailleuse.

— J'en doute.

— Je vois. Dans ce cas…

Elle s'arrêta et jeta un regard empli d'espoir vers la porte. Malheureusement, Mr Beale ne s'en alla pas.

— Je n'ai toujours pas reçu la chronique de Lady Truelove.

— Elle n'est pas encore arrivée ?

Clara s'efforça de prendre une expression surprise et

innocente, car l'identité de la célèbre chroniqueuse était un secret bien gardé, que même le rédacteur en chef de *La Gazette* n'était pas autorisé à connaître.

— Oh ! comme c'est fâcheux. Je ne comprends pas ce qui a pu occasionner un tel retard. Lady Truelove est d'habitude quelqu'un de très fiable et sérieux.

Il s'approcha du bureau et lâcha la maquette de l'édition du lundi sur les lettres que Clara s'apprêtait à lire. Elle était ouverte à une page qui portait le titre « Chère Lady Truelove ».

— Voyez-vous ceci ? demanda-t-il en désignant du doigt le grand espace blanc situé sous le titre. C'est vide, précisa-t-il comme si elle ne pouvait pas le constater par elle-même. Cette maudite femme a déjà deux jours de retard. Il semble que nous n'ayons pas du tout la même définition de la fiabilité et du sérieux, Miss Deverill.

Clara fit la grimace, gênée par un léger sentiment de culpabilité. Certes, elle n'aimait pas Mr Beale mais, dans ce cas précis, sa colère était légitime.

— Je vais essayer de contacter Lady Truelove rapidement et voir ce qui…

— Faites-le tout de suite, aboya-t-il comme si elle était sous ses ordres. Dites-lui qu'elle a jusqu'à 16 heures. Si sa stupide chronique n'est pas sur mon bureau avant cette heure fatidique, je choisirai autre chose pour la remplacer et votre Lady Truelove se retrouvera sans travail.

Prendre le risque qu'Irene découvre à son retour *La Gazette* privée de sa rubrique la plus populaire ? Atterrée, Clara se leva d'un bond.

— Je suis certaine que ce ne sera pas nécessaire, Mr Beale. Le tirage ne se fera pas avant demain soir. D'ici là, il reste largement assez de temps pour que je récupère la chronique de Lady Truelove et pour que vous la relisiez. Certes, je sais que vous préférez travailler avec des délais moins serrés, mais je suis sûre que…

— Ma semaine de travail prend fin le vendredi à 17 heures, Miss Deverill, c'est-à-dire dans trois heures. Mon épouse me sert mon repas à 18 heures précises, et je refuse d'en être privé à cause de pauvres idiotes qui préfèrent faire carrière plutôt que de rester sagement chez elles à prendre soin de leur mari qui, lui-même, travaille suffisamment dur comme cela.

Clara n'avait jamais vraiment souhaité travailler, et elle n'était pas non plus du genre à manifester dans la rue pour les droits des femmes, néanmoins les mots de Mr Beale faisaient néanmoins naître chez elle des élans féministes que n'aurait pas reniés sa sœur. À tout autre moment, elle aurait sans doute expliqué à Mr Beale ce qu'elle pensait de ses idées offensantes sur la place des femmes dans la société, mais elle se sentait particulièrement mal placée pour défendre le retard de Lady Truelove.

— Je la relirai et corrigerai moi-même, et je ferai en sorte qu'elle occupe tout l'espace que vous avez prévu sur la maquette avant que Mr Sanders ne commence la typographie.

— Vous avez plutôt intérêt, aboya-t-il encore.

Et sans un mot de plus, il tourna les talons et sortit en faisant claquer la porte.

Bien que soulagée qu'il soit parti, Clara se rendit compte que cet entretien n'avait fait qu'assombrir son humeur. Et, au lieu de se mettre tout de suite au travail, elle resta à fixer la porte, en colère contre Mr Beale, mais aussi contre Jonathan, le destin et contre sa sœur adorée.

Les choses n'étaient pas censées se dérouler ainsi.

Tout le monde s'était mis d'accord pour que Jonathan devienne le directeur du journal après le mariage d'Irene. C'était Jonathan qui était supposé être assis derrière ce bureau, en train de gérer les crises de Mr Beale et de s'inquiéter au sujet de Lady Truelove, tandis que Clara était censée être en compagnie de la famille du duc, en train d'apprendre à surmonter sa timidité et à évoluer dans le grand monde. La Saison commençait officiellement la semaine suivante. Avec la défection de Jonathan et le retour retardé d'Irene, comment allait-elle faire pour que ses premiers pas se passent bien ?

La panique la gagna et se mêla à son amertume, mais elle s'efforça de canaliser ses émotions et de chasser toute velléité d'auto-apitoiement. Elle avait du travail. Clara attrapa son coupe-papier, seulement avant qu'elle puisse s'en servir, elle fut de nouveau interrompue par un coup porté à la porte, et Annie, la domestique de la famille, entra dans son bureau.

— Je vous prie de m'excuser, Miss Clara, mais votre père veut savoir si vous monterez prendre le thé en sa compagnie cet après-midi.

Comme il était 14 heures passées, son père était sans doute déjà ivre, et elle n'avait aucune envie de le voir s'enivrer davantage.

— Non, Annie, dites-lui que je regrette et que je m'excuse, mais je suis vraiment trop occupée pour faire une pause. Je viendrai lui dire au revoir, néanmoins, avant de partir chez le duc ce soir.

— Oui, miss.

Sur ce, Annie s'en alla. Mais la porte était à peine fermée que quelqu'un frappa de nouveau.

— Oh ! Seigneur, murmura Clara, en reposant le

coupe-papier et en se massant le front. Que se passe-t-il maintenant ?

La porte s'ouvrit en grand, et la secrétaire de *La Gazette*, Miss Evelyn Huish, pénétra dans la pièce.

— J'ai trié le courrier de l'après-midi, dit la jeune femme aux cheveux auburn tout en s'approchant du bureau. Et la rubrique de Lady Truelove n'est toujours pas arrivée.

Clara plissa le nez.

— Oui, c'est ce que vient de m'apprendre un Mr Beale pas très ravi.

Evie remarqua peut-être son ton acerbe, mais elle s'abstint prudemment de tout commentaire. À la place, elle fit glisser le paquet de lettres qu'elle tenait sur son avant-bras et en extirpa une de la liasse.

— Rien de Lady Truelove, dit-elle en tendant l'enveloppe. Mais il y a une lettre de votre frère.

— Jonathan ? s'écria Clara, soulagée, tout en se levant d'un bond pour arracher la lettre des mains d'Evie. Enfin !

Mais lorsqu'elle vit les cachets de la poste apposés sur l'enveloppe, sa joie s'évanouit. Son frère se trouvait toujours dans l'Idaho, quelque part dans les grandes étendues sauvages américaines, à plus de huit mille kilomètres de l'Angleterre. En d'autres termes, il n'était pas plus près de Londres que lorsqu'il avait écrit la dernière fois, un mois auparavant.

Craignant le pire et maudissant son frère, Clara déchira l'enveloppe et parcourut les mots rédigés dans cette écriture peu soignée et quasiment illisible qu'elle connaissait bien.

— Ce n'est pas une mauvaise nouvelle, j'espère ?

En entendant la voix d'Evie, Clara leva les yeux.

— Horrible, répondit-elle catastrophée. La pire des nouvelles possible. Il a trouvé de l'argent.

— De l'argent ?

Surprise, Evie eut un petit rire.

— Il est chercheur d'or ?

— Mon frère, marmonna-t-elle sur un ton dégoûté, est capable de se transformer en n'importe quoi du moment que cela lui permet d'échapper aux responsabilités qui l'attendent à la maison. De l'argent ?

Et elle froissa la lettre avec indignation.

— Et maintenant, après sept ans d'errances à travers l'Amérique à la recherche de toutes les opportunités possibles — opportunités qui ne se sont jamais présentées —, au moment où j'ai besoin de lui, il trouve une mine d'argent ? Le scélérat !

Evie se mit à rire, au grand désespoir de Clara.

— Mais s'il a trouvé de l'argent, cela veut dire qu'il est riche, souligna-t-elle.

— Bon sang Evie, ce n'est pas cela l'important. Il n'est pas ici, et jamais plus il ne voudra rentrer. C'est cela, l'important, gémit-elle. Et Irene doit être en route pour la Grèce maintenant. Que vais-je faire ?

Elle connaissait pourtant déjà la réponse. Elle était prise au piège. Prise au piège avec Lady Truelove, mais aussi avec le journal, avec Mr Beale, et condamnée aux migraines jusqu'au retour d'Irene.

— Miss Huish ? appela la voix courroucée de Mr Beale, depuis l'extérieur du bureau. Quand vous aurez terminé de bavarder avec Miss Deverill, j'aurai besoin de vous ici.

— Allez-y, dit Clara alors qu'Evie hésitait. Laissez

juste le reste de ma correspondance là, sur le coin de mon bureau.

Elle se tourna pour attraper son porte-documents en cuir qui était rangé sur une étagère derrière elle.

— Je m'en occuperai demain.

— Vous allez venir travailler un samedi ?

— Je n'ai pas le choix, j'en ai peur. Avec mon bon à rien de frère qui n'est même pas capable de tenir ses promesses, je suis bien obligée. Mais pour l'instant, poursuivit-elle en se rappelant sa priorité immédiate, il faut que j'aille m'occuper de Lady Truelove.

Elle rangea rapidement les lettres adressées à Lady Truelove dans son porte-documents.

— Si je ne reviens pas avec sa rubrique rédigée, Mr Beale va sans doute faire une crise d'apoplexie. Hum…

Elle marqua une pause.

— Réflexion faite, je ne suis pas sûre que ce soit une mauvaise chose.

En riant, Evie déposa le paquet de lettres sur le bureau.

— À part cela, avez-vous besoin de quelque chose d'autre, Miss Deverill ?

— Non, Evie, c'est bon, vous pouvez partir. Mais je vous demanderais de ne pas révéler à Mr Beale la nouvelle concernant mon frère. Si cela devient nécessaire de l'en informer, je le ferai au moment et de la manière que je jugerai les plus opportuns.

— C'est compris, miss.

La secrétaire s'en alla, et Clara finit de fourrer la correspondance de Lady Truelove dans son dossier. Puis elle y ajouta le télégramme d'Irene, un bloc-notes, un stylo à plume, et quitta son bureau en ignorant le regard mauvais du rédacteur en chef. Une fois sur le trottoir, elle tourna à gauche, et commença à remonter Belford Row comme si elle savait où aller alors que, en fait, elle n'en avait pas la moindre idée.

Il fallait qu'elle trouve un endroit calme, décida-t-elle tout en marchant, un endroit où elle ne serait ni distraite, ni interrompue, ni prise à partie par un rédacteur en chef atrabilaire, un endroit où elle pourrait rédiger son courrier du cœur en paix.

Elle s'arrêta au coin de la rue et, alors qu'elle regardait à droite pour voir si elle pouvait traverser, elle aperçut un peu plus loin l'enseigne du salon de thé de Mrs Mott.

C'était l'endroit idéal, se dit-elle, car, à cette heure-ci, le salon de thé avait de grandes chances d'être à peu près vide et très calme. Elle s'y dirigea et lorsqu'elle pénétra dans l'établissement quelques minutes plus tard, elle ne fut pas déçue. L'endroit était désert, ou presque, puisque s'y trouvaient seulement deux gentlemen qui ne levèrent même pas les yeux de leur tasse de thé à son arrivée.

La serveuse la conduisit à une table située à côté de celle des deux hommes, mais séparée de cette dernière par une rangée de palmiers en pot, de sorte que cette proximité ne serait pas source de distraction pour elle. Elle s'assit, commanda un thé au lait, et sortit toutes les lettres et tout son matériel de son porte-documents. En prenant son courage à deux mains, elle choisit une enveloppe dans la pile qu'elle avait posée devant elle, et en sortit la lettre.

Chère Lady Truelove,

Je suis une jeune fille issue d'une famille de la haute aristocratie et je souhaite me marier. Mais malgré la généreuse dot que mes parents ont décidé d'offrir à mon futur époux et leurs efforts pour m'introduire dans le grand monde lors de la Saison dernière, je n'ai pas réussi à trouver de mari. Je suis horriblement timide, voyez-vous, et c'est à cause de cela que j'ai lamentablement échoué.

À chaque bal ou soirée auxquels j'ai assisté, je suis restée debout contre le mur, catastrophée à l'idée de passer inaperçue mais terrorisée à l'idée qu'un jeune homme puisse me remarquer. Et à chaque fois que j'étais présentée à un membre du sexe opposé — et surtout si c'était quelqu'un que je trouvais séduisant — j'étais incapable de surmonter ma timidité. Je bredouillais, je rougissais, je ne trouvais rien à dire, et je finissais par me ridiculiser. Je ne pense pas qu'il soit nécessaire de préciser que cette conduite n'a pas impressionné favorablement les jeunes hommes que j'ai rencontrés.

Une nouvelle Saison est sur le point de débuter, et je suis terrifiée à l'idée d'échouer de nouveau. Et si je ne rencontrais personne ? Et si je mourais vieille fille ? Je vous écris, chère Lady Truelove, dans l'espoir que vous me donniez des conseils pour paraître plus séduisante aux yeux des hommes et pour que je réussisse à vaincre ma timidité vis-à-vis d'eux. Pouvez-vous m'aider ?

Signé : une débutante désespérée.

Clara était plus sensible à la souffrance de cette jeune fille que cette dernière aurait jamais pu l'imaginer. Avec quelques changements, cette lettre aurait même pu être écrite de sa main. Elle aurait sincèrement aimé aider cette pauvre jeune fille, mais que pouvait-elle faire ? Si elle avait connu une méthode pour surmonter la timidité, pour cesser de faire tapisserie dans le grand monde et pour briller en société, alors elle l'aurait utilisée elle-même, et à l'heure qu'il était elle aurait déjà trouvé un mari et serait partie depuis longtemps en voyage de noces. Avec réticence, elle mit de côté la lettre de la débutante désespérée et en prit une autre dans le paquet.

Chère Lady Truelove,

Ayant atteint l'âge de vingt-cinq ans, j'ai décidé qu'il était temps pour moi de choisir une épouse, et puisque j'ai des exigences très particulières, je vais avoir besoin de votre aide. Je suis un peu gêné aux entournures, il faudra donc qu'elle ait une dot substantielle. En outre, il faut qu'elle soit très jolie, car il serait impensable que j'épouse une jeune femme quelconque...

Clara interrompit sa lecture avec une petite moue de mépris. Ayant elle-même été jugée quelconque par les hommes à qui elle avait été présentée, et n'ayant jusqu'à une date très récente aucune dot à offrir, elle n'était pas du tout émue par le problème de cet homme superficiel. Elle déchira sa lettre, l'écarta, et piocha de nouveau.

Chère Lady Truelove,

Ma situation est si désespérée que je ne sais même pas si vous allez pouvoir m'aider. Je suis amoureux d'une jeune femme, mais elle ne me remarque même pas, car je ne suis malheureusement pas le plus éloquent ni le plus beau des hommes. Je vous écris pour solliciter vos conseils sur la façon d'attirer son attention, de nouer le dialogue, et de commencer à lui faire ma cour. Toutes vos suggestions seront les bienvenues.

Bien à vous,

Un homme sans voix à South Kensington.

Clara fixa les lignes qui s'étalaient devant ses yeux et qui prouvaient une nouvelle fois à quel point il était risible d'avoir fait d'elle une Lady Truelove, même provisoire. Quels conseils pouvait-elle prodiguer à toutes ces personnes ?

Elle leva les yeux, et promena son regard sur les tables inoccupées du salon de thé, en songeant à toutes les fois où elle avait fait tapisserie pendant les bals, à toutes les soirées où elle était passée inaperçue dans un coin de la pièce. Que savait-elle des attentes du sexe opposé ? Que savait-elle de l'art de nouer le dialogue ? De celui de faire la cour ?

Elle repoussa le paquet de lettres et se pencha en avant, les coudes sur la table, et la tête cachée entre les mains, se sentant comme la dernière des incapables. Elle ne pouvait pas faire cela, tout du moins pas toute seule.

— Seigneur Dieu, murmura-t-elle, à la recherche d'une illumination divine, je me sens totalement dépassée, et j'aurais vraiment besoin d'aide.

— Vraiment ? chuchota une voix masculine, une voix grave, profonde, et visiblement amusée. Que puis-je faire ?

Chapitre 2

Clara sursauta sur sa chaise, mais quand la voix continua, elle comprit que ce n'était pas le Tout-Puissant qui avait prononcé ces mots empreints de prescience, mais l'un des deux gentlemen assis à la table située de l'autre côté des palmiers. Même si ses yeux étaient tournés dans sa direction, il ne la regardait pas, et elle se rendit alors compte que ce n'était pas à elle qu'il s'était adressé mais à son camarade. Il était aussi, de toute évidence, un mortel.

Mortel, peut-être, songea-t-elle en tournant la tête de façon à le voir le mieux possible à travers les feuillages, mais beau comme un dieu.

Ses cheveux, courts et indisciplinés, étaient d'un blond doré profond et lustré, et semblaient capturer et emprisonner toutes les particules de lumière présentes dans le salon de thé. Son regard qui possédait le bleu azuréen d'une mer grecque était tout tourné vers son ami, ce qui offrait à Clara la possibilité fort bienvenue et agréable de voir sans être vue. Son visage à la symétrie parfaite, aux contours ciselés et aux traits fins semblait aussi impénétrable que celui d'une statue de marbre, mais lorsqu'il sourit, l'ensemble s'illumina à tel point que le cœur de Clara se mit à battre plus fort dans sa poitrine.

— Je serais heureux de t'aider, dit-il. Mais j'espère que ce n'est pas d'argent que tu as besoin. En ce moment, je suis fauché comme les blés.

Son ami répondit quelque chose que Clara ne saisit pas, car son attention était accaparée par l'homme qui se trouvait en face d'elle. Et qui aurait pu le lui reprocher ? Ce n'était pas tous les jours qu'Adonis en personne descendait du mont Olympe pour éclairer de sa présence un obscur salon de thé de Holborn.

Son corps — ou tout du moins la partie supérieure de son corps, celle qu'elle pouvait voir au-dessus de la table — était moulé dans une chemise en coton raffiné et une veste gris foncé typiques d'un parfait gentleman anglais et pourtant ses larges épaules et son torse fuselé évoquaient davantage les olympiades antiques ou le Colisée romain que le Londres civilisé de 1893.

Ce dieu, ce délicieux régal pour les yeux, s'étira sur sa chaise, ce qui fit saillir ses épaules. Clara préféra alors détourner le regard. Elle ne voulait pas qu'il la surprenne. Pourtant quand il recommença à parler, elle ne put s'empêcher de se pencher en avant, poussée par la curiosité d'en entendre davantage.

— À quoi tous les hommes dépensent-ils leur argent, Lionel ? demanda-t-il d'une voix légère et insouciante. En vin, en femmes, et en chansons. Et en parties de cartes, bien entendu.

— Mais surtout en femmes, n'est-ce pas ?

Les deux hommes rirent de concert à cette plaisanterie, mais Clara ne partagea pas leur amusement. Cet Adonis semblait bien débauché. Il n'avait rien du dieu noble pour lequel elle l'avait d'abord pris. Et les débauchés, comme elle le savait grâce à l'exemple de son père, ne s'amendaient jamais vraiment.

Elle n'eut pas l'occasion néanmoins de spéculer plus avant sur le caractère d'Adonis, car l'homme qu'il avait appelé Lionel revint à leur premier sujet de conversation.

— Non, ce n'est pas de ton argent que j'ai besoin, cher ami. J'ai besoin de conseils sentimentaux.

Ces mots rappelèrent à Clara qu'elle était censée elle-même s'adonner à ce type d'exercice cet après-midi-là. Ce qui signifiait qu'elle devait cesser d'espionner les conversations d'autrui et se remettre au travail. Mais avant qu'elle ait le temps de choisir une autre lettre, Adonis reprit la parole, et elle s'arrêta.

— Seigneur Dieu, Lionel, mais qui voudrait de conseils sentimentaux venant de moi ?

Clara, qui s'était posé la même question à son propre sujet, se demanda ce que Lionel allait bien pouvoir répondre.

— C'est à cause de Dina, bien entendu, dit-il. Elle commence, de-ci de-là, à faire allusion à un éventuel mariage, et il faut que je trouve un moyen d'y échapper. Voilà pourquoi j'espère que tu pourras me conseiller. Tu es tellement doué pour cela.

Clara était un peu choquée. Adonis, cependant, semblait surtout amusé.

— Et quel est mon talent ? demanda-t-il en riant. Savoir échapper au mariage ou être capable d'apprendre aux autres comment faire ?

— Les deux.

Ce n'était pas le type de problème que Lady Truelove choisirait d'aborder dans sa rubrique, néanmoins Clara était intriguée. Elle avait demandé de l'aide après tout, et l'aide venait souvent de là où on l'attendait le moins. En gardant la tête baissée afin que l'homme en face d'elle ne remarque pas qu'elle les écoutait, elle se pencha encore en avant.

— Es-tu sûr de vouloir te défiler ? Ton amoureuse est un très bon parti, tu sais. Elle n'est pas seulement une riche veuve, elle est aussi jeune, excessivement jolie et d'un commerce très agréable. Elle est presque trop parfaite pour un petit député comme toi. Pour beaucoup, tu passerais pour un type très chanceux.

— C'est vrai, reconnut son ami, mais avec la voix de quelqu'un se considérant comme tout sauf chanceux. Pour beaucoup, mais pas pour toi. Tout le monde connaît ton opinion sur le mariage.

— Pas tout le monde, malheureusement. Malgré mon aversion envers cette institution démodée et totalement inutile, certains membres de ma famille sont bien décidés à m'y précipiter. Et par conséquent, chaque Saison, ils insistent pour me coller des débutantes désespérées dans les pattes. Cependant, peu d'hommes partagent mon point de vue cynique. Jamais je n'aurais pensé, par exemple, que c'était ton cas.

— Ce n'est pas mon cas, en fait. C'est juste que…

Lionel s'interrompit et poussa un lourd soupir.

— Je ne suis pas sûr de vouloir me marier tout de suite.

— Ah, répondit Adonis d'une voix extrêmement compréhensive. Ce que tu veux dire alors, c'est que tu n'es pas sûr de vouloir te marier avec *elle*.

— C'est sans doute cela, marmonna Lionel, et Clara ressentit aussitôt un grand élan de compassion pour la jeune femme en question. Elle n'est pas tout à fait mon genre, tu sais. Je suis un type très ordinaire, et elle appartient au grand monde.

— Pauvre enfant !

— Tu as mis le doigt sur le problème. Dina n'est plus une enfant. Elle a cinq ans de plus que moi et elle est veuve. Elle sait très bien où elle veut en venir. Quand elle m'a fait comprendre que je lui plaisais, je pensais que ce qui l'intéressait, c'était une liaison, et rien de plus. Je me suis dit pourquoi pas. J'étais flatté. Quel homme ne l'aurait pas été ?

Il soupira de nouveau.

— Tout semblait si simple. Si direct.

— Tu parles d'une femme, Lionel. Avec elles, rien n'est jamais simple ni direct.

— Tu crois que je ne le sais pas ? Le problème, c'est que jamais je n'ai pensé qu'elle souhaitait se marier.

— C'est pourtant ce que veulent les femmes habituellement, une fois qu'on a couché avec elles, murmura Adonis.

En entendant ces paroles osées, Clara sentit ses joues s'empourprer. Elle savait ce que voulait dire « coucher avec quelqu'un » évidemment, et cela grâce aux explications de sa sœur qui parlait toujours très franchement, et elle était indignée pour cette pauvre Dina. Qui qu'elle soit, cette femme ne méritait pas ce traitement.

— C'est terriblement déplacé de leur part, je le sais, poursuivit Adonis, mais c'est ainsi. C'est pourquoi, autant que possible, je garde mes distances avec les jeunes ladies respectables. Ce qu'elles veulent, c'est le mariage. Toujours.

Et pourquoi devrait-il en être autrement ? se demanda

Clara, piquée au vif et sur la défensive. *Pourquoi est-ce un problème de souhaiter se marier ?*

— Les danseuses et les actrices, poursuivit-il comme pour attiser la colère de Clara, nous causent bien moins de tracas.

« Tracas » ? Clara frémit en entendant ce mot. Les femmes qui désiraient un mariage honorable étaient donc un tracas.

— Tout cela est bien bon, mais cela ne m'aide guère.

— Mon cher Lionel, que souhaites-tu que je te dise ?

— Je veux que tu m'aides à me sortir de ce piège ! Et je me demande bien, d'ailleurs, comment j'ai réussi à y tomber.

— Tu ne l'as toujours pas compris ? Tu t'es retrouvé pris au piège au moment même où tu t'es retrouvé dans son lit.

Clara rougit de plus belle et une chaleur incandescente se propagea dans tout son corps. *Seigneur, qui aurait pu croire que des conversations aussi immorales puissent avoir lieu dans un lieu aussi respectable qu'un salon de thé ?*

— Et à ce propos, tout se passait à merveille, murmura Lionel sur un ton lugubre pendant que Clara appliquait ses mains sur ses joues brûlantes. Mais au bout d'un mois à peine, la voilà qui fait des projets de mariage.

— Les femmes, répliqua son ami, peuvent se montrer tellement déraisonnables.

Clara dut plaquer une main contre sa bouche pour étouffer une exclamation outrée qui l'aurait trahie.

— C'est vrai, acquiesça Lionel, avant de laisser échapper un petit rire amer. Ma famille ne l'a jamais rencontrée. Elle ignore même son existence ! Et je suis sûr que sa famille ne sait rien de moi non plus. Nous avons réussi à rester discrets jusqu'à maintenant. Si ses proches découvraient notre liaison, ils s'y opposeraient, car elle serait considérée comme une déchéance pour Dina. Néanmoins, elle n'a pas l'air de s'en préoccuper. Elle s'est préparée à leur dire d'aller au diable. Pour moi, affirme-t-elle. Pour moi ? Dis-moi, mon ami, que suis-je censé faire ?

Adonis garda le silence un moment, comme s'il réfléchissait.

— Pourrais-tu aller à l'étranger ? finit-il par demander. Faire un saut à Paris ou à Rome pendant quelques mois ? La Saison vient juste de commencer, et Dina sera certainement prise dans un tourbillon duquel elle aura du mal à s'extraire. Je parie qu'à ton retour, elle t'aura complètement oublié.

— Ou bien elle me suivra. Dina n'est pas une petite fleur fragile, sais-tu. Elle est riche et elle est veuve, ce qui signifie qu'elle peut à la fois dépenser sans compter et se passer de chaperon.

— Peut-être, mais pourquoi se donnerait-elle ce mal ? D'autres types se précipiteront à ses pieds très bientôt, je parie, et ils s'intéresseront tellement à elle que tu ne lui manqueras pas le moins du monde.

— Tu as sans doute raison.

Clara ne put s'empêcher de noter que cette perspective ne semblait pas enthousiasmer Lionel. *N'est-ce pas bien là un homme ?* songea-t-elle, avec l'envie soudaine d'épouser la cause féministe défendue par sa sœur. *Il veut le beurre et l'argent du beurre.*

— D'un autre côté, continua Lionel, aller à l'étranger m'est extrêmement difficile. Je suis un député débordé. Vraiment, insista-t-il alors que son ami semblait amusé

et dubitatif. Et nous sommes en pleine session parlemen-
taire. Je ne peux pas partir me balader sur le continent.

— Alors ton chemin est tout tracé. Tu dois rompre
avec elle.

— Vraiment ?

Lionel marqua une pause et soupira de nouveau.

— Pourquoi ne pouvons-nous pas continuer comme
cela sans rien changer, et voir où cela nous mène ?

— Ce n'est pas possible, j'imagine…

— Je le lui ai suggéré, mais elle a répondu qu'elle ne
voyait pas l'intérêt. Puisque nous nous aimons, a-t-elle
dit, le mariage est la seule voie possible.

— Vous vous aimez ?

La voix d'Adonis fut tout à coup si tranchante et si
brusque que Clara en fut stupéfaite. Oubliant toute
prudence, elle leva la tête et le regarda se pencher en
avant comme s'il avait tout à coup perdu de sa superbe
et de sa contenance.

— Tu lui as dit que tu l'aimais ?

Les palmiers situés à côté de l'épaule de Clara remuèrent,
agités par les coudes de Lionel qui se tortillait comme
un écolier pris en faute.

— C'est possible, chuchota-t-il. Dans le… Hum…
Dans le feu de l'action.

Son ami gémit et se laissa retomber sur son siège, ce
qui força Clara à baisser de nouveau la tête.

— C'était la chose la plus stupide à faire ! murmura-
t-il. Depuis vingt ans que je te connais, rien de ce que
j'ai raconté au sujet des femmes n'est entré dans ta tête
dure comme le roc ? Vraiment, Lionel, ajouta-t-il d'une
voix réellement exaspérée, tu es un cas désespéré.

— Elle a avoué qu'elle m'aimait, et je me suis

juste… Je me suis laissé emporter… Oh ! et puis quelle importance ? Il est trop tard pour les regrets à présent. Ce n'est pas comme si je pouvais retirer ce que j'ai dit. Alors, que dois-je faire ?

— Si tu ne veux pas rompre avec elle et que tu ne veux pas l'épouser, alors ton seul choix c'est de la convaincre que la situation actuelle est préférable aux deux autres, conclut-il, ce qui ne fit que conforter l'opinion de Clara sur les hommes, le beurre et l'argent du beurre. Il faudra que tu le fasses de façon à ce qu'elle n'ait pas l'impression que ta conduite soit déshonorante.

Mais c'est totalement déshonorant, avait envie de crier Clara. *Et vous l'êtes aussi, vous qui lui conseillez de se comporter de la sorte !*

Si Clara était tentée de donner voix à son indignation, Lionel parla avant qu'elle puisse le faire.

— Mais comment suis-je censé faire cela ? C'est impossible.

— Non, ce n'est pas impossible. C'est faisable. Mais pour être honnête, Lionel, je ne suis pas sûr que tu sois l'homme de la situation.

Il se tut, et même sans le regarder, Clara fut tout à fait capable d'imaginer ses yeux bleus en train de fixer son ami d'un air dubitatif.

— Ce n'est pas une mince affaire.

— Explique-moi quand même.

— Tu vas devoir lui suggérer une rupture.

— Je te l'ai dit, je ne veux pas rompre.

— J'ai dit que tu devais le suggérer. Tu ne dois pas le faire réellement. Connaissant Dina, si c'est toi qui lui suggères de rompre, elle ne se rangera pas à ton avis.

— Ou bien, au contraire, elle va trouver l'idée excellente et elle va me laisser tomber.

— C'est pour cela qu'il est important de s'y prendre de la bonne façon. Il faut que tu tiennes sa main, que tu la regardes dans les yeux, que tu affiches un air dévasté et que tu lui expliques qu'entre vous le mariage n'est pas possible.

— Et quelles raisons pourrai-je donner ?

— Les faits suffisent. Tu n'as pas les moyens de l'entretenir.

— C'est la vérité. Je possède très peu d'argent, et elle le sait.

— Rappelle-le-lui et laisse entendre — en douceur — qu'il est peut-être mieux que vos chemins se séparent. Ce n'est pas ce que tu veux, bien sûr, parce que tu es fou d'elle, que le désir que tu éprouves pour elle t'empêche de dormir et de manger, que les nuits passées avec elle sont les moments les plus merveilleux que tu aies vécus, mais pour son bien, tu sens que tu dois t'éloigner d'elle.

En percevant l'égoïsme dissimulé sous l'apparence d'un noble sacrifice, Clara faillit bondir de sa chaise, mais elle réussit à se retenir en serrant les poings sur la table. En les regardant, elle regretta tout à coup de ne pas être un homme pour pouvoir défier ces scélérats et faire bon usage de ses poings serrés. Jamais elle n'avait entendu de discours aussi vil.

— Je ne peux pas faire cela, protesta Lionel alors que Clara essayait de retrouver son calme. C'est ridicule.

— Ridicule, vraiment ? Tu veux cette femme, n'est-ce pas ?

— Oui, mais…

— Tu ne veux pas la perdre, n'est-ce pas ?

— Non, bien sûr. Je te l'ai déjà dit.

— Alors, à moins que tu ne veuilles te retrouver devant l'autel dans quelques semaines, en train de jouer ton futur et le peu que tu possèdes pour une femme que tu connais à peine, tu ferais mieux de trouver les mots qui la convainquent d'accepter une solution n'impliquant pas de séparation.

— Mais même si je parviens à dire tout ce que tu m'as suggéré, comment faire pour être convaincant ?

— Je te conseille de faire au préalable une ou deux nuits blanches et de rester quelque temps sans manger. Ainsi, tu auras l'air suffisamment abattu et ravagé.

— Mon Dieu ! s'exclama Lionel en riant un peu. Tu es d'une intelligence redoutable.

Contrairement à Lionel, Clara n'avait aucune envie de rire. Seigneur, son sang bouillait. Penser à l'infâme tromperie dont allait être victime cette pauvre femme dans le but de la convaincre de poursuivre une liaison, eh bien, c'était tout bonnement insupportable. S'accrocher à l'espoir d'un mariage alors que l'homme qu'elle aimait n'avait aucune intention ni aucune envie de le lui proposer lui paraissait inconcevable. Si cette liaison éclatait au grand jour, cette Dina serait conspuée et rejetée. Et si — comble du malheur — elle tombait enceinte, elle serait perdue à jamais, et l'enfant porterait toute sa vie les stigmates de cette naissance illégitime et honteuse.

Jusqu'à maintenant, Clara n'avait aucune idée des abysses de vilenie dans lesquels les hommes pouvaient tomber, et cette conversation avait au moins eu le mérite de lui ouvrir les yeux. D'après elle, la jeune Lady en question aurait tout intérêt à s'éloigner de ce Lionel dès maintenant, avant qu'il ne soit trop tard. Et en ce qui concernait son ami…

Clara jeta un nouveau regard à celui qu'elle avait comparé à Adonis, et ce faisant, elle se rendit compte que le charme était rompu. Même s'il était toujours aussi beau, elle ne parvenait plus à le voir comme ce dieu lumineux. Tout ce qu'elle voyait, c'était un type malveillant et trompeur qui jouait avec les femmes et encourageait les autres hommes à l'imiter.

Lionel recommença à parler, et Clara se rendit compte que son indignation n'était pas plus forte que sa curiosité. Elle se colla davantage aux palmiers pour l'entendre dire :

— Même si je réussis à la convaincre que je suis dévasté à l'idée de mettre un terme à notre liaison, je ne vois pas à quoi cela pourrait servir. Qu'est-ce qui l'empêchera d'être d'accord avec moi et de me dire au revoir ?

— C'est sans doute ce qu'elle fera, mais je suis prêt à parier qu'elle ne sera pas sincère en te faisant ses adieux. Te quitter n'est pas ce qu'elle veut vraiment, vois-tu. Elle veut un geste spectaculaire et romantique de ta part, quelque chose qui lui prouve que tu tiens à elle, même si tu n'es pas prêt à l'épouser.

Clara se mordit la lèvre. Décidément, cet homme avait l'air d'en savoir un peu trop sur les femmes.

— Et quelle sorte de geste ? demanda Lionel qui semblait perdu.

— Si tu veux cette femme, tu vas devoir jeter ta fierté aux orties et la supplier de ne pas te quitter. Même si elle ne peut te donner qu'une nuit de plus, qu'une semaine de plus… Toutes les miettes qu'elle sera disposée à t'offrir, tu es prêt à les accepter. Voilà ce qu'elle veut entendre.

— C'est possible, mais pour moi, c'est d'un ridicule achevé.

— Cela n'aura pas l'air si ridicule si tu le fais bien. Je vais te montrer.

Trop curieuse pour être prudente, Clara lui lança un nouveau coup d'œil à la dérobée et le vit lever la main pour appeler la serveuse qui passait devant leur table avec un plateau qui semblait contenir le thé et les scones de Clara.

La serveuse s'arrêta aussitôt, et de façon si brusque que le plateau faillit se renverser par terre.

— Oh ! s'écria-t-elle alors qu'Adonis se levait pour se planter face à elle.

Clara, pendant ce temps, ajusta légèrement sa position afin de pouvoir continuer d'observer la scène du coin de l'œil.

— Puis-je vous aider, sir ? demanda la jeune fille dont la voix trahissait un empressement à rendre service allant au-delà de la courtoisie dont faisaient d'ordinaire preuve les employés d'un salon de thé.

— En effet, vous allez peut-être pouvoir m'aider, miss…

— Clark, sir. Elsie Clark.

— Miss Clark.

Il sourit, et si Clara était à présent insensible au pouvoir de ce sourire, la serveuse, elle, ne l'était pas. Quand il lui prit le plateau des mains, la pauvre Elsie Clark eut à peine l'air de s'en rendre compte.

— J'ai bel et bien besoin de votre aide, poursuivit-il en se tournant légèrement pour poser le plateau sur la table à côté de lui. Voyez-vous, mon ami ici présent s'est montré très peu judicieux dans son comportement vis-à-vis de son amoureuse.

La pauvre fille ne semblait pas comprendre ce qui se passait, car elle plissa le nez d'un air perdu.

— Je vous demande pardon, sir ?

— Elle est beaucoup trop bien pour lui, expliqua-t-il, et il le sait. Il sait également que la seule chose à faire, c'est de cesser sa cour et de rompre avec elle, car c'est un homme prévenant et un parfait gentleman.

Clara poussa une petite exclamation outrée, mais heureusement, les trois autres ne semblèrent pas l'entendre.

— Sauf qu'il ne supporte pas l'idée de la perdre, poursuivit Adonis. Toute cette affaire le touche, vraiment. Et il m'a demandé des conseils. J'aimerais lui montrer comment il peut repousser l'inévitable fin le plus longtemps possible, et c'est là que votre aide peut m'être précieuse, Miss Clark.

Pour Clara, un homme qui couchait avec une femme, lui déclarait sa flamme, lui refusait un mariage honorable et ne voyait rien de mal à continuer de partager son lit sans la moindre intention de régulariser leur situation ne rentrait absolument pas dans la catégorie des parfaits gentlemen. Elle observa, à travers le feuillage des palmiers, l'homme qui était assis non loin d'elle : même s'il semblait tout à fait inoffensif et gentil, Clara savait qu'il n'était ni l'un ni l'autre. C'était un méprisable dissimulateur, tout comme son ami.

Elle leva les yeux et vit Adonis prendre la main de la serveuse.

— Alors, Miss Clark, êtes-vous d'accord pour m'aider ?

Si l'on pouvait en juger par l'expression béate de Miss Clark, elle était d'accord pour tout ce que cet homme pourrait lui demander. Quand elle hocha la tête, il serra plus fort sa main et l'approcha de lui.

— Ma chérie, commença-t-il, vous parlez mariage, mais comment est-ce possible entre nous ? Je ne suis personne. Je n'ai rien. Vous appartenez à une grande famille, vous êtes racée, magnifique, raffinée.

Il s'interrompit pour poser sa deuxième main sur celle de la serveuse, puis il dit :

— Vous méritez bien mieux que ce que je pourrai jamais vous offrir. Pour l'instant, vous pensez peut-être que cette grande différence de statut entre nous importe peu, mais c'est faux, et je sais qu'un jour vous vous en rendrez compte. Et quand ce sera le cas, cela portera un coup fatal à notre bonheur.

Bon sang, songea Clara, qui, malgré sa colère et avec réticence, ne put s'empêcher d'éprouver une pointe d'admiration. *Cet homme est peut-être un scélérat mais il a du talent.*

Elle osa l'observer de nouveau et vit qu'il fixait la serveuse avec intensité. Et quant à Elsie, son expression conquise ne fit que confirmer l'opinion de Clara selon laquelle cet homme possédait un don rare pour la duplicité.

— Le mariage, poursuivit-il, traîne son triste cortège de rudes réalités qui, peu à peu, transforment l'amour en poussière. Je ne supporterais pas que ce que nous vivons en ce moment, que cette folle passion que nous ressentons soit émoussée et détruite par l'ennui banal et ordinaire indissociable de cette institution. Qu'adviendrait-il de nous, alors ?

Elsie ne répondit pas. Elle n'en était sans doute pas capable, la pauvre.

— Non, ma très chère. Le mariage n'est pas possible

pour les gens comme nous. Vous le méritez, bien sûr, mais nous ne devons pas nous voiler la face. Je n'ai pas les moyens de vous faire vivre, et je suis, par naissance, indigne de vous. Et avez-vous pensé à votre famille ? Elle vous renierait certainement si vous épousiez quelqu'un qui n'est rien comme moi. Je ne supporterais pas d'être la cause d'une brouille entre vous et vos proches. Me prenez-vous pour un monstre ?

— Je vous prends pour quelqu'un d'adorable, murmura Elsie.

Cette déclaration heurta la sensibilité de Clara, en partie à cause du ton idolâtre sur lequel elle avait été prononcée, et aussi parce qu'elle avait commis la même erreur de jugement à peine quinze minutes plus tôt.

— Cela me crucifie, car je suis fou de vous, mais je ne supporterais pas la souffrance que j'éprouverais en sachant que j'ai gâché votre vie en vous épousant. Si ce que vous voulez, c'est vraiment un mari, alors je dois m'effacer, car je ne suis pas digne de tenir ce rôle. C'est pourquoi je crains que nous ne devions nous dire adieu à jamais.

Il voulut retirer sa main, mais la jeune fille refusait de la lâcher, comme si elle souhaitait prolonger ce qui était sans doute le moment le plus romantique qu'elle ait jamais vécu.

— N'y a-t-il aucun recours pour notre amour ? demanda-t-elle d'une voix désespérée à en donner la nausée.

Il marqua une pause.

— Je n'en vois qu'un seul. Continuons à nous aimer ainsi encore un peu. Un jour, vous mettrez un terme à notre histoire, je le sais, et cela me brisera le cœur. Mais je vous en supplie, ajouta-t-il en déposant un baiser plein de ferveur sur la main d'Elsie, faites que ce jour ne soit pas aujourd'hui.

Elsie soupira de nouveau. Le fait qu'il ait totalement changé de discours semblait être le cadet de ses soucis. Elle le regardait en silence, avec émerveillement et adoration, mais elle n'eut pas beaucoup de temps pour savourer ce moment hautement romantique. Avec une dextérité que Clara ne put qu'admirer, il se dégagea de l'emprise d'Elsie, laissant la main de la pauvre serveuse à demi suspendue dans les airs.

— Tu vois, Lionel ? dit-il sur un ton détaché en reprenant sa place et en obligeant Clara à regarder ailleurs. C'est faisable.

— On dirait bien, à condition de t'imiter parfaitement, reconnut son ami en riant.

— Qu'en pensez-vous, Elsie ? demanda Adonis, qui de toute évidence se sentait sûr de son charme au point de s'autoriser à l'appeler par son prénom, l'impudent scélérat. Si vous étiez cette lady, que feriez-vous ? Vous le quitteriez, ou vous resteriez ?

— Je crois…

Elsie marqua une pause et toussota comme pour retrouver son calme.

— Je crois que je resterais, finit-elle par réussir à dire. Pas pour toujours, ajouta-t-elle comme pour souligner qu'il lui restait une once de fierté. Une jeune femme doit penser à son avenir, vous savez.

— C'est tout à fait exact.

En entendant un bruit de porcelaine, Clara tendit discrètement le cou, et elle vit Adonis soulever le plateau et le tendre à la serveuse.

— Merci pour votre aide.

Malgré sa voix aimable, il la chassait clairement et la jeune fille le comprit.

— Je vous en prie, sir, marmonna-t-elle.

Elle prit le plateau, exécuta une petite révérence et s'en alla.

— Eh bien ? demanda Adonis à son ami, alors que Clara se tournait vers la serveuse qui apportait sa commande. Qu'en penses-tu ?

— J'en pense que tu devrais être acteur, dit Lionel tandis qu'Elsie disposait la tasse et la théière devant Clara. Et je crois que tu as résolu mon dilemme.

— Mais tu ne feras que gagner du temps, Lionel. C'est tout. À toi d'en faire bon usage.

Ils se levèrent. Le petit pot de confiture de Clara heurta bruyamment la table, et Elsie disparut pour se précipiter vers les deux hommes afin de les accompagner jusqu'à la sortie.

Lorsqu'ils contournèrent les palmiers et suivirent la serveuse vers la porte du salon de thé, Clara reprit l'une des lettres qu'elle avait précédemment ouvertes et baissa la tête en faisant semblant de ne pas les remarquer. Adonis se dirigea vers la porte, et Lionel contourna la table de Clara pour le suivre. Elle leva alors les yeux et les regarda, de dos, régler leur note. Elle ne parvenait pas à chasser de son esprit l'infâme supercherie dont allait être victime une femme qui ne se doutait de rien.

Quelqu'un devait la prévenir de ce qui se tramait, songea Clara en plissant les yeux pour suivre du regard l'instigateur de ce vil plan. Quelqu'un devait l'avertir que ses sentiments allaient être bafoués et utilisés à ses dépens, et ce de la plus méprisable des manières. Mais comment faire ?

Les sourcils froncés, Clara réfléchit à la question.

Cette Dina faisait partie du grand monde, cela, elle le savait. Et, d'une certaine façon, cela facilitait les choses. Clara était, après tout, la petite fille d'un vicomte et la belle-sœur d'un duc, ce qui lui donnait ses entrées dans le cercle très fermé auquel appartenait cette femme. Mais à quoi cela servait-il ? Elle n'avait pas vraiment fait ses débuts en société, elle n'avait pas encore rencontré beaucoup de ladies hors celles appartenant à la famille du duc, et parmi les rares qu'elle connaissait, aucune n'était une jeune veuve répondant au nom de Dina.

Clara soupira et se cala dans son siège. Il aurait été beaucoup plus utile de connaître le nom de famille de cette femme plutôt que son prénom. Elle pouvait néanmoins interroger les sœurs du duc. Elles la connaissaient peut-être.

Mais même si Clara réussissait à l'identifier, que faire ? Elle pouvait difficilement se présenter chez cette jeune Lady et lui lancer au visage que son amant secret n'était qu'un menteur et un scélérat. Sa bonne action lui vaudrait sans doute une belle gifle en pleine figure.

Par ailleurs, songea-t-elle en jetant un regard lugubre au paquet de lettres, elle aussi avait ses problèmes.

Tout à coup, une idée surgit dans l'esprit troublé de Clara. Une idée folle et incroyable qui non seulement pourrait résoudre ses problèmes les plus pressants mais aussi sauver une pauvre femme d'une terrible peine de cœur et de la ruine.

Clara se redressa, approcha une feuille de papier et attrapa son stylo à plume. Elle réfléchit un moment puis se mit à écrire. Au bout de quelques minutes, elle reposa son stylo et plaça son œuvre au-dessus des lettres qui se trouvaient devant elle, fort contente d'elle.

Elle avait terminé sa première chronique de Lady Truelove. Maintenant, il ne restait plus qu'à espérer que cette Dina soit une lectrice de *La Gazette*.

Chapitre 3

Rex n'était pas fait pour les soirées dans la haute société. Étant donné son sens de l'humour plutôt impertinent, il trouvait les gens de rang inférieur beaucoup plus amusants. Il était néanmoins le vicomte de Galbraith, le fils unique du comte de Leyland, et cette qualité s'accompagnait d'un certain nombre d'obligations sociales toutes plus ou moins liées à sa grand-tante Petunia. Sa tante n'était pas seulement son unique source de revenus actuelle, elle était aussi la personne qu'il aimait le plus au monde, et lorsqu'elle décida d'ouvrir la Saison en organisant un bal, il sut que sa présence était de rigueur.

C'était pour cette raison que Rex avait autorisé son valet à lui faire enfiler une cravate blanche, une queue-de-pie et à le coiffer de l'un de ces ridicules hauts-de-forme. Ainsi vêtu, il quitta sa modeste maison située dans Half Moon Street pour la somptueuse demeure que sa grand-tante Petunia possédait à Park Lane. Il était prêt à se faire piétiner les orteils et casser les oreilles par des débutantes nerveuses pendant au moins deux heures.

À son arrivée, la salle de bal de sa tante était encore raisonnablement remplie. Les obligations familiales de Rex l'obligeaient en effet à arriver à l'heure, là où un peu de retard aurait pourtant été beaucoup plus chic. Toutefois, pour sa tante, il ne s'était pas montré encore assez tôt.

— Il aura donc fallu patienter jusqu'à 11 heures passées avant que vous vous décidiez à apparaître, déclara-t-elle, alors qu'il s'était arrêté en face d'elle, juste à l'extérieur de la salle de bal. J'ai eu peur de mourir de vieillesse en vous attendant.

N'importe qui aurait pu juger que cet accueil glacial était un signe d'aigreur, mais Rex ne se laissa pas abuser et il se pencha pour effleurer d'un baiser affectueux la joue ridée de sa grand-tante.

— Il est déjà 11 heures passées ? Et vous êtes encore debout, ma tante ?

Il recula et arbora une mine préoccupée.

— Vous devriez peut-être avaler une cuillère d'huile de foie de morue et aller vous coucher. À votre âge, on n'est jamais trop prudent, vous savez.

— Espèce de jeune impertinent.

D'un signe de la tête, elle désigna les portes grandes ouvertes de la salle de bal, derrière lesquelles les gens se pressaient, impatients de voir le bal commencer.

— Mais votre impudence va être punie : c'est à vous que revient l'insigne honneur d'ouvrir le bal.

Il gémit.

— Suis-je vraiment obligé ? Oncle Bertie ne peut-il pas le faire à ma place ? Où se cache-t-il, ce vieux grigou, d'ailleurs ? demanda-t-il en regardant autour de lui.

— Mon neveu a pris froid cet après-midi et il a préféré garder le lit. Il sera remis d'ici un jour ou deux. Ma chère Lady Seaforth, bonsoir, ajouta-t-elle, en jetant un coup d'œil par-dessus l'épaule de Rex et en lui donnant un petit coup de pied.

Tout à fait conscient de ce qu'il avait à faire en l'absence de son oncle Bertie, Rex alla se placer à côté de sa grand-tante et salua à son tour Lady Seaforth et ses filles qui — heureusement — étaient mariées toutes les deux, et qui, par conséquent, ne pouvaient pas servir de pions pour ce qui était le petit jeu favori de Petunia.

Sa tante, qui n'avait elle-même ni mari ni enfants, possédait en effet une nature très romanesque et sa plus grande ambition était de marier ses six petits neveux et nièces encore célibataires avant de mourir. Parce qu'il était l'héritier d'un comté, Rex se trouvait au centre de toutes ses attentions, et dès que le contingent des Seaforth eut passé les portes, elle reprit du service.

— Vous n'avez pas besoin de vous tracasser, dit-elle. Je vous ai choisi une cavalière pour ouvrir le bal.

Cette nouvelle n'était pas une grande surprise, mais il décida de feindre la candeur un peu bornée.

— S'agit-il de Hetty ? questionna-t-il en se tournant pour scruter la foule comme s'il cherchait sa cousine préférée. Merveilleux. Cela ne me dérange pas du tout d'ouvrir le bal si c'est avec Hetty.

— Ce n'est pas Henrietta, l'informa sa tante d'une voix qui trahissait l'ennui. Vous avez le droit de chercher l'âme sœur ailleurs que dans le cercle familial.

Il l'avait maintes fois répété : il ne chercherait l'âme sœur nulle part, et jamais. Mais cela n'avait pas entamé la détermination de Petunia.

— Vraiment, ma tante, je ne vois pas pourquoi vous vous opposez à ce que j'épouse Hetty, renchérit-il sur le même ton. Cela ferait deux de vos protégés mariés d'un coup. Et la reine a bien épousé son cousin, n'est-ce pas ?

En guise de réponse, elle lui adressa un regard malicieux montrant bien qu'elle avait compris qu'il plaisantait.

— Victoria, en tant qu'altesse royale, a été forcée de se soumettre à certaines obligations matrimoniales qui ne nous concernent pas, nous, simples sujets.

— C'est une façon de présenter les choses, dit-il en souriant. Quoi qu'il en soit, ne vous en faites pas, Hetty hurlerait de rire à l'idée de m'épouser.

— Pourtant, j'ai la désagréable impression que c'est vous qui refusez de prendre le mariage au sérieux.

— Au contraire, s'empressa-t-il de répliquer, je prends le mariage très au sérieux. Ou les façons de l'éviter, tout du moins.

— Vraiment, Galbraith, vous m'agacez. Vous aurez trente-deux ans cet automne. Combien de temps encore avez-vous l'intention de vous dérober aux devoirs les plus importants liés à votre rang ?

— Tant que j'en serai capable. Et même plus encore, si c'est possible.

— Sans vous préoccuper de ce qui adviendra de votre titre et des terres familiales. Votre père attend de vous que vous vous mariiez, et il a raison. Vous n'avez pas de frère et votre oncle Albert ne peut pas hériter, puisqu'il est le fils de ma sœur cadette. Si vous ne vous mariez pas et n'avez pas de fils, tout reviendra au petit-cousin de votre père.

Comme s'il ne savait pas déjà tout cela. Rex retint un soupir exaspéré alors que sa tante poursuivait.

— Thomas Galbraith est un homme qu'aucun d'entre nous n'a jamais rencontré. Il est plus vieux que vous et pourtant il n'a pas d'héritier. En fait, il n'est même pas marié, et...

— Alors, peut-être auriez-vous dû l'inviter à votre bal, non ?

Elle ignora cette pique.

— Il possède une fabrique de bottes à Petticoat Lane. Je vous le demande : est-ce en fabriquant des bottes que l'on se prépare à devenir comte ?

— Le futur comte de Leyland, un bottier ? Mais quelle horreur ! s'exclama-t-il en feignant l'indignation.

— Je ne parle pas de sa profession. C'est son manque de connaissance et de préparation qui est préoccupant. Thomas Galbraith n'a aucune idée de la façon dont on gère un grand domaine comme Braebourne.

— Qu'y a-t-il à savoir au juste ? Dane est un excellent régisseur. Mon père lui-même s'est installé à Londres et a loué la maison...

— Jusqu'à ce que vous vous mariiez, uniquement.

Cette fois, il ne parvint pas à réprimer un soupir, mais il s'appliqua à parler d'une voix aussi calme et douce que possible.

— Comme je l'ai déjà dit et redit, cela n'arrivera jamais, ma tante. Et si c'est une autre dispute que vous voulez, ajouta-t-il, avant qu'elle puisse répondre, je vais avoir besoin d'un verre.

En s'assurant d'un coup d'œil que les prochains invités à se présenter étaient encore en train de laisser leurs effets personnels au vestiaire, il s'excusa et pénétra dans la salle de bal. Il s'avança vers le domestique le plus proche et, tout en surveillant la porte, fit semblant d'hésiter entre un verre de bordeaux et de punch.

Il adorait Petunia, et il savait qu'elle l'aimait tout

autant, cependant ce soir il y avait dans les yeux de sa tante une lueur spéciale, presque d'acier, qui lui faisait craindre que ce bal — voire toute la Saison — ne soit particulièrement éprouvant pour tous les deux.

En d'autres circonstances, il aurait cherché à éviter toute querelle en disparaissant dans la foule, mais en l'absence de son oncle, il devait rester aux côtés de sa grand-tante pour l'aider à accueillir les invités jusqu'à ce que le bal commence. Ainsi, alors que les derniers arrivés s'approchaient des portes de la salle de bal, il prit un verre de punch et retourna auprès de Petunia. Une fois les invités dans la salle cependant, sa tante reprit la conservation où elle s'était arrêtée, sans avoir l'air de se soucier qu'un différend puisse en résulter.

— Vos parents sont tous les deux très déçus de vous voir faire ainsi fi de votre devoir.

Il eut un petit rire étranglé en entendant cela et avala une grande gorgée de punch.

— Ce n'est pas en mentionnant mes parents que vous allez m'inciter à convoler, ma tante.

— La vie de couple de vos parents a toujours été… compliquée, je vous l'accorde, mais au moins, ils se sont acquittés de leur obligation la plus essentielle. Et, ajouta-t-elle avant qu'il puisse répondre, leur situation ne doit pas vous servir d'excuse pour ignorer la vôtre. J'ajouterais également que ce n'est pas parce qu'ils ont été malheureux ensemble qu'il faut forcément en tirer des conclusions hâtives et condamner d'emblée l'institution du mariage.

— Je ne suis pas certain que tout le monde ici soit d'accord avec vous.

Il se tourna et, à l'aide de son verre, désigna la foule massée dans la salle de bal.

— Grâce à la haine viscérale et réciproque que se portaient mes parents et grâce à leur manque total de discrétion, la presse a pu tenir tout le monde au courant de l'état pitoyable de leur mariage, depuis la première liaison de mère, en passant par tous les scandales et toutes les représailles, jusqu'à leur séparation définitive. Étant donné les misères qu'ils ont réussi à s'infliger pendant leurs quatorze années de cohabitation, je pense que nos amis comprennent tout à fait le mépris que m'inspire le mariage.

— Cela a pris fin quand ils se sont séparés, il y a dix ans. Depuis, tout le monde a oublié.

Il tourna la tête et répondit au regard exaspéré de sa grand-tante par un de ces airs durs dont il avait le secret.

— Pas moi.

Petunia s'adoucit aussitôt.

— Oh ! très cher, dit-elle d'une voix compatissante qui l'empêcha de regarder ailleurs et de changer de sujet de conversation.

— Et ce n'est pas comme si père et mère avaient oublié non plus. Je puis vous assurer que ce n'est pas le cas.

Dès qu'il eut prononcé ces mots, il le regretta, car Petunia rebondit aussitôt.

— Et comment le savez-vous ? demanda-t-elle.

Empêtré dans une discussion qu'il essayait toujours d'éviter, Rex sut qu'il devait redoubler de prudence.

— Je suis allé rendre visite à père lorsqu'il est arrivé en ville, et en ma présence, il s'est tout de suite lancé dans son sujet de conversation favori : la perfidie de ma mère. Ma visite fut par conséquent de courte durée.

— Je suis surprise que vous vous soyez donné la peine d'aller le voir. Il ne vous porte pas tellement dans son cœur en ce moment, vous savez, et il n'a pas l'intention de vous restituer votre part de revenus avant votre mariage.

— Et pourtant je demeure un fils dévoué, dit Rex avec légèreté.

L'ironie de sa réponse n'échappa pas à Petunia.

— Jusqu'à un certain point, dit-elle sur un ton sec. Votre père souhaite autant que moi que vous vous mariiez.

— Peut-être, mais il y a une différence entre vous. Votre plus grande préoccupation est mon bonheur. Pour mon père, c'est la succession.

— Quoi qu'il en soit, ce n'était pas son opinion à lui qui m'intéressait, répondit sa tante qui, sagement, préféra ne pas s'attarder sur les sentiments douteux de son père. C'est à votre mère que je pensais. Comment connaissez-vous son point de vue actuel sur la question ?

Par prudence, il pourrait repasser... Il grimaça et avala une nouvelle gorgée de punch.

— Ne me dites pas que vous êtes de nouveau en contact avec elle ?

Petunia poussa un soupir exaspéré avant qu'il n'ait le temps de trouver une réponse adéquate.

— C'est précisément parce qu'il a découvert que vous communiquiez avec votre mère et que vous lui donniez de l'argent que votre père a décidé de vous couper les vivres. Vous avez de la chance que j'aie pu me substituer à lui.

— Beaucoup de chance, reconnut-il. Je ne sais pas ce que je ferais sans vous, ma tante.

— C'est sûr ! Mais qu'appréciez-vous le plus : que

je vous permette de scier les canons de votre père ou de mener cette vie de célibataire effrénée ?

Il sourit.

— C'est une question piège ou je ne m'y connais pas. Je pense que je vais m'abstenir de répondre.

— Contrairement à votre père, j'ai bien conscience qu'en essayant de vous forcer la main on ne fait que vous braquer davantage. Néanmoins, s'il découvre que vous écrivez de nouveau à votre mère, je n'ose imaginer ce qu'il fera. Il vous déshéritera totalement, sans doute.

— Il est assez amer pour en arriver là, je vous le garantis, mais je n'ai pas écrit à mère. Et si elle décidait de me contacter, que me suggéreriez-vous de faire ?

— Prévenez Mr Bainbridge. Remettez-lui ses lettres.

— Vous voulez que je dénonce ma propre mère à l'avocat de la famille ?

— En entrant en contact avec vous, elle viole les termes de l'accord de séparation.

— Bainbridge préviendrait père, qui priverait alors mère de la maigre pension qui lui revient. Je suis son fils, ma tante. Son fils unique. C'est très mal de la part de père de lui interdire de me voir ou de m'écrire.

— Elle peut déjà s'estimer heureuse que Leyland ait accepté de lui verser une pension ! s'exclama avec véhémence Petunia, pour qui, décidément, la question de sa mère était un sujet sensible. Elle lui a fait honte — ainsi qu'à toute la famille — avec sa conduite scandaleuse. Et, ajouta-t-elle avant que Rex ait le temps de préciser que les torts avaient été largement partagés, rien n'a changé depuis, d'après ce que j'ai entendu dire. Sa liaison avec le marquis d'Aubignon est terminée, et puisqu'il ne l'entretient plus, c'est l'argent qui a dû la pousser à vous contacter, même si je me demande pourquoi elle s'est adressée à vous. Ce n'est pas comme si vous aviez les moyens de lui en donner, car vous dépensez tout ce que je vous verse jusqu'au dernier sou en danseuses, en boissons, en parties de cartes et je ne sais quoi d'autre.

— C'est à peu près cela, reconnut-il en parvenant à mentir sans rougir, même si cela faisait plus d'un an qu'il n'avait pas approché une femme ni une table de jeu.

Il avait, par le passé, mérité sa réputation de célibataire débauché, mais aujourd'hui, elle n'était plus qu'un moyen commode d'expliquer qu'il soit toujours à court d'argent. Si sa grand-tante découvrait où allait vraiment tout l'argent qu'elle lui donnait, elle deviendrait folle de rage.

— Et pourtant mes habitudes irresponsables et mes dépenses inconsidérées semblent un péché bien moindre par rapport à ceux dont vous accusez mère.

— Si vous vous mariiez, poursuivit-elle en faisant la sourde oreille, toute cette existence frivole cesserait, bien entendu…

— Et l'absence totale de frivolité est à rechercher ? demanda-t-il d'une voix acérée alors qu'il commençait à perdre son calme. Quand je regarde père, je suis enclin à en douter.

Elle soupira, et l'observa avec une tristesse qui lui fendit le cœur.

— Vous valez mieux que vos parents.

Il n'en était pas certain, mais comme il détestait se disputer avec sa grand-tante, il préféra changer de sujet.

— Vous avez choisi ma première cavalière, n'est-ce pas ?

Il s'interrompit, prit une grande inspiration, et se prépara mentalement à accueillir entre ses bras la jeune beauté qui lui était destinée.

— Suis-je autorisé à savoir de qui il s'agit ?

— Je souhaite que vous ouvriez le bal avec Miss Clara Deverill.

Ce nom ne lui disait rien, et il adressa un sourire provocateur à sa tante.

— Ah, vous essayez une nouvelle stratégie cette année, à ce que je vois.

— Je ne vois pas ce que vous voulez dire.

— Je n'ai jamais rencontré cette Clara Deverill de toute ma vie, et je ne peux qu'en conclure que, ayant épuisé toutes les possibilités offertes par les jeunes ladies de notre cercle, vous êtes à présent décidée à lancer vos filets un peu plus loin.

— Permettez-moi de vous dire que Miss Deverill fait partie de notre « cercle ». C'est la petite-fille du vicomte d'Ellesmere. Et ce n'est pas tout, car sa sœur a épousé le duc de Torquil il y a peu.

Rex ne se laissa pas abuser par cette allusion au duc de Torquil.

— Ellesmere ? N'est-ce pas l'homme que vous avez failli épouser en 1828, ou quelque chose comme cela ?

— Seigneur, je ne suis pas si vieille, très cher. C'était en 1835. Mais pour en revenir à nos affaires, il s'agit de la première Saison de cette jeune fille, ce qui est toujours une épreuve. Alors vous voyez, il n'est pas du tout question de vous.

Il sourit.

— Donc, clairement, vous êtes en train de faire une faveur à Ellesmere. Vous avez toujours un faible pour votre amour de jeunesse, c'est cela ?

— Ne soyez pas ridicule, dit-elle en prenant un air outré. La vicomtesse est toujours en vie et elle se porte bien, comme vous le savez. C'est justement elle qui m'a demandé d'aider sa petite-fille à faire ses débuts dans le grand monde.

— Pourquoi une jeune fille liée à de si grandes familles aurait-elle besoin d'aide… Oh ! mon Dieu, ajouta-t-il aussitôt, catastrophé. Elle est laide, c'est cela ?

— Miss Deverill est une jeune fille charmante et très gentille.

Cette description ne fit que renforcer ses craintes.

— Je savais que j'aurais dû rester chez moi, marmonna-t-il. Je le savais.

— Miss Deverill, poursuivit sa tante, sourde à ses récriminations et aveugle à son auto-apitoiement, n'a pas eu beaucoup l'occasion d'évoluer en société. La famille de son père est dans le commerce, les journaux je crois. Naturellement, Ellesmere était opposé à ce que sa fille épouse cet homme…

— Naturellement, répéta-t-il, en repensant à la boue dans laquelle la presse à scandale avait traîné ses parents quelques années plus tôt. Un vendeur de journaux dans la famille ? Quelle horreur.

— Mais elle était déterminée, poursuivit Petunia. Et c'est à cause de cela qu'elle a été rejetée par sa famille et qu'on ne l'a plus vue dans le grand monde. Elle est morte maintenant, la pauvre enfant, mais Ellesmere veut se réconcilier avec ses petites-filles.

— Bien sûr : il y a un duc dans la famille à présent.

Cette remarque plutôt cynique ne plut pas à sa grand-tante, qui lui adressa un regard de reproche.

— Cela ne joue pas vraiment en faveur de cette jeune fille pour l'instant. La mère de Torquil, qui était veuve, a épousé ce peintre italien dont tout le monde parle l'été dernier. Cela a fait grand bruit, je vous le dis. Harriet a commis une erreur. Cet individu a presque vingt ans de moins qu'elle.

— Un homme plus jeune, murmura-t-il. Mais quelle horreur.

— Ce que je veux dire, c'est que, pendant très long-temps, Miss Deverill n'est pas sortie de chez elle. Et, entre son histoire familiale compliquée, le scandale entachant la famille du duc, le fait que son père soit malade et qu'elle soit obligée de s'occuper du journal pendant que sa sœur est en voyage de noces et son frère en Amérique, les choses ne sont vraiment pas faciles pour elle, alors que rien de tout cela n'est sa faute. Je veux donc tout faire pour que ses débuts en société se déroulent du mieux possible et pour qu'elle passe une excellente soirée. Et en ce qui vous concerne, ne pensez pas que vous serez quitte avec une seule danse en compagnie de Miss Deverill. D'une part j'attends de vous que vous vous montriez gentil et charmant avec elle, et d'autre part que vous dansiez avec au moins six autres ladies. N'essayez pas de vous éclipser dès que j'aurai le dos tourné pour aller jouer aux cartes à votre club ou retrouver une danseuse.

Résigné à son triste sort, Rex vida son verre de punch avant de le reposer, réajusta ses manchettes et désigna la salle de bal de la tête.

— Où se trouve cette Miss Deverill, alors ? Puis-je au moins voir ce qui m'attend ?

— Peu importe son apparence physique.

— Au contraire, répondit-il en souriant. Son apparence physique est très importante, puisque je vais bientôt la prendre dans mes bras. Et plus vous renâclerez à me la montrer, ajouta-t-il alors qu'elle soupirait, plus j'aurai tendance à imaginer une amazone d'un quintal avec une haleine épouvantable et des verrues sur le nez.

— Ne soyez pas stupide. Les chances de vous marier sont déjà assez maigres comme cela. Autant ne pas rendre les choses encore plus compliquées.

Sa grand-tante franchit la porte et, alors qu'il la suivait à l'intérieur, elle balaya la salle du regard.

— À droite de la table des boissons, tout près du grand vase de lilas, dit-elle, alors qu'il s'était arrêté à côté d'elle. Cheveux bruns, robe blanche.

Rex tourna les yeux vers l'endroit indiqué, où une silhouette longiligne drapée dans une vaporeuse robe blanche était appuyée contre le mur. Cette inspection rapide suffit à lui faire comprendre pourquoi sa grand-tante avait décrété que la jeune fille en question avait besoin d'aide. De toute évidence, elle était timide.

Son dos était plaqué contre le mur, comme si elle espérait que la pièce s'ouvre derrière elle et l'engloutisse. Elle avait de jolis yeux, grands et foncés, mais ils fixaient la foule avec ce mélange de désarroi et d'angoisse dont les gens timides font souvent preuve en société.

Ses cheveux, coiffés en une sobre couronne tressée fixée au sommet de sa tête, étaient d'un châtain indéterminé. Sa silhouette était fine, mais son visage était rond, avec une bouche rose pâle trop grande, des sourcils foncés trop droits et un nez si petit qu'on le voyait à peine.

Si on avait dû les interroger à ce sujet, la plupart des gens auraient sans doute dit qu'elle était quelconque. Rex ne serait pas allé jusque-là. Mais dans cette pièce où étincelaient les beautés les plus parées et resplendissantes, elle passait facilement inaperçue.

Alors qu'il examinait son visage, il eut tout à coup

l'impression que ce dernier lui était familier. Pourtant, il était certain qu'ils n'avaient jamais été présentés l'un à l'autre. Il l'avait peut-être croisée à une soirée, ou peut-être s'était-il retrouvé assis non loin d'elle à un concert, mais il lui semblait étrange de se souvenir si bien d'elle alors qu'elle était du genre à tout faire afin qu'on ne le remarque pas.

Pendant qu'il se disait cela, elle dut apercevoir quelqu'un dans l'assemblée, quelqu'un qu'elle connaissait et appréciait, car elle fit un petit geste de la main, puis sourit.

En cet instant précis, la magie opéra. Rex, surpris, retint son souffle : il avait suffi d'un simple petit sourire pour que tout le visage de la jeune fille soit transformé. Ses traits se détendirent, son visage s'éclaira, et ceux qui l'auraient qualifiée de quelconque auraient changé d'avis en un éclair. La personne à qui elle souriait devait être une femme, car si c'était à un homme qu'elle avait adressé ce sourire, il y aurait répondu comme une marionnette actionnée par des fils. Même Rex qui, d'habitude, était insensible aux charmes des jeunes ladies, se sentait légèrement étourdi.

— Voilà, déclara Petunia. Êtes-vous satisfait que je n'aie pas fait de vous la proie d'une amazone verruqueuse ?

Il ne répondit rien, car il savait que s'il exprimait une opinion ne serait-ce que très légèrement favorable, sa tante inviterait la jeune fille en question à toutes les occasions possibles, et toute la Saison ne serait plus qu'une immense partie de cache-cache.

— Oh ! très bien, dit-il à la place tout en poussant un soupir exagéré. Finissons-en.

Il avait à peine terminé de prononcer ces quelques

mots quand sa tante le prit par le bras et l'emmena vers la jeune fille.

Miss Deverill leva les yeux comme ils approchaient, et quand elle les posa sur Rex, toute trace de sourire disparut de son visage. Elle se tendit de nouveau. Bizarrement, en affichant cette réaction catastrophée, Miss Deverill lui parut encore plus familière. Et heureusement qu'il avait compris qu'elle était timide car sinon il aurait été en ce moment même en train de se creuser la cervelle pour se souvenir dans quelles circonstances fâcheuses ils s'étaient déjà rencontrés et ce qu'il avait fait de mal.

— Miss Deverill, dit sa tante en s'arrêtant devant la demoiselle, j'aimerais vous présenter mon petit-neveu, le vicomte de Galbraith. Galbraith, voici Miss Clara Deverill.

— Miss Deverill, fit-il en s'inclinant. C'est un plaisir de faire votre connaissance.

De toute évidence, elle ne partageait pas ce sentiment, car son visage était pâle comme la mort. Elle ne sourit pas pour le saluer, ni n'esquissa la moindre révérence. Au contraire, elle demeura totalement immobile, à tel point qu'il se demanda, inquiet, si elle avait cessé de respirer. On aurait dit qu'elle était sur le point de s'évanouir, et même si certains hommes auraient trouvé cela flatteur, ce n'était pas le cas de Rex. Si elle s'évanouissait, ce serait terriblement gênant, et cela ferait de lui la risée de ses amis. Pire encore, cette pauvre fille et lui deviendraient l'objet de folles spéculations, ce dont ils pouvaient fort bien se passer tous les deux. Il fut donc obligé d'insister pour la tirer de sa torpeur.

— Miss Deverill ?

En entendant sa voix, elle prit une grande inspiration et ses joues se couvrirent de grosses plaques rouges.

— P... p... Pareillement.

Ses yeux étaient maintenant grands ouverts, de sorte qu'elle lui fit irrésistiblement penser à un agneau pris au piège. Tout ce que son sourire avait fait naître chez lui disparut alors d'un coup. Il avait peut-être l'air d'un loup, mais les petits agneaux sans défense n'avaient jamais été sa tasse de thé.

De désespoir, il regarda sa tante Petunia, mais il comprit aussitôt qu'il ne fallait espérer aucune aide de sa part.

Au lieu de se porter à son secours, sa tante murmura quelque chose à propos de l'orchestre, s'excusa et s'éloigna, laissant Rex tout seul.

En maudissant les manœuvres diaboliques de Petunia, il se tourna de nouveau vers la jeune fille. À la voir le fixer en ayant l'air de souffrir mille morts, il se souvint de la raison exacte pour laquelle il évitait d'ordinaire les soirées dans le grand monde.

Chapitre 4

C'était lui. Le dieu du salon de thé, le beau libertin qui charmait les femmes aussi facilement qu'il donnait des conseils sur la façon de les abuser, se trouvait juste en face d'elle. Et désormais, il avait un nom autre que celui qu'elle lui avait donné. Ce n'était pas Adonis, mais Lord Galbraith.

Au fond, la découverte de sa véritable identité n'était pas particulièrement surprenante. Il n'était pas nécessaire d'être journaliste pour savoir que le vicomte de Galbraith et fils unique du comte de Leyland, Rex Pierpont, était l'un des célibataires les plus en vue de la haute société, bien connu pour son mode de vie débauché et pour son opposition farouche au mariage. Clara n'était pas du tout étonnée qu'il soit prêt à tout pour aider un autre homme à y échapper.

Néanmoins, elle n'avait jamais imaginé revoir un jour l'Adonis du salon de thé. Ce n'était que maintenant, a posteriori, qu'elle se rendait compte que ses vêtements raffinés et sa conversation auraient dû lui mettre la puce à l'oreille et lui faire se douter qu'une telle rencontre n'était pas à exclure. C'étaient la colère et le désespoir, sans doute, qui l'avaient empêchée de se montrer clairvoyante.

Et là, alors que leurs présentations étaient faites, elle se sentait pétrifiée, comme si elle avait été transformée en statue de sel ou en souche d'arbre, ou frappée d'une autre malédiction tout aussi horrible. Pourtant, si son corps semblait condamné à l'immobilité, son esprit ne trouvait pas le repos.

Savait-il qui elle était ? L'avait-il reconnue comme étant celle qui l'avait espionné à travers le feuillage des palmiers au salon de thé quelques jours plus tôt ? Sur le moment, elle était sûre qu'il ne l'avait pas remarquée — tout simplement parce que les hommes ne la remarquaient jamais —, mais si elle s'était trompée ?

Elle scruta son visage, à la recherche d'un indice lui permettant de savoir s'il l'avait reconnue. Elle n'en vit pas. Cela ne la rassura pas pour autant, car elle avait eu l'occasion de prendre la mesure de son talent pour la duplicité. S'il la reconnaissait, cela n'était pas grave, tant qu'il ne lisait pas aussi Lady Truelove et qu'il ne prenait pas connaissance du journal du jour. Dans le cas contraire, il ferait sans doute le lien. Et ce serait un désastre.

Le fait que l'identité de Lady Truelove soit inconnue lui donnait une aura qui contribuait à son pouvoir d'attractivité. Les gens se demandaient toujours quelle grande dame se cachait derrière ce pseudonyme. Si Galbraith découvrait la vérité et comprenait ce qu'elle avait fait, il pourrait décider de se venger en proclamant haut et fort qu'elle était la célèbre chroniqueuse. Si cela se produisait, la rubrique la plus populaire de *La Gazette* serait menacée de disparition, et ce par la faute de Clara. Irene ne s'en remettrait pas. Et elle serait certainement terriblement déçue.

Cette idée lui était insupportable. Clara eut l'impression qu'on lui enfonçait un couteau dans la poitrine.

— D'après ma tante, votre père est dans les affaires, Miss Deverill, dit Galbraith qui l'obligea à cesser ses folles spéculations et à se concentrer pour recouvrer ses esprits. Dans la presse, me semble-t-il.

À quoi jouait-il ? Était-il en train de la tester ?

— Oui, répondit-elle dans une espèce de couinement qui la fit grimacer.

Il ne sembla pas trouver cette réponse laconique satisfaisante. Il patientait, en l'observant, les sourcils froncés, comme s'il attendait une explication plus longue.

— Un seul journal, poursuivit-elle alors, en essayant cette fois de ne pas avoir l'air d'une souris effrayée. *La Gazette*. Est-ce que vous…

Elle s'interrompit, et toussota.

— Est-ce que vous… euh… la lisez… parfois ?

Il prit un air désolé.

— Non, j'en ai peur. Je ne lis pas beaucoup les journaux.

— Oh ! fit-elle dans un souffle, soulagée et se détendant légèrement. Tant mieux.

Il sembla surpris par cette réponse, et elle se dépêcha d'enchaîner :

— Je veux dire, tant d'hommes donnent l'impression de passer leurs journées à leur club, à lire les journaux, n'est-ce pas ? C'est sans doute très mauvais pour la santé.

En s'entendant parler, elle avait tout à fait conscience de passer pour une idiote. Et, avant même qu'il ne dise quoi que ce soit, le sourire poli et purement formel qu'il affichait confirma la conclusion à laquelle elle-même était parvenue.

— Sans doute, dit-il.

Le silence s'installa. Il changea de pied d'appui et
regarda autour de lui, d'un air pris au piège et un peu
gêné. Une réaction qu'elle était habituée à susciter chez
les hommes, malheureusement. Mais étant donné ce
qu'elle savait de celui-ci et ce qu'elle voulait lui cacher,
elle ne ressentait pas l'embarras qui était habituellement
le sien dans de telles circonstances. À présent qu'elle était
à peu près certaine qu'il ne l'avait pas reconnue, tout
ce qu'elle voulait, c'était s'excuser et retourner auprès
de ses amis. Cependant, il prit la parole, avant qu'elle
puisse le faire.

— Ma tante m'a demandé d'ouvrir le bal, Miss Deverill.

Les cors de l'orchestre se mirent alors à retentir comme
pour souligner cette déclaration, et il lui tendit la main.

— Voudriez-vous me faire l'honneur d'être ma
cavalière ?

Clara le fixa, abasourdie.

Il l'invitait à danser ?

Jadis, elle avait rêvé de princes charmants aux cheveux
blond doré et aux yeux bleus étincelants, à des hommes
beaux à couper le souffle. Plus jeune, elle avait valsé avec
des cavaliers imaginaires tels que lui dans l'intimité de
sa chambre, mais ces rêveries adolescentes ne s'étaient
jamais réalisées, et lors des rares occasions où elle avait
pu danser, elle avait eu pour cavaliers de très jeunes
hommes, des vieillards ou les époux de ses amies. Là,
alors qu'elle était en train de faire sa première vraie sortie
dans le grand monde, ses rêves d'enfant un peu naïfs se
concrétisaient enfin, mais en prenant un tour inattendu
et ironique : son prince charmant n'était pas du tout un
prince. C'était un goujat.

La situation était si ridicule qu'elle ne put s'empêcher d'émettre un petit rire.

Il ne se départit pas de son sourire, bien que son regard soit devenu légèrement plus sérieux.

— Ai-je dit quelque chose de drôle ?

— Non, répondit-elle, en cessant aussitôt de rire. Je veux dire, si, vis… visiblement… Mais non… Enfin, je ne riais pas de vous. Je… Je veux dire… Je… C'était juste…

Sa voix s'éteignit d'elle-même, et elle abandonna. Ce n'était pas possible d'expliquer quoi que ce soit. Et ce n'était pas comme si le fait qu'elle rie à ses dépens pouvait le faire souffrir. Il risquait d'être légèrement blessé dans son amour-propre tout au plus, mais il le méritait bien.

— Était-ce un oui ou un non ?

Sa question lui rappela qu'elle n'avait pas encore répondu à son invitation qu'il n'avait, d'ailleurs, pas l'air de vouloir retirer. La main toujours tendue vers elle, il patientait.

Il était le dernier homme avec qui elle avait envie de danser, et elle chercha désespérément une excuse.

— Oh ! je n'avais pas… C'est que je n'ai pas vraiment…

— Je vous en supplie, ne refusez pas, l'interrompit-il avec douceur. Car si vous faites cela, je vais me sentir extrêmement bête.

Son sourire s'élargit tout en devenant plus crispé.

— Tout le monde nous observe, voyez-vous.

Oh ! Seigneur… Le rouge monta aux joues de Clara, car elle détestait se faire remarquer, et elle dut lutter contre l'envie de regarder tout autour elle. Il exagérait sans doute, mais même une seule paire d'yeux posée sur eux était une paire de trop.

Malheureusement, il venait de lui proposer ce que tous ceux qui les fixaient devaient considérer comme un grand honneur, et puisque aucun autre homme ne lui avait demandé cette danse, elle n'avait aucune excuse valable pour refuser.

— Oui, je vous remercie, murmura-t-elle en prenant sa main.

Alors qu'il la menait vers la piste, elle se rendit compte avec consternation qu'il avait raison : tous les regards étaient désormais fixés sur eux.

Elle s'arrêta avec lui à un endroit de la salle, pour attendre que les couples désirant danser eux aussi s'alignent au bord de la piste et se préparent à les suivre pour la grand-marche. Quelques minutes plus tard, il la regarda, hocha la tête, et se remit à marcher.

Clara avançait avec lui, de plus en plus mal à l'aise alors qu'ils paradaient sur la piste sous les yeux d'une centaine de personnes. Quelle ironie qu'elle ait passé toute son adolescence à rêver de faire une entrée remarquée dans le grand monde et que, maintenant que le destin lui permettait d'accomplir ce souhait a priori irréalisable, elle ait plus que tout envie de courir très vite jusqu'à la porte la plus proche.

Au bout de la salle, ils se tournèrent l'un vers l'autre. Il la regarda, et elle posa les yeux sur sa cravate blanche pendant qu'il levait leurs mains jointes. Les couples qui les avaient suivis passèrent sous l'arche formée par leurs bras, avant de faire un quart de tour sur eux-mêmes pour venir s'aligner sur les bords de la piste, les hommes à côté du vicomte, les femmes à côté d'elle.

Une fois que tout le monde fut passé, Galbraith se

tourna, et elle l'imita, puis ils traversèrent la piste, suivis par les autres couples.

— Nous devrions converser un peu, Miss Deverill, dit-il.

— Est-ce absolument nécessaire ?

Au moment où elle prononça ces mots, elle les regretta, car il n'était pas dans sa nature de se montrer impolie.

— Je suis désolée, marmonna-t-elle, en lui adressant un rapide coup d'œil. Ce… Ce n'était pas très aimable de ma part. C'est juste que… Je n'ai pas… Enfin, la… La conversation n'est pas… mon plus grand talent.

— Je vois.

Dans ses yeux extraordinaires, elle crut deviner une lueur de compassion. Ou de pitié.

Elle se raidit et détourna la tête, en regrettant de s'être montrée si franche.

— Mais c'est uniquement avec les étrangers.

Ils s'arrêtèrent à l'endroit où ils avaient commencé la danse, et quand ils se tournèrent l'un vers l'autre pour attendre les autres couples, elle se sentit obligée d'insister sur ce point.

— Je ne vous connais pas, voyez-vous.

— C'est d'ailleurs une grande perte pour moi.

Étant donné ce qu'elle savait de lui, Clara était plutôt de son avis, mais bien entendu, c'était quelque chose qu'elle ne pouvait pas dire.

— C'est plutôt le contraire, à mon avis, dit-elle à la place, en se forçant à rire comme si elle ne trouvait pas la situation gênante. Si vous m'avez invitée à danser, c'est sur ordre de votre tante, j'en suis sûre.

Un homme plus gentil se serait empressé de nier. Galbraith s'en abstint. À la place, il observa son visage pendant un moment, puis ses cils se baissèrent et leur extrémité dorée captura la lumière.

Les joues de Clara s'embrasèrent aussitôt, car elle savait ce qu'il regardait, et elle savait aussi qu'il n'y avait pas grand-chose à voir. En résistant pour ne pas frémir, elle leva le menton et resta stoïque. Après tout, elle se moquait bien de ce qu'un homme comme lui pouvait penser d'elle ou de sa silhouette. Mais lorsqu'il posa de nouveau les yeux sur son visage, il y avait dans son air grave quelque chose qui lui coupa tout de même le souffle.

— Vous cachez bien vos trésors, Miss Deverill.

— Vraiment ? murmura-t-elle, rendue nerveuse par le fait qu'il se penche et prenne sa main. Pas étonnant alors que je ne les trouve jamais.

Il rit, sans que Clara ne comprenne pourquoi.

— Vous avez de l'esprit, à ce que je vois, dit-il tandis qu'il entamait le premier mouvement du quadrille. Quelle découverte délicieuse.

— Et étonnante, répondit-elle alors qu'ils changeaient de mains et commençaient à tourner dans la direction opposée. Étant donné que je n'ai aucune idée de ce que j'ai pu dire de si drôle.

En souriant toujours un peu, il leva leurs mains jointes au-dessus de leurs têtes et passa son bras sous le sien tout en saisissant fermement sa main restée libre.

— Non, reconnut-il, en l'observant à travers l'ouverture formée par leurs bras levés, sans plus sourire et les yeux fixés sur son visage. En effet, vous ne devez pas le savoir.

Trop près de lui, alors qu'il ne la quittait pas des yeux et que ce compliment ridicule qu'il venait de lui faire résonnait encore à ses oreilles, elle se sentait prise au piège et terriblement vulnérable. Malgré les épaisseurs de tissu, elle sentait ses doigts effleurer son ventre, ce qui la paniquait complètement et l'empêchait de parler.

— Flirtez-vous avec toutes les femmes que vous rencontrez, Lord Galbraith ? parvint-elle tout de même à demander.

Il sembla surpris, mais Clara n'aurait su dire si c'était dû à sa question ou à l'aigreur de sa voix.

— D'ordinaire, non, répondit-il. Pas avec les jeunes ladies en tout cas. C'est une règle que je me suis fixée.

— Je n'aurais pas cru qu'un homme comme vous puisse avoir des règles, murmura-t-elle.

Aussitôt, elle regretta sa réponse, car il fronça légèrement les sourcils et plissa les yeux d'un air interdit.

Les pas de la danse les obligèrent à se séparer avant qu'il puisse répondre. Et, alors qu'ils passaient à la figure suivante avec les autres couples, Clara se répéta que le meilleur moyen de garder son secret, c'était de se taire, ce qui n'avait d'ailleurs jamais été un problème pour elle.

Galbraith, malheureusement, ne semblait pas disposé à la laisser se réfugier dans le silence.

— Un homme comme moi.

Il répéta ses mots d'une voix songeuse tandis que la danse les ramenait l'un vers l'autre.

— Qu'est-ce donc qu'un homme comme moi, au juste ? demanda-t-il en saisissant sa main et en la faisant tourner. Vous avez piqué ma curiosité.

Oh ! Seigneur, c'était la dernière chose dont elle avait besoin.

— Allons, Miss Deverill, dit-il face à son silence obstiné. Sous vos airs réticents, vous semblez avoir une opinion bien tranchée sur moi. Opinion qui ne cherche qu'à s'exprimer, d'ailleurs.

Il lui adressa un sourire espiègle alors qu'ils changeaient de main et de direction.

— Mais cela se fait-il vraiment de juger les gens aussi rapidement ? Après tout, nous venons juste d'être présentés. À moins que je ne me trompe ?

Il se tut, et même s'il souriait toujours, Clara vit que son regard s'était fait plus perçant.

— Nous sommes-nous déjà rencontrés ?

— Bien sûr que non, répondit-elle en se maudissant aussitôt pour sa dénégation si abrupte.

En prenant une grande inspiration, elle essaya de se rattraper.

— Enfin, je ne pense pas. Je ne sors pas beaucoup, donc si nous nous étions rencontrés, je m'en souviendrais.

— Qu'ai-je fait, alors, pour mériter que vous me jugiez aussi sévèrement ?

La meilleure chose à faire aurait été de nier et de se défendre, mais Clara ne pouvait se résoudre à mentir pour ménager sa susceptibilité.

— Vous jouissez d'une réputation plutôt scandaleuse.

— Oui, ma tante me le rappelle souvent. Et les gens semblent enclins aux commérages.

— Des commérages ? s'insurgea-t-elle contre cette tentative pour se faire passer pour une victime. Les journaux parlent constamment de vous, Lord Galbraith. Et je suis bien placée pour le savoir puisque ma famille en possède un.

— Donc, c'est à cause du gagne-pain de votre famille que vous avez une mauvaise opinion de moi ? Eh bien, en ce qui me concerne, j'ai une mauvaise opinion des journaux. Donc, nous sommes quittes.

Cette réponse la hérissa, mais elle n'aurait su dire si

ce qui l'avait agacée le plus était qu'il souligne que sa famille avait besoin de gagner de l'argent ou qu'il refuse d'admettre qu'il avait mauvaise réputation.

— Je ne suis pas la seule à penser cela de vous.

— Je refuse d'accorder la moindre importance à l'idée que les gens ont de moi.

— Vous n'essayez même pas de donner une bonne image de vous ?

Il ricana, ce qui ne la surprit guère.

— Pourquoi bien se comporter, alors que mal se comporter est tellement plus agréable ? Par ailleurs, ajouta-t-il en haussant les épaules, la plupart des femmes aiment les libertins comme moi.

C'était sans doute plus vrai qu'elle ne voulait le croire.

— Alors, clairement, je ne suis pas comme la plupart des femmes, murmura-t-elle.

— Non, reconnut-il.

Et, de façon tout à fait inattendue, il l'attira tout près de lui — bien plus près que ne l'autorisait la bien-séance — alors qu'il levait leurs mains jointes.

— Je commence à croire que ce n'est pas le cas, en effet.

Cette réponse lourde de sens provoqua chez Clara un léger vertige, mais elle s'obligea à soutenir son regard.

— Vous ne démentez pas ce que l'on dit de vous, alors ?

— Je ne suis pas tout à fait en position de le démentir. Je profite de la vie, Miss Deverill, et j'ai du mal à comprendre pourquoi je devrais être condamné pour cela.

— En d'autres termes, vous voulez que les gens pensent du bien de vous cependant que vous faites ce qui vous plaît ?

Elle espérait le provoquer, mais il se contenta de rire

en secouant la tête, ce qui fit étinceler ses mèches fauves dans la lumière des lustres.

— Oui, c'est à peu près cela.

Elle le revit au salon de thé, en train de conspirer pour aider son ami à tromper une femme innocente, et elle ne put retenir un petit rire cynique.

— Les hommes, le beurre et l'argent du beurre…, murmura-t-elle.

Les pas les séparèrent de nouveau, et Clara se dit que puisqu'il semblait décidé à converser pendant toute la danse, la meilleure chose à faire était de revenir à des sujets plus neutres. Mais quand ils se retrouvèrent face à face, il ne lui en laissa pas l'occasion.

— Si j'ai bien compris, dit-il en reprenant sa main et la conversation là où ils l'avaient laissée, vous pensez que tous les hommes veulent le beurre et l'argent du beurre. C'est bien cela ?

— Pas *tous* les hommes.

Il rit doucement en levant leurs mains jointes.

— Bien, bien, murmura-t-il. À chaque regard et à chaque mot, le petit agneau aux grands yeux prouve qu'il n'est pas aussi sans défense que cela.

Clara se sentit vexée. Elle était peut-être quelconque, timide et peu bavarde, mais elle n'avait rien d'une créature désespérée et incapable de se débrouiller seule.

— Est-ce donc ce que je suis ? demanda-t-elle alors qu'ils tournaient sur eux-mêmes. Un petit agneau ?

Délibérément, elle écarquilla les yeux de façon exagérée.

— Et je suis perdue dans les bois, j'imagine. Et vous allez venir me sauver ?

— Vous sauver ? J'en doute.

Il baissa le regard, s'arrêta sur sa bouche.

— Me jeter sur vous me plairait bien plus.

Le cœur de Clara se mit à cogner dans sa poitrine de façon effrénée. Il heurtait ses côtes avec une violence qui la déconcentra. Elle marcha sur les pieds de Galbraith, perdit l'équilibre, et aurait trébuché s'il ne l'avait pas retenue en passant son bras dans son dos. Au-dessus de leurs têtes, il agrippa sa main pour qu'ils gardent la pose jusqu'à ce qu'elle retrouve l'équilibre.

— Faites attention, la mit-il en garde. Si vous dansez avec moi plus longtemps, vous serez en danger.

Sur ce, il dégagea son bras, la lâcha, et la laissa.

Le changement de cavalier fut bienvenu, mais alors qu'elle effectuait les pas, elle sentait encore, comme une barre d'acier, le bras de Galbraith contre son dos, et ses mots résonnaient à ses oreilles bien plus fort que la musique.

« Me jeter sur vous me plairait bien plus. »

Seigneur, aucun homme n'avait jamais exprimé le désir de se *jeter* sur elle. Quel dommage, songea-t-elle, affligée, que le premier à le faire soit un homme qu'elle n'appréciait même pas.

Mais était-ce vraiment dommage ? Il était si beau qu'il était presque douloureux de le regarder, et si elle l'avait apprécié, si elle avait voulu à tout prix faire bonne impression, elle aurait sans doute été trop intimidée et impressionnée pour oser lui dire quoi que ce soit. Avec cet homme, c'était différent, cependant. Malgré sa beauté, elle savait qui il était vraiment, et comme elle se moquait bien de ce qu'il pouvait penser d'elle, elle avait sur la situation une certaine emprise qu'elle n'aurait jamais eue sinon. Pas étonnant qu'elle soit si directe ce soir. Pourquoi ne le serait-elle pas ? Avec lui, elle pouvait dire tout ce qu'elle voulait, puisque cela n'avait aucune importance.

— Vous m'avez mise en garde, Lord Galbraith, dit-elle alors qu'ils se retrouvaient. Mais je me demande bien pour quelle raison. Sont-ce les pas de danse que je dois craindre ? demanda-t-elle, plus audacieuse qu'elle ne l'avait jamais été. Ou bien vous ?

Il leva un sourcil d'un air étonné, ce qui ne la surprit pas. Venant d'un pauvre petit agneau comme elle, de tels mots devaient paraître inattendus.

— Oh ! c'est moi, sans conteste. Je suis bien plus dangereux pour vous qu'un simple quadrille. S'il s'agissait d'une mazurka, néanmoins, les choses pourraient être différentes.

Elle rit, désarmée malgré elle par ce trait d'esprit.

— Je ne pense pas avoir quoi que ce soit à craindre de vous.

— Vous êtes entre mes bras, dit-il en l'attirant plus près de lui. Ne vous y trompez pas, mon agneau. Vous courez de graves périls.

La gorge de Clara devint très sèche, et alors qu'ils tournaient lentement, en se regardant sous l'arche que dessinaient leurs bras levés, elle se sentit dépossédée de ce tout nouveau pouvoir qu'elle croyait pourtant tenir entre ses mains.

Il sembla percevoir ce changement. Son sourire disparut, il scruta son visage. Clara sentit alors son cœur cogner dans sa poitrine. Elle avait peur que les sensations qu'il faisait naître en elle ne soient pas dues à la peur d'être reconnue, mais à quelque chose de totalement différent, quelque chose qu'elle n'avait jamais éprouvé jusqu'alors. Et pire encore, elle savait de quoi il s'agissait.

C'était ce qu'Elsie Clark avait éprouvé au salon de thé l'autre après-midi. Voilà ce que cela faisait de se retrouver au centre de l'attention d'un homme redoutablement beau. Il était en train de la regarder comme si elle était la seule chose au monde qui existait, comme si rien — du passé, du présent, ou du futur — n'était plus important qu'elle. Une version masculine du chant des sirènes.

Rien de tout cela n'était vrai et pourtant cela ne l'empêcha pas de sentir une grande bouffée de chaleur l'envahir.

Heureusement, les pas du quadrille les forcèrent à se séparer de nouveau, et lorsqu'ils se retrouvèrent pour la dernière figure, Clara s'était calmée.

— Je croyais vous avoir entendu dire que vous ne flirtiez pas avec les jeunes ladies. Une règle pour vous, soi-disant…

— C'est vrai. Mais les règles…

Il s'interrompit, un léger sourire aux lèvres.

— Les règles, comme on dit, sont faites pour être brisées.

— Vous en avez certainement enfreint plusieurs.

Il rit tout en levant leurs mains.

— En effet, répondit-il en l'observant. Mais ce n'est sans doute pas votre cas.

Elle songea aussitôt à ce qu'elle avait fait avec Lady Truelove.

— Vous seriez surpris, murmura-t-elle.

— Vraiment ? Vous m'intriguez, Miss Deverill.

Il l'attira plus près et serra plus fort sa main, en effleurant son ventre au passage.

— Peut-être devrions-nous enfreindre des règles ensemble ?

— Auxquelles pensez-vous ?

Elle avait posé cette question provocatrice sans réfléchir. Mais heureusement, la musique cessa avant qu'il puisse y répondre, et Clara se sentit profondément soulagée. Elle recula, en espérant qu'il lâche ses mains et lui propose son bras pour la ramener à sa place, sauf qu'à sa grande stupéfaction il ne la libéra pas. Et il ne bougea même pas.

— J'ai plusieurs idées en tête, je l'avoue, murmura-t-il.

Son regard vif et d'un bleu profond se posa sur sa bouche.

— Un baiser au cours d'une danse enfreindrait quelques règles, n'est-ce pas ?

Clara essaya de s'imaginer la scène. Elle se représenta ses bras virils autour d'elle, et sa bouche s'approcher de la sienne. Et malgré la fulgurance de cette image, elle sentit ses jambes se dérober sous elle, alors même que sa fierté de femme se rebellait contre l'idée qu'elle puisse être aussi facilement conquise.

— Oui, plus d'une, reconnut-elle, en retirant sa main et en feignant un soupir déçu. Mais m'embrasser pendant la danse est impossible.

— Vraiment ?

Il se raidit et s'approcha d'elle. Il baissa très légèrement la tête.

— Et pourquoi ?

Elle se mit à rire.

— Parce que la danse est terminée.

Il cligna des yeux, surpris.

— Comment ?

Devant son expression interdite, elle se rendit compte qu'il était captivé au point de n'avoir vraiment pas remarqué que la danse était terminée. Elle rit, d'un rire qui résonna en elle comme un feu d'artifice et chassa tout ce que cet homme avait pu lui faire ressentir d'autre. Elle aussi connaissait le chant des sirènes, visiblement. Qui aurait pu le croire ?

Il regarda tout autour de lui comme s'il tentait de reprendre ses esprits, et elle en profita pour tourner les talons et se diriger vers la porte la plus proche. Elle n'aurait pas dû, car cela lui ôtait la possibilité de la raccompagner à sa place, mais Clara s'en moquait. Pour la première fois de sa vie, elle avait dit la bonne chose au bon moment, et elle ne voulait pas gâcher un triomphe aussi inattendu en continuant de parler.

Pourtant, lorsqu'elle jeta un coup d'œil dans son dos, elle se rendit compte que sa fuite ne serait pas aussi facile que cela. Il la suivait. Pourquoi ? Elle ne comprenait pas bien, mais il affichait un demi-sourire et un air déterminé qui fit presser le pas à Clara.

Elle avait l'avantage sur lui, car son égarement momentané lui avait permis de le distancer de quelques mètres, et de laisser une demi-douzaine de couples entre eux. Mais une fois qu'elle aurait quitté la salle de bal, ces avantages disparaîtraient. Sa première intention, un peu vague, avait été de se réfugier dans le vestiaire des dames. Cependant, elle se rendit compte qu'elle ignorait où il se trouvait, et qu'elle n'avait pas le temps de le chercher, car Galbraith la suivait de près. Et même si elle avait eu le temps de se renseigner, il n'y avait personne à qui poser la question, puisque lorsqu'elle se trouva dans le couloir, ce dernier était désert.

En se maudissant et en maudissant son audace tellement inhabituelle, Clara regarda autour d'elle. Devant elle se trouvait le couloir principal, qui menait au vestibule, vaste espace sans porte de sortie ni endroit où se cacher. À sa gauche et à sa droite, la salle de bal était bordée de grandes statues de marbre. Elle ne vit donc qu'un seul moyen d'échapper à Galbraith.

Elle tourna à droite, en courant dès qu'elle fut dans le couloir, mais elle avait à peine fait une dizaine de pas qu'elle entendit la porte de la salle de bal s'ouvrir. Elle jeta un petit coup d'œil à la dérobée et aperçut l'éclat de ses cheveux blond-fauve juste avant de se glisser entre deux statues. Elle retint son souffle et se raidit, en espérant que son corps soit assez mince et sa robe assez étroite pour qu'il ne la voie pas.

Les voix et la musique parvenaient jusqu'à elle, puis la porte se referma et les bruits du bal furent tout à coup étouffés. Elle ignorait s'il y était retourné, et il n'y avait aucun moyen de le savoir, car elle ne voulait surtout pas bouger. Elle attendit, en tendant l'oreille et en osant à peine respirer.

— Bon sang ! l'entendit-elle marmonner. Comment une jeune femme peut-elle disparaître comme cela ?

Clara se mordit la lèvre en souriant. *Oui, comment ?*

L'horloge qui se trouvait près de l'escalier se mit à sonner. Et, après le douzième coup, elle entendit un grand éclat de rire résonner dans le couloir.

— Minuit, c'est bien cela ?

Il rit de nouveau.

— Eh bien, Cendrillon, on dirait bien que l'heure est venue pour moi de vous dire bonne nuit.

Elle sourit plus franchement. Elle ne l'appréciait pas, et elle préférait éviter sa compagnie, néanmoins il était très excitant de vivre un conte de fées dans la vraie vie, d'être, pour la première fois de son existence, la jolie ingénue qui attire l'attention du plus bel homme du bal. Même si l'homme en question était un goujat.

La porte de la salle de bal s'ouvrit et se referma de nouveau, pourtant Clara continua d'attendre et compta une bonne trentaine de secondes avant d'oser sortir de sa cachette.

Heureusement, le couloir était vide.

Chapitre 5

Rex n'arrivait pas à comprendre comment cette fille avait pu disparaître en un clin d'œil. Elle n'avait pas pu aller bien loin de toute façon, et en d'autres circonstances, il aurait volontiers poussé les recherches. Malheureusement, d'autres obligations l'attendaient, et parcourir tous les couloirs en quête d'une jeune impertinente n'en faisait pas partie, ce qui lui fut rappelé avec force dès qu'il retourna dans la salle de bal.

Le regard sévère de sa tante Petunia se posa aussitôt sur lui et lui confirma qu'il allait devoir enchaîner une bonne demi-douzaine de danses avant de pouvoir s'intéresser de nouveau à la provocante Miss Deverill.

Il observa l'assemblée, à la recherche d'une cavalière potentielle. Quand il aperçut Lady Frances Chinden à quelques mètres, il s'approcha pour l'inviter. De son point de vue, Lady Frances était un choix parfait. Son père avait d'énormes dettes de jeu, ce qui signifiait que Petunia ne voudrait jamais qu'elle devienne la future comtesse de Galbraith. Elle était aussi plutôt agréable à regarder et de fort bonne compagnie, pourtant même le charme indéniable de Lady Frances ne parvint pas à lui faire oublier Clara Deverill. Le visage de la demoiselle, transfiguré par le rire — à ses dépens —, restait gravé dans son esprit alors même qu'il dansait avec une autre femme. Le parfum de fleurs d'oranger de ses cheveux ne l'avait pas quitté, et ses mots résonnaient encore à ses oreilles avec plus de clarté que les accords du *Beau Danube bleu* de Strauss.

« M'embrasser pendant la danse est impossible, Lord Galbraith… parce que la danse est terminée. »

Il se revit quelques minutes plus tôt, confus, sonné, et même tout émoustillé… Et sur une piste de danse, songea-t-il avec dépit, au su et au vu de tout le monde. L'idée délicieuse de l'embrasser avait tant accaparé son esprit qu'il ne s'était même pas rendu compte que la musique avait cessé et qu'ils n'étaient plus en train de danser. Pas étonnant qu'elle se soit moquée de lui.

Néanmoins, il avait une excuse. Elle n'était peut-être pas de celles que l'on remarquait au premier regard, certes, mais lorsqu'elle riait, la transformation était spectaculaire. Quand Clara Deverill riait, quand elle souriait, son visage s'illuminait — la pièce tout entière s'illuminait — et, de quelconque, elle devenait extraordinaire.

Elle-même ne s'en rendait pas compte, soupçonnait-il, et elle ne devait pas croire qu'elle puisse posséder le moindre charme. Il aurait été très heureux de pouvoir lui prouver le contraire, mais elle ne lui en avait pas laissé l'occasion. Elle avait disparu en un éclair à la fin de la danse, et l'avait laissé planté là comme un idiot, à sa plus grande honte.

Il ignorait toujours où elle avait bien pu disparaître. Elle avait dû se réfugier dans le vestiaire des dames, même s'il ne voyait pas comment elle avait pu arriver jusque-là en si peu de temps. Elle avait dû courir à perdre haleine.

Mais pourquoi ? Sans vouloir se vanter, il savait qu'il n'était pas le genre d'homme que les femmes fuyaient, d'habitude. Pourquoi, alors, ressentir le besoin de lui échapper ? Avait-elle voulu flirter avec lui ? S'enfuir… Attendre qu'il se lance à sa poursuite… Cela faisait-il partie d'un jeu ?

Non, cela ne cadrait pas avec le personnage. Elle ne voulait pas danser avec lui, cela avait été suffisamment clair, et malgré quelques mots un peu provocateurs ici ou là, son attitude envers lui avait été plutôt froide et indifférente, pour ne pas dire réprobatrice.

Qui était-elle pour le juger de la sorte ? se demandat-il, quelque peu piqué au vif. Ils venaient juste de faire connaissance.

En se disant cela, il eut de nouveau la curieuse impression de l'avoir déjà rencontrée auparavant.

Elle l'avait nié catégoriquement, pourtant plus Rex essayait de chasser cette impression de familiarité, plus elle revenait avec force. Ils avaient dû se croiser et elle devait avoir une bonne raison pour prétendre le contraire. Mais pourquoi ? Pour lui faire payer un affront, peut-être ? L'avait-il vexée de quelque façon que ce soit ?

Avant qu'il puisse creuser la question, la voix de Lady Frances s'insinua dans ses pensées.

— Vous semblez préoccupé, Lord Galbraith.

Rex s'efforça de chasser de son esprit les images de sa précédente cavalière et se concentra sur celle qu'il tenait en ce moment même entre ses bras. Vite, il fallait qu'il trouve une excuse à son inattention.

— Pardonnez-moi, Lady Frances. Je suis distrait, je l'avoue. Je joue les hôtes à la place de mon oncle ce soir, et c'est un rôle auquel je ne suis pas habitué. Cela me rend nerveux.

— Oh ! il ne faut pas vous en faire pour cela. Vous vous en tirez merveilleusement. Et, au contraire, le rôle d'hôte vous va très bien.

Comme la plupart des hommes, Rex aimait les compliments, mais seulement s'ils étaient mérités, ce qui, présentement, n'était pas le cas, étant donné que cela faisait moins d'une demi-heure qu'il jouait les hôtes. Non, songea-t-il, en observant le joli visage de Lady Frances, c'était tout à fait le genre de flatteries infondées que les débutantes se sentaient obligées de proférer. La plupart d'entre elles, en tout cas.

Vous avez vraiment une réputation exécrable.

Rex étouffa un juron.

— Pardon ?

Lady Frances le regardait, et pour la seconde fois, Rex dut contraindre ses pensées à se détourner de sa précédente cavalière. Mais malgré toute sa bonne volonté, il ne put s'empêcher, de temps en temps, de scruter la foule à la recherche d'une silhouette élancée drapée de blanc et d'une couronne de cheveux châtains. En vain.

Ce ne fut que lorsqu'il eut ramené Lady Frances à ses parents et se fut dirigé vers la table des rafraîchissements que ses efforts semblèrent récompensés. Quand il aperçut une silhouette grande et mince vêtue de blanc se faufiler vers la terrasse, il ne perdit pas de temps et lui emboîta le pas. Cependant, une fois sur la terrasse, il se rendit compte que la femme qu'il avait suivie n'était pas Clara Deverill mais la légèrement scandaleuse Lady Hunterby, qui lui adressa un sourire espiègle avant de descendre l'escalier quatre à quatre et de disparaître dans le jardin.

Il avança vers la balustrade, et observa avec une pointe d'envie Lady Hunterby traverser la pelouse vers la folie qui se trouvait à l'autre bout du jardin. Un rendez-vous galant, songea-t-il, voilà qui était bien plus drôle que de danser avec des femmes qui ne l'intéressaient pas, ou que chercher en vain une gamine énervante qui ne s'intéressait pas du tout à lui.

— J'ai suivi ton conseil.

Rex, heureux d'être distrait de ses pensées, se tourna en entendant ces mots. Lionel Strange était en train de traverser la terrasse pour le rejoindre.

— Lionel ? Quelle agréable surprise. Je ne pensais pas te voir au bal de ma tante.

Son ami haussa les épaules, mais il y avait, dans son mouvement, une tension curieuse qui contredisait la nonchalance du geste.

— Je suis parfois invité à ce genre d'événements. Je suppose que même ta tante Petunia a du mal à trouver suffisamment d'hommes célibataires pour un bal de cette ampleur.

Rex remarqua que Lionel peinait à articuler et que son allure était quelque peu chancelante. Il en fut surpris, car Lionel était rarement ivre.

— Je suis sûr que ce n'est pas pour cette raison qu'elle t'a invité, dit-il alors que Lionel s'arrêtait devant lui. C'est sans doute parce qu'elle sait que nous sommes amis et que je t'estime beaucoup.

— Nous sommes amis ? répéta Lionel, en riant un peu trop fort. Vraiment ?

— Bien sûr que nous sommes amis.

— Alors tu as de l'amitié une définition curieuse.

Rex fit la moue. Il n'était plus seulement surpris, il

était inquiet. Même aux rares occasions où Lionel avait un peu trop bu, il ne s'était jamais montré agressif, ni grossier.

— Je n'ai pas la moindre idée de ce que tu veux dire. Quoi qu'il en soit, je suis sûr que tu n'as pas été invité juste pour faire nombre. Ma tante n'inviterait jamais quelqu'un dont elle n'a pas une bonne opinion. Et tu es député, ce qui veut dire que tu occupes une place importante dans ce pays. Ce n'est pas comme si tu étais un quidam insignifiant.

— Peut-être, mais nous savons toi et moi que je ne fais pas partie de la crème de la crème.

Il y avait, dans ses mots, une évidente amertume.

— Et Geraldine le sait également, apparemment.

La perplexité et l'inquiétude de Rex montèrent d'un cran.

— Que veux-tu dire ?

— Comme je te l'ai dit, j'ai suivi ton conseil. Ce soir même, d'ailleurs. Veux-tu connaître le résultat ?

Rex n'en était pas certain, au vu de l'état d'ébriété de son ami, de son air sinistre, de ses manières agressives. Mais un gentleman ne se dérobait pas lorsqu'un ami avait des problèmes.

— Oui, je veux savoir. Raconte-moi ce qui s'est passé.

Lionel secoua la tête, en riant un peu, mais jaune.

— Exactement ce que j'avais prédit. Elle a abondé dans mon sens quand j'ai suggéré que nous devrions peut-être nous séparer. Elle a déclaré que j'avais raison, qu'elle était en effet trop bien pour moi. Et puis elle m'a planté là.

— Quoi ?

Rex cligna des yeux, un peu abasourdi par la nouvelle.

Dina était avant tout une coquette. Cela ne lui ressemblait pas de partir sans laisser à Lionel le moyen de la poursuivre.

— Est-ce que tu l'as suivie ? Est-ce que tu lui as servi le discours que j'avais suggéré ?

— Oh ! oui, fit Lionel en prenant un air plus sévère encore. Mais j'en étais à peine à la moitié quand elle m'a interrompu, en déclarant qu'elle savait que j'essaierais quelque chose comme cela.

— Quelque chose comme quoi ?

— Lady Truelove l'avait prévenue et elle s'y attendait, a-t-elle expliqué.

Rex cilla de plus belle, comprenant de moins en moins.

— Lady qui ?

— Lady Truelove. C'est un courrier du cœur. *Dear Lady Truelove.* Mon Dieu, Rex, tu en as forcément entendu parler. Tu ne lis donc pas les journaux ?

— Tu sais bien que non.

— Les gens écrivent à Lady Truelove pour leur faire part de leurs problèmes sentimentaux, et elle leur donne des conseils.

Rex observa le visage fâché de son ami et commença à regretter que ce dernier n'ait pas demandé de l'aide à cette Lady Truelove plutôt qu'à lui. Mais bien entendu, il n'en dit rien. À la place, il essaya de mieux comprendre la situation.

— Geraldine s'est adressée à un courrier du cœur ?

Il savait, bien entendu, que cela n'avait aucun sens. Pour superficielle qu'elle soit, Dina était aussi discrète. Jamais elle n'aurait fait une chose pareille.

— Elle dit que non. Mais peu importe. La lettre décrivait une situation si proche de la sienne qu'elle a décidé de suivre les conseils de Lady Truelove. C'était la providence, d'après Dina.

— Tu plaisantes ?

— Oh ! mais pas du tout. Dans sa lettre, cette femme, « ne sachant plus que faire », racontait que l'homme qu'elle aimait lui avait fait miroiter le mariage, mais qu'il semblait désormais peu disposé à l'épouser pour de bon.

— Certes, mais c'est une situation fort banale, et…

— Exactement comme nous, a affirmé Dina. Elle a dit que c'était comme si Lady Truelove s'adressait directement à elle. Après avoir lu l'article moi aussi, j'ai compris pourquoi elle en était arrivée à cette conclusion.

— Quoi qu'il en soit, il s'agit juste d'une coïncidence.

— La femme en question est issue d'un milieu bien plus élevé que l'homme qu'elle aime. Elle est la veuve d'un aristocrate, alors qu'il n'appartient qu'à la classe moyenne. Ils se sont tous les deux déclaré leur amour. Ils se voient en secret, et leurs familles ignorent tout de leur liaison. Cela fait un mois qu'ils sont ensemble. Cela fait beaucoup de coïncidences, tu ne trouves pas ?

— Mais quelle autre explication pourrait-il y avoir ?

— C'est la question que je me suis posée. Lady Truelove a dit à cette femme que l'homme en question était une crapule, un scélérat qui avait l'intention de profiter d'elle de la façon la plus répréhensible qui soit.

— Ne me dis pas que tu prends tout cela personnellement ? Vraiment, Lionel, ce n'est pas comme si cette femme parlait réellement de *toi*.

— Tu penses que ce n'est pas le cas ?

— Comment serait-ce possible ? Elle ne te connaît même pas.

— Peut-être que si, même si moi je ne la connais

pas. Elle a prévenu la fille, poursuivit-il avant que Rex puisse répondre à cette remarque assez énigmatique, que cet homme essaierait de la duper d'une façon ou d'une autre, qu'il tenterait par la ruse de la convaincre de continuer cette liaison.

— Eh bien, évidemment ! Tout homme se trouvant dans une situation aussi plaisante aurait envie qu'elle dure le plus longtemps possible. C'est ton cas, bien entendu. Mais Dina est bien trop discrète pour confier ses peines de cœur à un journal.

— En effet, elle est discrète, reconnut Lionel, dont l'expression se durcit davantage. Ce qui m'amène à toi.

Rex se raidit, tout à coup sur ses gardes. Il n'aimait pas la façon dont son ami le regardait.

— Que sous-entends-tu au juste, Lionel ?

En guise de réponse, son ami sortit une coupure de journal de la poche de sa veste et la déplia.

— Permets-moi de partager avec toi l'analyse que Lady Truelove fait de la situation, et les conseils qu'elle a donnés.

Lionel se mit alors à lire.

— « Je doute que ce soit la procrastination qui empêche cet homme d'agir. Très chère lady, il est clair, pardonnez-moi de le dire, qu'un mariage honorable n'est pas du tout dans ses projets. Pour dire les choses brutalement, il se sert de vous de la façon la plus déshonorante qui soit. Si vous le questionnez sur ses motivations, je suis sûre qu'il essaiera de faire passer cette réticence à vous épouser pour un geste honorable, et même noble. Il est possible qu'il déclare qu'il ne peut pas vous épouser parce que vous êtes d'un statut social bien plus élevé que le sien, et qu'il n'a pas les moyens d'assurer le train de vie auquel vous êtes habituée. »

— C'est un argument que tout homme avancerait dans pareille situation, souligna Rex. Épouser une femme socialement supérieure à soi serait un acte irréfléchi et précipité.

— « Il dira que vous méritez bien mieux que ce qu'il peut vous offrir », poursuivit Lionel en ignorant la remarque de Rex, « et que vous êtes trop bien pour quelqu'un comme lui. Il est fort probable qu'il fasse comme s'il voulait que vous vous sépariez. Qu'il dise que c'est la dernière chose qu'il souhaite parce qu'il est fou de vous, qu'il en a perdu l'appétit et le sommeil, que les moments passés avec vous ont été les meilleurs de sa vie. »

En entendant ses propres mots répétés, Rex eut un petit rire surpris.

— Mais comment…

— « Ne vous laissez pas abuser », l'interrompit Lionel. « Un tel discours n'a pas pour but honorable de mettre un terme à ce qui peut être considéré comme une liaison peu recommandable. C'est même tout le contraire. Chaque mot de ce discours aura été choisi, ma chère, pour jouer avec vos sentiments et vous lier à lui encore plus qu'avant. S'il poursuit dans sa logique, je suis sûr qu'il va vous supplier de continuer un peu plus longtemps. Il se peut même qu'il implore votre pitié, et qu'il exprime son désir de se contenter des petites miettes de votre affection… »

— Mais ce n'est pas possible !

Rex arracha la coupure de journal des mains de son ami et parcourut tout l'article du début jusqu'à la fin.

Et, alors qu'il relisait son propre discours, une image se forma dans son esprit. Une image de ce petit salon de thé de Holborn, d'un rideau de palmiers, et d'une paire d'yeux marron en train de le fixer avec désapprobation. Et tout à coup, il sut pourquoi Clara Deverill lui avait semblé familière.

— À cause de cet article, Dina a définitivement rompu avec moi, dit Lionel en élevant la voix. Elle m'a dit de la laisser tranquille et de ne jamais plus la contacter. Tout cela par ta faute.

Rex accorda peu d'attention à la colère de son ami, car dans son esprit les informations données par sa tante Petunia résonnaient bien plus fort que la voix courroucée de Lionel.

« Sa famille est dans les affaires… Les journaux, je crois. »

Son regard se porta en haut de la page qu'il tenait à la main.

La Gazette.

— Quel toupet ! s'exclama-t-il, hors de lui, en comprenant ce qui avait dû se passer. Quel inconcevable toupet !

— Mon Dieu, Rex, je te prenais pour un type discret. Vraiment. Je pensais pouvoir te faire confiance.

Entendant cela, il leva les yeux.

— Comment ? Lionel, tu ne penses tout de même pas que…

— Mais quand je t'ai vu danser avec la fille Deverill, l'interrompit Lionel d'une voix furieuse, j'ai compris que je m'étais trompé en pensant pouvoir te faire confiance.

Rex ne parvint pas à répondre, car la colère le gagnait. *Sale petite chipie*, songea-t-il en froissant l'article de journal entre ses doigts. *Sale petite calculatrice et opportuniste.*

Il prit une grande inspiration et essaya d'expliquer ce qui avait dû se produire.

— Lionel, je n'ai rien dit à cette fille. Il est clair qu'elle…

— Non, rétorqua son ami qui mit ainsi fin à ses explications. N'essaie surtout pas de te justifier.

Puis il désigna la boule de papier froissé.

— Son père est le propriétaire de ce torchon, est-ce que tu le sais ?

Rex contracta la mâchoire. Il commençait à partager l'humeur maussade de son ami.

— Oui, je le sais.

— J'ai toujours cru que tu connaissais bien les femmes, dit Lionel avec un rire amer. Mais celle-là s'est bien moquée de toi, n'est-ce pas ? Depuis combien de temps te soutire-t-elle des informations pour le compte de sa chroniqueuse ? Lesquels de tes amis ont vu eux aussi leurs histoires intimes alimenter les journaux ? Je me le demande bien.

— Bon sang, Lionel, il y a une heure, je ne connaissais pas encore cette fille. Et par ailleurs, jamais je n'aurais…

— Dans ce cas, si le courrier du cœur de la semaine prochaine décrit la situation exacte d'un autre de tes amis, ce ne sera que pure coïncidence, c'est cela ?

Il secoua la tête et rit de nouveau.

— Jamais je n'aurais cru que tu étais capable de perdre la tête pour une femme. Mais je m'étais trompé, dirait-on.

— De toute ma vie, jamais une femme ne m'a fait perdre la tête, affirma Rex. Et ta crainte concernant nos amis est injustifiée. J'ai l'intention de veiller personnellement à ce que ce fâcheux incident ne se reproduise plus jamais…

— C'est un peu trop tard maintenant, ne crois-tu pas ? À cause de toi et de ton manque de discrétion, ajouta-t-il en élevant la voix jusqu'à crier, j'ai perdu Dina pour toujours !

Rex perçut un mouvement dans son dos et tourna la tête : Lord et Lady Flinders étaient en train de traverser la terrasse.

— Si c'est la discrétion que tu recherches, mon vieux, murmura-t-il, je te suggère de baisser la voix. Nous ne sommes plus seuls sur la terrasse.

Lionel jeta un coup d'œil impatient dans son dos, puis regarda de nouveau Rex.

— Bon sang, dit-il sans faire le moindre effort pour suivre le conseil de Rex et maîtriser sa colère, c'est tout ce que tu trouves à dire après ce que tu m'as fait ? Après avoir trahi ma confiance comme tu l'as fait ?

— Lionel, écoute-moi bien, dit-il calmement, en tentant d'opposer la raison à la colère et à l'ébriété de son ami. Comme je viens de te le dire, j'ai fait la connaissance de cette Miss Deverill ce soir même. Et je n'aurais jamais répété à personne…

— Espèce de sale menteur.

Aussi rapide que l'éclair, le poing de Lionel se leva et s'écrasa contre la joue de Rex avant que celui-ci ait le temps de parer le coup. Une douleur lancinante gagna aussitôt tout le côté gauche de son visage, et le vertige le fit reculer d'un pas. Mais lorsqu'il vit le poing de Lionel s'approcher de nouveau, pour un uppercut cette fois, il prévint le mouvement en frappant le bras de son ami. Il n'avait pas envie de se battre, surtout pas durant le bal de sa tante, mais ce n'était pas comme s'il avait le choix.

Il frappa avec force, et administra deux coups rapides avant que son ami puisse répliquer. Et comme il n'avait aucune envie d'être attaqué une deuxième fois, il confirma son avantage en empoignant Lionel et en l'emmenant à l'autre bout de la terrasse, ce qui força Lord et Lady Flinders à s'écarter pour ne pas être pris dans le mouvement, et avec eux quelques autres convives venus voir ce que signifiait toute cette agitation. Parmi ces convives figurait malheureusement la tante Petunia qui s'immobilisa juste à côté de la porte-fenêtre, avec un air si horrifié que Rex s'arrêta net.

Le coup vint de nulle part et s'abattit sur lui avec une telle force que des étoiles surgirent devant ses yeux comme des étincelles. Il se sentit tomber en arrière, vaincu par une douleur atroce à la tête, et la seule chose à laquelle il pensa avant que tout devienne noir, c'était qu'il fallait vraiment qu'il arrête de donner des conseils aux gens.

L'œil au beurre noir n'était pas si impressionnant — une ecchymose à peine visible, lui assura son valet. La commotion, en revanche, était autrement plus sérieuse. Le lendemain matin du bal, Rex découvrit que le monde avait une fâcheuse tendance à tourner violemment à chaque fois qu'il essayait de se redresser, et que son corps avait développé une désagréable tendance à vider le contenu de son estomac à tout bout de champ.

Il lui fallut quarante-huit heures supplémentaires avant de pouvoir se lever, au moment pile où l'ecchymose à peine visible sous son œil avait quadruplé de taille et pris une teinte violet criard.

— Mon Dieu, Cartwright, murmura-t-il à son valet alors qu'il s'observait dans le miroir, on dirait un apache. N'importe quelle femme me croisant va serrer son sac à main contre elle et changer de trottoir.

— Je trouve que vous exagérez, sir, répondit le valet en posant le rasoir et en attrapant une serviette. Mrs Snell a préparé le petit déjeuner. Mais vous sentez-vous d'attaque pour l'avaler ?

Il était affamé, se rendit-il compte avec une certaine surprise. Mais avant qu'il puisse donner sa réponse à Cartwright, quelqu'un frappa à la porte, et Whistler, son majordome, entra.

— Je m'excuse de vous déranger, milord, mais Lady Petunia est en bas.

— Encore ? fit Rex en baissant le miroir qu'il tenait à la main. C'est la troisième fois depuis le bal.

— La quatrième, milord. Elle a l'air de vraiment tenir à vous voir.

— Chère tante, murmura-t-il en souriant. De toute évidence, elle s'inquiète pour moi.

Le majordome eut une petite toux discrète.

— Je ne dirais pas forcément cela, milord.

Rex se raidit. Ses souvenirs concernant l'autre soir étaient toujours un peu vagues, mais une image devint tout à coup très nette dans son esprit : sa tante, près de la porte-fenêtre, en train de le regarder avec horreur. Il n'eut soudain plus du tout envie de sourire, et il se tourna complètement vers Whistler.

— Qu'a-t-elle dit ? Répétez-moi ses mots exacts.

— Lorsque je lui ai expliqué que vous n'étiez toujours pas en état de recevoir de la visite à cause de vos bles-sures, elle a dit…

Whistler s'interrompit pour adresser un regard désolé et peiné à Rex.

— Elle a dit que, d'après elle, quelles que soient vos blessures, vous n'aviez pas eu le quart de ce que vous méritiez. Étant donné que vous aviez commencé par offenser de jeunes ladies sur la piste de danse…

— Elle s'est enfuie, rétorqua Rex, piqué au vif. Et puis elle s'est évaporée dans les airs. Qu'étais-je censé faire ? La pourchasser dans toute la maison ?

— Elle a aussi parlé de vos devoirs d'hôte, que vous auriez négligés.

— Certes, mais on m'a assommé, souligna-t-il, même s'il n'était pas tout à fait nécessaire pour lui de se justifier auprès de son majordome.

— Oui, elle a mentionné cela également.

— Oh ! vraiment ?

— Elle a dit, me semble-t-il, que vous vous étiez mis à vous bagarrer à son bal comme un docker aviné.

Rex grimaça alors que ses souvenirs embrumés devenaient de plus en plus clairs à chaque mot prononcé par son majordome.

— Elle a exprimé le désir d'aborder avec vous le sujet de votre récente conduite, poursuivit Whistler, imperturbable. Souhaitez-vous la recevoir ?

Il le devait, supposa-t-il. La laisser dire ce qu'elle avait sur le cœur et argumenter. Après tout, cette bagarre était sans doute le pire affront qu'on lui ait jamais fait subir, et ce n'était pas comme si c'était lui qui l'avait provoquée. C'était Lionel qui avait frappé le premier, et sa tante serait certainement d'accord pour reconnaître que n'importe qui avait le droit de se défendre. Une fois qu'il se serait expliqué…

Il réfléchit un peu plus. D'un autre côté, il ne pouvait pas vraiment s'expliquer, car il ne pouvait pas répéter les confidences de Lionel. Et en ce qui concernait les récriminations de sa tante concernant sa conduite envers Miss Deverill, il ne pouvait surtout pas dire à Petunia que c'était parce qu'il avait parlé de l'embrasser que la jeune fille s'était enfuie. Et, songea-t-il, en levant le miroir pour se regarder de nouveau, l'état déplorable de son visage n'allait pas l'aider à s'attirer la bienveillance de sa tante.

Il se tourna vers son majordome tout en tendant le miroir à Cartwright.

— Vous avez bien expliqué à Lady Petunia que mes blessures étaient très sérieuses, n'est-ce pas ?

— J'ai dit que vous aviez une commotion, milord, et que vous seriez sans doute indisposé pendant quelques jours encore.

Sur ce, Rex décida que la meilleure chose à faire était de laisser les choses reposer et d'attendre que la colère de sa tante se dissipe d'elle-même. Entre-temps, il pourrait peut-être trouver un moyen d'expliquer la bagarre sans avoir à révéler quoi que ce soit à propos de la liaison secrète entre Lionel et Lady Geraldine Throckmorton. Et pour le reste…

Alors que lui venaient d'autres souvenirs de la soirée, son regard s'arrêta sur la boule de papier journal froissée posée sur sa table de nuit.

— Dites à ma tante que ma blessure à la tête — que ma *sévère* blessure à la tête — m'empêche toujours de recevoir de la visite. J'irai la voir quand je retrouverai la forme. Lorsque je me sentirai mieux, corrigea-t-il alors que Whistler levait un sourcil.

— Très bien, sir.

Le majordome s'en alla, et Rex attrapa la boule de papier journal. Il irait rendre visite à sa tante d'ici un jour ou deux, et trouverait un moyen de se faire pardonner. Entre-temps, il verrait Lionel et essaierait d'arrondir les angles. En ce qui concernait Miss Clara Deverill…

Rex crispa la mâchoire tout en défroissant l'article. Il n'avait aucune intention de se faire pardonner quoi que ce soit ni d'arrondir les angles avec elle. Bien au contraire. Avec Miss Deverill, il avait plutôt envie d'une explication franche et directe.

Chapitre 6

Cela faisait plusieurs décennies que la publication de journaux était le moyen de la famille Deverill d'assurer sa subsistance. À la grande époque, il s'agissait d'un vaste empire journalistique qui ne comprenait pas moins de dix-sept quotidiens et douze magazines. Le père de Clara, néanmoins, n'avait jamais été un grand homme d'affaires, et sous sa direction, l'entreprise bâtie par les deux générations précédentes avait rapidement périclité, pour finir par ne plus faire paraître qu'un seul journal, *La Gazette*, depuis ce qui, jadis, était la bibliothèque familiale.

C'était Irene qui avait sauvé ce dernier vestige de l'ancienne splendeur des Deverill et, pour cette raison, Clara, en riant, accusait souvent sa sœur d'avoir de l'encre dans les veines à la place du sang. Pour sa part, même si Clara adorait lire les journaux, elle n'avait jamais eu la passion d'en diriger un, contrairement à Irene.

La principale ambition de Clara avait toujours été très simple : se marier et avoir des enfants. Mais à cause de sa timidité maladive, elle s'était vite rendu compte que son but allait être difficile à atteindre. Pour compliquer les choses, le fait que son père soit rejeté par la famille de sa mère l'avait empêchée de sortir dans le grand monde et de rencontrer des jeunes hommes. Elle avait reçu une demande en mariage, mais les circonstances particulières dans lesquelles elle avait été faite l'avaient obligée à la refuser. Et depuis lors, plus aucune offre de mariage ne s'était présentée à elle.

Clara savait que pour accomplir son plus grand rêve, elle allait devoir trouver une façon de surmonter ses craintes vis-à-vis des inconnus et adopter une attitude active plutôt que passive. Ainsi, quand Irene avait épousé Torquil, Clara avait accepté l'invitation de la famille du duc, qui lui avait proposé de venir s'installer chez elle pendant la Saison. Et malgré la prolongation du voyage d'Irene et la défection de Jonathan, Clara n'avait pas l'intention de renoncer à ses propres projets.

Elle avait vite compris, cependant, que le destin n'allait pas lui faciliter les choses. Tout d'abord, Mr Beale était un peu plus virulent chaque jour où son frère ne donnait pas signe de vie. Elle savait qu'elle aurait dû lui dire la vérité, et lui apprendre que Jonathan ne viendrait finalement jamais. Mais de peur qu'il ne démissionne, elle tenait sa langue. Elle faisait de son mieux pour ignorer son attitude déplaisante et travailler avec lui aussi amicalement que possible, car pour l'instant, elle avait un problème bien plus sérieux qu'un rédacteur en chef acariâtre.

Clara regarda les deux lettres qui se trouvaient devant elle, et qui étaient celles qu'elle avait déjà lues attentivement au salon de thé. Beaucoup d'autres lettres étaient arrivées pour Lady Truelove depuis, bien sûr, mais c'étaient ces deux-là qui avaient retenu toute son attention et avaient fait naître en elle un profond sentiment d'empathie. Elle avait terriblement envie de trouver des solutions pour ces deux personnes, peut-être parce qu'elle savait que cela l'aiderait elle aussi à régler ses problèmes.

Mais alors qu'elle fixait ces lettres, assise à son bureau, elle fut forcée de reconnaître qu'elle n'avait pas plus de conseils à donner à leurs auteurs que quelques jours plus tôt, lorsqu'elle se trouvait au salon de thé. Et Lord Galbraith n'était pas dans les environs pour lui fournir l'inspiration dont elle manquait.

D'une certaine façon, c'était dommage. Car si le conseil que ce dernier avait prodigué à son ami était moralement contestable, il était basé sur une solide — quoique cynique — connaissance de la nature humaine. Elle le reconnaissait à contrecœur, Lord Galbraith s'était révélé être un bien meilleur conseiller qu'elle. Il connaissait parfaitement les gens, et en particulier les femmes. Et il savait sans conteste comment les séduire. Elle-même, alors qu'elle avait conscience qu'il n'était qu'un scélérat, qu'elle ne l'appréciait pas le moins du monde et qu'elle n'éprouvait pas une once de respect pour lui, elle avait senti, en tant que femme, sa puissance d'attraction, aussi forte et irrésistible que celle d'un aimant.

« J'aimerais mieux me jeter sur vous. »

En se rappelant ces mots, Clara se sentit accablée. La seule fois de sa vie où un homme avait exprimé le désir de se jeter sur elle, il avait fallu qu'il s'agisse d'un homme qui ne lui plaisait pas. C'était bien sa chance.

« Un baiser pendant une danse enfreindrait quelques règles, n'est-ce pas ? »

— Suffisamment pour ruiner la réputation d'une jeune femme, murmura-t-elle.

Et, sur ce, elle se souvint qu'elle avait du travail et essaya de se concentrer sur ce qu'elle avait à faire.

Après quelques secondes d'hésitation, elle décida de se préoccuper du sort de la « débutante désespérée ». Dans le fond, elle avait beaucoup de points communs avec cette dernière. Si elle parvenait à trouver un moyen de la guider, elle pourrait appliquer les mêmes recommandations pour elle-même.

Soudain quelqu'un frappa à la porte et interrompit ses réflexions. À la hâte, Clara cacha les deux lettres sous d'autres missives.

— Entrez, lança-t-elle.

Et quand la porte s'ouvrit en grand, Evie apparut.

— Les journaux du soir, Miss Deverill, dit la secrétaire en les apportant jusqu'à son bureau.

— Y a-t-il quelque chose d'intéressant chez nos concurrents ? demanda-t-elle, tout en sachant pertinemment qu'elle ne pouvait pas se permettre de se laisser distraire par la moindre information, aussi croustillante qu'elle soit.

— Pas grand-chose, répondit la secrétaire en déposant la liasse sur un coin du bureau. Le *London Inquirer* a un courrier du cœur lui aussi, maintenant. Ils l'ont baptisé « Mme Cœurs Brisés. »

Clara eut un petit rire moqueur.

— Mme Cœurs Brisés ? Ils auraient mieux fait de l'appeler directement « Mme la Copieuse ».

Evie rit à son tour.

— J'ai mis ce journal sur le dessus de la pile, au cas où vous voudriez y jeter un œil.

Clara n'était pas certaine d'en avoir envie. Si leur concurrent le plus féroce essayait de voler leurs lecteurs en proposant sa propre version de Lady Truelove, cela mettait une pression supplémentaire sur ses épaules.

— Merci, Evie. Vous pouvez y aller.

La secrétaire hocha la tête et partit en refermant la porte derrière elle. Clara ouvrit alors le *London Inquirer* pour évaluer la dernière menace en date pesant sur le règne jusque-là tout-puissant de Lady Truelove. Après qu'elle eut feuilleté quelques pages, son attention fut retenue par l'un des gros titres.

— Oh ! mon Dieu, murmura-t-elle en esquissant un léger sourire.

C'était mal, sans doute, de se réjouir des malheurs d'autrui, même si cette personne était Lord Galbraith. D'un autre côté, il méritait amplement sa mauvaise réputation, et c'était même quelque chose dont il semblait être fier.

« Je profite de la vie, Miss Deverill, et je ne vois pas pourquoi je devrais être condamné pour cela. »

Clara lut de nouveau le titre, et elle sourit plus franchement. Le vicomte, semblait-il, allait payer pour avoir un peu trop profité de la vie.

Très impatiente d'en savoir plus, Clara se dit qu'elle pouvait bien perdre cinq minutes afin de découvrir comment il avait terni sa réputation. Elle se cala confortablement dans son siège pour dévorer l'article qui lui était consacré. Elle avait à peine fini le premier paragraphe, cependant, qu'elle fut de nouveau interrompue. On frappait encore à sa porte.

Elle se redressa aussitôt, chassa toute trace de sourire de son visage, replia le journal et le reposa sur la pile apportée par Evie.

— Entrez, dit-elle en attrapant son crayon pour faire comme si elle venait d'être dérangée en plein travail.

Et, de nouveau, sa secrétaire apparut.

— Il y a un gentleman qui demande à vous voir, Miss Deverill, dit la secrétaire d'une voix un peu interdite en approchant du bureau, une carte de visite à la main. Le vicomte de Galbraith.

— Comment ?

Clara se leva d'un bond. Il lui paraissait incroyable que celui dont parlait l'article qu'elle était justement en train de lire et qui avait occupé la plupart de ses pensées toute la journée se trouvait juste derrière la porte. Abasourdie, elle arracha la carte de visite des mains de sa secrétaire.

— Mais que peut-il bien vouloir ?

Tout en posant la question, elle commençait à craindre de connaître la réponse, et, sous l'effet de l'appréhension, un nœud se forma dans son estomac.

— Est-ce vraiment important ? demanda Evie, qui sourit lorsque Clara leva les yeux. Il est tellement agréable à regarder qu'on se moque un peu de la raison de sa présence ici.

En guise de réponse, Clara adressa une moue réprobatrice à Evie, dont le sourire disparut aussitôt. Elle toussota et reprit son air affairé et sérieux.

— Il n'a pas précisé le but de sa visite. Il m'a juste demandé de voir si vous vouliez bien le recevoir.

— Non, je…

Clara s'interrompit et réfléchit, bien que son appréhension soit de plus en plus forte. Elle pouvait refuser, bien sûr, mais serait-ce une bonne idée ? Il pourrait s'annoncer chez le duc à tout moment, ou l'inviter à danser lors du prochain bal, ou la prendre à part durant une soirée. S'il avait réussi à la trouver ici, il était peut-être préférable que cette confrontation ait lieu en privé, chez elle, plutôt que sous des regards curieux. Et s'il n'avait révélé l'identité de Lady Truelove à personne, elle pourrait le raisonner et imaginer un moyen de le convaincre de se taire.

— Faites-le entrer, dit-elle en posant la carte de visite sur son bureau.

La secrétaire sortit. Clara essaya de maîtriser sa nervosité croissante et rassembla toutes les lettres qui se trouvaient sur son bureau. Elle se trompait peut-être. Galbraith était peut-être là dans un tout autre but, qui n'avait aucun rapport avec Lady Truelove.

« J'aimerais mieux me jeter sur vous. »

Clara prit une grande inspiration. Cette idée invraisemblable ne faisait rien pour calmer ses nerfs à vif. Elle rangea les lettres destinées à Lady Truelove dans un tiroir et essaya de puiser en elle l'aplomb dont elle avait réussi à faire preuve pendant le bal. Mais sa tentative échoua au moment où Galbraith pénétra dans la pièce.

Ses beaux yeux brillaient d'une évidente colère, et il y avait dans son attitude une rigidité et une froide détermination qui confirmèrent les pires craintes de Clara et l'amenèrent à penser qu'elle aurait du mal à lui faire entendre raison ou à le convaincre de quoi que ce soit. Lorsqu'il s'arrêta devant le bureau, tout dans sa posture criait qu'il était là pour livrer bataille, et cette impression était renforcée par l'ecchymose violet foncé qui s'étendait sous son œil et par l'estafilade qu'il avait à la tempe.

Clara déglutit à grand-peine, et regarda derrière lui.

— Merci Evie, dit-elle en simulant un calme qu'elle

était loin de ressentir. Vous pouvez disposer. Et fermez la porte derrière vous, s'il vous plaît.

La secrétaire fronça ses sourcils auburn en entendant cet ordre scandaleux, mais elle obéit néanmoins. D'abord en esquissant un sourire, puis en souriant plus franchement et d'un air entendu, et enfin, juste avant de fermer la porte, en adressant à Clara un clin d'œil.

— Lord Galbraith, s'exclama Clara, qui exécuta une rapide révérence.

— Miss Deverill, répondit-il, en s'inclinant à son tour. Ou bien, ajouta-t-il en se redressant, entre les murs de vos bureaux, préférez-vous que je m'adresse à vous en employant votre nom de plume ?

Ce qu'elle appréhendait le plus était à présent confirmé, sans le moindre doute. Cependant, Clara s'appliqua à garder un visage impassible.

— Je ne vois pas ce que vous voulez dire.

Il inclina la tête et l'observa pendant un moment. Puis, de façon inattendue, il rit, sans paraître toutefois véritablement amusé.

— Les apparences peuvent se révéler bien trompeuses, murmura-t-il. Vous semblez être la plus douce et gentille des créatures, avec vos grands yeux marron, et pourtant vous êtes l'une des pires dissimulatrices que j'aie jamais rencontrées. C'est à glacer le sang…

Clara se raidit en entendant l'accusation qu'il lui portait. Pas uniquement parce qu'elle était mal placée pour la réfuter, mais aussi parce que, d'après elle, c'était un peu l'hôpital qui se moquait de la charité.

— Y a-t-il un problème ? demanda-t-elle.

Il leva un sourcil, mais ne répondit pas directement à la question.

— Au début, quand nous avons été présentés, j'ai pensé que votre visage m'était familier, que je vous avais déjà vue auparavant, mais je ne parvenais pas à vous remettre. De votre côté, vous sembliez sûre du contraire, et j'ai fini par penser que je faisais erreur. Seulement, un peu plus tard dans la soirée, ajouta-t-il en sortant une coupure de journal de la poche de sa veste, quand mon ami Lionel m'a présenté la dernière chronique de Lady Truelove, j'ai compris que je ne m'étais pas trompé.

Clara eut l'impression que son cœur se mit à saigner lorsqu'elle le vit déplier le papier tout froissé. Ils étaient deux à connaître son secret : lui, mais aussi son ami. Même si elle parvenait à convaincre Galbraith de rester discret, jamais elle ne pourrait s'assurer que son ami garderait le silence. L'identité de Lady Truelove serait bientôt révélée au grand jour, le mystère et la magie disparaîtraient, le journal serait condamné, et les concurrents de Deverill Publishing exulteraient. Et tout cela serait de sa faute. Que pourrait-elle dire à Irene ? Comment pourrait-elle affronter le regard de sa sœur en sachant que Lady Truelove avait péri à cause d'elle ?

— En prodiguant des conseils à sa correspondante, votre chroniqueuse a prédit de façon très précise le comportement et les motivations du gentleman en question, poursuivit-il en regardant l'article qu'il tenait à la main. De façon si précise que cela en est troublant. Lionel et moi-même avons tous les deux trouvé ces mots étrangement familiers. Au début, Lionel m'a même soupçonné d'être Lady Truelove, mais quand il m'a vu danser avec vous, il a élaboré une autre théorie.

— Oh ? fit Clara en déglutissant douloureusement,

et en espérant gagner du temps et trouver un moyen de se sortir de ce pétrin. Et quelle est cette théorie ?

— Il pense avoir été pris pour un idiot.

Il leva ses yeux qui étincelaient comme des aigues-marines.

— Il en a conclu que vous et moi nous connaissions, et que nous nous connaissions même si bien que je vous avais rapporté ses confidences. Et que vous, en tant que rédactrice en chef de Lady Truelove, aviez à votre tour répété ces confidences à votre chroniqueuse, qui s'en était inspirée pour son courrier du cœur.

Clara, légèrement soulagée, saisit aussitôt cette opportunité. Si elle parvenait à le convaincre que son ami avait raison, qu'elle n'avait fait qu'écouter et transmettre des informations, les choses pourraient peut-être en rester là et l'identité de Lady Truelove demeurerait secrète.

— Lionel, poursuivit-il avant qu'elle puisse dire quoi que ce soit, n'a pas très bien pris ce qu'il a perçu comme une trahison de ma part, alors même qu'il me faisait entière confiance.

De sa main libre, il désigna son visage.

— Comme vous pouvez le constater.

Malgré la gravité de la situation, Clara ne put s'empêcher d'esquisser un très léger sourire.

— C'est votre ami qui vous a frappé ?

— Oui, répondit Galbraith en remettant l'article dans la poche de sa veste. Je suis fort aise que vous trouviez cela amusant.

Elle reprit aussitôt un air sérieux. Se moquer de lui ne servirait pas sa cause.

— Lord Galbraith, commença-t-elle, avant qu'il ne l'interrompe.

— Je savais que Lionel se trompait dans ses suppositions, bien sûr, car je ne vous avais rien dit. Mais c'est là que j'ai compris pourquoi votre visage me disait quelque chose. Vous vous trouviez au salon de thé ce jour-là, à Holborn. C'était vous la jeune femme assise à la table voisine. Vous avez espionné notre conversation, notre conversation privée, et vous l'avez utilisée pour votre journal. Le niez-vous ? demanda-t-il alors qu'elle ne répondait rien.

— À quoi bon ? demanda-t-elle en écartant les bras en signe de capitulation. Je ne pense pas que vous seriez prêt à me croire.

— Je ne lis pas souvent les journaux, c'est vrai. Je ne vois vraiment pas ce que cela pourrait m'apporter. Mais en interrogeant des amis aujourd'hui, j'ai découvert que l'identité de Lady Truelove était un secret bien gardé. Et, d'après ce qu'on m'a dit, elle fait aussi l'objet d'âpres spéculations. Et ce sont aussi ce mystère et ces suppositions qui rendent la rubrique si populaire. Que se passerait-il, à votre avis, si les gens découvraient qui est vraiment Lady Truelove ?

Le cœur de Clara se serra. Elle essaya pourtant de faire bonne figure.

— Vous ne savez pas qui est Lady Truelove. Vous ne savez pas à qui j'ai divulgué les informations que j'ai entendues.

— Au contraire, je le sais parfaitement bien. Vous n'avez pas eu besoin de divulguer la moindre information à Lady Truelove, puisque vous êtes Lady Truelove.

Elle se força à rire.

— Et sur quoi se base cette conclusion absurde ?

Il sourit tristement.

— Sur vos yeux, Miss Deverill. Sur vos grands yeux marron si expressifs.

Clara ne savait pas ce qu'elle s'attendait à entendre, mais en tout cas, ce n'était pas cela. Elle le fixa, incapable de comprendre où il voulait en venir.

— Quel est le rapport avec mes yeux ?

— Vous avez fait remarquer l'autre soir que je jouissais d'une certaine réputation, et comment pensez-vous que je l'aie acquise ?

Il se pencha au-dessus du bureau et s'approcha tant qu'elle put voir la pointe dorée de ses cils ainsi que le cercle bleu foncé qui entourait ses iris et sentir le parfum de bois de santal de sa lotion de rasage.

— Je l'ai acquise parce que je sais énormément de choses sur les femmes.

— C'est certain, rétorqua-t-elle, de plus en plus tendue. Mais je ne vois pas…

— Quand nous avons dansé ensemble, j'ai découvert que ma réputation m'avait précédé et que cela n'avait pas joué en ma faveur, car vous m'avez fait clairement comprendre que vous ne souhaitiez pas que la glace soit rompue entre nous. Ce n'était pas seulement vos paroles, mais aussi vos yeux, plissés, qui me fixaient d'un air réprobateur pendant que j'essayais de balayer toutes ces choses désagréables qui ont été dites sur moi. Cependant, votre désapprobation ne m'a pas peiné. Au contraire, j'ai trouvé cela plutôt… rafraîchissant. La plupart des femmes ne se font pas prier pour ignorer mes écarts de conduite ni pour me les pardonner.

— Cela ne fait pas honneur à notre sexe, dit-elle. Mais je suis heureuse que vous ayez trouvé que je sortais du lot.

Il ignora ce sarcasme et poursuivit.

— Quand j'étais avec Lionel, et qu'il m'exposait sa théorie sur les raisons pour lesquelles son discours se retrouvait mot pour mot dans votre journal, une image s'est formée dans mon esprit. J'ai vu les mêmes yeux plissés, le même regard réprobateur que celui de la jeune femme avec qui je venais de danser, sauf que le décor était différent. Dans mon esprit, j'ai vu ces yeux rivés sur moi derrière un feuillage, et c'est là que j'ai compris pourquoi votre visage m'avait semblé familier.

— Je ne vois toujours pas comment vous pouvez en conclure que…

— Vous exprimiez plus que de la désapprobation, n'est-ce pas, Miss Deverill ? Vous étiez en colère. La conversation que vous avez surprise avait heurté votre sensibilité féminine.

— Très bien ! Oui, j'étais en colère. En colère de découvrir la façon cavalière dont votre ami et vous-même traitez les femmes. Mais qui ne l'aurait pas été à ma place ? Pour un gentleman, vous semblez avoir un code de l'honneur assez douteux.

Pour une raison qu'elle ignorait, cela le fit sourire, mais sans que son regard ne paraisse amusé.

— Vous seriez surprise si vous connaissiez le nombre de personnes pour lesquelles la moralité est un concept très flou.

Elle n'avait pas envie de creuser la question, de peur de découvrir qu'il n'ait raison.

— Sans doute, se contenta-t-elle de répondre.

— Je vous le dis. Et c'est votre sens moral, mis à mal, qui vous a dicté ce que vous avez écrit ?

— Je vous ai déjà dit que…

— Vous l'avez fait par pur dépit, l'interrompit-il. Vous

vouliez vous venger. Vous vouliez nous faire payer ce que vous aviez perçu comme un affront porté à votre sexe…

— Je n'ai rien écrit par dépit ou par vengeance ! rétorqua-t-elle, exaspérée au-delà du supportable et au-delà de toute prudence. J'ai écrit ceci pour prévenir une femme innocente qu'un scélérat allait la berner de la pire des façons qui soit !

Aussitôt, elle regretta sa confession, surtout lorsqu'elle vit le regard triomphant de Galbraith.

— Oh ! souffla-t-elle, non seulement en colère, mais aussi outrée qu'il lui ait tendu un piège dans lequel elle était tombée si facilement. Vous êtes le diable en personne.

— Oui, les femmes dont le sens moral a été mis à mal par ma conduite me le disent souvent.

Il s'interrompit, et posa la main sur sa poitrine en feignant la contrition.

— Mais elles changent d'avis une fois que j'ai réussi à leur montrer la véritable bonté de mon âme.

— Il n'y a aucune bonté en vous. Vous êtes un goujat. Et votre ami aussi, qui a essayé de profiter de l'amour que lui porte une jeune femme de la plus cavalière des façons. C'est méprisable. C'est consternant.

— Vous avez donc décidé de vous mêler d'une affaire qui ne vous regardait pas ?

— Quand j'ai l'impression que quelqu'un court un danger, cela me semble une bonne idée de prévenir la personne en question. C'est peut-être étrange de ma part, mais je suis comme cela.

Il eut un petit rire méprisant.

— Et à votre avis, lequel des deux était le plus menacé ? Elle le fixa avec incrédulité.

— Elle, bien entendu !

— Mais peut-être est-ce mon ami qui était réellement en danger. Avez-vous réfléchi à cela ?

— Ridicule.

— La vérité, c'est que Dina a commencé à se sentir coupable de vivre une liaison secrète et illicite. La moralité dont elle n'a jamais manqué s'est mise à peser sur sa conscience. C'est la raison pour laquelle elle a parlé mariage. Le sentiment de culpabilité est-il une raison suffisante pour se jeter tête baissée dans le mariage ?

— Mais les gens ne veulent pas se marier juste pour apaiser leur conscience !

— La plupart, si. Les préceptes prudes et ridicules de la société sur l'amour et le mariage influencent les esprits. Et à cause de cela, les gens se sentent coupables de ressentir du désir, alors que le désir est naturel et normal, et le plus souvent transitoire.

Clara se tendit, gênée d'entendre parler de désir.

— Ce sujet de conversation n'est pas tout à fait convenable.

— À cause de ce sentiment de culpabilité, continua-t-il comme si elle n'avait rien dit, deux personnes se sentent souvent obligées de s'enchaîner l'une à l'autre pour la vie alors qu'elles se connaissent à peine et qu'elles ignorent complètement si passer toute leur existence ensemble les rendra heureux.

— Alors qu'elles se connaissent à peine ? répéta-t-elle. Les deux personnes dont nous parlons se connaissent au contraire intimement.

— Très intimement, reconnut-il d'une voix grave et en esquissant un sourire. Mais uniquement au sens biblique du terme.

Clara rit, à la fois surprise et embarrassée, mais pas

du tout amusée. Elle plaqua ses mains contre ses joues brûlantes, en ayant toutes les peines du monde à croire qu'elle parlait de ces choses avec un homme, même si, venant d'un tel homme, cette conversation n'aurait pas dû la surprendre.

— Vous parlez de l'intimité comme d'une chose insignifiante !

— Insignifiante, non, mais ce n'est pas une raison suffisante pour se marier. Cela fait un peu plus d'un mois que Lionel et Dina se connaissent. Un mois, insista-t-il. Pensez-vous vraiment qu'ils soient prêts à s'unir l'un à l'autre pour le reste de leur vie ?

— Mais ils dorment ensemble !

Il partit d'un grand éclat de rire.

— Mon Dieu, j'espère qu'ils ne font pas que cela. Cela me ferait mal d'apprendre que pendant leurs rendez-vous secrets ils se contentent de faire sagement la sieste.

Elle croisa les bras en le foudroyant du regard.

— Il n'y a pas de quoi rire. Même si le fait que vous décriviez ce type de situation comme un divertissement innocent et sans conséquence cadre bien avec l'idée que je me fais de vous. De même que votre propension à vous en attribuer le mérite, d'ailleurs.

— Eh bien, il me semble que c'est mon droit. C'est moi qui les ai présentés.

— Néanmoins, vous ne vous sentez pas coupable d'avoir encouragé votre ami à poursuivre une pauvre innocente de ses ignobles assiduités ?

— Dina n'a rien d'une innocente jeune fille. Elle savait pertinemment ce qui l'attendait en se lançant dans une histoire avec Lionel. Et c'est elle qui en a pris l'initiative. Pour présenter les choses de façon directe, elle le voulait dans son lit, et elle a tout fait pour que cela se produise.

— Et c'est elle qui a eu tort d'en vouloir davantage, c'est cela ?

— Ce n'est pas ce que je suis en train de dire. Ce que je dis, c'est que lui comme elle sont responsables de la situation. Donc décrire le comportement de Lionel comme ignoble et méprisable est un jugement un peu hâtif et sévère, ne trouvez-vous pas ? Quoi qu'il en soit, ajouta-t-il avant qu'elle puisse répondre, il n'a jamais été question entre eux d'une cour « classique », qui les aurait menés au mariage. Car, comme je l'ai déjà dit, ni l'un ni l'autre ne sont encore prêts à franchir ce pas. Et il se peut qu'ils ne le soient jamais, d'ailleurs.

— Au contraire, Dina semble tout à fait prête au mariage, d'après ce que j'ai entendu dire. Elle est amoureuse de votre ami, même si j'ai du mal à comprendre comment cela peut être possible. Et j'ai cru comprendre qu'il était amoureux d'elle…

— Oui, oui, ils s'aiment. Ou tout du moins, ils sont épris l'un de l'autre au point de vouloir appeler cela de l'amour. Pourquoi gâcher un tel bonheur en se mariant ?

Clara secoua la tête, choquée par la dépravation de son interlocuteur.

— Le mariage serait pour eux un gâchis ?

— Oui, parfaitement, un gâchis. Je me répète : ils se fréquentent depuis un mois. Pensez-vous que ce soit suffisant pour que deux personnes décident de passer le reste de leur vie ensemble ?

— Peu importe ce que je pense, moi. C'est leur décision, pas la mienne.

Il rit.

— C'est la meilleure, venant de la part de celle qui s'est mêlée de leur histoire et y a mis un terme, causant au passage beaucoup de souffrance inutile et en brisant le cœur des deux protagonistes.

Clara tressaillit. Elle détestait l'idée qu'il puisse avoir raison et que son jugement ait pu être biaisé par la colère.

— S'ils sont vraiment malheureux, dit-elle au bout d'un moment, alors j'en suis sincèrement désolée. Mais, même si un mois, ce n'est pas long, certaines personnes trouvent cela bien suffisant. Ma sœur et le duc de Torquil se connaissaient depuis trois semaines quand ils se sont fiancés, et je peux vous garantir que ce sont de jeunes mariés extrêmement heureux et amoureux.

— Ce n'est pas pour rien qu'on appelle cela la lune de miel, répondit-il sèchement. Lorsque le duc et votre sœur seront mariés depuis une douzaine d'années, nous en reparlerons. S'ils sont toujours amoureux comme au premier jour, alors j'accepterai de les considérer comme une exception. Quoi qu'il en soit, c'est de Dina et de Lionel qu'il est question, deux personnes que je connais plutôt bien. Et je peux assurer en toute honnêteté qu'ils ne sont pas prêts à se marier, même si Dina assume mal le fait d'avoir une liaison.

— C'est peut-être la piètre opinion que vous vous faites du mariage qui affecte votre jugement.

— Miss Deverill, je ne suis pas opposé au mariage au point de penser qu'il n'est fait pour personne. Si mes amis décident, après mûre réflexion, de se marier, alors j'enfilerai mon plus bel habit, j'épinglerai un œillet à ma boutonnière et, pendant le banquet, je prononcerai un merveilleux discours dans lequel je proclamerai ma confiance absolue en leur amour et en leur bonheur futur.

Je parie que je réussirai même à paraître sincère. Mais j'espère de tout cœur qu'ils vont se donner un peu plus de temps pour profiter l'un de l'autre et s'assurer qu'ils sont prêts à passer leur vie ensemble avant de s'engager de manière irrévocable.

— Et entre-temps l'amour libre est une solution acceptable ?

Il haussa les épaules.

— Tant que le mariage restera une situation dont il est impossible de s'extraire, oui. Et pourquoi pas ? Je ne vois pas où est le mal.

— Mais il est partout ! Vous ne voulez tout de même pas que je vous fasse une liste !

— Essayez. Je suis curieux de savoir ce que vous considérez comme mal.

Elle aurait pu le faire. Elle aurait pu évoquer le lourd fardeau porté par les enfants bâtards issus des unions libres. Elle aurait pu parler de l'inévitable effondrement d'une société qui ne serait pas construite sur le socle solide du mariage. Elle aurait pu mentionner le réconfort et le soutien qu'un couple pouvait s'apporter mutuellement lors d'une vie entière passée ensemble. Mais elle n'en avait pas le temps. Elle avait un problème crucial, et qui ne se résoudrait pas en argumentant ou en débattant avec lui.

Puisque, par inadvertance, elle avait confirmé qu'elle était Lady Truelove, il lui fallait à présent trouver un moyen de le convaincre de se taire. Ce n'était pas comme si elle pouvait faire appel à son esprit chevaleresque, mais quelle autre carte pouvait-elle jouer ?

— Lord Galbraith, il est clair que nous possédons tous les deux des vues parfaitement opposées sur la question. Je ne vois donc pas l'intérêt de poursuivre cette conversation. En revanche, si nous parlions des raisons qui vous ont amené ici. Vous avez découvert mon secret. Qu'avez-vous l'intention d'en faire ?

— Hum…

Il s'interrompit comme pour réfléchir.

— Telle est la question, n'est-ce pas ?

Elle prit sur elle pour rester digne.

— Si vous possédez en effet cette bonté d'âme dont vous vous vantez, j'espère que vous aurez à cœur de me le prouver en gardant pour vous l'identité de Lady Truelove.

— On pourrait répondre à cela que, dans ce cas, faire preuve de bonté, c'est prévenir les gens. C'est quelque chose que vous adorez faire, après tout.

— Prévenir les gens ? Mais de quoi, Seigneur ?

— Les prévenir que la femme qui dispense tous ces doctes conseils sur l'amour est en réalité la fille du propriétaire du journal, peut-être ? Qu'elle n'a aucun scrupule à espionner les conversations privées, et qu'elle est suffisamment indiscrète pour intervenir…

— Ce sont mes scrupules qui m'ont poussée à intervenir !

— Pour intervenir, continua-t-il comme si elle n'avait rien dit, dans des histoires qui ne la concernent pas, et pour conseiller des personnes qui ne lui ont rien demandé.

— Vous n'avez aucune preuve que je sois bien Lady Truelove.

— Il se peut que je ne fréquente pas la bonne société, Miss Deverill, mais j'ai beaucoup d'amis très influents qui y évoluent et, mis à part Lionel il y a deux jours, aucun d'entre eux n'a jamais mis ma parole en doute. Si j'étais amené à leur dire que vous êtes Lady Truelove, ils me croiraient. Si je devais les mettre en garde contre vous et contre votre façon d'utiliser les conversations privées pour alimenter votre journal, alors ils avertiraient toutes leurs connaissances.

— Et si vos amis vous demandent comment vous avez obtenu cette information, vous devrez expliquer le rôle que vous avez joué dans cette histoire et évoquer également la liaison secrète et illicite de Lionel. Il est député, et une telle nouvelle ferait mauvaise impression auprès de ses électeurs. Il est votre ami. Seriez-vous prêt à le compromettre ainsi ?

— Je ne suis pas obligé de révéler d'où je tiens mes informations. Il me suffit de promettre que mes sources sont fiables. Vous avez beau être la belle-sœur d'un duc, Torquil et sa famille ne sont pas vus d'un très bon œil en ce moment, donc ce lien ne vous servira pas. Et vous avez beau être la petite-fille d'un vicomte, du côté de votre père, vous êtes issue d'une lignée de patrons de presse. Pour couronner le tout, c'est vous qui dirigez le journal en ce moment. Tout cela jouera en votre défaveur si ce que vous avez fait éclate au grand jour. Je suis le fils d'un comte, et mes connaissances savent que je suis un ami discret et loyal. Si je les mets en garde contre vous, ils me croiront sans mettre en doute la source de mon information. Et lorsque ce sera fait, vos débuts dans le grand monde connaîtront une fin brutale et pitoyable.

Elle lui jeta un regard haineux ; elle savait qu'il avait raison.

— Désormais, je crois que la question de votre bonté d'âme ne se pose plus.

Sa remarque sembla faire mouche, car un peu de son ancienne colère réapparut dans ses yeux bleus et déforma les coins de sa bouche.

— Mes amis sont anéantis à cause de vous. Je ne vois pas pourquoi je ne mettrais pas mon entourage en garde contre vous.

Clara commença à se sentir désespérée. L'idée de se montrer conciliante avec un homme pareil lui donnait la nausée, mais que pouvait-elle faire d'autre ?

— Lady Truelove est la rubrique la plus populaire de *La Gazette*. C'est aussi grâce à elle que nous trouvons nos annonceurs et que nous gagnons de l'argent. Cela vous ferait-il plaisir de priver une famille de sa source de revenus ?

Il eut un petit rire méprisant.

— N'essayez pas de me faire passer pour le méchant dans cette histoire. Je crois que je serais bien avisé de mettre en garde les gens contre votre soi-disant courrier du cœur. Et puisque votre beau-frère est duc, je ne pense pas que vous et votre père alliez vous retrouver à la rue.

— Là n'est pas la question…

— L'un de mes meilleurs amis, un homme qui me connaît depuis l'enfance, a douté de ma discrétion, m'a accusé d'avoir trahi sa confiance et m'a frappé en plein visage. J'ai récolté un œil au beurre noir, j'ai perdu connaissance, je souffre d'une commotion, et pour couronner le tout, ma grand-tante essaie par tous les moyens depuis deux jours de me faire la morale et de me sermonner à propos de mon comportement.

— Votre tante essaie toujours de vous faire la morale par tous les moyens.

— Quoi qu'il en soit, Miss Deverill, j'ai un peu de mal à me préoccuper des conséquences, sur vous et votre entourage, de votre décision de vous mêler de ce qui ne vous regarde pas.

— Vous aussi vous vous en êtes mêlé.

— Mon ami m'a demandé un conseil. Je le lui ai donné. Vous ne pouvez pas en dire autant. En tant que Lady Truelove, je suis sûr que vous adorez prodiguer des conseils à propos de tout et n'importe quoi, mais cette fois ils se sont révélés catastrophiques pour tout le monde.

Elle grimaça, car elle craignait que cet épisode ne soit une image de son avenir dans le rôle de la célèbre chroniqueuse du journal. À moins que…

— Lord Galbraith, dit-elle tout à coup, vos amis vous demandent-ils souvent conseil ?

Il cligna des yeux, comme surpris par cette question abrupte.

— Oui, répondit-il après un temps d'hésitation. Sans doute.

— Pourquoi ?

Il rit un peu. Il paraissait déconcerté.

— Parce que je sais écouter, je suppose. Ou parce que j'ai un don pour trouver des solutions à tous les problèmes… En fait, je ne sais pas trop.

Il ne le savait peut-être pas, mais elle, si. Et tout à coup, elle sut aussi comment elle allait pouvoir le convaincre de garder secrète l'identité de Lady Truelove. L'idée qui était en train de prendre forme dans sa tête était complètement folle. D'un autre côté, elle semblait ces derniers temps avoir une légère propension à élaborer les plans les plus extravagants.

Son regard se dirigea vers la pile de journaux posée sur son bureau. Elle avait même les moyens de négocier quelque chose…

— Miss Deverill ?

Elle quitta les journaux des yeux, et elle leva les mains en feignant la capitulation.

— Vous avez découvert mon secret. Mais je ne sais toujours pas ce que vous attendez de moi.

— Qu'est-ce qui vous fait penser que j'attende quoi que ce soit ?

Mais alors même qu'il posait la question, elle sut qu'il était sur le point de proposer un marché. C'était encore mieux pour son propre plan.

— Parce que, sinon, vous ne seriez pas ici, répondit-elle. Si votre intention était de révéler l'identité de Lady Truelove, vous l'auriez déjà fait. C'est sans doute dans un but précis que vous avez voulu m'avertir de ce que vous n'avez pour l'instant que l'intention de faire. Je peux donc en conclure que vous attendez quelque chose de moi, et qu'en échange, vous garderez mon secret.

— J'applaudis votre perspicacité, Miss Deverill.

Elle désigna la chaise située face à la sienne.

— Nous devrions peut-être nous asseoir et en discuter, alors.

Il fit la moue. Cette amabilité soudaine avait l'air de le laisser sceptique, ce qui était compréhensible. Mais lorsqu'elle s'assit, il l'imita.

— Pas besoin d'une discussion interminable. Je vais juste vous dire ce que je veux que vous fassiez.

— Je vous écoute.

— Lionel ne me parle plus à cause de vous. Lorsque je me suis présenté chez lui aujourd'hui, il a refusé de me voir. Je veux que vous alliez le trouver et que vous lui disiez la vérité. Vous lui expliquerez qui vous êtes vraiment, ce que vous avez fait, et pourquoi vous l'avez fait. Et vous lui certifierez que je n'ai pas trahi sa confiance de quelque façon que ce soit.

Il était déjà assez compliqué, dans les circonstances actuelles, de faire confiance à Galbraith pour qu'il taise son secret. Et Clara savait pertinemment qu'elle ne pouvait pas se permettre de compter sur la discrétion de son ami. Néanmoins, elle fit semblant de réfléchir à sa requête.

— Si je dis la vérité à votre ami, dit-elle en redressant la pile de journaux pour gagner du temps et envisager toutes les ramifications de l'idée qui avait germé dans son cerveau, jamais il ne me croira.

— Si, si vous expliquez qu'en lui révélant votre identité vous divulguez une information qui compromettrait la survie de votre journal si elle devenait publique. Lionel, voyez-vous, est très sensible à la cause des jeunes femmes en détresse, surtout quand elles ont de grands yeux marron, et il se radoucira peut-être suffisamment pour accepter de me parler.

— Si je lui dis la vérité, je n'ai aucune garantie qu'il garde mon secret.

— C'est vrai. Mais si vous ne lui avouez pas la vérité, vous pouvez être sûre que je ne garderai pas votre secret. Je ne saurais dire ce qu'il fera de votre confidence, poursuivit Galbraith avant qu'elle puisse répondre. Et je m'en moque bien. Votre choix est simple : d'un côté, vous avez une chance de préserver l'anonymat de votre chroniqueuse, de l'autre, vous n'en avez aucune. À vous de décider ce que vous préférez.

Elle cessa de manipuler les journaux. Sa décision était prise.

— Je ne peux pas faire ce que vous demandez, Lord

Galbraith. Je ne connais pas votre ami, et je ne peux pas me permettre de parier sur sa discrétion. Cependant…

Elle s'interrompit, prit une grande inspiration et balaya toutes les réticences qui pouvaient lui rester.

— Cependant, j'aimerais vous proposer une autre solution.

Chapitre 7

Rex n'en croyait pas ses oreilles. Il l'avait acculée dans un coin et elle voulait négocier ? Elle avait du cran, il fallait le lui reconnaître.

— Une autre solution ? Est-ce une plaisanterie ?

— Pas du tout. Vous connaissez mon secret.

Elle s'interrompit et le regarda en plissant les yeux, dans une attitude qu'il commençait à connaître.

— Mais c'est uniquement parce que vous avez manœuvré habilement jusqu'à ce que je sois forcée de vous le révéler.

Il adopta un air de fausse modestie, et chassa une poussière imaginaire de son veston, en souriant à demi.

— Oui, c'était assez bien joué de ma part, si je puis me permettre.

S'il avait réussi à l'agacer, elle n'en laissa rien paraître.

— Quoi qu'il en soit, dit-elle en se calant dans son siège, révéler ce secret à une personne supplémentaire représente un risque que je ne suis pas prête à prendre.

— Quel dommage.

Il cessa de sourire et lui lança un regard sévère.

— En même temps, ce n'est pas comme si vous aviez le choix.

— Mon seul choix, poursuivit-elle en ignorant tout à fait sa remarque, c'est de vous convaincre de ne pas mettre votre menace à exécution.

En réalité, il n'avait aucune intention de mettre sa menace à exécution, mais il était hors de question qu'il le lui dise.

— Je doute qu'il y ait quoi que ce soit que vous puissiez dire pour me convaincre.

— Je pense que si. Voyez-vous, je suis disposée à vous faire une proposition que vous allez peut-être même trouver alléchante.

C'était évidemment involontaire de sa part si ses paroles pouvaient paraître suggestives, mais Rex ne put s'empêcher d'imaginer certaines choses. Il la fixa. Son regard glissa le long de son cou gracieux et délicat, traîna un instant sur son décolleté beaucoup trop sage, caressa la courbe de sa poitrine et s'arrêta sur sa taille ridiculement fine. Le bureau empêchait qu'il poursuive l'examen détaillé de son corps, mais ce n'était pas grave, car il connaissait déjà sa silhouette. Il avait eu l'opportunité de se la représenter très précisément le soir du bal, pendant qu'ils dansaient. Et, tandis qu'il revoyait les hanches étroites et les longues jambes qui étaient présentement dissimulées à sa vue, tandis qu'il se remémorait le bref mais stimulant contact de son bras contre son dos gracile, les instincts les plus bas de sa nature masculine se mirent à imaginer les moyens les plus coquins qu'elle pourrait employer pour le convaincre, et son corps s'embrasa.

Mais quand il leva les yeux, la délicate teinte rosée qu'avaient prise ses joues lui fit comprendre qu'elle avait perçu la direction qu'avaient adoptée ses pensées — dans les limites de ce que pouvait percevoir un agneau innocent comme elle — et lui rappela que l'image délicieuse qui s'était formée dans son esprit n'avait pas la moindre chance de devenir réalité. Et malgré ce qu'elle pensait de lui, il était — malheureusement — un gentleman, ce qui signifiait que, même si elle était disposée à lui faire ce genre de proposition, jamais il ne pourrait l'accepter. Il restait toujours le plus loin possible des jeunes ladies innocentes. En chassant toute représentation de Clara Deverill dévêtue, il demanda :

— Que me proposez-vous exactement ?

— Un travail, Lord Galbraith. Je vous propose un travail.

Cela était si inattendu, si absurde et si différent de ce qu'il avait imaginé que Rex ne put s'empêcher de rire.

— Et quel genre de travail, Seigneur ?

Elle haussa les épaules avec nonchalance, pourtant il perçut bien la tension qui habitait ses frêles épaules. Elle n'était évidemment pas aussi décontractée qu'elle voulait le laisser paraître.

— Je veux vous engager afin que vous rédigiez la rubrique de Lady Truelove à ma place.

Là, on passait de l'absurdité à la farce. Déconcerté, il rit de nouveau.

— Maintenant, je sais que vous plaisantez.

Son amusement sembla la vexer, car elle fronça légèrement les sourcils.

— Je suis tout à fait sérieuse. Je ne vois pas pourquoi vous en doutez.

Il parcourut de nouveau son corps des yeux en poussant un soupir déçu.

— Disons seulement que mon imagination était partie dans une tout autre direction.

De roses, ses joues devinrent écarlates.

— Je vous fais une offre d'emploi en toute bonne foi. Cela ne serait que temporaire, jusqu'à ce que ma sœur revienne de son voyage de noces. Elle devrait rentrer d'ici deux mois.

— Elle s'est mariée en mars si j'ai bonne mémoire. Quatre mois, c'est long pour un voyage de noces.

— À qui le dites-vous, acquiesça-t-elle en soupirant. À son retour, elle trouvera quelqu'un pour occuper ce poste de façon permanente. En attendant, j'aimerais vous engager.

Elle était vraiment sérieuse. Il se pencha en arrière et passa la main sur son visage en réfléchissant un moment.

— Mis à part le fait que je n'aie pas besoin de gagner ma vie — Dieu soit loué —, pourquoi voudriez-vous que quelqu'un fasse ce travail à votre place ? Et par-dessus le marché, pourquoi me choisir moi ?

Elle fit une moue espiègle. Elle tordit légèrement sa large bouche et plissa son minuscule nez en trompette.

— Vous trouvez cela bizarre, n'est-ce pas ?

— Bizarre ? Non, pas du tout. Je trouve cela incompréhensible. Mis à part le fait que je déteste les journaux et que je ne me voie pas travailler pour l'un d'eux, vous pensez que je suis un goujat et un scélérat peu recommandable. Pourquoi, ajouta-t-il, piqué par la curiosité, voudriez-vous que je me charge de donner des conseils aux amoureux transis ou malheureux ?

— Parce que je le fais très mal.

Il rit de l'absurdité de cet aveu, mais avant qu'il

puisse lui rappeler qu'elle connaissait pourtant un succès certain, elle enchaîna.

— Vous, au contraire, possédez une compréhension assez fine des comportements humains. Et c'est cela qui m'intéresse chez vous.

— Et vous pensez que je vais accepter cette proposition ? Je suis un gentleman, Miss Deverill…

Il fut interrompu par un ricanement cynique qui montrait bien ce qu'elle pensait de cette assertion.

— Les *gentlemen*, poursuivit-il en insistant bien sur ce mot, ne travaillent pas.

— Vous seriez surpris, Lord Galbraith, si vous saviez combien de gentlemen travaillent pour des journaux. J'en connais au moins cinq qui écrivent des articles pour nos concurrents sous un pseudonyme. Et au moins une douzaine qui, en échange d'une commission, font de la publicité dans nos pages en recommandant à peu près tout et n'importe quoi, depuis le savon à barbe jusqu'aux remèdes de charlatan.

— Dans ce cas, vous devriez peut-être engager l'un de ces bons gentlemen.

— Pourquoi le ferais-je, quand je vous ai vous ?

— Vous ne m'« avez » pas, comme vous dites.

Pendant qu'il rétablissait la vérité, il la vit froncer les sourcils d'un air dubitatif. Et lorsqu'il la regarda dans les yeux, il se sentit tout à coup mal à l'aise.

— C'est moi qui ai les moyens de faire pression sur vous, Miss Deverill, et pas l'inverse, dit-il, comme s'il ressentait le besoin de lui rappeler ce point.

— Vraiment ?

Elle se redressa, et avec ce mouvement soudain,

quelque chose changea entre eux, quelque chose qui ne fit qu'accroître son malaise.

— Et ces moyens de pression disparaîtraient, poursuivit-il en décidant d'ignorer sa question, si j'acceptais votre proposition. Si j'acceptais de devenir Lady Truelove, je ne pourrais pas dire à mon entourage qu'il s'agit de vous.

— Oui, acquiesça-t-elle d'un air satisfait. Exactement.

— C'est donc la vraie raison de cette proposition saugrenue ? Vous voulez acheter mon silence ? Mais qu'est-ce qui vous fait croire que je vais accepter ?

— Parce que c'est un arrangement gagnant pour nous deux. Votre perpétuel manque d'argent est un fait bien connu, et je suis prête à vous verser un salaire généreux. Vous serez obligé de garder mon secret, ainsi que vous l'avez déjà souligné, et je pourrai arrêter d'écrire une rubrique qui, de toute évidence, n'est pas faite pour moi…

— Et pourquoi cela ? l'interrompit-il, curieux.

Cela faisait en effet deux fois qu'elle mettait en doute ses capacités, et il se demandait bien pourquoi.

— D'après ce que j'ai entendu dire, vous faites cela très bien. Et c'est une rubrique extrêmement populaire.

Elle tressaillit légèrement, ce qui ne fit qu'accroître sa curiosité.

— Pourquoi vous dénigrer de la sorte ? demanda-t-il. Votre succès parle pourtant de lui-même…

— En ce moment, je suis beaucoup trop occupée pour le faire comme il faut, le coupa-t-elle. Maintenant que la Saison a commencé, je souhaite sortir davantage dans le grand monde, et avec toutes les autres tâches qui me reviennent en l'absence de ma sœur, j'aimerais que quelqu'un d'autre rédige le courrier du cœur de Lady Truelove à ma place.

— C'est peut-être vrai, concéda-t-il. Mais ce n'est pas ce que vous avez dit tout à l'heure. Vous avez dit que vous n'étiez pas faite pour cela.

— Vous aviez raison, murmura-t-elle en se massant le front. Vous savez écouter.

Il ne répondit pas. Il se contenta d'attendre, et puisqu'il savait déjà presque tout ou avait déjà presque tout deviné, elle capitula en soupirant.

— C'est ma sœur qui tenait cette rubrique. Elle en avait préparé suffisamment pour que l'on tienne jusqu'à sa date de retour originellement prévue. Mais Torquil et elle ont décidé de prolonger leur voyage de noces et elle m'a envoyé un télégramme pour me demander de m'en charger jusqu'à son retour.

— En plus de diriger le journal ? C'est beaucoup demander.

— Depuis la mort de ma mère, ma sœur m'a toujours protégée et s'est toujours occupée de moi. En échange, je suis heureuse de pouvoir lui rendre service quand j'en ai l'occasion. Mais pour ce qui est de Lady Truelove…

Elle s'interrompit et leva les bras en signe d'impuissance, avant de les laisser retomber sur son bureau.

— Je suis complètement perdue. Donner des conseils aux amoureux, ajouta-t-elle avec un petit rire, ce n'est vraiment pas mon fort.

Il observa son visage un moment, et remarqua une nouvelle fois qu'il n'était pas beau au sens conventionnel du terme. Pas de bouche en bouton de rose, pas de nez grec, pas de sourcils délicatement arqués. Mais il s'agissait néanmoins d'un visage agréable, au charme unique, bien qu'il doute que les jeunes freluquets qui traînaient en ville daignent la regarder assez longtemps pour s'en rendre compte. Elle n'était pas le genre de femme qui attirait l'attention des hommes, et il le savait très bien puisque lui-même en avait fait l'expérience.

— Je vois, dit-il d'une voix douce. Et comment votre père prend-il le fait que Lady Truelove passe aux mains de quelqu'un d'autre ?

— Mon père ?

Elle se raidit, l'air tout à coup sur la défensive.

— Que vient-il faire là-dedans ?

— C'est lui le rédacteur en chef, non ? Et le propriétaire ?

— En fait, non. C'était le cas avant, mais sa santé l'a amené à mettre fin à ses activités. Le journal appartient désormais à ma sœur, et à mon frère Jonathan. Ce dernier était censé rentrer d'Amérique et s'occuper de tout, mais un contretemps est survenu et l'en a empêché. Par conséquent, c'est moi qui tiens les rênes du journal jusqu'au retour de ma sœur. Donc, vous voyez, il est dans mes prérogatives de vous faire cette proposition. Et avec mon emploi du temps chargé, je serais bien soulagée de pouvoir confier Lady Truelove à quelqu'un d'autre. Cela vous profiterait également, puisque comme je l'ai dit, je suis prête à vous payer généreusement. Disons… Cent livres par article ?

Le montant le surprit sincèrement. Cent livres par semaine dépassaient le quart de sa pension — quand son père était disposé à la lui verser — et c'était presque le double de ce que Petunia lui offrait si généreusement pendant que son père et lui étaient en froid. Il ignorait totalement ce que pouvaient gagner les journalistes, mais cela lui semblait une somme plutôt élevée. C'était aussi une bonne indication de la détermination de Clara Deverill à protéger son secret.

Rex, cependant, n'avait pas envie de se lancer dans le journalisme, et rien ne l'y forçait non plus.

— Voilà qui est tout à fait généreux, reconnut-il. Mais ce n'est pas un salaire élevé qui me décidera, car malgré mes habitudes dépensières, je n'ai pas besoin d'argent. Ma tante a la gentillesse de me verser une rente.

— Eh bien, justement, à ce propos…

Elle s'interrompit, toussota, et Rex se sentit de nouveau mal à l'aise.

— Il est clair que ce que vous m'avez dit l'autre soir au bal est vrai, continua-t-elle en attrapant un journal qui se trouvait au sommet d'une pile posée sur son bureau. Vous ne lisez vraiment pas les journaux, n'est-ce pas ?

Rex fit la moue en l'entendant changer de sujet.

— Quel est le rapport entre tout cela et mon manque d'intérêt pour les journaux ?

Au lieu de répondre, elle ouvrit son journal et commença à le feuilleter, en ayant l'air de chercher un article en particulier. Lorsqu'elle l'eut trouvé, elle replia la double page, tourna le journal vers lui et le lui passa.

— Il se pourrait que vous vous mettiez à lire la presse quotidienne dorénavant.

Son regard fut aussitôt accroché par le gros titre qui se déployait en haut de la page.

*UNE PARENTE EXASPÉRÉE COUPE
À SON TOUR LES VIVRES À LORD GALBRAITH*

Il le lut trois fois. Et pourtant les mots mirent du temps à parvenir jusqu'à son cerveau. Les mots qui suivaient et qu'il parcourut faisaient allusion à sa propension à jeter l'argent par les fenêtres, évoquaient de façon documentée son mépris du mariage et relataient la misérable vie de couple de ses parents. Ensuite venaient les critiques que lui adressait sa tante, « épouvantée par son comportement erratique et son mode de vie dissolu ». Elle déclarait même que tant qu'il ne serait pas marié, rangé, et tant qu'il ne deviendrait pas un adulte responsable digne du nom qu'il portait, il ne recevrait plus le moindre sou de sa part. En outre, elle refusait de prendre en charge ses dettes, passées, présentes ou futures.

Oh ! ma tante, songea-t-il catastrophé, *mais qu'avez-vous donc fait là ?*

Pendant qu'il s'interrogeait, il se souvint de la visite que sa tante lui avait faite dans la matinée et de ce qu'en avait dit son majordome.

« Elle a exprimé le désir de parler avec vous de votre conduite récente. »

Pourquoi les choses étaient-elles toujours aussi claires seulement après coup ? Il aurait dû recevoir sa tante ce matin même au lieu de la congédier. Son refus de la voir avait dû l'agacer au point de lui faire faire cette déclaration cruelle et intempestive dans les journaux du soir. Il aurait dû accepter d'écouter sa leçon de morale, présenter ses excuses, déclarer que l'honneur l'empêchait de tout expliquer, et assumer l'entière responsabilité des fâcheux événements survenus durant le bal. Tout cela l'aurait peut-être amadouée et empêchée de prendre publiquement des mesures si drastiques.

En même temps, songea-t-il en parcourant de nouveau l'article, cela n'aurait peut-être rien changé qu'il fasse amende honorable. À lire l'article, il était relativement clair que sa tante utilisait sa conduite durant le bal pour le pousser au mariage, et tout ce qu'il aurait pu dire ce matin serait de toute façon tombé dans l'oreille d'un sourd.

Aurait-il pu éviter ce désastre en recevant sa tante ce matin-là ? La question était donc ouverte. En revanche, lorsque Rex leva les yeux pour les poser sur la jeune femme qui était assise en face de lui, il fut certain d'une chose :

Ce n'était pas lui qui avait acculé Clara Deverill dans un coin.

Rex prit une grande inspiration et reposa le journal sur le bureau. Elle allait peut-être prendre cela pour un coup de bluff, mais jamais il ne montrerait son jeu.

— Merci pour votre proposition, Miss Deverill. Mais malgré ce que peuvent dire les journaux, je n'ai ni l'envie ni le besoin de me mettre à travailler.

Elle tenta de rester impassible, cependant il perçut une lueur de panique dans ses grands yeux expressifs.

— Alors nous n'avons plus rien à nous dire.

Elle déglutit et baissa le regard.

— Je m'attends que la nouvelle fracassante de l'identité de Lady Truelove apparaisse dans les journaux concurrents d'ici un jour ou deux.

Elle se leva, et alors qu'il l'imitait, elle le fixa en carrant les épaules.

— Ils vont s'en donner à cœur joie, j'en suis sûre.

Rex remarqua son menton fièrement levé et il se sentit tout à coup coupable. Pourtant c'était elle qui avait provoqué cette situation, se rappela-t-il, en essayant d'ignorer l'air triste de Clara Deverill et sa propre mauvaise conscience. À cause d'elle, il se trouvait dans un pétrin indicible, et il lui faudrait un temps fou pour pouvoir s'en sortir. Cela lui servirait de leçon de guetter anxieusement la parution des gros titres pendant quelques jours. Puis elle comprendrait la vérité.

— Bonne journée, Miss Deverill, dit-il, avant de s'incliner et de tourner les talons.

Il alla jusqu'à la porte. La main sur la poignée, il s'arrêta, soupira et regarda par-dessus son épaule.

— Malgré ce que vous pensez de moi, je ne suis pas du genre à faire chanter une femme. Je n'ai pas l'intention de parler à quiconque de Lady Truelove. Et cela n'a jamais été le cas.

Elle le fixa, l'air stupéfait.

— Vous bluffiez ?

— Oui. Mais pour rien du tout, semble-t-il.

Il se retourna et ouvrit la porte.

— Je n'ai absolument aucune idée de ce que je vais dire à ma tante et à mes amis, murmura-t-il en s'éloignant. Absolument aucune.

En quittant les bureaux de Clara Deverill, Rex demanda à son cocher de le conduire à Park Lane, chez Petunia, et alors que sa voiture le ramenait en ville, il réfléchit à la façon dont il allait pouvoir lui faire changer d'avis. Il allait devoir présenter ses excuses pour sa conduite, bien entendu, et c'était de toute façon ce qu'il avait prévu de faire. Il allait aussi devoir promettre de bien se comporter à l'avenir, ce qui pourrait se révéler problématique. Et même s'il ne pensait pas qu'elle l'obligerait à se marier s'il voulait retrouver une source de revenu régulière, il savait qu'elle exigerait qu'il soit à son entière disposition pendant le reste de la Saison et qu'il accepte toutes les invitations où on risquait de lui présenter des jeunes filles à marier.

Au moment où sa voiture arrivait devant chez sa tante, Rex s'était fait à l'idée d'endurer trois mois de bals et de dîners, ainsi que d'interminables discussions avec de jeunes débutantes. Mais il n'eut pas la possibilité de faire ce noble sacrifice, car après s'être annoncé au majordome de sa tante, il apprit qu'elle ne le recevrait pas.

Rex craignait de savoir ce que cela voulait dire.

— Elle ne reçoit personne, Bledsoe ? demanda-t-il, en dissimulant sa déconvenue derrière un clin d'œil et un sourire entendu. Ou juste les petits-neveux dissipés ?

Le majordome de Petunia était un domestique à l'ancienne, guindé, impassible en toutes circonstances, et muet comme une tombe. Heureusement pour Rex, le manque de coopération de Bledsoe ne le dérangeait pas plus que cela, car il savait très bien où trouver sa tante en soirée. En ajoutant cela au fait de devoir s'aplatir vilement à la liste de tout ce qui lui serait demandé, Rex tendit sa carte au majordome et décida de rentrer chez lui afin de se changer pour la soirée qui l'attendait.

Il avait à peine franchi le seuil de sa maison, cependant, que son valet l'accueillit avec, sur un plateau, un problème bien plus sérieux que tous ceux auxquels il avait déjà dû faire face dans la journée.

— La comtesse de Leyland s'est annoncée, milord.

Rex s'immobilisa le chapeau à la main et regarda son domestique avec horreur.

— Ma mère est ici ?

— Oui, milord. Elle est au salon.

— Seigneur !

Il jeta son chapeau dans les bras du valet.

— Mère, dans mon salon ?

— Oui, milord. Elle a dit qu'il était très urgent

qu'elle parle avec vous, et Mr Whistler l'a conduite au salon afin qu'elle attende votre retour.

— Satané Whistler, murmura-t-il tout en défroissant sa cravate et en ajustant son veston. Il a toujours eu un faible pour mère. Mais en même temps, ajouta-t-il en se dirigeant vers l'escalier, il n'est pas le premier.

Tout en songeant qu'il allait devoir répéter à l'ensemble de ses domestiques qui était autorisé à franchir le seuil de sa maison et qui ne l'était pas, et préciser que sa mère faisait bien partie de cette dernière catégorie, Rex gravit l'escalier jusqu'au premier étage. Et, après s'être rapidement passé la main dans les cheveux, il entra au salon.

Alors qu'il regardait sa mère se tourner vers lui, il fut de nouveau frappé par cette ressemblance entre eux, si grande que ceux qui les voyaient ensemble pour la première fois ne pouvaient pas douter un seul instant qu'ils soient mère et fils. Ils avaient la même carnation, la même couleur de cheveux et d'yeux, les mêmes traits, ce qui expliquait que son père soit toujours rageur et vindicatif en sa présence.

— Mère, mais que diable faites-vous ici ?

Elle avança vers lui, les mains tendues.

— Rex, très cher, commença-t-elle.

Mais elle s'arrêta comme coupée dans son élan et laissa retomber ses mains en le fixant d'un air horrifié.

— Seigneur, votre œil !

— Ce n'est rien.

— Un œil au beurre noir ?

Elle s'approcha et poussa un cri en apercevant la grosse estafilade rouge sur sa tempe.

— Mon pauvre chéri, que vous est-il arrivé ?

D'un geste impatient de la main, il balaya cette démonstration d'angoisse maternelle.

— C'est moins grave que cela en a l'air. Dites-moi plutôt pourquoi vous êtes venue, mère. La dernière fois, si vous vous souvenez bien, je vous ai clairement signifié qu'il ne fallait plus jamais vous présenter ici.

— Je sais, je sais. Mais que pouvais-je faire d'autre, étant donné que vous refusez de répondre à mes lettres ?

— Je n'ai pas le droit de correspondre avec vous. Vous le savez.

— Bien sûr, confirma-t-elle comme si cela allait de soi. Par conséquent, si je veux voir mon fils, je n'ai pas d'autre choix que de venir le trouver en personne.

Il eut un rire jaune qui la fit tressaillir.

— Pourquoi ai-je le sentiment que cet élan d'amour maternel n'est pas ce qui a motivé votre visite ? Peut-être le fait qu'après votre dernière visite père m'a coupé les vivres !

— J'en suis sincèrement désolée. Je savais qu'il serait furieux s'il l'apprenait, mais jamais je n'aurais imaginé qu'il supprimerait votre rente. Même si j'aurais dû me douter qu'il en était capable. C'est tout à fait lui, cette conduite vindicative et pleine d'amertume. Il est…

— Non ! s'exclama-t-il avec véhémence. Ne commencez pas. Et épargnez-moi vos simagrées. Si vous m'aimiez vraiment, vous n'auriez pas essayé de m'approcher.

— Comme je l'ai déjà dit, je n'avais pas vraiment le choix…

Elle s'interrompit en voyant son regard menaçant et soupira.

— Oh ! Rex, je vous aime vraiment, que vous me croyiez ou non.

Le plus rageant, c'était qu'il la croyait. Et, pire encore, même si elle vivait à ses crochets, il l'aimait lui aussi. Ce qui faisait de lui un idiot.

— Pour pressant que soit votre besoin de me contacter, n'auriez-vous pas pu envoyer un de vos domestiques à votre place ?

— Non.

Elle baissa les yeux, et fit tout à coup semblant de s'intéresser de près à l'état de ses gants.

— Je n'ai pas emmené de domestique.

Il fronça les sourcils.

— Pas même une femme de chambre ?

— Je ne reste que deux jours, cela ne m'a donc pas semblé indispensable.

Elle cessa l'examen de ses gants.

— Je suis à l'hôtel.

Cette nouvelle ne le surprit pas. Après la séparation, elle s'était mise à passer la plupart de son temps à Paris où elle avait beaucoup d'amis susceptibles de lui offrir l'hospitalité. Ici, à Londres, c'était différent. Les Français adoraient avoir des amis à la conduite sulfureuse, les Anglais, beaucoup moins.

Qu'elle soit sans femme de chambre était assez surprenant néanmoins, pourtant il n'avait pas spécialement envie d'en savoir plus.

— Que voulez-vous, mère ?

Elle sourit. Et, tout à coup, Rex eut du mal à respirer car, quand il voyait ce sourire absolument identique au sien, il ne pouvait s'empêcher d'être consterné. Il ne connaissait personne de plus séduisant que sa mère, de plus charmeur, de plus disposé à user de sa beauté pour parvenir à ses fins, et par conséquent, il craignait que cette ressemblance physique ne soit pas la seule chose qu'il ait héritée d'elle.

— Comme d'habitude, j'en ai peur, dit-elle.

— Déjà ?

Étant donné le train de vie dispendieux de sa mère, cela n'aurait pas dû le surprendre. Pourtant…

— Mon Dieu, mère, je vous ai donné sept cents livres il y a moins d'un mois. Ce n'est pas possible qu'il n'en reste rien. Comment les avez-vous dépensés ?

Elle fit un vaste geste de la main.

— Eh bien, mon chéri, tout est si cher de nos jours. Les vêtements, le maquillage, les sorties…

Elle s'interrompit pour lui adresser un grand regard innocent.

— Je ne sais pas où va l'argent, honnêtement, mais il disparaît à une vitesse folle.

— C'est vrai, reconnut-il en feignant une compréhension et un détachement qu'il était loin de ressentir. J'ai cette impression aussi, surtout quand vous me rendez visite. Malheureusement, la dernière fois, vous ne vous êtes pas contentée de prendre tous mes œufs d'or, vous avez aussi réussi à tuer la poule qui les pondait. Par conséquent, je n'ai pas le moindre shilling à vous donner…

— Je pensais… Enfin, j'ai entendu dire…

Il y eut un silence gêné.

— J'ai entendu dire que vous étiez de nouveau en fonds, malgré votre père.

— Ah, ainsi la nouvelle de la générosité de ma tante est arrivée jusqu'à Paris, n'est-ce pas ? Et vous êtes venue ici dans l'espoir d'en récolter quelques miettes, c'est cela ? Oui, poursuivit-il sans la laisser répondre, ma tante a eu la gentillesse de me verser une pension jusqu'à ce que père soit mieux disposé envers moi, mais elle et moi sommes en froid depuis peu.

Sa mère pâlit en apprenant la nouvelle, ce qui fit ressortir le fard rouge qu'elle avait aux pommettes.

— Vous ne pouvez pas… emprunter d'argent ?

Rex fronça les sourcils en entendant la faiblesse de sa voix. Elle semblait plus que catastrophée. Elle semblait… terrorisée. C'était de la comédie, bien sûr, pourtant il fut pris d'une légère panique qu'il s'efforçât de dissimuler. S'il lui montrait, elle en profiterait.

— Non, mère, c'est impossible. Vous allez devoir chercher ailleurs.

Elle chancela.

Malgré sa certitude d'être manipulé, Rex se précipita vers elle et attrapa son bras pour l'empêcher de tomber.

— Attention, mère, dit-il en la conduisant jusqu'au canapé le plus porche. Asseyez-vous.

Elle obéit, et il prit place à côté d'elle.

— Que se passe-t-il ? demanda-t-il un peu vivement. Pourquoi ne me dites-vous rien ?

— Ce n'est pas important, puisque vous n'avez pas d'argent.

— Au contraire, c'est important si vous voulez que je vous donne de l'argent plus tard. Soyez honnête et dites-moi pourquoi vous en avez besoin de façon aussi pressante.

— Très bien.

Elle soupira et le regarda d'un air triste.

— Je n'ai pas dépensé l'argent que vous m'avez donné en vêtements et autres colifichets, ni rien de tout cela.

— Que se passe-t-il, alors ?

Elle s'agita, l'air mal à l'aise.

— Vous savez que j'ai eu… de petits ennuis il y a quelques années ?

Elle recommençait avec ses euphémismes… Il fallait y mettre fin au plus vite.

— Des dettes de jeu, vous voulez dire.

Elle fronça aussitôt les sourcils, plissant ainsi son front parfait.

— Vraiment, Rex, êtes-vous obligé de manquer à ce point de tact en me rappelant mes erreurs passées ?

Sans se laisser impressionner, il croisa les bras, cala son dos contre l'accoudoir de la banquette, et se prépara psychologiquement à ce qui allait suivre.

— Comme cela, vous avez recommencé à jouer. C'est là que disparaît l'argent ?

— Non, non ! s'exclama-t-elle. Ce n'est pas du tout cela.

Il leva un sourcil sceptique.

— Vraiment ! Rex, je vous le jure : je n'ai pas rejoué depuis. Pas une seule fois. Je comprends que vous ne me croyiez pas, ajouta-t-elle lorsqu'il soupira, mais c'est la vérité.

Avec sa mère, la vérité était une notion relative, mais cela ne servait à rien de soulever ce point.

— À quoi dépensez-vous votre argent alors, si ce n'est pas au jeu ?

— Vous vous souvenez de la façon dont j'ai payé ces dettes de jeu ?

— Oui. Vous avez vendu vos bijoux.

— Voilà le problème. Je ne les ai pas vendus.

Il se raidit.

— C'était encore un mensonge, alors ? Pourquoi cela ne me surprend-il pas ?

— Je n'ai pas pu les vendre. Le bijoutier à qui je les ai proposés m'a dit que c'étaient des faux.

— Que dites-vous ? Mais comment est-ce possible ?

— C'est votre père, bien sûr ! Qui d'autre aurait pu faire cela ? demanda-t-elle alors qu'il peinait à cacher son exaspération. Il a dû prendre mes bijoux sans que je m'en rende compte avant que nous soyons officiellement séparés, pour les remplacer par des imitations.

Ou bien c'était elle qui avait fait cela et qui lui mentait effrontément. Les deux scénarios étaient possibles.

— Comment avez-vous payé la salle de jeu alors ?

Elle soupira.

— J'ai emprunté de l'argent. Les sept cents livres que vous m'avez données ont servi à payer les intérêts.

— Tout cet argent pour payer les intérêts ? Ce n'est pas possible…

— Eh bien si, malheureusement. Le taux est très élevé, voyez-vous.

— Élevé ? Il est exorbitant, oui ! Vos dettes de jeu ne dépassaient pas les… Quoi… Cinq cents livres ?

— Je n'avais pas vraiment le choix, Rex. Étant donné les circonstances, le seul prêteur qui a bien voulu m'aider s'est révélé être… assez douteux.

Il la revit telle qu'elle était quelques minutes plus tôt, pâle et faible, et, pris de panique, il se redressa et décroisa les bras.

— Douteux ? À quel point ?

— Suffisamment pour envoyer l'un de ses hommes de main me menacer via ma femme de chambre. Elle a eu si peur qu'elle a aussitôt quitté mon service.

— Mon Dieu, mère !

— Je sais, je sais. Mais que pouvais-je faire d'autre ?

Quoi qu'il en soit, je pensais que l'argent que vous m'aviez donné suffirait à payer le principal ainsi que les intérêts. Malheureusement, ce n'est pas le cas. Parce que je n'ai pas remboursé la somme due à temps, les intérêts ont augmenté et je dois payer une amende supplémentaire. Ma dette est donc très élevée.

L'infâme crapule. Rex serra les dents et s'efforça de contenir la colère qui montait en lui.

— Combien ?

— Le total s'élève maintenant à mille livres. Si je ne paie pas d'ici samedi, il grimpera jusqu'à mille quatre cents livres.

— Et si cet homme touche ses mille livres d'ici samedi, vous ne lui devrez plus rien ?

— C'est ce qu'il m'a dit, oui. Mais peu importe, puisque vous ne pouvez pas me donner la somme…

Elle fut interrompue par l'entrée du majordome.

— Milord, votre père est ici, annonça ce dernier.

Rex gémit. La situation n'aurait pas pu être pire.

— Il insiste pour vous voir tout de suite, continua Whistler.

— Cela ne m'étonne pas, murmura Rex en songeant à l'article de journal que lui avait montré Clara Deverill. Il a dû entendre dire que Petunia m'avait coupé les vivres, et il vient profiter de ma détresse.

— Il en serait bien capable, commenta sa mère.

Aussitôt, Rex se tourna vers elle.

— Taisez-vous, comtesse, ordonna-t-il. Vous êtes mal placée pour donner des leçons de morale.

Sa mère eut la décence de paraître contrite, et il se tourna de nouveau vers son majordome.

— Avait-il un journal sur lui ?

— Oui, milord.

Rex soupira.

— C'est bien ce que je craignais.

— Souhaitez-vous le recevoir, sir ?

Épouvanté par cette perspective, Rex se leva d'un bond.

— Mon père et ma mère dans la même pièce. Êtes-vous fou ?

Son majordome se crispa comme s'il venait d'essuyer un affront.

— J'avais pensé, dit-il d'un ton digne, installer Lord Leyland dans le bureau.

— Non, cela n'ira pas. Si vous ne l'amenez pas ici au salon, il se posera aussitôt des questions, et ce n'est pas comme cela que je récupérerai ma pension. Dites-lui que je ne reçois pas. Je me suis battu, j'ai un traumatisme crânien, et tout cela…

— Non, intervint sa mère avant que le majordome ait le temps d'esquisser le moindre mouvement vers la porte. Il faut que vous le voyiez. Il est votre seul espoir d'obtenir quelque argent, surtout si Petunia devient parcimonieuse. Il ne faut surtout pas les contrarier, ni l'un ni l'autre.

Elle se leva.

— Je pars. Je vais passer par l'escalier de service pour qu'il ne me voie pas.

— Cela ne sera pas nécessaire, mère, car je n'ai aucune intention de le recevoir.

Il fit signe à Whistler de sortir et d'aller transmettre son message.

— Pas après la journée que je viens de passer.

— Mais c'est l'occasion, peut-être, de vous réconcilier

avec lui. Et si vous y parveniez, il vous versera de nouveau votre rente, et vous pourrez rembourser le prêteur…

Elle s'interrompit et eut la décence de rougir de son propre égoïsme.

— Je suis très heureux de constater à quel point vous vous préoccupez de mon sort et de mon bien-être, mère, dit-il sèchement. Mais n'ayez crainte, je suis sûr qu'avec ma tante nous réussirons à nous rabibocher et que tout finira bien. Entre-temps, si père souhaite rétablir mon revenu, ce serait généreux de sa part, mais je ne suis toujours pas d'humeur à venir manger dans sa main ce qu'il veut me faire avaler, ni à entendre quelqu'un dire du mal de vous pour la deuxième fois cette semaine.

Même sa mère n'osa pas relever.

— Et le prêteur ? demanda-t-elle dans un murmure. Si je ne le paie pas…

Elle s'arrêta et posa la main sur sa gorge comme si elle était incapable de continuer.

— Je vais m'en occuper, répondit-il d'un ton brusque, bien conscient qu'il faisait une promesse qu'il n'était pas à même de tenir.

— Vous allez contracter un prêt, alors ?

Après l'article paru dans le journal, il doutait fort de pouvoir contracter le moindre prêt, mais il n'en dit rien.

— Je vous ai promis que je m'en occupais, fit-il en la conduisant au secrétaire qui se trouvait près de la fenêtre et en lui mettant une plume dans la main. Écrivez le nom de ce prêteur et l'endroit précis où on peut le trouver à Paris.

— Mais où allez-vous ? demanda-t-elle alors qu'il se dirigeait déjà vers la porte.

— M'assurer que père est bien parti et qu'il n'est

pas en train de traîner quelque part dans la maison. S'il vous voyait ici, je pense que lui et tante Petunia ne m'adresseraient plus jamais la parole et ne me verseraient plus un sou de ma vie, et je ne veux surtout pas que cela se produise.

Après avoir vérifié que Whistler avait bien raccompagné son père à sa voiture et que ladite voiture avait vraiment quitté Half Moon Street en direction de Piccadilly, Rex retourna au salon, où sa mère lui tendit une feuille de papier pliée.

— L'homme vit dans un petit cul-de-sac près de Montmartre, expliqua-t-elle. Vous devriez le trouver assez facilement.

— Moi, me rendre à Paris ?

Il secoua la tête.

— Non, je ne peux pas. Je dois faire amende honorable auprès de tante Petunia, et si elle apprenait que je suis parti à Paris, elle penserait que c'est pour vous rendre visite. Père l'apprendrait à son tour et la situation deviendrait réellement critique. Je vais envoyer mon valet. C'est un type fiable et débrouillard. Et il est discret. Votre dette sera payée samedi, je vous le promets.

— Merci, Rex. Je vous en suis extrêmement reconnaissante.

— Vraiment ?

Il prit une grande inspiration, regarda sa mère dans les yeux, et s'efforça d'ajouter une armure supplémentaire autour de son cœur.

— Si tel est le cas, alors j'aimerais que vous me témoigniez votre gratitude en restant, à l'avenir, le plus loin de moi possible.

Malgré ses efforts, la souffrance qu'il lut dans les yeux

de sa mère transperça son cœur comme un couteau. Il avait surestimé l'épaisseur des armures qui ceignaient son cœur.

— Allez-vous-en, ordonna-t-il, avant que je me rende compte de l'idiot que je suis vraiment.

Il tourna les talons et se dirigea vers le secrétaire sans un regard en arrière. Il s'assit et s'employa à fouiller de façon très démonstrative dans ses papiers, enveloppes et cachets de cire pour bien montrer qu'il ne se souciait plus d'elle. Mais évidemment, il s'agissait d'une pose. Il retint son souffle jusqu'à ce qu'il entende la porte se refermer.

Il attendit encore un peu, puis en jetant un regard derrière lui, s'assura qu'elle était bien partie. Seulement alors s'autorisa-t-il à pousser un soupir de soulagement.

Ce soulagement fut néanmoins de courte durée car, comme il venait de le dire à sa mère, il devait se réconcilier avec sa tante. Il devait aussi trouver mille livres et les envoyer à Paris avant samedi.

Tout à coup, il se rendit compte que ces deux problèmes pourraient être résolus simultanément, et en une seule action. Il réfléchit un moment à la meilleure façon de procéder, puis il approcha une feuille de papier, sortit la plume de son support et ouvrit l'encrier. Il formula quelques phrases dans sa tête avant de plonger sa plume dans l'encrier et de se mettre à écrire.

Chapitre 8

Même si Clara avait vécu toute sa vie à Londres, elle n'était allée qu'une seule fois au Royal Opera House de Covent Garden, et la vue qu'elle avait eue depuis son siège mal placé à l'orchestre n'était en rien comparable à celle qu'elle avait maintenant.

Le plafond en dôme blanc et or du théâtre, ses fauteuils et draperies en velours cramoisi, ainsi que la lumière scintillante dispensée par les centaines de brûleurs à gaz étaient encore plus extraordinaires lorsque l'on était installé dans une loge trois étages au-dessus de l'orchestre.

— Permettez-moi de vous répéter à quel point je suis ravie que vous ayez accepté mon invitation pour ce soir, Miss Deverill.

Clara s'arracha un instant à la contemplation de ce spectacle grandiose pour regarder la vieille femme qui se trouvait à côté d'elle.

— J'ai été très heureuse que vous m'invitiez, Lady Petunia.

— Et surprise aussi, j'imagine.

La vieille dame sourit, ce qui accentua les rides d'expression qu'elle avait aux coins de ses yeux verts.

— C'était une invitation de dernière minute…

Clara avait été surprise, en effet, mais surtout parce qu'elle connaissait à peine Lady Petunia Pierpont. Être mise à l'honneur non pas une fois mais deux par quelqu'un du rang de Lady Petunia était un fait auquel elle ne trouvait aucune explication satisfaisante, d'autant plus que la famille du duc, récemment frappée par un scandale retentissant, n'était pas en odeur de sainteté cette Saison.

Si tout cela n'était pas suffisant pour rendre l'invitation de Lady Petunia étonnante, il y avait aussi ce qui s'était passé dans l'après-midi. Il était certain que le petit-neveu de Lady Petunia aurait préféré la voir au fin fond de l'océan en ce moment précis plutôt qu'en compagnie d'un membre de sa famille. Certes, Galbraith et sa tante n'étaient pas en très bons termes présentement, néanmoins, la famille restait la famille, et un petit-neveu même rebelle valait toujours mieux qu'une quasi-inconnue. D'autant que le vicomte avait sans doute dû se rendre chez sa tante après avoir quitté les bureaux de Clara, dans le but de se réconcilier avec elle et de récupérer son argent. Mais puisqu'elle était là ce soir, Clara devait en conclure que soit il ne savait pas que Lady Petunia l'avait invitée, soit que sa tante avait décidé de ne plus tenir compte de son avis.

— Je n'avais rien de prévu pour ce soir. Je devais juste dîner avec mes belles-sœurs et me coucher tôt, répondit-elle. Même s'il s'agissait d'une invitation de dernière minute, elle m'a fait plaisir et je n'ai pas hésité un seul instant. Je vous remercie d'ailleurs d'avoir pensé à moi.

— Je vous en prie, ma chère, mais ce n'est pas de moi que vient cette idée. Non, c'est mon petit-neveu, Lord Galbraith, qui me l'a suggérée.

Clara regarda Lady Petunia avec stupéfaction.

— Lord Galbraith vous a suggéré de m'inviter ce soir ?

— Oui, et j'ai été heureuse de donner suite à sa proposition.

La colère de Galbraith, dans l'après-midi, avait pourtant été évidente, et son refus de travailler pour elle on ne peut plus clair. Quand il avait quitté son bureau quelques heures plus tôt, elle avait eu la nette impression qu'ils se trouvaient dans une impasse.

— Je ne comprends pas ce qui a pu le motiver à agir de la sorte, dit-elle très sincèrement.

— En êtes-vous sûre, ma chère ?

Ce que Lady Petunia sous-entendait était évident et totalement ridicule. Elle se trompait. Que cette dernière puisse s'imaginer que Galbraith soit attiré par elle remplit Clara d'effroi. Néanmoins, elle ne voyait pas comment rétablir la vérité, ni même l'intérêt, d'ailleurs. Clara détourna alors le regard, en faisant semblant de s'intéresser de près aux loges qui se trouvaient à l'autre extrémité du théâtre.

— Je ne voulais pas vous embarrasser, dit Lady Petunia au bout de quelques minutes de silence. Mais quoi que Galbraith ait pu dire pour vous offenser le soir du bal, j'espère vraiment que vous lui pardonnerez.

Elle ignorait à laquelle des paroles osées de Galbraith Lady Petunia faisait allusion, ni comment elle savait que Clara s'était sentie offensée, mais avant qu'elle ait le temps de se renseigner sur la question, elles furent interrompues par celui-là même qui se trouvait au centre de leur conversation.

— Je suis capable de trouver un moyen de me faire

pardonner tout seul, tante Petunia. Inutile de le faire pour moi.

Lorsque Clara se tourna, elle vit Galbraith qui se tenait derrière son siège. Malgré son habit de soirée qu'il portait et les flûtes de champagne qu'il tenait à la main, il avait tout du sublime Adonis grec antique pour lequel elle l'avait d'abord pris, à tel point que son pouls, à son grand désespoir, s'accéléra.

— Et d'ailleurs, c'est en gage de paix, poursuivit-il en levant les flûtes de champagne, que j'ai apporté ceci à Miss Deverill.

La soirée se révélait décidément pleine de surprises, et le champagne était sans doute délicieux, d'autant qu'elle n'en avait jamais bu. Elle se retint pourtant d'accepter la flûte qu'il lui tendait, car elle ne voulait pas paraître trop impressionnée ni montrer avec quelle facilité elle pouvait se laisser désarmer. Surtout après le face-à-face qu'ils avaient eu plus tôt dans la journée.

— Du champagne ? Quel curieux moyen de faire la paix.

Il sourit.

— Il n'y avait pas de rameaux d'olivier sur la carte des rafraîchissements.

Elle ne put s'empêcher de rire, et elle se rendit compte que, si Galbraith était un vaurien, il possédait aussi un charme indéniable. Ajouté à sa beauté, cela semblait être un coup cruel et injuste du sort à l'encontre des femmes naïves, et Clara était heureuse d'avoir surpris sa conversation pour ne pas être l'une de ces femmes.

— Je veux bien vous croire, dit-elle en acceptant finalement une flûte de champagne.

Elle la porta à sa bouche et, timidement, goûta.

C'était merveilleux, absolument merveilleux, et elle sourit comme si elle venait d'avaler une gorgée de joie. Mais lorsqu'elle leva de nouveau son verre pour réitérer l'expérience, elle l'aperçut en train de la regarder, la tête inclinée et un léger sourire aux lèvres, et l'idée qu'il découvre son manque de sophistication lui fut aussitôt insupportable. Elle baissa son verre et s'efforça d'afficher une expression neutre.

— Comme offre de paix, le champagne est sans doute plus convaincant qu'un pauvre rameau d'olivier. Je vous remercie.

— Je suis heureuse que vous soyez enfin là, Galbraith, dit sa tante avant qu'il puisse répondre. Je venais d'annoncer à Miss Deverill que c'était vous qui aviez eu l'idée de l'inviter. Mais je me demandais si je ne devais pas démentir, étant donné l'heure qu'il est. Être en retard n'est pas la meilleure façon de faire bonne impression sur quelqu'un qu'on connaît à peine, mon cher.

— Pourtant, je ne suis pas en retard, répondit-il en se penchant pour embrasser sa tante sur la joue. Si ?

Elle soupira.

— Arriver trente minutes seulement avant le début d'un spectacle n'est pas non plus ce que j'appelle être ponctuel, surtout lorsque nous avons des invités dans notre loge. Mon petit-neveu, ajouta-t-elle à l'adresse de Clara, est toujours le dernier membre de la famille à arriver, où que ce soit. Je n'ai jamais su si c'est parce que sa montre fonctionne mal ou si c'est parce qu'il aime se faire remarquer.

Malgré cette petite pique et leur récente querelle, l'affection qu'elle lui portait était évidente, et Clara ne se laissa pas abuser par ce ton réprobateur. Galbraith non plus, remarqua-t-elle.

— Je suis souvent le dernier parce que le reste de ma famille croit qu'arriver une demi-heure en avance est le summum de la ponctualité. Mais, ajouta-t-il sans laisser le temps à Lady Petunia de répliquer, dans ce cas précis, ma tante, vous serez heureuse d'apprendre que je n'étais pas le dernier arrivé. En fait, j'étais même le premier.

— Mais où étiez-vous donc ? Cela fait une éternité que nous sommes ici.

— Quand je suis arrivé, il n'y avait personne, alors j'ai occupé mon temps en allant commander les rafraîchissements.

Il tendit le second verre à sa tante.

— Champagne ?

Elle déclina son offre.

— Non, non merci. J'ai déjà bu deux verres de vin pendant le dîner. Si je bois du champagne tout de suite, je risque d'être pompette.

— J'aimerais bien voir cela, murmura-t-il, ce qui lui valut un regard réprobateur.

— Maintenant que vous êtes là, Galbraith, je vous confie Miss Deverill tandis que je vais voir comment se portent nos autres invités. Essayez de ne plus l'offenser, je vous prie. Et, Miss Deverill, dit-elle à Clara, s'il ose se montrer impertinent, je vous donne la permission de le laisser sur place et de vous enfuir, comme vous l'avez fait à mon bal.

Sur ce, elle se dirigea à l'autre bout de la pièce, et Galbraith se faufila entre les fauteuils pour rejoindre Clara devant la balustrade.

Celle-ci se tourna vers lui.

— Lady Petunia ne sait rien de cela, n'est-ce pas ? demanda-t-elle alarmée, en regardant derrière elle pour s'assurer que la vieille dame ne pouvait pas l'entendre.

— Rien de quoi ?

Elle arrêta son regard à la hauteur de sa cravate. Mais à la chaleur de ses joues, elle savait que son visage devait être du même rose que sa robe.

— De ce que vous m'avez dit au bal, murmura-t-elle.

Et, curieusement, elle se sentait maintenant plus gênée par le fait qu'il ait suggéré de l'embrasser que sur le moment.

Lui se contenta de rire.

— Bien sûr que non. Si elle avait appris que j'avais fait une proposition aussi osée à une jeune lady, elle aurait non seulement arrêté de me verser de l'argent, mais elle m'aurait aussi écorché vif. Non, ce secret doit rester entre nous, si cela ne vous dérange pas.

Soulagée, elle osa enfin le regarder dans les yeux. Et lorsqu'elle les vit si brillants, elle eut tout à coup envie de savoir pourquoi il lui avait fait cette proposition déplacée. Seulement elle aurait préféré mourir que de poser la question.

— Je suis heureux que vous soyez là, dit-il alors qu'elle se taisait. Je n'étais pas certain que vous viendriez.

— C'est vraiment à vous que je dois cette invitation ?

— Vous semblez sceptique.

— Il y aurait de quoi l'être, non ? Quand vous avez quitté mes bureaux cet après-midi, vous sembliez très en colère contre moi.

— C'est assez vrai, concéda-t-il, en appuyant une hanche contre la balustrade. Mais si vous me connaissiez mieux, vous sauriez que je ne suis pas rancunier. Je…

Il s'interrompit et fixa son verre les sourcils froncés.

— Persister dans la colère, Miss Deverill, est une chose assez laide, comme j'ai pu l'observer toute ma vie dans mon entourage. Et cela ne résout jamais rien. C'est pourquoi je m'efforce toujours de ne pas sombrer dans ce travers.

Il s'interrompit et la regarda de nouveau, en levant son verre.

— Faisons-nous la paix ?

— Oui, volontiers, répondit-elle en trinquant avec lui. D'ailleurs, je ne suis pas très rancunière non plus.

Son sourire atteignit ses yeux.

— Tant mieux, parce que j'ai bien peur que mes efforts pour me faire pardonner n'aient pas été totalement désintéressés. Je me demandais si votre offre d'emploi tenait toujours ?

Clara se figea, prise d'un fol espoir car, après le départ de Galbraith, ses tentatives pour rédiger une réponse à la « débutante désespérée » s'étaient soldées par un échec cuisant.

— Pourquoi posez-vous la question ? Seriez-vous prêt à accepter désormais ?

— Cela dépend, répondit-il, et cette réponse ambiguë rappela à Clara qu'il était stupide d'espérer quoi que ce soit de la part d'un homme pareil.

Néanmoins, mentalement, elle croisa les doigts.

— Oui, confirma-t-elle, mon offre tient toujours.

— Avant toute chose, je dois vous avertir que j'émets quelques conditions à mon recrutement. D'abord, je souhaiterais un salaire de cent vingt-cinq livres par article.

— Accordé.

Elle n'allait pas chicaner pour deux cents petites livres

supplémentaires, alors que le journal pouvait largement les payer.

— Et, continua-t-il, je souhaiterais que cet argent me soit versé à l'avance.

— Dans sa totalité ?

— Oui, dans sa totalité. Et ce n'est pas un point négociable, ajouta-t-il avant qu'elle puisse répondre.

— D'habitude, les appointements sont versés une fois le travail fait, se sentit-elle obligée de préciser.

— C'est vrai, mais j'ai absolument besoin de mille livres, et tout de suite.

Il ne fournit pas plus d'explications. Au lieu de cela, alors qu'elle gardait le silence, il leva un sourcil amusé.

— Quel est le problème ? Avez-vous peur que je ne tienne pas mes engagements et que je disparaisse dans la nature une fois mon salaire en poche ?

— Disons plutôt que je ne suis pas sûre de pouvoir vous faire confiance pour prendre ce travail au sérieux. Et en riant, le réprimanda-t-elle alors qu'il souriait de plus en plus, vous ne ferez qu'accentuer mon inquiétude. Écrire la rubrique de Lady Truelove n'est pas une farce, Lord Galbraith. C'est un vrai travail qui requiert sérieux, réflexion et rigueur.

— Répondre aux problèmes de correspondants fictifs et rédiger des conseils pour résoudre lesdits problèmes m'apparaît pourtant bien comme une farce. Mais je ne discuterai pas ce point.

Elle aurait pu lui dire que les gens que conseillait Lady Truelove n'étaient pas fictifs, mais elle décida de réserver cette explication et toutes celles qui seraient nécessaires pour plus tard. S'il était vraiment intéressé par ce travail, elle ne voulait pas l'effrayer ni le décourager.

— J'accepte de vous payer à l'avance. Notre accord est-il conclu ?

Il ne répondit pas immédiatement. À la place, il se tourna vers la balustrade et fixa les loges qui se trouvaient face à eux.

— J'ai encore une condition à poser.

— Vous croyez vraiment à votre bonne étoile, vous ! s'exclama-t-elle.

Cela le fit rire.

— Vous ne pouvez pas savoir à quel point c'est vrai, murmura-t-il sans la regarder.

— Alors, poursuivit-elle comme il ne développait pas davantage, quelle est cette troisième condition ?

— Ce n'est pas tant une condition qu'une requête. Ou une mise en garde, selon la façon dont vous décidez de voir les choses.

— Une mise en garde ?

— Oui.

Il lui fit face.

— J'ai l'intention de vous fréquenter assidûment, Miss Deverill.

— Me… fréquenter…

Sa voix s'éteignit d'elle-même. Elle le fixa, trop stupéfaite pour continuer. Sa tante avait eu l'air de vouloir faire allusion à quelque chose de similaire, mais elle avait vite écarté cette idée ridicule.

— Je crois que je ne comprends pas bien, finit-elle par dire.

— J'ai l'intention de vous faire la cour. J'aimerais que vous m'autorisiez ce privilège.

— Pardon ?

Comme à chaque fois qu'elle était prise de court, elle éclata de rire.

— Mais nous ne nous apprécions même pas.

Il esquissa un sourire.

— Vous ne m'appréciez pas, vous voulez dire…

Clara leva les yeux au ciel. Elle n'allait pas se laisser duper aussi facilement.

— Si vous m'appréciez, c'est uniquement parce que vous appréciez les femmes en général…

— C'est vrai, je les apprécie.

— Et que j'en suis une.

Il baissa les yeux et parcourut son corps d'un regard lent et langoureux qui, dans ce petit espace bondé, ressemblait fort à une caresse.

— C'est vrai, vous en êtes une.

À ces mots, Clara sentit son cœur bondir dans sa poitrine avec une telle vigueur qu'elle en eut presque mal. Ses orteils se recroquevillèrent dans ses escarpins en satin, et une bouffée de chaleur envahit non seulement ses joues mais son corps tout entier, à son grand embarras.

Pour se donner du courage, elle avala une longue gorgée de champagne. Elle devait fournir un effort considérable afin de contenir ces réactions physiques ridicules et malvenues ainsi que de garder la tête froide.

— Si vous m'appréciez, cela ne s'est pas tellement vu cet après-midi.

— Non, car j'étais très en colère contre vous. Mais comme je vous l'ai déjà dit, c'est passé maintenant.

— Quel soulagement ! Je vais enfin pouvoir dormir la nuit.

Il rit.

— Vous voyez ! C'est précisément une des choses qui

me plaisent chez vous : cette capacité, en n'importe quelle circonstance, de me remettre à ma place. La plupart des femmes en sont incapables.

Malheureusement, elle n'en doutait pas.

— Quoi qu'il en soit, dit-elle, je ne crois pas un seul instant que vous puissiez avoir des sentiments pour moi. C'est une idée absolument ridicule. De quoi s'agit-il vraiment, alors ?

— Croyez-le ou pas : je suis capable de sentiments, parfois. Mais puisque vous persistez à vouloir me voir comme quelqu'un de foncièrement mauvais, je vais jouer cartes sur table et vous dire la vérité. Vous allez sans doute être soulagée de découvrir que dans ce cas précis il n'est aucunement question de sentiments.

N'ayant pas une grande expérience en la matière, Clara n'était pas vraiment aussi soulagée qu'elle aurait sans doute dû l'être, surtout lorsqu'elle contemplait ce visage beau à pleurer.

— Je vois.

— En ma qualité de fils unique et d'héritier du comte de Leyland, j'ai droit à une part des revenus de nos terres familiales. Mais le montant de cette pension est laissé à l'entière discrétion de mon père. Récemment, dans une tentative pour contrôler ma conduite, il me l'a supprimée.

— Oui, c'est un bruit qui courait. D'après la rumeur, votre père jugeait votre train de vie trop dispendieux, ne put-elle s'empêcher d'ajouter.

Il eut un petit rire amer.

— C'est ce que dit la rumeur, sans aucun doute. Et maintenant, comme vous le savez déjà, ajouta-t-il, ma tante a cessé de me verser l'argent qu'elle m'octroyait si généreusement.

— Mais en quoi cela vous pousserait-il à vouloir… me… c…

Elle s'interrompit, car elle avait l'impression d'avoir un millier de papillons en train de battre des ailes dans l'estomac. Elle prit une grande inspiration, et essaya de formuler sa question différemment.

— Quel est le rapport avec moi ?

Il répondit à son regard interrogateur sans flancher.

— Si je me mets à faire la cour à une femme, je récupérerai mon argent.

Bien qu'elle connaisse le personnage, Clara fut déçue. Cependant, elle avait l'habitude. La déception de la jeune femme qui fait tapisserie et devant laquelle les hommes passent pour aller parler à sa meilleure amie, bien plus jolie qu'elle, était un sentiment qui lui était très familier. Ou bien celle de la jeune femme ignorée par son voisin de table qui préfère, durant tout le repas, faire la conversation à la charmante demoiselle d'en face. Dans ce cas précis, néanmoins, Clara savait que se sentir déçue de la sorte était aussi irrationnel que stupide. Pourtant cela lui faisait mal, vraiment mal, et ravivait toutes les blessures liées à son manque d'assurance.

Toutefois, elle ne pouvait absolument pas se permettre de laisser paraître quoi que ce soit, surtout pas alors que l'avenir de Lady Truelove était incertain. Et, de toute façon, ce n'était pas comme si elle avait des vues sur lui. Elle ne savait que trop bien qui il était vraiment. Elle ne put néanmoins s'empêcher de répondre sur un ton acerbe.

— Je suis flattée, Lord Galbraith. Qui ne le serait pas devant de si bouleversantes attentions ?

— Préféreriez-vous que mes raisons soient plus banales ? Que j'éprouve un intérêt passionné ?

— Mon Dieu, non ! s'écria-t-elle.

Cette idée la paniquait sans qu'elle sache bien pourquoi, d'ailleurs.

Il haussa les épaules.

— Voilà…

Sa nonchalance piqua elle aussi sa fierté, mais elle préféra l'ignorer.

— Qu'est-ce qui vous laisse penser que le fait que vous courtisiez une femme fera changer d'avis votre tante ?

— Ce n'est pas ma tante qui me préoccupe, mais pour répondre à votre question, personne ne peut exiger d'un homme de faire la cour à une femme s'il n'en a pas les moyens. Si je me mets à vous poursuivre de mes assiduités, ma grand-tante en informera mon père, et si Leyland pense que j'ai enfin l'intention de me marier, il rétablira ma pension.

— Ou bien il se doutera du stratagème.

— Il ne peut pas se permettre de prendre ce risque. Leyland a besoin que je me marie pour pouvoir être certain que ce soit bien son fils qui conserve le titre. Par orgueil, voyez-vous, il ne peut supporter l'idée que le titre et les terres reviennent à un cousin éloigné qui gagne sa vie en fabriquant des bottes. D'un autre côté, il s'expose à de graves déconvenues si je demeure sans revenu, car aucune femme ne prendra au sérieux la cour que lui fera un homme dépourvu de moyens. En vous faisant la cour, je force la main de mon père.

Clara prit une grande inspiration et chassa pour de bon sa déception.

— Pourquoi me choisir moi ? De nombreuses

femmes, j'en suis sûre, seraient heureuses que vous les poursuiviez de vos assiduités. Pourquoi faire de moi l'objet de vos attentions ?

— Malgré ce que vous pouvez penser de moi, je ne souhaite pas encourager les attentes d'inconnues.

— Et moi, je ne pourrais pas avoir de telles attentes ?

— À mon propos ? demanda-t-il avec espièglerie. Soyez honnête, Miss Deverill. Nous savons tous les deux que vous ne m'épouseriez pas même si j'étais le dernier homme sur terre.

Le dernier homme sur terre, fit une petite voix dans sa tête, *c'est peut-être un peu exagéré...* Clara détourna son regard de ce merveilleux visage et intima l'ordre de se taire à cette pernicieuse voix.

Elle parcourut la foule du regard tout en essayant de réfléchir avec objectivité et détachement à toutes les implications de ce qu'il suggérait. De son point de vue à lui, cela avait du sens, en effet. Mais du sien, c'était tout bonnement impensable.

— Vous avez tout à fait raison, finit-elle par dire en se tournant de nouveau vers lui. Jamais je ne voudrais vous épouser. Et c'est précisément ce qui rend ce que vous me demandez impossible.

— Et pourquoi, je vous prie ?

— Tout simplement parce que moi, contrairement à vous, je souhaite me marier. C'est même l'une des raisons principales pour lesquelles j'ai décidé de prendre part à la Saison. Je souhaite rencontrer des jeunes hommes à marier.

— Ah.

Cette réponse laconique semblait indiquer qu'il

comprenait son point de vue. Pourtant lorsqu'il la développa, cela parut moins évident.

— Tant mieux pour nous deux, alors. Je ne vois pas quel est le problème.

Elle écarquilla les yeux, interdite.

— Je vous demande pardon ?

Il haussa les épaules.

— Si votre but est de trouver votre futur époux, alors je ne vois pas de meilleure solution que d'accepter mon plan.

Clara commença à se demander si sa blessure à la tête n'avait pas altéré ses facultés mentales.

— Mais si vous me faites ouvertement la cour, les autres hommes vont le voir.

— Oui, confirma-t-il. Exactement.

— Et ils vont supposer que je... que nous... que vous...

Elle s'interrompit et reprit son souffle.

— Les autres hommes vont nous voir ensemble, dit-elle au bout d'un moment, en parlant bien lentement pour ne pas bégayer. Ils vont en déduire que j'ai jeté mon dévolu sur vous, que mon cœur est déjà pris. Et personne n'osera m'approcher.

— Eh non, mon petit agneau, il se passera exactement l'inverse.

— Je ne comprends pas comment vous pouvez affirmer une telle chose.

— Nous les hommes, nous adorons la compétition. Néanmoins, nous avons une peur panique de l'échec. Si vous ne dansez pas, par exemple, la plupart des hommes pensent que c'est parce que vous ne le voulez pas, donc ils ne vous invitent pas. Mais si vous acceptez mon plan, les autres hommes vous verront danser avec moi, cela les encouragera, et ils se mettront tous à vous approcher.

— Vraiment ? demanda-t-elle, perplexe. Ce n'est pas ce qui s'est passé l'autre soir au bal. J'ai passé le reste de la soirée à ma place habituelle, à faire tapisserie. Que vous ayez dansé avec moi n'a rien changé.

— C'est uniquement parce que vous m'avez snobée en vous enfuyant à la fin de la danse, ce qui m'a empêché de faire les choses bien et de vous raccompagner à votre place. Ma tante a supposé que votre réaction avait été provoquée par quelque chose que j'aurais dit et qui vous aurait offensée. Seulement, la plupart des hommes n'ont pas un tel talent de déduction. Ceux qui nous ont observés ont sans doute pensé que c'était vous qui m'ignoriez.

— Et par conséquent, ils ont pensé que je les ignorerais à leur tour ?

— Exact. L'inverse est vrai aussi. Si vous attirez mon attention, vous attirerez forcément la leur. Faites-moi confiance.

— Vous faire confiance ? Mais que me demandez-vous là ?

Il sourit.

— Essayez tout de même de voir les choses de cette façon : vous voulez que j'endosse le rôle de Lady Truelove, ce qui revient à prodiguer des conseils. Pourquoi le ferais-je, si vous n'êtes même pas capable d'écouter ceux que je vous donne ?

— D'une certaine façon, il me semble plus facile de vous laisser conseiller la terre entière plutôt que moi, avoua-t-elle. Si vous vous trompez, vous savez, je passerai les deux mois à venir sans aucune autre compagnie masculine que la vôtre.

— Un sort pire que la mort, dit-il gravement.

— Vous ne croyez pas si bien dire, murmura-t-elle. Mais même si vous avez raison, ce que vous me demandez, c'est de tromper volontairement les membres de votre famille.

— Non, je vous demande juste de ne pas m'éconduire si je vous poursuis de mes assiduités. Danser avec moi aux bals, accepter les invitations à dîner si je suis également invité, faire de temps en temps un petit duo au piano avec moi, parler avec moi plus de deux minutes pendant les réceptions et avoir l'air contente de me voir…

Il s'interrompit pour lui adresser son plus beau sourire.

— Vraiment Clara, vous n'êtes pas obligée de me regarder comme si je venais de vous suggérer d'avaler des citrons verts tout entiers.

— Eh bien…, commença-t-elle, mais il l'interrompit sans lui laisser le temps de souligner la justesse de la comparaison.

— Vous m'avez déjà fait clairement comprendre ce que vous pensiez de moi. Inutile de fouler aux pieds ma fierté masculine, non ?

— Je pense que cela vous ferait le plus grand bien, au contraire. Mais combien de temps cette mascarade devrait-elle durer, à votre avis ajouta-t-elle.

Et, tout en posant la question, elle n'en revenait pas elle-même d'être en train de considérer cette idée complètement folle.

Pourtant les idées folles, reprit la même petite voix, *sont ta spécialité en ce moment, non ?*

— Les deux mois où je travaillerai pour vous devraient suffire. Entre-temps, mon père aura forcément rétabli ma pension.

— Et ensuite ?

— Je vous demanderai en mariage. Vous refuserez. Anéanti, incapable de songer à courtiser qui que ce soit d'autre — au moins jusqu'à l'année prochaine —, je quitterai Londres pour un cottage à la campagne, où j'emploierai mes journées à soigner mon cœur brisé. Pendant ce temps, vous profiterez joyeusement du reste de la Saison en étant entourée d'hommes fous de vous et heureux de me savoir définitivement hors course.

— Vous semblez avoir pensé à tout. Et si pendant cette cour que vous me ferez votre tante me demande quels sentiments j'éprouve pour vous ? Suis-je censée mentir ?

— J'ai pu constater moi-même vos capacités de dissimulation quand la situation le requiert, dit-il sèchement. Mais inutile de vous inquiéter, car il n'y a absolument aucun risque que ma tante vous interroge sur vos sentiments à mon égard. Jamais elle ne commettrait une telle indiscrétion. Elle se contentera de m'observer en train de vous faire la cour et de croiser les doigts en espérant que ses efforts pour me marier vont, après tout ce temps, enfin payer.

— Vous pouvez présenter les choses comme vous l'entendez, il n'empêche que vous voulez la tromper. Et votre père aussi.

— Au cours des deux mois à venir, à chaque occasion, je démentirai formellement avoir le moindre sentiment à votre égard.

— Ce qui, dans leur esprit, ne fera que renforcer l'idée contraire !

Il haussa les épaules.

— Ce n'est pas de ma faute si les gens ne croient pas ce que je dis.

Elle rit en secouant la tête, de nouveau surprise par son talent à dépeindre un tableau fort éloigné de la réalité sans avoir pourtant l'air de mentir.

— Vous êtes vraiment un scélérat.

— Je sais que c'est l'impression que je peux donner.

— En même temps, je ne vois pas quelle autre opinion l'on pourrait avoir de vous.

Il l'observa d'un air pensif pendant un long moment avant de répondre.

— Ce doit être agréable de pouvoir se payer le luxe d'avoir des idéaux aussi forts et inébranlables, murmurat-il. D'être capable de distinguer de façon si nette le bien du mal.

Elle se raidit, et se sentit malgré elle sur la défensive.

— Parfois, c'est assez évident.

— Vraiment ? L'honnêteté, pour beaucoup, est une vertu. Pourtant être honnête m'a rarement servi. Je me suis toujours montré scrupuleusement franc à propos de ma détermination à ne jamais me marier, et certains membres de ma famille refusent néanmoins de l'accepter. L'honnêteté absolue, Miss Deverill, ne m'a mené nulle part.

— Ils ne vous croient pas sincère dans votre détermination ?

— Ils ne veulent pas y croire. Les motivations de mon père prennent naissance dans son besoin viscéral d'assurer sa succession. Celles de ma tante dans l'amour profond et l'affection qu'elle me porte, car elle s'est mise en tête que le mariage serait une bonne chose pour moi, qu'il me canaliserait et ferait de moi un homme responsable.

— Et ce ne serait pas le cas ?

Il esquissa un petit sourire en coin.

— Vous semblez me comprendre assez bien pour pouvoir en juger. À votre avis ?

Clara repensa à Elsie Clark en train de faire tout son possible pour lui plaire, et elle songea que seule une femme au cœur de pierre ou dépourvue de tout instinct de conservation accepterait de l'épouser.

— Disons juste que cela fait longtemps que j'ai cessé de confondre rêve et réalité.

Il se mit à rire.

— Comme je l'ai déjà dit, vous avez un point de vue très clair sur le monde. Mon entourage, hélas, ne possède pas cette qualité. En tout cas, pas en ce qui me concerne.

— Vous pourriez simplement leur dire d'aller se faire pendre. Si vous ne le faites pas, c'est que vous voulez l'argent que votre famille vous donne. Mais vous voulez aussi avoir la liberté de faire ce qui vous plaît.

— Eh bien oui, je veux le beurre et l'argent du beurre, je l'avoue, dit-il d'un ton suffisamment neutre pour qu'elle comprenne qu'il était en train de la taquiner.

— Pourquoi l'argent est-il aussi important ? demanda-t-elle, refusant de se laisser divertir.

— Tout d'abord, sans argent, il est extrêmement difficile de payer son loyer et de se nourrir.

— Sans argent, il est également difficile de profiter des bons côtés de la vie. Qu'avez-vous dit au salon de thé, déjà ? Le vin, les femmes, les chansons…

Sa remarque lui déplut, elle le remarqua aisément. En revanche, elle ne savait pas si c'était à cause de cette allusion à son mode de vie, ou bien des conséquences suite à la conversation qu'il avait eue avec son ami. Lorsqu'il reprit la parole, néanmoins, sa voix était teintée de légèreté et d'insouciance.

— Ce sont les femmes qui se taillent la part du lion, je le crains.

Il afficha un sourire de façade qui ne la trompa pas. Ses yeux bleus étaient devenus une mer tempétueuse qui la dissuada de rétorquer quoi que ce soit.

— Les femmes, poursuivit-il, coûtent énormément d'argent, comme l'expérience me l'a enseigné.

Ces mots semblaient confirmer tout ce qu'elle savait sur lui, et tout ce qu'elle avait entendu à son propos. Pourtant ils sonnaient de façon particulièrement sinistre. Alors qu'elle observait son visage, Clara se mit tout à coup à douter de son propre jugement. Était-il vraiment le débauché pour lequel elle le prenait ?

Au moment où cette interrogation traversa son esprit, elle se demanda combien de femmes avant elle s'étaient posé la même question. Combien avaient eu envie de croire, tout en sachant que leur espoir serait sans doute déçu, qu'il était un homme meilleur que ce que sa réputation et ses actes laissaient entendre de lui ? Combien avaient confondu rêve et réalité ? Des dizaines, sans doute.

Clara se dit alors qu'il était préférable de revenir au sujet qui les préoccupait.

— Espérez-vous vraiment que j'accepte de vous aider à manipuler votre famille ?

Il haussa les épaules.

— Certains membres de ma famille veulent me forcer afin que je fasse quelque chose à laquelle je me refuse. Et ils le savent. Est-ce vraiment mal de ma part de vouloir à mon tour les manipuler ? Par ailleurs, ajouta-t-il avant qu'elle trouve quoi répondre, je serai le seul à me compromettre. Vous, mon agneau, on ne vous demandera qu'une chose.

— Et laquelle ?

— Être gentille avec moi.

Il s'approcha légèrement d'elle, fixa sa bouche et cessa de sourire.

— Serait-ce si difficile pour vous, Clara ?

En entendant son prénom murmuré de la sorte, elle sentit sa gorge s'assécher. Elle entrouvrit les lèvres, mais aucun son n'en sortit. Sous son regard brûlant, la panique qu'elle ressentait à chaque fois que la timidité lui coupait la parole semblait cent fois pire que d'ordinaire et comprimait sa poitrine.

— Pas aussi terrible que de se faire arracher une dent, réussit-elle enfin à dire.

L'acidité de ses propos fut cependant gâchée par la faiblesse de sa voix.

Il rit doucement.

— Je suppose que c'est mérité, dit-il en croisant son regard. Je me contenterai alors d'une tolérance polie. Seriez-vous prête à me l'accorder ?

— Je… p… pense que je pourrais y arriver, dit-elle. Je… Je n'aime pas me… montrer impolie envers quiconque, même vous.

— Marché conclu, alors ?

Elle détourna les yeux, et regarda distraitement les gens rassemblés autour de la table du buffet. L'idée de l'aider à tromper sa famille ne lui plaisait pas, et elle n'était pas sûre que les autres hommes seraient encouragés plutôt que découragés par les attentions qu'il allait lui porter. Mais avait-elle vraiment le choix ? Irene comptait sur elle, et elle faisait une piètre Lady Truelove. Elle ne supportait pas l'idée de faillir à sa mission et de laisser tomber sa sœur. Et même si cet après-midi Galbraith lui avait dit qu'il n'avait jamais vraiment eu l'intention de révéler à qui que ce soit l'identité de Lady Truelove, elle n'était pas certaine de pouvoir lui faire confiance sur ce point.

— Très bien, dit-elle avant de changer d'avis, marché conclu. Un valet vous apportera demain matin à la première heure les dernières lettres reçues à l'adresse de Lady Truelove, ainsi qu'un mandat bancaire de mille livres.

— Des lettres ?

Il rit et la fixa d'un air incrédule.

— Vous voulez dire de vraies lettres, écrites par de vraies personnes ?

— Bien sûr. Eh bien quoi ? ajouta-t-elle, en savourant l'effet de surprise qu'elle avait causé. Pensiez-vous que nous les inventions ?

— Quelque chose comme cela, oui, avoua-t-il.

Et, à son air sérieux, elle vit qu'il commençait à prendre la mesure de ce qu'il avait accepté.

— Désolée si vous espériez passer les deux mois à venir à inventer, dit-elle, assez satisfaite de la déconvenue qu'il affichait. Mais être Lady Truelove implique d'aider des personnes réelles à résoudre de vrais problèmes. Comme je viens de le dire, je vous ferai livrer sa correspondance la plus récente demain matin. Il vous faudra choisir l'une de ces lettres, rédiger une réponse susceptible d'être publiée, et me la faire parvenir avant 14 heures demain après-midi.

— 14 heures ? Cela ne va pas me laisser beaucoup de temps.

— Je suis navrée pour ce délai assez court, seulement

je n'y peux rien. Vous aurez un peu plus de temps les autres fois, mais la prochaine édition sera sous presse samedi soir.

— Et nous ne sommes que jeudi pourtant.

— J'ai besoin de temps pour contacter le correspondant que vous aurez choisi et obtenir de lui l'autorisation formelle de publier sa lettre. Je vais aussi avoir besoin de m'assurer que votre réponse sera vraiment appropriée.

— Que craignez-vous, au juste ? Je sais me tenir quand les circonstances l'exigent, dit-il d'une voix devenue tout à coup étrangement grave.

Elle fronça les sourcils.

— Ne parlez pas trop vite. Les personnes qui écrivent à Lady Truelove vont s'en remettre totalement à vous et attendront de vous des conseils éclairés. J'ai l'intention de vérifier que vous ne les décevrez pas et que vous ne les inciterez pas à se conduire de façon immorale. Et j'attends de vous que vous accomplissiez ce travail très sérieusement.

— Je ferai de mon mieux. Mais n'oubliez pas, cela fonctionne aussi dans les deux sens.

— C'est-à-dire ?

— Vous m'avez dit ce que vous attendez de moi, mais je ne vous ai pas encore dit ce que moi, j'attendais de vous.

Le cœur de Clara cogna fort contre ses côtes et il lui fallut plusieurs secondes avant de pouvoir répondre.

— Pourtant il me semble au contraire que vous me l'ayez déjà dit, vous souvenez-vous ? finit-elle par répliquer avec, dans la voix, une douceur trompeuse. Vous avez l'intention de me faire la cour.

Elle lui adressa un sourire radieux.

— Et moi, j'ai juste à vous tolérer.

Il rit, seulement avant qu'il puisse répondre, la sonnerie retentit pour indiquer le début imminent de la représentation. Clara se détourna et s'assit, pensant mettre ainsi un terme à la conversation. Mais lorsque Galbraith passa derrière son siège et se pencha vers son oreille, elle se rendit compte que c'était loin d'être le cas.

— J'ai bien conscience que c'est moi qui ferai tout le travail, murmura-t-il afin que les autres convives, en prenant place à leur tour, ne puissent pas l'entendre. Néanmoins…

Il s'interrompit et la caresse de son souffle chaud contre son oreille la fit frissonner.

— Je pense que c'est moi qui aurai le rôle le plus agréable, Clara.

Tout à coup, les perceptions qu'elle sentit dans chaque cellule de son corps semblèrent se décupler. Elle respira le parfum de bois de santal de sa lotion de rasage. Elle perçut l'effleurement d'une de ses mèches blondes contre sa tempe. Elle entendait presque les battements de son propre cœur.

Heureusement, les lumières s'éteignirent. Il se redressa pour aller s'asseoir derrière elle. Et même s'il ne pouvait pas visuellement se rendre compte à quel point sa proximité et ses paroles l'avaient affectée, elle craignait que les émotions qu'il avait fait naître chez elle ne lui aient pas échappé. Il était ce type d'homme, songea-t-elle avec désespoir.

L'orchestre se mit à jouer l'ouverture d'*Aïda* de Verdi, pourtant malgré la musique les mots qu'il avait prononcés quelque temps auparavant résonnèrent dans son esprit :

« Je connais les femmes. »

Cela ne faisait aucun doute. Certes, il avait peut-être raison quand il disait que c'était lui qui ferait tout le travail, pour autant, leur marché n'aurait rien d'une promenade de santé pour elle non plus. Au contraire même, car il suffisait de quelques mots suggestifs de sa part pour qu'elle ne puisse plus respirer.

Clara posa la main sur ses côtes comprimées par son corset et grimaça. Cette fausse cour n'avait pas encore commencé, mais son calvaire, si.

Chapitre 9

Rex ne se faisait pas d'illusions sur son propre caractère. Il aimait les femmes. Il avait découvert à l'âge de quinze ans quels délices elles pouvaient offrir. Et que les délices charnels soient ceux qu'il appréciait n'avaient jamais été pour lui un cas de conscience.

Et même s'il observait des règles très strictes quand il était question de son comportement avec les femmes, il n'avait jamais jugé opportun de lutter contre les pensées que certaines faisaient naître en lui, surtout en cette période un peu difficile où ce genre de pensées était justement tout ce qu'il pouvait se permettre. Lorsqu'il s'assit derrière Clara, l'image de son visage rieur et le parfum de fleur d'oranger de ses cheveux avaient déjà embrasé son imagination.

Malheureusement, la vue qu'il avait d'elle en ce moment ne permettait pas d'alimenter ce feu. Son dos, totalement dissimulé par de la soie rose foncé, ses cheveux, remontés dans leur habituelle et austère couronne tressée, l'arrière de son cou long et fin… Il s'arrêta là, sur sa nuque, juste au-dessus de l'encolure de sa robe.

Dans la pénombre du théâtre, sa peau pâle avait l'éclat de l'albâtre, mais il aurait parié qu'elle était douce

comme du velours. S'il se penchait et l'embrassait juste
là, il pourrait s'en assurer.

Il ferma les yeux, afin d'apprécier mentalement le
contact de sa peau contre sa bouche, et le désir qui
l'habitait s'intensifia et se diffusa. Sa respiration s'accéléra lorsqu'il imagina des senteurs de fleurs d'oranger.
Une image se forma dans son esprit : elle, ses cheveux
dénoués et retombant autour de ses petits seins ronds
aux aréoles rose pâle.

Très excité, il remua sur son siège et grimaça en
prenant conscience que ce genre de pensées risquait
de présenter certains inconvénients. Si elles restaient
inassouvies, il aurait vite fait de se trouver dans une
position fort inconfortable. Et comme jamais elles ne
se réaliseraient, alors persister dans cette voie n'était pas
forcément la chose la plus sage à faire.

Clara Deverill n'était pas une danseuse, ni une
mondaine. Elle était innocente, pure et obsédée par l'idée
du mariage. Dans son échelle de valeur, elle le plaçait
juste au-dessus — ou peut-être même en dessous — des
crapauds gluants qui peuplaient les marécages. Elle avait
certes l'air douce comme un agneau, mais elle avait un
tempérament de fer et un sens moral à toute épreuve. Et
même si elle bafouillait un peu quand elle était nerveuse,
elle avait la langue suffisamment bien pendue pour le
remettre à sa place quand cela s'avérait nécessaire.

Cependant, s'il espérait mettre un terme à ses rêveries
érotiques avec de tels arguments, il se trompait, car il se
mit aussitôt à réfléchir à tout ce que Clara pourrait faire
de bien plus agréable avec sa langue. Et, de nouveau, il
s'agita sur sa chaise.

— Pour l'amour du ciel, Rex, murmura sa cousine

Henrietta à côté de lui, mais qu'avez-vous donc ? Vous gigotez comme un petit garçon à l'office du dimanche.

Rex eut un petit rire caustique.

— Vous ne pouvez pas savoir à quel point la comparaison est mal trouvée, Hetty, murmura-t-il en lui adressant un regard lourd de sens.

— Vraiment ? souffla sa cousine. Et puis-je savoir quel est l'objet de ces pensées irrévérencieuses ? Racontez-moi.

Rex remarqua son expression amusée.

— Il n'y a rien à raconter, dit-il en feignant un intérêt soudain pour la représentation. Et même s'il y avait quelque chose à dire, ajouta-t-il, en s'efforçant d'adopter un ton blasé, cela ne changerait rien. En tant que gentleman, je suis tenu de garder le silence.

— Une telle discrétion est tout à votre honneur, bien entendu, cousin, même si elle ne me paraît pas forcément nécessaire. Mais d'un autre côté…

Elle s'interrompit et dirigea son regard vers le siège situé devant Rex.

— Peut-être ne parlons-nous pas d'une danseuse, cette fois.

Cette suggestion ressemblait fort à une question, et Rex aurait pu en profiter pour commencer à jouer le rôle qu'il avait imaginé pour lui. Sauf qu'avant qu'il puisse confirmer les sous-entendus de sa cousine les paroles de Clara lui revinrent à l'esprit :

« Ce que vous me demandez, c'est de tromper délibérément les membres de votre famille. »

Il s'agita de nouveau, gêné cette fois par quelque chose qui n'était pas de l'inconfort physique. Cependant, la culpabilité était un sentiment très éloigné de lui et qu'il ne pouvait pas se permettre d'éprouver.

Néanmoins, il ne répondit pas à Hetty. Il se contenta de sourire et sa cousine, heureusement, sembla tout à coup porter son attention à ce qui se passait sur scène.

Rex essaya de faire comme elle, mais très vite son regard dévia de nouveau vers la femme assise devant lui et son imagination se remit à l'œuvre. Alors qu'il se voyait en train d'ouvrir un par un tous les petits boutons dans son dos et d'embrasser la douce peau de son cou, il réussit à bannir tout sentiment de culpabilité. Toutefois ces délicieuses rêveries attisèrent encore son désir, et il se rendit compte qu'il avait un autre problème, bien plus gênant que les murmures de sa conscience, et dont il avait négligé toutes les implications.

Clara était une femme avec laquelle il ne pourrait jamais faire l'amour, et même si ces quelques pensées érotiques représentaient un agréable divertissement, s'il les entretenait, sa vie serait vite un enfer. Le désir inassouvi était quelque chose de diabolique.

Alors que le premier acte prit fin, Rex sut qu'il lui restait trois quarts d'heure avant l'entracte pour reprendre le contrôle de son corps et de ses pensées. En temps normal, ce laps de temps aurait été largement suffisamment pour chasser une femme de son esprit, mais tandis qu'il observait le dos droit et mince de Clara et la courbe fine et délicate de son cou, il ne douta pas qu'il aurait besoin de chacune de ces quarante-cinq minutes, sans exception.

Aller à l'opéra offrait peu d'occasions de faire la conversation, et Clara en était heureuse, car la proposition extraordinaire de Galbraith l'avait terriblement perturbée. Alors qu'elle y repensait le lendemain matin, l'épisode lui semblait tout droit sorti d'un rêve.

Mais cette impression d'irréalité venait sans doute du caractère fictif de cette cour, se rappela Clara, qui s'encouragea à faire un effort pour se recentrer sur ses priorités.

Comme promis, elle se chargea d'envoyer à Galbraith la correspondance de Lady Truelove, et, sur un coup de tête, elle y ajouta un mot où elle lui conseillait de commencer par traiter le cas de la « débutante désespérée ». Elle essaya de paraître aussi professionnelle que possible et de souligner l'intérêt éditorial de publier une telle lettre, en arguant qu'elle était susceptible de parler au plus grand nombre. Elle espérait surtout qu'il ne se rendrait pas compte que sa suggestion avait une motivation bien plus personnelle.

Après avoir fait porter le paquet de lettres chez lui, elle s'attaqua aux articles que Mr Beale avait choisis pour l'édition de la semaine et aux différentes mises en page qu'il proposait. Cependant elle semblait incapable de se concentrer plus de cinq minutes d'affilée. Malgré tous ses efforts, Galbraith et sa proposition scandaleuse insistaient pour envahir ses pensées.

« J'ai l'intention de vous faire la cour. J'aimerais que vous m'accordiez ce privilège. »

Certaines jeunes femmes croulaient sous ce type de propositions, bien entendu. Mais ce n'était pas le cas de Clara. Et même maintenant, dix-huit heures plus tard, les mots de Galbraith provoquaient en elle ce frisson qu'elle avait ressenti la veille au soir. Ses lèvres brûlaient toujours au souvenir de son regard ardent.

Il avait songé à l'embrasser. Clara n'avait aucune

expérience en la matière, mais elle avait reconnu ce désir dans ses yeux lorsqu'il avait fixé sa bouche. C'était le même qu'au bal.

« Un baiser enfreindrait quelques règles, n'est-ce pas ? »

Le frisson la parcourut de plus belle, et Clara, en colère, fit la grimace. Pour un homme comme lui, un baiser n'était sans doute rien — aussi simple qu'un clin d'œil et aussi vite oublié. Et en ce qui concernait la cour qu'il avait l'intention de lui faire, c'était une mascarade moralement douteuse dont le but était de tromper sa famille. En songeant à eux — Lady Petunia, Sir Albert et quelques-uns de ses cousins et cousines qu'elle avait rencontrés la veille au soir — Clara ne put s'empêcher de s'en vouloir d'avoir accepté une proposition aussi condamnable.

Cependant le mal était fait et l'accord passé. Il lui restait donc à essayer de voir les bons côtés de la chose. Galbraith pouvait avoir raison : son stratagème attirerait peut-être l'attention de prétendants potentiels, qui pourraient avoir envie de lui faire la cour eux aussi et peut-être même de l'embrasser.

Pourtant, cette perspective ne l'enchantait pas autant que si cela avait été Galbraith, et Clara lâcha son crayon en poussant un soupir exaspéré. *Qu'il aille au diable !*

Quelqu'un frappa alors à la porte, et Clara s'empressa de récupérer son crayon.

— Entrez, lança-t-elle, en se penchant au-dessus des maquettes et en essayant de prendre un air affairé et concentré.

— Miss Deverill.

Elle leva les yeux et retint un soupir.

— Mr Beale, salua-t-elle sans grand enthousiasme.

Que puis-je faire pour vous ? Si vous êtes venu pour les maquettes, je n'ai pas encore tout à fait terminé de les examiner. Je vous les rapporterai dès que j'aurai tranché…

— La rubrique de Lady Truelove n'est pas encore arrivée, l'interrompit-il avec son impatience habituelle. C'est en tout cas ce que m'a dit Miss Huish juste avant de partir déjeuner. Est-ce vrai ?

— Miss Huish prend seulement sa pause déjeuner ?

Clara jeta un œil à la montre-broche qui était épinglée au revers de sa veste.

— Mais il est presque 14 heures.

— Je lui ai demandé de terminer d'abord le classement du courrier de l'après-midi, et il est arrivé tard aujourd'hui.

Clara fronça les sourcils.

— Cela ne se fait pas d'obliger quelqu'un à déjeuner si tard.

— Je n'ai pas déjeuné non plus, Miss Deverill, répondit-il d'une voix amère, mais cela m'étonnerait que cela vous fasse quoi que ce soit.

Bien décidée à le détromper, Clara chassa toute trace de désapprobation sur son visage pour la remplacer par de la sollicitude, dans l'espoir de se débarrasser au plus vite de ce désagréable personnage.

— Oh ! mais au contraire, Mr Beale. C'est terrible que vous deviez attendre si longtemps avant de déjeuner ! Vous risquez de faire un malaise, ajouta-t-elle, en essayant de paraître catastrophée plutôt que ravie. Et que deviendrions-nous alors, sans vous ? Non, vous devez absolument aller manger tout de suite.

Elle lui désigna la porte, mais à son grand désarroi, il ne bougea pas.

— La rubrique de Lady Truelove, répéta-t-il. Où est-elle ?

— Elle a jusqu'à 17 heures pour nous la faire parvenir, et puisqu'il n'est que 14 heures, il n'y a pas de quoi s'inquiéter…

— D'habitude, sa rubrique arrive toujours par le courrier du jeudi après-midi, et pour la deuxième semaine d'affilée, ce n'est pas le cas. Où diable se trouve-t-elle donc ? Ne me dites pas que cette femme est en retard encore cette semaine ?

— On m'a prévenue que quelqu'un nous apporterait directement l'article, répondit-elle, en croisant les doigts sous son bureau et en espérant très fort que Galbraith ne la laisse pas tomber. Un… ami. Il ne devrait pas tarder…

— Un ami à elle ou un ami à vous ? Quoi qu'il en soit, ajouta-t-il avant qu'elle puisse répondre, cela ne me rassure guère, Miss Deverill.

Clara était tentée de lui dire que le rassurer ne faisait pas partie de ses priorités, mais elle s'en garda, car elle savait qu'elle devait ménager un semblant de bonne entente entre eux jusqu'au retour de sa sœur. Alors, Mr Beale cesserait d'être son problème à elle pour devenir celui d'Irene.

— C'est fâcheux, murmura-t-elle poliment en se calant dans sa chaise. Mais en ce qui me concerne, je suis certaine que la rubrique arrivera à temps, donc…

— Faites en sorte que ce soit le cas, l'interrompit-il de nouveau. Cette femme est sous votre responsabilité, et si son article est en retard, alors je saurai à qui m'en prendre.

— Inutile de s'en prendre à qui que ce soit, intervint une voix masculine.

En la reconnaissant, Clara poussa un soupir de soulagement. Elle se tourna vers la porte, devant laquelle se trouvait Galbraith, une enveloppe à la main et un léger sourire aux lèvres.

— La bonne parole de Lady Truelove est arrivée, prête à être partagée avec tous ses avides lecteurs.

Malgré cette nouvelle bienvenue et le ton léger sur lequel elle avait été annoncée, il y avait une curieuse tension dans les épaules de Galbraith et dans son sourire. Clara l'observa avec étonnement pendant que Mr Beale se dirigeait vers la porte.

— Il était temps, dit le rédacteur en chef en tendant la main vers Galbraith.

Mais le vicomte l'ignora. Sans paraître le voir, il souleva son chapeau et s'inclina devant Clara, puis il se décala afin que le rédacteur en chef puisse sortir.

Avec un soupir exaspéré, Mr Beale fit mine de vouloir prendre l'enveloppe, cependant Galbraith s'écarta davantage, en cachant l'enveloppe dans son dos. Il souriait toujours et affichait une attitude nonchalante et détendue.

— Vous pouvez me remettre l'article de Lady Truelove, dit le rédacteur, la main tendue comme s'il s'attendait à ce que Galbraith lui obéisse.

Clara ouvrit la bouche pour contrer cet ordre, mais lorsqu'elle posa les yeux sur Galbraith, elle vit son sourire disparaître et comprit que son intervention ne serait pas nécessaire.

Il fixait l'autre homme, sans rien dire. À la place, il leva un sourcil et réussit l'exploit d'exprimer, par cet infime mouvement, un poli désintérêt en même temps qu'un profond mépris.

Depuis l'endroit où elle se trouvait, Clara ne voyait

qu'une partie du visage du rédacteur, mais cela suffisait pour qu'elle constate qu'il était cramoisi. Elle trouva ce spectacle si réjouissant qu'elle faillit éclater de rire.

Bien conscient de l'affront qu'il venait de subir, Mr Beale s'entêta néanmoins.

— Je suis le rédacteur en chef de *La Gazette*, dit-il en tendant toujours la main.

— Félicitations, j'en suis très impressionné.

Sur ce, Galbraith le contourna et se dirigea vers le bureau. C'était une marque de dédain évidente, et même si Mr Beale s'avança encore vers le vicomte, ce dernier continua de l'ignorer. Mr Beale préféra donc s'en aller sans rien dire. Il exprima toutefois son mécontentement en claquant la porte derrière lui.

— Je crois que je l'ai vexé, dit Galbraith en ricanant, alors qu'il s'arrêtait devant elle.

Cela n'avait pas l'air de le déranger du tout.

— Avec cet homme, ce n'est pas difficile, affirma-t-elle. Cela vous gênerait-il de rouvrir la porte ? Je n'ai pas spécialement envie que toute l'équipe se mette à jaser parce que je suis seule avec vous dans un bureau fermé.

— Je ne vois pas pourquoi cela devrait vous inquiéter, dit-il en posant son chapeau. Pour notre plan, ce serait parfait, non ?

— Non, répondit-elle avec fermeté. Si un couple non marié se retrouve dans une pièce fermée, ajouta-t-elle en baissant la voix et en regardant en direction de la porte, cela ne peut vouloir dire qu'une chose : que l'homme a l'intention de demander la femme en mariage. Et nous n'en sommes pas encore à ce stade. D'abord, vous avez quelques chroniques à rédiger.

— Vous avez raison, reconnut-il.

Et, en se penchant davantage, il ajouta *sotto voce* :

— Et inutile de parler de Lady Truelove en murmurant, Clara. Il n'y a personne ici.

— C'est que tout le monde doit être parti déjeuner alors, même Mr Beale à l'heure qu'il est. Tant mieux. Nous ne nous entendons pas très bien.

— Pourquoi ne le mettez-vous pas à la porte ?

Clara soupira et lui désigna la chaise en face de la sienne afin qu'il s'asseye.

— Ce n'est pas si simple.

— Je ne vois pas pourquoi, répondit-il en prenant place. C'est vous qui commandez, non ?

— Ce n'est que temporaire. Le journal appartient à ma sœur et je ne le dirige que pendant son voyage de noces. C'est elle qui a engagé Mr Beale. Ce n'est pas à moi de prendre la décision de le renvoyer.

— Vous ne devriez pas être obligée de travailler avec des gens détestables.

Clara ne put s'empêcher de rire.

— C'est vous qui dites cela, alors que vous n'avez jamais travaillé de votre vie ?

Il grimaça.

— Excusez-moi. C'était sans doute très déplacé de ma part. Néanmoins, il s'est montré extrêmement impoli envers vous.

— Je suis habituée. Ce n'est pas grave, répondit-elle en faisant un geste signifiant à quel point elle accordait peu d'importance à Mr Beale.

Elle tendit la main pour que Galbraith donne l'enveloppe, mais il n'en fit rien. À la place, il fronça les sourcils, inclina la tête sur un côté et lui adressa un regard soucieux.

— Vous ne pensez pas ce que vous venez de dire, n'est-ce pas ?

Elle le regarda, sans comprendre ce qu'il voulait dire.

— De quoi parlez-vous ?

— Vous ne pensez pas sérieusement que ce n'est pas grave si les gens vous traitent mal ?

Et, tandis qu'il parlait, il se renfrognait davantage.

— Vous êtes en colère, murmura-t-elle, très étonnée.

— Évidemment ! Vous voir vous faire rudoyer et ensuite vous entendre considérer que ce n'est pas grave d'être ainsi traitée… Comment ne serais-je pas en colère ?

Elle l'observa et remarqua que ses yeux lançaient des éclairs, tandis que sa mâchoire était crispée. Ce n'était pas la première occasion qu'elle le voyait en colère, mais cette fois, c'était différent. Cette fois, c'était pour elle qu'il l'était.

Elle sentit sa poitrine se comprimer et elle eut tout à coup du mal à respirer, et même à réfléchir. Elle entrouvrit les lèvres, cependant il lui fut impossible de répondre autrement que par un sourire, totalement involontaire et incontrôlable.

Ce sourire sembla le mettre mal à l'aise, car il s'agita sur sa chaise et détourna les yeux.

— N'importe quel homme à ma place serait remonté, j'en suis sûr, murmura-t-il. J'ai eu du mal à me retenir de l'attraper par le col et de le jeter dehors.

Le plaisir qu'elle ressentait s'épanouit en elle comme une fleur au soleil, parce que contrairement à ce qu'il semblait penser elle n'avait encore jamais croisé aucun homme prêt à en jeter un autre dehors pour elle.

Il posa de nouveau les yeux sur elle, et Clara tenta de

réprimer son sourire car il semblait gêné. Elle ne voulait pas en rajouter.

— Cela me ferait certes très plaisir que vous jetiez Mr Beale dehors, mais j'aimerais mieux que vous vous en absteniez. Ce serait fort agréable sur le moment, je le reconnais, mais cela compliquerait davantage ma vie. Et pour le reste, ajouta-t-elle alors qu'il ouvrait la bouche pour rétorquer, quand j'ai dit que j'avais l'habitude et que ce n'était pas grave, tout ce que je voulais dire, c'était qu'il ne se gêne pas pour me faire comprendre ce qu'il pense de moi dès qu'il en a l'occasion. Je n'accorde pas assez de crédit à son opinion pour m'en préoccuper.

— Et quelle est son opinion ?

— Que je ne suis qu'une petite idiote, trop immature et stupide pour ce genre de responsabilités.

— S'il pense cela, c'est lui qui est stupide.

— Peut-être. Mais pour être totalement honnête, c'est vrai que je n'avais jamais dirigé de journal de ma vie. J'ai été la secrétaire d'Irene pendant un long moment, c'est tout. Et Mr Beale avait compris qu'il travaillerait sous les ordres de mon frère Jonathan. Après le mariage de ma sœur, mon frère était censé rentrer d'Amérique, devenir son associé et prendre les rênes du journal. Mr Beale a accepté le poste de rédacteur en chef à ces conditions. Seulement Jonathan n'a pas cessé d'ajourner son retour, et maintenant, il a décidé de rester en Amérique jusqu'à nouvel ordre. Donc Mr Beale et moi sommes coincés ensemble jusqu'au retour d'Irene.

— Rien de tout cela n'est votre faute. La chose la plus sage, de la part de Beale, serait d'accepter la situation.

Clara fit la moue.

— Il ne sait pas encore que mon frère a décidé de

rester en Amérique. Si je le lui dis, je suis certaine qu'il va démissionner. Néanmoins, c'est sans doute peu loyal de ma part de lui cacher la vérité…

Galbraith l'interrompit par un petit ricanement.

— À votre place, je ne m'en ferais pas pour cela. Pas avec quelqu'un comme lui. Et ce qui n'est pas très loyal, c'est que votre frère et votre sœur vous aient laissée régler seule leurs problèmes.

— Au sujet de mon frère, vous avez peut-être raison. Mais concernant ma sœur, vous n'y êtes pas du tout. Irene s'est toujours occupée de moi et de notre père. Quand nous n'avions plus d'argent et que nous avons failli ne plus avoir de toit, c'est elle qui nous a sauvés. Elle a lancé ce journal et a gagné suffisamment d'argent pour nous faire vivre. Je suis heureuse d'avoir l'occasion, à mon tour, de faire quelque chose pour elle. Cela dit, à son retour, je lui passerai les commandes du journal avec plaisir, et, avec elles, Mr Beale.

— À ce moment-là, il découvrira qu'il devra continuer de travailler pour une femme, et il démissionnera sans doute.

— C'est possible, mais Irene pourra engager quelqu'un d'autre. Et en ce qui concerne Mr Beale, je ne sais pas si ce qui lui déplaît, c'est de travailler pour une femme ou juste pour moi. Je pense que ma sœur fait une bien meilleure directrice que moi.

— Foutaises. Je suis sûr que vous effectuez un excellent travail. La preuve, vous avez eu la présence d'esprit de recruter quelqu'un d'exceptionnel, dit-il en se désignant, et c'est certainement la plus grande des qualités lorsqu'on dirige une entreprise.

En guise de réponse, elle lui adressa un sourire espiègle.

— Merci pour votre confiance, mais je pense que personne ne peut être meilleur juge que ma sœur pour engager quelqu'un. Elle cerne très bien les gens, et très vite. Elle est aussi féministe, et si Beale avait une dent contre les femmes qui travaillent, elle l'aurait forcément compris au cours de son entretien d'embauche.

Il haussa les épaules.

— Pendant les entretiens d'embauche, certaines personnes parviennent à faire illusion. N'importe quel majordome ou n'importe quelle gouvernante pourrait vous le dire. Et votre sœur était sur le point de se marier, n'est-ce pas ? Elle était peut-être trop accaparée par ses projets de mariage pour le juger en toute objectivité.

— Peut-être.

Cependant Clara n'en était pas convaincue.

— Qu'elle ait été distraite ou non, ce n'est pas le genre d'Irene de commettre des erreurs.

— Tout le monde commet des erreurs.

— Pas ma sœur.

Clara rit devant l'air sceptique de Galbraith.

— Il est évident que vous ne la connaissez pas.

— J'ai hâte d'avoir le privilège de lui être présenté, murmura-t-il, les sourcils légèrement froncés. Je n'ai jamais rencontré d'être absolument parfait.

— Elle n'est pas absolument parfaite, mais presque, affirma Clara, heureuse de chanter les louanges d'Irene. Elle réussit tout ce qu'elle entreprend. Elle est brillante, sûre d'elle, douée, intelligente, et comme si cela ne suffisait pas, elle est très belle. Et elle possède un instinct professionnel très sûr.

— Vraiment ?

Sa moue s'accentua, et un muscle tressaillit à l'angle de sa mâchoire.

— En êtes-vous si sûre ?

Sa voix était tendue, et la question presque agressive. Clara le regarda avec stupéfaction.

— Qu'y a-t-il ? Vous semblez contrarié.

— Ah oui ?

Aussitôt, son visage se détendit.

— C'est vous voir encaisser les coups sans broncher avec Mr Beale qui m'a mis dans cet état, je pense.

Surprise, Clara cilla.

— Je ne comprends pas pourquoi cela vous affecte autant. Ce n'est pas comme si…

Elle s'interrompit car, de nouveau, elle se sentait oppressée. Elle ressentait la même chose que lors de ces accès de timidité auxquels elle était tellement habituée, mais en plus aigu et en plus… doux aussi. Galbraith parlait comme s'il se préoccupait sincèrement de son sort, alors qu'ils se connaissaient à peine.

Elle déglutit et se rappela que c'était une seconde nature chez lui de faire en sorte que chaque femme, même celles qu'il ne connaissait pas, se sente unique et extraordinaire. Cela ne voulait donc rien dire de spécial. Elle s'éclaircit la gorge et s'efforça de prendre le ton le plus neutre possible.

— Je ne vois pas en quoi cela vous dérange.

— Eh bien, tout d'abord, avec moi, vous n'encaissez jamais les coups sans broncher, marmonna-t-il. Comment se fait-il que vous lui témoigniez plus de politesse qu'à moi ? Vraiment, Clara, cela me peine.

Elle sourit et comprit qu'il plaisantait.

— La raison est plutôt évidente, non ? Beale peut me laisser en plan à tout moment. Vous, non.

— Merci de me le rappeler. Je prends tout cela bien mieux à présent.

— Plus sérieusement, malgré son antipathie pour moi, Mr Beale est un excellent rédacteur en chef.

Pourtant, tout en parlant, elle fut prise d'un léger doute.

— Enfin je pense, ajouta-t-elle.

— Certainement, acquiesça Galbraith, d'une voix si neutre qu'elle se sentit obligée de se justifier.

— Je ne suis pas tout à fait bien placée pour juger des compétences d'un rédacteur en chef. Par ailleurs, c'est lui qui occupe le poste clé au sein du journal et donc, s'il part, je suis perdue. Je me sens obligée de le contrarier le moins possible, voyez-vous.

— Oui, je le vois très bien. Et c'est cela qui est très agaçant.

Malgré ses mots, sa voix restait douce.

— Ce que vous voulez dire, dans le fond, c'est que vous avez des doutes sur ses capacités, mais parce que c'est votre sœur qui l'a choisi et que votre sœur, visiblement, ne commet jamais d'erreur, vous vous persuadez qu'il est compétent et que c'est votre instinct, et non celui de votre sœur, qui vous induit en erreur. En d'autres termes, Clara, vous manquez de confiance en vous, et à cause de cela, vous vous fiez davantage au jugement de votre sœur qu'au vôtre.

Elle prit une grande inspiration. Elle était surprise par la justesse de ses conclusions, mais elle savait qu'elle n'aurait pas dû l'être. C'était parce qu'il comprenait très bien les gens que tout le monde s'adressait à lui pour lui demander conseil, et c'était aussi pour cela qu'elle l'avait jugé tout à fait qualifié pour tenir le rôle de Lady Truelove.

— Vous êtes très perspicace. Mais vous n'êtes pas là pour parler de moi, ajouta-t-elle aussitôt. Vous êtes censé résoudre le problème de quelqu'un d'autre, pas le mien, vous vous souvenez ?

— Dans ce cas précis, dit-il avec douceur, cela revient à peu près au même, non ?

Elle comprit tout de suite ce qu'il voulait dire et détourna le regard en se sentant rougir. En mettant en avant la lettre de la « débutante désespérée », elle aurait dû savoir qu'il percerait à jour ses vraies motivations. Comment aurait-il pu en être autrement ? Elle le regarda de nouveau en se forçant à rire.

— Et moi qui pensais avoir été subtile.

Il tendit l'enveloppe en esquissant un sourire.

— Voudriez-vous savoir quel conseil j'ai donné à cette pauvre débutante désespérée ?

Elle en mourait d'envie, pourtant elle haussa les épaules. La fierté l'obligeait à prendre un air détaché.

— Je le découvrirai bien à un moment, puisqu'il faudra que j'approuve ce que vous avez écrit.

Il ricana.

— C'est vrai, acquiesça-t-il.

Elle tendit alors la main vers l'enveloppe, mais il ne la lui donna pas. À la place, sans cesser de sourire, il posa ses coudes sur le bureau, brisa le cachet, et sortit la feuille de papier.

— « Chère débutante, commença-t-il en reposant l'enveloppe, traverser la Saison sans sombrer peut sembler une tâche ardue, surtout pour un cœur timide mais exalté. Cependant il y a un secret pour attirer les gens, même ceux du sexe opposé, et si vous êtes capable de le mettre en œuvre, je vous promets que c'est non seulement une Saison mais aussi une vie de bonheur qui vous attend. Ce secret, très chère, est d'une simplicité enfantine. Il faut juste *se détendre*. »

— Se détendre ? s'exclama Clara perplexe. C'est votre conseil ?

— Oui, répondit-il avec fermeté. Et si vous voulez bien me laisser continuer, je vais développer.

Elle se cala dans son siège et leva les mains pour signifier sa capitulation.

— Très bien, allez-y.

— « Pour ce faire, et pour parvenir à cette décontraction qui attirera les gens à vous, je vous conseille de commencer par le plus évident : changer d'apparence… »

— Je ne vois pas ce que l'apparence vient faire là-dedans, dit-elle, un peu irritée.

Il leva de nouveau les yeux en soupirant, et lui adressa un regard faussement consterné.

— Vous ne le saurez jamais si vous continuez de m'interrompre.

— Pardon, marmonna-t-elle. Poursuivez.

— « Les hommes, il faut le préciser, sont des êtres qui accordent beaucoup d'importance à ce qu'ils voient, sans que cela signifie qu'ils s'intéressent à la mode. Oubliez les corsets trop serrés et les escarpins à hauts talons, car ils n'aident pas les femmes à se sentir à l'aise et détendues. Si vous avez de jolis yeux, évitez les chapeaux à large bord, sauf s'il y a du soleil car, même s'ils sont à la mode, ils empêchent les hommes de vous regarder dans les yeux, alors même que les yeux sont le miroir de l'âme. Si vous avez un beau sourire, montrez-le aussi souvent que possible. Cela attirera forcément les gens et vous aidera à vous sentir plus à l'aise, plus séduisante et plus confiante. Trouvez une modiste dont les robes mettront en valeur votre silhouette, et croyez-moi lorsque je vous dis que si une jeune femme a des ambitions matrimoniales, une robe de bal décolletée ne pourra que les servir. »

Clara eut un petit rire moqueur, ce qui le fit de nouveau s'interrompre. Sauf que cette fois, ce n'était pas pour la réprimander.

— Dois-je comprendre que vous n'êtes pas d'accord ? demanda-t-il.

— Je doute qu'une jeune femme souhaitant se marier parvienne plus facilement à ses fins avec un décolleté plus profond. Cela me paraît terriblement superficiel, si vous voulez mon avis.

— Vraiment ?

Il la caressa du regard, ce qui la fit rougir et lui fit regretter de ne pas s'être tue. Au bout d'un moment, il leva de nouveau les yeux.

— En tant qu'homme, Clara, je dois vous dire que vous sous-estimez les pouvoirs d'une robe de bal bien coupée.

Elle remua sur son siège, très mal à l'aise.

— N'est-il pas aussi important d'expliquer à cette pauvre jeune femme comment faire la conversation ?

Il rit.

— En un mot : non.

Elle croisa les bras car elle ne trouvait pas cela drôle, et lui adressa un regard mauvais.

— Oh ! très bien, capitula-t-elle en soupirant. Si vous le dites…

Sur ce, il reprit sa lecture.

— « Mais vous vous demandez sans doute que dire une fois que vous aurez réussi à attirer un splendide jeune homme et qu'il se trouvera en face de vous ? Si vous ne trouvez rien à raconter à propos de vous-même, cherchez un sujet qui permettra à votre interlocuteur de parler. Savoir écouter est une qualité qui est toujours appréciée et qui vaut mieux que d'être un brillant orateur. Quoi que vous disiez, essayez de mettre l'autre personne à l'aise, et vous vous rendrez vite compte qu'avoir un sens aigu de la repartie n'est pas forcément nécessaire. Si vous vous sentez bloquée, il n'y a rien de mal à reconnaître que vous êtes timide. Il y a fort à parier que la personne en face de vous s'en trouvera soulagée, et cela vous fera un point commun dont vous pourrez discuter. Et n'oubliez pas, si vous dites une bêtise ou que vous faites une erreur, reconnaissez-le tout de suite, et prenez le parti d'en rire. »

— C'est facile à dire, objecta-t-elle. Mais pas si facile à faire.

— Je le sais bien, concéda-t-il. Pourtant c'est un conseil très utile.

— Est-ce pour cela que, vous-même, vous le suivez ?

Il sourit et se concentra de nouveau sur sa lecture.

— « L'humilité, lut-il, n'est pas seulement une qualité désarmante, chère débutante, mais si vous apprenez à vous en servir, vous découvrirez vite les bénéfices que vous pourrez en tirer pour vous-même. Car la capacité à rire de soi et de ses erreurs est incroyablement libératrice. Cela nous affranchit de la crainte de dire ou faire ce qu'il ne faut pas. Et cela me ramène à mon premier point, dont je ne soulignerai jamais assez l'importance. Les gens timides s'inquiètent beaucoup trop. »

Clara fit la grimace. C'était une assertion qu'elle ne pouvait pas réfuter. Pas en ce qui la concernait en tout cas.

— « Convaincus que tous les yeux sont posés sur eux et que tout ce qu'ils font est jugé défavorablement, poursuivit-il, les gens timides sont incapables de se détendre. Leurs craintes sont le plus souvent infondées, car les gens sont trop accaparés par leurs propres problèmes pour se soucier d'autrui. Mais les personnes timides, hélas, ne veulent jamais croire que c'est vrai. Elles sont obsédées par l'échec et se voient mises au ban de la société, ce qui les empêche d'afficher cet air décontracté qui séduit et retient l'attention des autres personnes. Et, par conséquent, lorsqu'ils sont invités quelque part, les gens timides passent la plupart de leur temps à souhaiter être ailleurs. Les autres s'en rendent forcément compte, et ils réagissent en cherchant une compagnie plus joyeuse. Ainsi, les craintes exagérées des personnes timides deviennent prophétiques, et jamais elles ne peuvent profiter des plaisirs de la vie sociale. »

Clara se mordilla la lèvre, impressionnée par la justesse de ce tableau. C'était sa vie, ou peu s'en fallait, qu'il venait de dépeindre.

— « Libérez-vous de toute pression, chère débutante. La réussite de votre Saison ne dépend pas d'une danse ni d'une conversation, et la réussite de votre vie ne dépend pas d'une Saison. Efforcez-vous de vaincre vos peurs. Défaites-vous de vos attentes, oubliez les ambitions de vos parents, et mettez de côté votre désir de trouver un mari. Lorsque vous êtes invitée quelque part, pensez seulement à vous amuser. Souriez, riez et profitez de chaque moment de votre vie, et un jour, vous trouverez peut-être à vos côtés quelqu'un qui brûle de partager cette vie avec vous. »

Il leva les yeux et reposa ses feuilles. Clara eut tout à coup le sentiment qu'il était vital pour elle de ranger son bureau. Elle remit son sous-main droit et déplaça légèrement son porte-plume vers la gauche en prenant un air très affairé.

— Eh bien ? demanda-t-il comme elle se taisait. Ne me laissez pas dans l'expectative. Mon premier essai est-il satisfaisant ?

Satisfaisant ? Sa main se crispa autour d'une liasse de papiers. Quel mot faible pour décrire des conseils qu'elle attendait depuis ses treize ans, âge auquel elle avait commencé à aller à des fêtes où il y avait des garçons de son âge. Elle avait toujours su qu'elle était quelqu'un de réservé, oui, mais jamais elle n'avait pensé que cela puisse inhiber les autres.

— C'est…

Elle s'interrompit, repoussa les papiers en toussotant, et le regarda.

— C'est très bien. Excellent, même.

— Merci, mais…

Il lui adressa un petit sourire.

— Vous pourriez prendre un air plus gai en me disant cela.

Lorsqu'elle rit, il cessa curieusement de sourire.

— C'est parfait, déclara-t-il. Souriez comme cela au prochain bal, Clara, et vous aurez tous les hommes à vos pieds.

Elle reprit un air sérieux et déglutit. Il exagérait, évidemment, mais elle ne lui en fit pas la remarque.

À la place, elle tendit les mains afin qu'il lui remette les pages qu'il avait écrites.

— Je vais demander à Miss Huish de taper tout cela, dit-elle, en s'efforçant de prendre un ton très professionnel, et de l'apporter à Mr Beale avec pour instruction de ne pas changer le moindre mot. Même si…

Elle s'interrompit, et tapota de l'index une ligne particulière, qui avait retenu son attention.

— Ce passage sur les personnes qui savent écouter et qui ont plus de charme que celles qui savent parler…

— Oui ? Et alors, y a-t-il un problème ?

Elle leva les yeux.

— C'est ce que vous faites, n'est-ce pas ?

Au moment où elle posa la question, elle repensa à Elsie Clark, et elle sut la réponse.

— Vous n'êtes pas timide, mais c'est ce que vous faites avec les gens, n'est-ce pas ? Vous écoutez plutôt que vous ne parlez. Est-ce pour amener les gens à vous aimer, ou bien est-ce un talent naturel chez vous ?

— Les deux, je pense.

Il fit la moue.

— Vous avez découvert mon secret le mieux gardé, Clara. J'ai un besoin compulsif d'être aimé. Cela a toujours été le cas, mais je pense — j'en suis même sûr — que cela vient du fait que mes parents sont absolument impossibles et égoïstes. Pendant mon enfance, ils étaient si occupés à se détruire l'un l'autre qu'ils en ont oublié mon existence. J'en ai souffert, voyez-vous. Énormément, même.

Il s'interrompit et reprit son souffle.

— Et j'en souffre encore, si vous voulez tout savoir.

Elle observa son visage, et tout à coup, elle vit au-delà

de la symétrie sans défaut de ses traits, au-delà de la perfection de son nez aquilin, de sa mâchoire carrée, de ses yeux bleu azur, et elle aperçut le petit garçon qu'il avait été et les parents qu'il venait de décrire. En imaginant cela, elle eut mal à son tour et elle ne put s'empêcher de se demander si elle ne s'était pas complètement trompée en le prenant pour un débauché sans cœur.

Avant qu'ils puissent parler, quelqu'un toussota et, lorsque Clara leva les yeux, elle découvrit Annie près de la porte.

— Je m'excuse, Miss Clara, mais…

Annie s'interrompit et adressa à Clara un air un peu alarmé qui la mit aussitôt sur ses gardes.

— C'est votre père qui m'envoie.

— Cette interruption arrive au bon moment, murmura Galbraith d'une voix légère. Une minute de plus, Clara, et Dieu seul sait quel autre aveu vous m'auriez soutiré.

Il se tourna vers la porte, et Clara vit les yeux d'Annie s'écarquiller sous l'effet de la surprise et du plaisir. C'était sans doute le regard que lui adressaient toutes les servantes qui le voyaient, et cette constatation fut pour Clara un retour brutal à la réalité.

— Oui, Annie ? demanda-t-elle. Que veut père ?

La domestique s'arracha avec un effort visible à la contemplation du vicomte.

— Il veut savoir pour le thé, Miss Clara.

— Le thé ? répéta-t-elle, surprise.

— Oui, miss.

Et Annie afficha une expression un peu désolée.

— Il souhaite inviter Lord Galbraith à venir prendre le thé au salon.

C'était tout bonnement impensable, songea Clara, en

frémissant d'horreur. Elle aimait son père, mais prendre le thé avec lui était toujours pénible. Avec un étranger en plus, cela risquait de devenir vite insupportable.

— Seigneur, gémit-elle en se massant le front, comment père peut-il savoir que Lord Galbraith est ici ?

— Je pense pouvoir l'expliquer, dit le vicomte. Je me suis présenté à la porte de la maison, car je n'avais pas compris qu'il y avait une entrée spéciale pour les bureaux. La femme qui m'a ouvert a proposé de m'accompagner en me faisant passer par la maison, mais je lui ai dit de ne pas se déranger pour moi, que j'allais faire le tour par la rue. Et je lui ai laissé ma carte, bien entendu.

— Ce devait être Mrs Brandt, milord, dit la domestique. C'est la gouvernante. Si vous acceptez l'invitation, elle souhaite savoir quel thé vous préférez : celui d'Inde ou de Chine.

— Il n'est que 14 h 30, fit remarquer Clara avant que le vicomte puisse répondre.

Même si la véhémence de son ton la surprit elle-même, elle n'avait pas le choix : il fallait tout mettre en œuvre pour empêcher cette calamité.

— Il est bien trop tôt pour…

— Un thé ? Mais quelle bonne idée ! s'exclama Galbraith qui sapait du même coup tous ses efforts, à tel point que Clara faillit gémir tout haut.

— Dites à Mr Deverill que je serai ravi d'accepter son invitation, Annie, je vous remercie. Et informez, je vous prie, Mrs Brandt que ma préférence ira au thé favori de Miss Clara.

Cela sembla emplir d'aise la domestique, mais lorsqu'elle vit le visage de Clara, elle reprit aussitôt son sérieux et toussota.

— Ce sera du thé d'Inde alors, milord, murmura-t-elle. Du Darjeeling.

— Parfait.

Il adressa un petit signe de tête à la servante et se tourna de nouveau vers Clara.

Avant de partir, Annie adressa à Clara un regard compatissant qui ne fit qu'accroître son désarroi.

— C'était un peu cavalier de votre part, dit-elle alors, la mine renfrognée.

— Vraiment ? demanda-t-il, l'air surpris. L'invitation m'était destinée et je l'ai acceptée. En parlant d'invitation, j'en ai une à vous donner.

Il commença à fouiller dans sa poche, mais il s'arrêta en voyant son air mécontent.

— Toutes mes excuses, dit-il à voix basse, en laissant retomber sa main. Je n'avais pas compris que vous ne teniez pas à ce que je prenne le thé avec vous.

— Ce n'est pas cela, se défendit-elle. Cela ne me dérange pas… Pas vraiment… C'est juste que…

La vérité était trop humiliante à dire et elle n'arrivait pas à inventer une autre excuse plausible.

— Je suis censé vous faire la cour, si vous vous souvenez bien, dit-il sans se rendre compte qu'il ne faisait qu'empirer les choses. Faire la connaissance de votre père sera nécessaire à un moment ou à un autre, Clara.

Il avait raison, bien entendu.

— Très bien, déclara-t-elle en se levant, le menton haut, essayant d'ignorer la honte qu'elle éprouvait déjà. Allons prendre le thé. Mais ne vous attendez pas à ce que ce soit une partie de plaisir.

Chapitre 10

Rex ne s'était jamais considéré comme quelqu'un d'obtus. En fait, il était même assez fier de ses capacités à comprendre ce qui sous-tendait et expliquait les relations humaines. Dans ce cas particulier, cependant, il se sentait complètement perdu.

Clara ne voulait pas qu'il fasse la connaissance de son père. Cela, au moins, c'était évident. Ses épaules étaient contractées, son menton levé, son expression fermée. Et, alors qu'ils traversaient le vestibule, son profil lui fit penser à la figure de proue d'un navire ballotté par la tempête. Et à la rapidité de son pas il comprit qu'elle avait envie de sortir de cette tempête le plus rapidement possible.

Elle le conduisit à l'étage et le long d'un couloir, sans lui fournir la moindre explication en chemin. Mais une fois dans le salon et les présentations avec son père à peine faites, Rex se rendit compte que toute explication serait inutile.

Le père de Clara était ivre.

Habitué à fréquenter des hommes en état d'ébriété, Rex s'inclina et resta impassible comme l'exigeaient sa civilité et son éducation de gentleman. Mais lorsqu'il se redressa, il adressa un petit regard de côté à Clara et son vernis poli faillit se craqueler.

Son visage avait conservé sa froide placidité habituelle, seulement ses yeux la trahissaient. Ils évitaient soigneusement de croiser ceux de Rex et étaient noirs, fixes et emplis de honte. Les contempler, c'était contempler l'abysse.

— Excusez-moi de ne pas me lever pour vous accueillir, Lord Galbraith, dit Deverill, d'une voix mal articulée qui charriait des relents de brandy. Cette satanée goutte…

Rex se concentra de nouveau sur le père de Clara et remarqua le fauteuil roulant dans lequel il était assis, ainsi que le pouf très rembourré où reposait sa jambe. Il se demanda si c'était la boisson qui avait causé la maladie, ou l'inverse.

— Il n'est nul besoin de vous excuser, sir. J'ai entendu dire que la goutte faisait terriblement souffrir.

— C'est la vérité, hélas.

Deverill saisit sa tasse de thé qui était posée sur la table à côté de lui et la porta à ses lèvres. Il tremblait tant qu'un peu de liquide ambré déborda de la tasse, répandant dans la pièce une nouvelle vague d'odeur de brandy.

Cela ne dut pas échapper à Clara, car elle s'éloigna de son père et se dirigea vers le sofa qui se trouvait à l'autre bout de la pièce.

— Voulez-vous vous asseoir, Lord Galbraith ? demanda-t-elle avec un maque d'enthousiasme douloureusement évident.

Tandis qu'elle s'installait à une extrémité du canapé et lui faisait signe de s'asseoir à l'autre bout, il se demanda un instant s'il ne devait pas plutôt s'excuser et partir.

D'un autre côté, un départ hâtif était sans doute la réaction habituelle de leurs invités lorsqu'ils étaient confrontés à cette situation, et s'il se précipitait vers la porte, il risquait d'accroître la honte de la pauvre Clara. Par ailleurs, il avait toujours l'invitation de sa tante Petunia dans la poche.

— Oui, je vous remercie, répondit-il alors.

Il déposa son chapeau sur une table proche et vint s'asseoir à la place qu'elle lui avait désignée. Il s'efforça de se comporter comme si tout était absolument normal.

— Je suis ravi que vous ayez pu vous joindre à nous, milord, et que Clara ait enfin un prétendant.

— Papa, protesta-t-elle, en adressant à Rex un regard empli de douleur qu'il ignora.

Étant donné qu'il essayait justement de passer pour le prétendant de Clara, il n'avait aucune intention de démentir quoi que ce soit à ce propos, ni en paroles ni en gestes.

— Voyons, Clara, dit Deverill, sourd aux protestations de sa fille, il n'y a pas de quoi être gênée. Cela ne fait pas longtemps que tu sors dans le grand monde. La sœur de Clara, Lord Galbraith, a épousé le duc de Torquil il y a peu de temps.

C'était une fanfaronnade, placée dans la conversation par un homme souhaitant impressionner son interlocuteur avec l'importance de ses relations. Clara le savait aussi bien que lui car, lorsque Rex la regarda à la dérobée, il la vit tressaillir et se détourner pour attraper la théière.

— Voulez-vous du thé, Lord Galbraith ? demanda-t-elle d'une voix plus aiguë qu'habituellement, avant de se mettre à le servir.

— Oui, je vous remercie. Nature, ajouta-t-il alors qu'elle tendait la main vers le sucrier. Sans sucre ni lait.

Elle se tourna dans sa direction pour lui tendre la tasse et sa soucoupe, tout en évitant de croiser son regard.

— Vous aurez remarqué, Lord Galbraith, qu'elle n'a pas proposé de thé à son père, dit Deverill en levant sa tasse qui oscilla d'avant en arrière et en adressant à Rex un regard entendu. Elle sait très bien que ce n'est pas nécessaire. J'ai déjà mon thé.

Rex fut tout à coup pris de pitié.

— Oui, acquiesça-t-il tièdement. On dirait bien.

Sa réponse devait trahir une partie de son ressenti, mais Deverill ne sembla pas s'en rendre compte. Sa fille, en revanche…

— Un sandwich ? demanda-t-elle, d'une voix trop enjouée pour être naturelle. Ou bien peut-être préférez-vous un scone avec de la crème et de la confiture ?

Lorsqu'il l'observa, il s'efforça de masquer toute trace de pitié de son attitude, car il était certain que Clara ne l'aurait pas bien pris.

— Un scone, ce serait parfait, merci.

— Connaissez-vous Sa Grâce ? demanda Deverill.

— Pas très bien, je le crains.

Rex saisit l'assiette tendue par Clara, la posa sur ses genoux et se tourna de nouveau vers Mr Deverill.

— Même si nous nous sommes déjà croisés, bien entendu.

— Irene et lui sont en voyage de noces en Italie. Et ils prennent leur temps, ajouta-t-il en riant. Le mariage semble lui plaire, à notre petite Irene. Aurais-tu jamais cru cela d'elle, Clara ?

— Pas du tout, père. Ma sœur, précisa-t-elle pour

Rex, a souvent déclaré de façon péremptoire qu'elle ne se marierait jamais.

Deverill eut un petit éclat de rire.

— Comme c'est drôle. Celle de mes filles qui avait juré de rester célibataire toute sa vie a fait un très beau mariage et est en ce moment en voyage de noces. Et celle qui a toujours voulu un mari et des enfants plus que tout attend toujours son tour. Tu as les relations qu'il faut maintenant, Clara. Alors, vas-y.

Tout en parlant, il adressa à Rex un regard lourd de sens.

— Tu ne vas pas encore une fois te laisser damer le pion par ta sœur, tout de même !

Rex regarda discrètement sa voisine. En voyant ses joues s'empourprer, il décida que c'était le bon moment pour donner l'invitation de sa tante et s'en aller. Il termina son scone, sauf qu'avant qu'il puisse finir son thé et se lever, la porte s'ouvrit et un homme pénétra dans la pièce.

— Veuillez m'excuser, sir, dit-il à Mr Deverill, le Dr Munro est ici pour votre rendez-vous hebdomadaire.

— Bah, les docteurs ! dit Deverill avec un ton de mépris qui ne laissa planer aucun doute sur son opinion à ce sujet. Dites-lui de partir.

— Vraiment, père, il faut que vous voyiez le docteur de temps en temps, protesta Clara avant que le domestique ait pu s'en aller. Et l'on ne sait jamais. Il a peut-être un nouveau traitement à vous proposer.

— J'en doute. Munro est un Écossais buté. Pour lui, prolonger la vie d'un patient, c'est le priver de tout ce qui rend l'existence digne d'intérêt.

— Si ce n'est pas pour vous, voyez-le pour moi

alors, dit-elle en faisant signe au domestique de rester
dans la pièce.

— Oh ! très bien, marmonna-t-il. Mais cette visite va
se révéler tout à fait inutile. La seule chose que Munro
va faire, c'est m'adresser un de ces regards réprobateurs
dont il a le secret et me dire de ne pas boire.

— Dans ce cas, pour votre plus grande satisfaction,
cette visite sera courte, fit-elle remarquer avec une joyeuse
détermination évoquant celle d'une nurse en train
d'essayer d'amadouer un enfant récalcitrant.

— J'en doute, rétorqua-t-il alors que le domestique se
plaçait derrière son fauteuil roulant pour en débloquer
le frein. La liste des aliments que je ne suis pas censé
avaler s'allonge de jour en jour. Pas de fromage fort, pas
de graisse animale, aucune boisson, pas de sucre, pas
de lait — même dans le thé… Je te le demande, Clara,
que reste-t-il à se mettre sous la dent quand tout cela
est interdit ?

Elle ne répondit rien à cette question, mais lorsque le
valet passa devant elle en poussant le fauteuil roulant, elle
se leva pour faire comprendre au domestique de s'arrêter.

Rex se leva aussi et la regarda se pencher pour embrasser
son père sur la joue. C'était, d'après lui, une tendre
attention qu'il ne méritait pas, mais évidemment, il ne
laissa rien paraître.

— Je vous verrai demain, père, dit-elle en se rasseyant.
Entre-temps, essayez d'obéir au docteur, hein ?

En grommelant toujours, il fut poussé hors de la
pièce. Mais, juste avant de partir, il fit signe au valet de
refermer la porte derrière eux et en profita pour adresser
à sa fille un clin d'œil appuyé.

Les joues de Clara étaient désormais écarlates. Elle émit un son à mi-chemin entre le gémissement et le soupir.

— Je suis vraiment désolée, murmura-t-elle, en baissant la tête vers sa main comme si elle voulait cacher son visage. Les parents, ajouta-t-elle avec un petit rire étouffé, peuvent s'avérer terriblement gênants.

Malgré son rire, il était évident qu'elle n'était pas amusée.

— C'est moi qui devrais m'excuser, répondit-il aussitôt. Pardonnez-moi. Si j'avais su…

— Ce n'est rien, l'interrompit-elle.

En baissant la main, elle se redressa et le regarda.

— Comme vous l'avez souligné, il fallait bien que vous le rencontriez un jour.

— Oui, mais nous aurions pu arranger cela à un moment où il aurait davantage été… lui-même.

— J'en doute. Il n'a pas été lui-même depuis mes onze ans.

Au moment où ces mots furent prononcés, elle grimaça et posa sa paume contre son front.

— Seigneur, je ne sais pas ce qui m'a fait dire cela. La plupart du temps, les gens doivent m'arracher les mots de la bouche.

Elle s'agita un peu sur son siège.

— Mais vous savez déjà cela, ajouta-t-elle à voix basse.

— Oui, même si…

Il s'interrompit et lui adressa un regard faussement exaspéré.

— Même si, en ce qui me concerne, je n'ai pas été témoin de cette réserve, Clara. Avec moi, vous ne semblez pas avoir envie de tenir votre langue.

— Seigneur, c'est vrai ! répondit-elle en riant.

Son sourire s'atténua légèrement alors qu'elle réfléchissait.

— C'est à cause de vous, je pense. Pas de moi. Vous êtes très doué pour faire en sorte que les gens se… confient.

— Je pourrais vous retourner le compliment, car je parle rarement de mes parents, et encore moins de ce à quoi ressemblait ma vie avec eux avant qu'ils se séparent. Eh bien, ajouta-t-il en essayant de prendre un ton plus léger, la journée d'aujourd'hui a été propice aux confidences, n'est-ce pas ? Étant donné la façon dont les choses ont commencé entre nous, qui aurait cru cela possible ?

— Ni moi ni vous, c'est certain. Sommes-nous…

Elle s'interrompit et se tourna vers lui en le regardant d'un air un peu surpris.

— Sommes-nous en train de devenir amis, à votre avis ?

Soudain, le soleil inonda la pièce à travers la fenêtre qui se trouvait dans le dos de Clara, le forçant à cligner des yeux. En se penchant légèrement sur le côté pour ne plus être gêné, il l'observa. Le rai de lumière qui tombait sur elle formait comme une auréole derrière sa couronne de cheveux bruns et lui donnait un air angélique. Lorsqu'il baissa les yeux, il remarqua que le soleil rendait aussi sa silhouette parfaitement visible à travers son chemisier blanc.

Aussitôt, le désir s'insinua en lui et lui fit clairement comprendre que son corps, au moins, n'avait pas envie d'être seulement ami avec elle.

Cependant, entre une jeune femme comme elle et un homme comme lui, il n'y avait pas d'autre voie possible, et avec un profond regret, il s'arracha à la contemplation du contour flou de ses formes.

— Nous le sommes peut-être, dit-il, avant d'avaler une gorgée de thé.

Il regretta au passage que le sien ne soit pas au brandy, car un peu d'alcool ne lui aurait pas fait de mal. Sans cela, la conversation semblait la seule distraction envisageable pour chasser ses pensées dangereuses.

— Que s'est-il passé quand vous aviez onze ans ? demanda-t-il, en reposant son assiette vide et en se calant contre l'accoudoir du sofa avec son thé, alors que le soleil se cachait de nouveau derrière les nuages. Désolé si je suis indiscret, ajouta-t-il aussitôt, en espérant qu'elle lui réponde tout de même.

— Ma mère est morte. Mon père était un débauché dans sa jeunesse, mais quand il a épousé ma mère, il lui a promis de s'amender. Malheureusement, il n'a tenu cette promesse que du vivant de ma mère. Après sa mort, il s'est remis à boire. J'imagine qu'il ne voyait plus aucune raison de bien se tenir.

— Aucune raison ? Et vous et votre sœur alors ?

— Jusqu'à cette année, il était à peu près contrôlable. Mais avec le mariage d'Irene, et moi qui, durant la Saison, réside le plus souvent chez le duc, il n'y a personne pour le surveiller, voyez-vous. À chaque fois que je monte le voir, il est toujours…

Elle s'interrompit et leva une main vers la porte.

— Enfin, vous avez vu vous-même comment il était.

— Et votre frère ? Ne pourrait-il rien faire ?

— Père n'écouterait pas Jonathan. Ils se sont fâchés il y a plusieurs années. Père l'a chassé de la maison, et Jonathan est parti vivre sa vie en Amérique. Ils ne se sont pas parlé depuis, car mon père refuse de répondre aux lettres de Jonathan et de se réconcilier avec lui. Alors même si Jonathan était ici, il aurait peu d'influence sur lui. En fait, si mon frère franchissait le seuil de la maison, je doute même qu'il aurait la possibilité de faire la morale à père sur son ivrognerie. La maison prendrait feu avant qu'il puisse prononcer le moindre mot.

Rex, sincèrement désolé, sourit.

— Je vois ce que vous voulez dire. Je tremble en imaginant ce qui se passerait si mon père et ma mère se retrouvaient dans la même pièce. Cela se terminerait par un meurtre, j'en suis certain. Votre père et votre frère m'ont l'air un peu pareil. Est-ce parce que votre père boit qu'ils se sont fâchés ?

— En partie. Père est devenu incohérent et imprudent, et il a pris des décisions professionnelles déraisonnables, tout en jetant l'argent par les fenêtres. Le fait qu'il boive devait contribuer à son manque de discernement, j'en suis sûre. C'est quand Jonathan le lui a fait remarquer que père l'a chassé.

Elle s'interrompit pour prendre une gorgée de thé.

— Vous savez, continua-t-elle, lorsque je vois mon père dans cet état, je me demande si je dois continuer de participer à la Saison. Je devrais sans doute rentrer à la maison avant que les choses empirent.

— Je doute que cela changerait quoi que ce soit.

— Vous avez peut-être raison. Irene et moi avions l'habitude de fouiller la maison et de jeter ses bouteilles de brandy dès que nous en trouvions. Mais il a toujours réussi à s'en procurer d'autres. Son valet, j'imagine. Quoi qu'il en soit, j'aimerais vous demander d'oublier ce qu'il a dit. En particulier, ajouta-t-elle mal à l'aise, ses efforts grossiers pour me marier.

— Ma grand-tante est pareille. Une autre chose que nous avons en commun, semble-t-il.

Rex sourit, espérant dissiper la gêne de Clara.

— Leur manque de discrétion est insupportable, n'est-ce pas ? Néanmoins, malgré son acharnement, vous ne pouvez pas lui en vouloir d'essayer de vous aider à obtenir ce que vous voulez le plus au monde.

— Je ne lui en veux pas, précisa-t-elle aussitôt. J'ai bien conscience qu'il se conduit ainsi parce qu'il se soucie de mon sort. Je pense qu'il sait…

Elle s'interrompit et un voile de douleur traversa son visage.

— Qu'il se ruine la santé à force de boire, reprit-elle au bout d'un moment. Et je pense qu'il veut me voir heureuse en ménage avant que cela ne se produise.

— Il le sait, et pourtant, il refuse d'arrêter de boire ?

Le doux visage de Clara prit une expression dure et cynique qui ne lui ressemblait pas et qui fit de la peine à Rex.

— Pourquoi s'arrêterait-il ? demanda-t-elle. Un débauché peut-il vraiment changer ?

Il prit une grande inspiration. Il avait compris qu'ils n'étaient plus en train de parler de son père, mais que pouvait-il dire pour sa propre défense ? Quand il avait les moyens, il avait profité de la vie et mené une existence proche — en effet — de la débauche. Sauf que depuis un certain temps il vivait plutôt comme un moine et personne ne le savait. Par ailleurs, il reviendrait sans doute à ses vieilles habitudes dès qu'il le pourrait, parce que… Que pourrait-il faire d'autre ?

— Non, dut-il répondre avec une légère amertume. Je

suppose qu'un débauché ne change jamais. Mais parlons d'un sujet plus agréable. Vous, par exemple.

— Moi ?

— Oui, c'est un sujet beaucoup plus intéressant que la passion de votre père pour le brandy.

— Un sujet moins gênant, en tout cas, dit-elle avec une pointe d'amusement. Que voulez-vous savoir ?

Il réfléchit un instant avant de demander :

— Pourquoi voulez-vous à ce point vous marier ?

— C'est ce que toute jeune fille souhaite, me semble-t-il.

— Vous ne répondez pas à ma question. Ce que je veux savoir, c'est pourquoi *vous* vous le voulez.

Elle parut légèrement surprise, comme si la réponse était évidente.

— Jusqu'à ce qu'une femme se marie, elle n'a pas de véritable but dans la vie. Bien sûr, elle peut se consacrer à des œuvres de bienfaisance ou participer à la vie de la paroisse, ou bien se perfectionner dans les travaux d'aiguille. Si elle a de la chance, elle est invitée de-ci de-là. Mais à moins d'être comme ma sœur et de défier toutes les conventions, elle est condamnée, jusqu'à son mariage, à une vie bien morne.

Entendant cela, il ne put s'empêcher de rire.

— Je connais beaucoup de femmes mariées, et je puis vous affirmer que la plupart d'entre elles s'ennuient à mourir.

— Peut-être, mais si Dieu le veut, une femme mariée a au moins une occupation que n'ont pas les célibataires : des enfants à élever.

— Toutes les femmes mariées ne considèrent pas cela comme une bénédiction. Comment savez-vous que vous aimeriez cela ?

Elle rit.

— Je le sais depuis mes treize ans. Notre cousine Susan est tombée malade cet été-là, et je suis allée dans le Surrey pour l'aider. Avec son mari, ils ont huit enfants, et une grande maison à la campagne. Comme mon père avait recommencé à boire, Irene a pensé que cela me ferait du bien de m'éloigner un peu de Londres. Dans le Surrey, j'ai non seulement découvert que j'aimais énormément les enfants, mais aussi que j'étais douée pour m'en occuper.

Elle marqua une pause, et même si elle ne souriait pas, son visage s'éclaira tout à coup. C'était comme si le soleil venait de se montrer et qu'elle contemplait son avenir avec joie.

— Si j'avais des enfants, jamais je ne m'ennuierais.

Par cynisme, il se sentit obligé de la détromper.

— Bien sûr que si.

— Peut-être parfois, répondit-elle.

Et alors qu'il ne s'y attendait pas, elle rit.

— Mais pas souvent, je vous le promets, car comme ma cousine Susan, j'ai l'intention d'avoir au moins huit enfants. Peut-être dix. Comment est-il possible de s'ennuyer avec dix enfants ? Qu'y a-t-il ? ajouta-t-elle d'un air surpris alors qu'il riait.

— Dix enfants, ma chère, ce n'est plus une famille. C'est un village.

— Oh ! de cela aussi, j'en ai envie. D'un village, je veux dire.

— Vous êtes une femme exigeante !

— Oui, je le reconnais. Je veux une grande maison à la campagne, juste à côté d'un village avec des maisons aux toits de chaume et une petite église. Et je veux des chevaux et des chiens et des pommiers et un mari qui m'aime à la folie.

— « Et ils vécurent heureux et eurent beaucoup d'enfants », commenta-t-il sur un ton solennel.

Elle lui adressa une petite moue.

— Moquez-vous de moi si cela vous chante, mais c'est la vie dont je rêve.

— En êtes-vous sûre ? ne put-il s'empêcher de demander. N'est-ce pas plutôt que vous avez envie d'échapper à votre vie actuelle ?

Elle perdit son sourire, son visage se ferma et il regretta aussitôt sa remarque. Pourtant, il fallait se rendre à l'évidence : avec ce genre d'idées, elle risquait fort d'être déçue par la vie. Pire encore, il était persuadé qu'elle ne se rendait pas compte à quel point il serait facile pour un homme de profiter de son idéalisme. Il imaginait très bien un jeune loup aux dents longues, attiré par ses tout nouveaux mais prestigieux liens de parenté, lui promettre une vie à la campagne avec de nombreux enfants. Elle tomberait forcément dans le piège. Et son père ne serait probablement pas en mesure de la protéger d'un tel homme.

Néanmoins, ses choix de vie ne le regardaient en rien.

— Toutes mes excuses, murmura-t-il. C'était très déplacé de ma part de dire une chose pareille.

— Oui, se contenta-t-elle de répondre. C'est vrai.

— Il ne faut pas accorder trop d'importance à ce que je dis, Clara. Tous ceux qui me connaissent bien savent que je suis quelqu'un d'extrêmement cynique.

Curieusement, son visage se radoucit légèrement et elle esquissa un sourire.

— Je ne vous connais pas bien du tout, pourtant je m'en étais rendu compte depuis longtemps.

Il rit.

— Voilà qui était mérité, sans doute. J'espère juste ne pas avoir mis notre amitié en péril avant même qu'elle n'existe pour de bon. Parce que si c'était le cas, ajouta-t-il en sortant l'invitation de sa poche, vous n'accepteriez pas ceci, et ma grand-tante me découperait en morceaux, ce que, entre nous, j'aimerais mieux éviter.

— Et qu'est-ce donc ? demanda-t-elle en acceptant l'enveloppe.

— Petunia et quelques-unes de ses amies ont prévu d'organiser un pique-nique à Hyde Park mercredi prochain. Je suis passé chez ma tante tout à l'heure, et lorsque je lui ai dit que je m'apprêtais à vous rendre visite, elle m'a demandé de vous remettre ceci. L'invitation vaut aussi pour la famille du duc.

— Merci. C'est très gentil de la part de votre tante de nous inviter tous ensemble. Je ne peux pas vous dire dès aujourd'hui si mes amis seront libres : je ne connais pas leur emploi du temps par cœur.

— Oui, bien entendu. Les festivités auront lieu juste en face de Galbraith House, vous n'aurez donc qu'à prendre l'entrée de Stanhope Gate. J'ai cru comprendre qu'un grand chapiteau allait être installé, donc vous nous trouverez à coup sûr.

Elle hocha la tête et posa l'enveloppe sur le plateau à côté d'elle, avant de se tourner de nouveau vers lui.

— À propos de ce que vous avez dit tout à l'heure…

— Oui ? fit-il alors qu'elle hésitait.

— Je ne nie pas que j'espère troquer la vie qui est la mienne depuis mon enfance contre celle qui, selon moi, me rendra heureuse. Vous pensez que j'essaie simplement de fuir l'ivrognerie de mon père ?

— N'est-ce pas le cas ?

Elle réfléchit un moment avant de secouer la tête.

— Non, je ne pense pas. Parce que, malgré mes envies de fuite — si vous y tenez —, la seule raison pour laquelle je me marierais, c'est l'amour. Un amour profond et partagé.

— L'amour ?

Il soupira.

— Ma pauvre enfant, pourquoi vouloir faire un mariage d'amour ? Ne voulez-vous pas être heureuse ?

— Ne venez-vous pas de déclarer qu'il ne fallait pas accorder d'importance à ce que vous disiez ?

— Dans ce cas précis, il le faut, au contraire, car je suis sincère et sérieux, Clara. Si c'est le bonheur que vous cherchez dans le mariage, l'amour n'est pas vraiment un indicateur fiable.

— Oh ? fit-elle en levant un sourcil, avant d'avaler une gorgée de thé. Et je suppose que c'est votre expérience de célibataire qui vous rend expert en la matière…

Il se raidit, tout à coup sur la défensive.

— Je n'ai jamais été marié, c'est vrai. Ni même amoureux, d'ailleurs, mais…

— Comment ? l'interrompit-elle, en le regardant comme si elle ne parvenait pas à croire ce qu'elle venait d'entendre. Vous n'avez jamais été amoureux ?

— Non.

— Jamais ?

Elle se redressa, posa sa tasse de thé, et le regarda de nouveau avec cet air stupéfait.

— Pas même une fois ?

— Non.

Elle secoua la tête et eut un petit rire.

— Et dire que de nous deux, je pensais être celle qui avait le moins d'expérience, murmura-t-elle. Même moi j'ai déjà été amoureuse.

Il la fixa, trop surpris pour faire remarquer que l'on pouvait être très expérimenté sans être tombé amoureux.

— Vraiment ?

— Bien entendu. Il s'appelait Samuel Harlow, et c'était le plus bel homme que j'avais jamais vu. Enfin, à part vous, évidemment. Il…

— Attendez, demanda-t-il en levant la main pour l'interrompre, car il avait besoin d'un moment pour prendre la mesure de ce qu'il venait d'entendre. Vous me trouvez beau ?

Il marqua une pause et eut un rire incrédule.

— Vraiment ?

— Oh ! ne faites pas le faux modeste. Vous savez très bien que vous êtes beau. Vous n'avez pas besoin que je vous le dise.

Certes, il était possible qu'il le sache, et pourtant, venant d'elle, cela lui fit l'effet d'une révélation.

— Bien au contraire, murmura-t-il. Il me semble qu'il ne me déplairait pas d'entendre un ou deux compliments de votre part. Par ailleurs, nous sommes devenus amis désormais, et cela se fait de complimenter ses amis. Mais je constate que vous n'avez pas l'intention de me faire ce petit plaisir aujourd'hui, ajouta-t-il en feignant le regret. Alors, allez-y, poursuivez. Qui était ce Samuel Harlow ?

— Mr Harlow est arrivé dans notre paroisse l'été de mes dix-sept ans, et je suis tombée amoureuse de lui au premier regard. Nous nous voyions souvent car il habitait à deux rues d'ici. Et je l'apercevais aussi à l'église, bien sûr, et parfois nous l'invitions à déjeuner ou à prendre le thé après l'office. Père était un peu mieux qu'en ce moment. À cette époque, il ne buvait jamais avant l'heure du thé. De toute façon, quand Mr Harlow venait, c'était toujours à moi qu'il s'intéressait. À moi, ajouta-t-elle comme si elle-même était surprise. Et pas à Irene.

Rex se sentit agacé par cette manifestation d'autodénigrement. Il la revoyait, quelques minutes plus tôt, alors que les rayons du soleil avaient dévoilé sa fine silhouette devant ses yeux ébahis. Il n'avait qu'une envie : l'allonger sur ce canapé et lui montrer quelques-unes des raisons pour lesquelles un homme pourrait vouloir s'intéresser à elle. Il parvint néanmoins à se refréner.

— Et vous avez trouvé cela curieux, est-ce bien cela ?

— En fait, c'était la première fois que cela se produisait. D'habitude, les hommes sont trop occupés à regarder Irene pour se rendre compte de ma présence.

Elle marqua une pause et rit.

— Mais alors, bien sûr, Irene dit quelque chose à propos de son combat pour le vote des femmes, et nous ne revoyons plus jamais ces hommes.

Son rire laissa place à un froncement de sourcils préoccupé.

— Je me demande parfois si elle ne dit pas ce genre de choses exprès pour faire fuir ces hommes. Comme si elle ne voulait pas que je sois triste…

Il n'avait pas envie de parler avec elle de sa sœur si parfaite.

— Donc, vous êtes tombée amoureuse de cet homme, dit-il. Que s'est-il passé ensuite ?

— Un jour, nous nous sommes retrouvés seuls tous les deux dans la sacristie. C'était après une brocante organisée pour les œuvres paroissiales.

Il leva un sourcil.

— Clara, quelle aventurière vous faites !

Elle plissa son petit nez d'un air contrarié.

— Je n'avais aucune intention de mal me conduire. Et si cela avait été le cas, cela aurait été peine perdue. Nous étions là, seuls, tous les deux. L'occasion parfaite. Et il ne m'a même pas embrassée.

Aussitôt, les yeux de Rex se posèrent sur ses jolies lèvres rose pâle.

— Il essayait sans doute de se tenir, dit-il, en tentant à grand-peine de se concentrer sur toutes les raisons pour lesquelles il devrait faire de même. Toute autre chose aurait été indigne d'un gentleman.

Pendant qu'il parlait, son désir s'éveilla, comme si son corps tenait à lui montrer que se conduire en gentleman n'était pas dans ses priorités.

— C'est aussi ce que je me suis dit au départ, déclara-t-elle. Après tout, nous étions à l'intérieur de l'église.

Rex l'observa, en pensant aux nombreux coins sombres de l'église de sa paroisse qui seraient idéaux pour dérober un ou deux baisers à Clara.

— Je ne suis pas certain qu'être dans une église soit vraiment un obstacle, dit-il en se laissant très légèrement aller. Pour un homme déterminé en tout cas.

— Sans doute. À moins d'être vicaire.

Ce qu'il venait d'entendre était suffisamment surprenant pour chasser ses pensées irrévérentes.

— Vous êtes tombée amoureuse d'un vicaire ?

— Je n'étais pas la seule. La plupart des jeunes filles de

notre paroisse sont tombées amoureuses de lui. Comme je vous l'ai dit, il était très beau. Avant son arrivée, l'église n'était jamais aussi remplie. Et vous n'imaginerez jamais le nombre de paires de gants tricotés et de serviettes brodées qu'il a reçues à Noël.

Rex rit en se représentant le tableau. Clara était très douée pour raconter les histoires.

— Je veux bien vous croire.

— Quoi qu'il en soit, ce moment passé dans la sacristie a été une grande déception pour moi. Pourtant, il a continué à s'intéresser à moi. Il n'a jamais eu l'air de prêter la moindre attention aux autres jeunes filles de la paroisse, même les plus audacieuses, qui se jetaient sur lui. Alors, je me disais que… J'espérais…

Elle haussa les épaules.

— C'était stupide de ma part.

— Que s'est-il passé ? demanda-t-il. Il en a demandé une autre en mariage, c'est cela ?

— Oh ! non, répondit-elle aussitôt. Il a demandé ma main. Seulement j'ai dit non.

— Comment ?

Rex se redressa et la fixa alors qu'elle se tournait d'un air détaché pour prendre son thé.

— Je croyais que vous étiez amoureuse de lui !

— Je l'étais. Folle amoureuse. Mais quand il a demandé ma main, je me suis rendu compte que je ne pourrais pas l'épouser. C'est la façon dont il a présenté les choses. Il a dit qu'il pensait le plus grand bien de moi.

Elle fit la moue.

— « Le plus grand bien ». Je vous le demande, ajouta-t-elle sur un ton qui semblait tout à coup indigné, est-ce cela qui va faire battre le cœur d'une jeune fille amoureuse ?

— Probablement pas. Seulement comment savez-vous qu'il ne s'agissait pas d'une marque de respect et de considération vis-à-vis de la toute jeune fille que vous étiez ?

— Oh ! c'était le cas, j'en suis sûre. Il était trop respectueux. D'après lui, ma douceur et ma pureté faisaient de moi l'épouse idéale pour un vicaire. Notre mariage, a-t-il dit, serait vraiment céleste.

Rex fronça les sourcils, décontenancé.

— Un mariage céleste ? Qu'est-ce donc que cela ?

Elle se raidit et reposa sa tasse et sa soucoupe d'un geste un peu brusque.

— C'est ce que j'ai voulu savoir ! J'ai été obligée de lui demander si cela signifiait qu'il ne voulait pas d'enfants. Quoi ? s'exclama-t-elle en rougissant alors que, surpris, il se mit à rire. Je sais que ce ne sont pas les cigognes qui les apportent ! Je ne suis tout de même pas à ce point innocente.

Pourtant si, elle était à ce point innocente, même si elle possédait quelques notions de biologie. Cependant, mieux valait éviter de lancer une discussion sur le sujet ; la situation était déjà assez difficile pour lui.

— Je suis parfois décontenancé par les choses que vous savez et celles que vous ignorez, Clara, murmura-t-il plutôt. Mais qu'a-t-il répondu ?

— Il a dit qu'il ne fallait pas que nous pensions aux enfants. Notre union, selon lui, ne serait pas bassement charnelle.

Rex baissa les yeux. Il se demanda comment un homme — même vicaire — pourrait imaginer que vivre avec elle sans la toucher ne transformerait pas l'existence en enfer.

— Cet homme était probablement un fanatique religieux, marmonna-t-il. Et si vous voulez mon avis, il ne devait pas être très sain d'esprit. Toutefois, je suis sûr que certaines femmes seraient attirées par ce type de mariage.

— Eh bien, pas moi. Je ne suis pas un être céleste, et je ne veux pas de mariage céleste. Je veux des enfants, et c'est ce que je lui ai répondu.

— Et quelle a été sa réaction ?

Elle rougit plus violemment.

— Il a dit que si j'insistais, il accepterait, mais que le… l'acte le… dégoûterait.

Elle marqua une pause et déglutit.

— C'est exactement ce qu'il a dit. Que cela le dégoûterait. Quel homme peut penser une chose pareille ?

Rex se raidit.

— Pas celui que vous avez devant vous, en tout cas, commenta-t-il tout bas.

— Nous ne sommes pas des Shakers que je sache, poursuivit-elle sur ce ton toujours interdit et sans donner l'impression d'avoir entendu ce que Rex venait de murmurer. Qui peut vouloir ce type de mariage ?

Rex ne voyait que deux explications possibles : l'inhibition sexuelle ou l'homosexualité, ou peut-être les deux à la fois.

— Jusqu'à ce que vous deveniez proches, il n'a jamais prêté la moindre attention aux autres jeunes femmes de la paroisse, m'avez-vous dit ?

— Non, jamais. Il semblait préférer la compagnie des jeunes hommes.

Voilà qui expliquait tout.

— Ce n'est qu'une supposition de ma part, mais je ne serais pas étonné qu'il vous ait fait cette proposition car il craignait d'être arrêté.

Elle fit une moue surprise.

— Il a effectivement quitté la paroisse juste après, mais j'ai pensé que c'était parce que je l'avais éconduit. Pourquoi un vicaire aurait-il peur d'être arrêté par la police ?

Rex n'avait pas envie d'expliquer que certains hommes pouvaient en désirer d'autres et que ces désirs étaient illégaux, ni que devenir vicaire ou se marier était l'un des moyens que choisissaient parfois ces hommes pour dissimuler leurs inclinations et éviter la prison.

— Peu importe, déclara-t-il avant qu'elle devine le fond de sa pensée. L'avez-vous interrogé sur ses raisons ?

— Non. J'étais trop occupée à me demander comment il pouvait croire que j'aurais accepté un tel mariage.

Elle grimaça.

— Me pensait-il si désespérée que j'accepterais n'importe quel mariage ? Ou me trouvait-il si peu désirable au point de vouloir me faire comprendre que je ne pouvais pas m'attendre à ce qu'un homme ait envie de me faire des enfants ?

Ses questions, et la rudesse qu'avait eue sa voix lorsqu'elle les avait posées, menacèrent de faire dévier Rex de la voie qu'il essayait tant bien que mal de suivre. Il serra les poings, prit une grande inspiration et s'intima l'ordre de rester bien à sa place sur le canapé.

— Eh bien, il se trompait, dit-elle d'une voix étranglée. Je suis peut-être quelconque et les hommes ne se bousculent certainement pas pour demander ma main, malgré cela, je préférerais ne pas me marier que de consentir à ce type d'arrangement. Je préfère ne pas avoir de mari du tout qu'un homme qui me trouve repoussante au point d'être dégoûté par une véritable union avec moi.

Tel un barrage en train de s'effondrer, sa retenue céda et le désir le submergea. Il se retrouva à côté d'elle avant même de se rendre compte qu'il avait bougé.

— Vous êtes tout sauf repoussante, dit-il d'une voix qui parut sauvage même à ses propres oreilles. Pour l'amour de Dieu, Clara, cette fois, vous devez m'écouter. Vous êtes, ma douce, éminemment désirable, et tout homme incapable de comprendre que vous faire l'amour équivaudrait à séjourner au paradis est un idiot, ou un fou, ou quelqu'un qui ne désire aucune femme. Je ne suis rien de tout cela, ce qui explique pourquoi pendant tout ce temps où je buvais mon thé comme une personne civilisée, j'ai nourri à votre égard des pensées qui auraient fait se signer votre vicaire plus d'une fois.

Elle le fixait d'un air stupéfait, rouge comme une pivoine.

— Vraiment ?

— Oui, alors changez de discours, s'il vous plaît. Et pendant que nous y sommes, ajouta-t-il en se rendant compte trop tard qu'avoir évoqué devant elle ses rêveries érotiques ne faisait qu'attiser la flamme qui le dévorait, vous êtes tout sauf quelconque. Alors ôtez cette idée stupide de votre esprit également, je vous prie.

Elle fronça les sourcils d'un air sceptique.

— Inutile de m'adresser toutes ces flatteries, vous savez, dit-elle. Je ne suis pas très belle, et cela fait long-temps que je l'ai accepté.

— La beauté, mon tendre agneau, est dans le regard de celui qui la voit.

Il se pencha plus près. Il semblait irrésistiblement attiré par elle.

— Quand je vous regarde, voulez-vous savoir ce que je vois ?

— Je...

Elle croisa les bras, comme si elle voulait placer un bouclier entre eux — ce qui était très sage de sa part, étant donné les aveux qu'il venait de lui faire. Elle fronça davantage les sourcils.

— Je... Je n'en suis pas certaine.

— Je vais vous le dire tout de même parce que, de toute évidence, vous avez besoin d'un autre point de vue sur la question. Lorsque je vous ai vue pour la première fois, au bal, j'ai pensé que vous étiez tel un petit sablé perdu au milieu d'un plateau de pâtisseries françaises.

La comparaison ne l'enchantait guère.

— Donc quelconque et ordinaire, en d'autres termes.

— Permettez-moi de vous dire que j'adore les sablés. Et je ne suis pas le seul.

— Un sablé, soit...

Elle soupira.

— Et ensuite ? Allez-vous parler de mon doux caractère ?

Malgré ce que son corps endurait, il ne put retenir un ricanement.

— Cela ne risque pas, car je n'en ai pas encore eu la preuve. Avec moi, vous êtes aussi piquante qu'une bogue de châtaigne, Clara.

Elle pinça les lèvres.

— Vous m'y avez incitée, il me semble. Non ?

Comme il n'avait aucune intention de laisser la conversation dévier, il préféra ne pas répondre.

— Je vais vous dire exactement ce que je pense de votre physique, d'accord ? déclara-t-il plutôt.

Il prit une grande inspiration un peu haletante, car il savait que ce qu'il s'apprêtait à dire était très important et qu'il fallait qu'il se contrôle pour ne pas la prendre sur ses genoux et l'embrasser avec passion.

— Je vais commencer par vos yeux. Si ma mémoire est bonne, je vous ai dit un jour que vous aviez des yeux expressifs, et c'est tout à fait vrai. À part lorsque vous êtes gênée, votre visage vous trahit rarement. Alors quand je veux savoir ce que vous pensez vraiment, il suffit que je vous regarde dans les yeux.

Elle baissa la tête, visiblement mal à l'aise à l'idée qu'il puisse deviner ses pensées. Seulement, il n'allait pas la laisser se dérober ainsi. S'il la touchait, néanmoins, cela équivaudrait à craquer une allumette dans une poudrière. Alors il se pencha et inclina la tête de sorte qu'elle ne puisse pas regarder autre chose que lui.

— Des yeux comme les vôtres représentent un danger, Clara. Ils peuvent transpercer un homme comme une flèche en plein cœur. Je le sais, ajouta-t-il en esquissant un sourire, parce que j'ai dû retirer plusieurs flèches de ma poitrine depuis que nous nous connaissons.

— Ne vous moquez pas, ordonna-t-elle sur un ton impérieux, en levant la tête pour afficher un air menaçant. Vraiment.

Il ne se moquait pas. Pas le moins du monde. Mais il préféra ne pas insister sur ce point. C'était plus prudent pour lui qu'elle n'ait pas conscience du pouvoir qu'elle avait sur lui.

— Vous avez une très jolie peau, commenta-t-il plutôt.

Et parce qu'il était tout à coup impossible de ne pas la toucher, il leva la main et s'accorda la torture de passer un doigt sur sa joue. C'était comme toucher de la soie toute chaude.

— Et de jolies taches de rousseur également, je l'ai remarqué.

— Les t… taches de rousseur ne sont pas j… jolies. C'est ridicule.

— N'avons-nous pas déjà établi que l'on ne pouvait pas se fier à votre opinion sur le sujet ? Mais où en étions-nous ? Ah, oui, ajouta-t-il en appuyant du bout de l'index entre ses sourcils, comme pour faire disparaître le pli qui y était apparu lorsqu'il avait été question de ses taches de rousseur. Je crois que nous en étions à votre nez.

— Et quoi, mon nez ? s'exclama-t-elle, en lui faisant du même coup comprendre qu'il abordait là un point sensible.

Il préféra alors ne pas se perdre en circonvolutions inutiles.

— Eh bien, il est petit, Clara.

Il fit lentement glisser son doigt le long de son arête.

— C'est le plus petit nez en trompette que j'aie jamais vu.

Elle soupira, et il sentit son souffle chaud contre sa paume.

— C'est un nez ridicule, je sais, murmura-t-elle. Quand j'étais enfant, je tirais toujours dessus en espérant qu'il devienne un beau nez bien droit, à la grecque. Mais cela n'a jamais fonctionné.

— Tant mieux, parce qu'il est absolument adorable ainsi.

Et il retira très légèrement sa main pour déposer un baiser léger sur son extrémité retroussée.

Elle étouffa un cri de surprise et décroisa les bras pour le repousser. Il n'eut donc d'autre choix que de reprendre son discours.

— Et enfin, dit-il, il y a votre bouche.

Ses jolies mains s'immobilisèrent sur son torse.

— C'est la partie de votre visage que je préfère.

Il posa la paume sur sa joue et ne put s'empêcher de passer son pouce sur ses lèvres.

— C'est à cause de votre sourire. Quand j'expliquais à la débutante désespérée du courrier du cœur la façon d'attirer l'attention des hommes et que je soulignais l'importance du sourire, c'était à vous que je pensais.

— À moi ? demanda-t-elle d'une voix surprise.

— Oui, à vous.

Il fit aller et venir son pouce le long de sa bouche.

— Et vous savez sans doute pourquoi.

— Pas vraiment, avoua-t-elle dans un murmure étranglé.

Alors que son pouce effleurait ses lèvres, il la sentait respirer de plus en plus vite et il sut qu'il fallait qu'il arrête, car il dépassait les limites et risquait d'entraîner Clara très certainement en terre inconnue. En fait, c'était peut-être même la première fois de sa vie qu'un homme la touchait de façon si intime.

S'il avait toutefois l'espoir — même vague — que l'idée de son inexpérience et de sa virginité suffirait à lui insuffler la volonté de s'arrêter, il se trompait lourdement. C'était même tout le contraire. Son innocence ne faisait que déchaîner ses désirs les plus sauvages et lui donner davantage envie d'elle. Il ne savait pas combien de temps encore il allait pouvoir maîtriser ses pulsions. Et pourtant, il ne pouvait pas faire machine arrière.

— Vous croyez peut-être que j'ai dit tout cela pour vous aider à surmonter votre timidité afin que vous trouviez plus facilement un époux, poursuivit-il. Mais ce n'était pas du tout mon intention.

— Ah bon ?

— Non. Mes raisons étaient purement égoïstes. Vous voyez, vous avez un sourire absolument stupéfiant, et j'aimerais avoir le plaisir de le voir plus souvent. La plupart du temps, vous êtes terriblement sérieuse. Mais quand vous souriez…

Il s'interrompit avec le pouce immobile entre ses lèvres entrouvertes.

— Ah, Clara, quand vous souriez, vous illuminez la pièce dans laquelle vous vous trouvez. Vous le savez sans doute.

Elle ferma les yeux et secoua légèrement la tête, comme si elle voulait le nier ou qu'elle ne le croyait pas.

— Vous ne me faites pas la cour pour de vrai, dit-elle en caressant involontairement son pouce avec ses lèvres tandis qu'elle parlait, les poings crispés contre le revers de sa veste. Vous ne devez pas vous sentir obligé de me faire des compliments.

Au contraire, elle avait besoin de les entendre, car il était clair que personne ne lui en avait jamais adressé, mais il ne discuta pas ce point.

— Ce qui ne rend pas ce que je vous ai dit moins vrai.

— Je ne suis pas sûre de pouvoir vous faire confiance pour dire la vérité, murmura-t-elle.

— Et si j'arrêtais de parler, alors, hein ?

Il glissa son pouce sous son menton et souleva doucement son visage.

— Les mots ne sont pas nécessaires de toute façon.

— Vraiment ? dit-elle faiblement.

— Pas pour ce que je veux dire, non.

Sur ce, il pencha la tête et l'embrassa.

Chapitre 11

Au moment où la bouche de Rex effleura la sienne, Clara ressentit un plaisir si violent qu'il était presque douloureux, et si intense qu'il était quasi insupportable. Le contact de ses lèvres était léger, et pourtant, elle le perçut dans chaque fibre de son corps. De sa main gauche à sa main droite, du sommet de sa tête à la pointe de ses pieds, c'était comme si chaque cellule et chaque terminaison nerveuse qu'elle possédait se réveillaient grâce à cette nouvelle expérience.

Son premier baiser, songea-t-elle. Et elle ferma les yeux, ce qui activa d'autres sens. Elle prit conscience de son odeur — un mélange de bois de santal, de savon de Castille et de quelque chose de plus profond et de plus brut. Elle entendit le tic-tac de l'horloge et ses propres battements de cœur. Elle sentit sa paume tiède contre sa joue, le bout de ses doigts caresser sa nuque, son avant-bras contre sa poitrine. Dans un coin reculé de son esprit, elle savait que c'était terriblement mal et qu'elle devait y mettre fin, mais elle était incapable de bouger. Elle était seulement capable de sentir, alors que la douceur de cette étreinte l'emportait et devenait de plus en plus puissante à chaque seconde. Lorsqu'il bougea ses lèvres contre les siennes et que sa langue effleura sa bouche fermée, elle eut un petit sursaut de surprise, avant d'étouffer un gémissement.

Il recula de quelques millimètres, et ses lèvres effleurèrent les siennes dans une caresse envoûtante. Il passa un bras autour de ses épaules, et alors que ses doigts glissaient le long de sa colonne vertébrale, Clara renonça totalement à interrompre cette expérience merveilleuse. Lorsqu'il l'attira plus près, elle le laissa faire avec plaisir et passa les bras autour de son cou, en poussant un petit gémissement de contentement que Rex étouffa en l'embrassant de nouveau.

Ce baiser était plus ardent, plus exigeant, et ses lèvres expertes pressaient les siennes de s'ouvrir. À l'instant où ce fut fait, il fit entrer sa langue dans sa bouche. Passé le choc, elle éprouva un plaisir croissant, s'embrasa, et la douceur du premier baiser céda la place à une nouvelle sensation, plus sauvage et avide, presque désespérée.

Il retira sa langue et, instinctivement, elle la suivit. Alors que sa langue pénétrait dans la bouche de Rex, l'appétit étrange qu'elle ressentait devint plus fort, plus violent. C'était la chose la plus intime qui lui soit jamais arrivée et pourtant, curieusement, ce n'était pas encore assez. Elle se colla davantage contre lui et serra les bras autour de son cou. Puis, tout à coup, il tomba en arrière et l'emporta. Alors que leurs deux corps s'enfonçaient ensemble sur le canapé, Clara ressentit une exultation comme elle n'en avait jamais connu.

Il bougea tout contre elle, en émettant un son inarticulé, presque de surprise. Et qui aurait pu lui en vouloir ? Les femmes n'étaient pas censées se montrer aussi entreprenantes. Pourtant, cela ne semblait pas le déranger, puisqu'il n'interrompit le baiser que pour reprendre sa respiration. Il recommença ensuite à l'embrasser en la serrant fort dans ses bras. C'était merveilleux.

Ses bras étaient telles des barres d'acier qui la maintenaient. Les mèches de ses cheveux bouclés étaient soyeuses sous ses doigts qui s'y perdaient avec délice. Il y avait dans sa bouche un goût de thé et de confiture de fraise. Prise dans son étreinte, captive de son baiser, elle était enivrée par lui, et plus rien d'autre n'existait.

Elle sentait la chaleur de Rex l'envahir et brûler sa peau à travers ses vêtements. Son corps était élancé et dur — en particulier à l'endroit où leurs bassins entraient en contact avec une impudeur choquante. Elle se frotta contre lui et le plaisir causé par ce petit mouvement fut si aigu, si exquis, qu'elle recula ses lèvres pour pousser un petit cri stupéfait.

Pendant un instant ils se fixèrent, puis il la lâcha et glissa ses bras sous son corps pour poser les mains sur son visage.

— Il faut arrêter, dit-il d'une voix rauque qui résonna dans la pièce silencieuse. Il faut arrêter tout de suite ou Dieu sait ce qui pourra se passer.

Il déposa un baiser rapide sur ses lèvres, l'agrippa par les épaules et se rassit en la repoussant. Il l'aida ensuite à se redresser et s'installa aussitôt à l'autre bout du canapé.

Clara se tourna pour regarder l'horloge, comme si cela pouvait l'aider à retrouver l'équilibre. Ce n'était pas chose facile. Elle avait l'impression d'avoir couru, et à cause de son corset, elle ne pouvait pas respirer profondément. Elle se sentait par conséquent un peu étourdie. Son corps semblait en feu, et brûlait à tous les endroits où il l'avait touchée et même à ceux où il ne l'avait pas touchée. Elle s'était souvent demandé ce que cela pouvait faire d'embrasser un homme, mais même dans ses rêves les plus fous, elle était restée très loin de la réalité.

Était-ce la même chose pour les hommes ? se demandat-elle en adressant un petit regard à la dérobée à Rex.

Il ne la regardait pas, mais fixait le sol, les bras appuyés sur ses genoux ouverts. Sa respiration était haletante. En le voyant ainsi, elle eut la réponse à sa question, et savoir qu'il éprouvait la même chose qu'elle lui donnait envie de rire de bonheur : pour la première fois de sa vie, elle savait ce que cela faisait de se sentir belle.

Quelque part dans le lointain, une porte claqua. Même si le bruit fut assourdi par les cloisons du salon, Rex l'entendit lui aussi. Il se raidit, leva la tête et elle détourna aussitôt les yeux. Son bonheur fut un peu entamé lorsqu'elle comprit qu'ils avaient eu de la chance. Si quelqu'un était entré et les avait surpris...

— Pardonnez-moi, dit-il alors. Je dois y aller.

Elle était contente qu'il dissipe en parlant les pensées plus sombres vers lesquelles son esprit était en train de divaguer.

— Bien sûr, dit-elle en se levant d'un bond.

Elle s'efforça d'adopter une attitude courtoise et naturelle, comme si elle ne venait pas de vivre l'expérience la plus extraordinaire de sa vie.

— Remerciez votre tante, je vous prie, pour sa gentille invitation, et dites-lui que je répondrai dès que j'aurai parlé avec mes belles-sœurs.

Il hocha la tête et s'inclina, puis il se dirigea vers la porte, et reprit son chapeau là où il l'avait posé. Mais alors il s'arrêta, le chapeau à la main, et tourna la tête vers elle avec un air plus grave que jamais et des yeux d'un bleu si intense que c'était presque une souffrance de les regarder.

— C'était la première fois que quelqu'un vous embrassait, n'est-ce pas ?

Il s'agissait d'une constatation bien plus que d'une interrogation, et elle rougit aussitôt en se demandant comment il pouvait sembler aussi sûr de lui.

— Oui, reconnut-elle. Vous étiez… Vous étiez le premier.

Il n'en sembla pas ravi. Il pinça les lèvres, esquissa un hochement de tête et se tourna pour ouvrir la porte pendant qu'elle s'interrogeait sur ce qui avait pu la trahir. Peut-être s'était-elle montrée particulièrement gauche… Peut-être avait-elle fait des choses qu'il ne fallait pas…

Malheureusement, tout cela était possible. Néanmoins, la joie de Clara résistait et refusait d'être écornée. Elle irradiait en elle — comme un soleil enfermé dans une boîte —, et ce longtemps après le départ de Rex.

Bon sang, bon sang, bon sang !

Le juron résonnait dans sa tête comme une rafale de coups de pistolet et l'accablait un peu plus à chaque pas qu'il faisait. Dans l'escalier, dans l'entrée de chez Clara Deverill, et dehors.

Il se dirigea droit vers son cocher, qui l'attendait parapluie à la main devant la voiture à la portière déjà ouverte.

— Vous pouvez y aller, Hart, lança-t-il sans s'arrêter. Je vais marcher un peu, et ensuite je prendrai un taxi pour rentrer.

— Mais, sir, il pleut.

— Ah oui ?

Il avançait à pas rapides. Son corps à l'agonie brûlait de désirs inassouvis, et son esprit tourmenté était heureux d'être rafraîchi par l'averse glacée qui avait déjà mouillé son chapeau et sa veste.

— Parfait.

— Mais, sir, insista Hart. Vous allez prendre froid.

Il balaya cette éventualité liée aux aléas du climat printanier par un revers de la main, et continua de marcher. Un rhume, c'était au moins ce qu'il méritait pour avoir enfreint une de ses lois canoniques concernant les femmes.

Ne pas approcher les innocentes.

Les jeunes femmes innocentes n'attendaient que le mariage, et qui aurait pu les en blâmer ? Pour une jeune fille de bonne famille, c'était la seule voie acceptable, le seul moyen d'assouvir ses désirs charnels, de s'assurer un avenir stable et d'avoir des enfants. Sa conversation avec Clara pendant qu'ils prenaient le thé n'avait servi qu'à rendre plus évidentes encore les raisons pour lesquelles il avait établi cette règle.

Sauf que pour un homme, même noble, le mariage n'était pas une nécessité, ce pour quoi Rex remerciait le ciel tous les jours. Il avait passé toute son enfance à observer ses parents se détruire l'un l'autre, mais aussi l'amour passionné qui les avait poussés à se marier. Aimer et ensuite en venir à détester ce que l'on avait aimé. Il ne pouvait imaginer pire enfer. Et même s'il ne se souvenait pas précisément du moment où il avait décidé de ne jamais se marier, pas une seule fois depuis lors il n'avait regretté son choix ni ne l'avait remis en question.

Rien ne l'avait fait changer d'avis. Cela ne faisait donc que rendre ce qu'il venait de faire plus répréhensible encore.

Pour Clara, le mariage n'était pas une simple nécessité. Les sentiments, le mariage, les enfants, l'amour éternel : c'était là le rêve de sa vie. C'étaient des choses qu'elle voulait et qu'elle méritait, mais aussi des choses que jamais il ne pourrait offrir à aucune femme.

Un vent frais se mit à souffler et emporta son chapeau. Il regarda avec indifférence son melon en feutre gris tourbillonner dans l'air au-dessus de lui et retomber dans une flaque dans un bruit d'éclaboussure.

Rex l'enjamba et continua de marcher.

Il passa devant le salon de thé de Mrs Mott et ne put s'empêcher de jeter un regard méprisant à l'intérieur, en regrettant d'avoir accepté d'y retrouver Lionel ce funeste jour. Pourquoi ici, alors qu'il y avait tant de salons de thé à Londres ? Pourquoi elle, alors qu'il y avait tant de femmes au monde ? Il était risible, ridicule et exaspérant de désirer une femme qu'il ne pourrait jamais avoir, une femme qui attendait de la vie tout ce qu'il évitait comme la peste.

La pluie tombait plus dru à présent. Devant lui, les gens surpris par ce déluge se cachaient sous leur parapluie, ce qui ne servait à rien étant donné le vent. Ceux qui n'avaient pas de parapluie se précipitaient vers les portes cochères pour y chercher un abri. Pas Rex.

Non, Rex, lui, continuait de marcher.

Il recevait avec plaisir la pluie qui baignait sa tête nue et trempait sa veste grise et son pantalon bleu foncé. Il appréciait le vent froid qui avait emporté son chapeau et qui faisait voler les pans de sa veste. C'était exactement

ce dont il avait besoin, car il avait encore le goût sucré de
Clara dans la bouche, l'odeur de ses cheveux emplissait
toujours ses narines et l'empreinte de son corps sur le
sien continuait de le brûler comme un tison.

Pire encore : c'était son innocence même qui l'embra-
sait. L'avidité de son baiser inexpérimenté, la passion
qui l'avait conduite à abandonner toute retenue pour le
pousser sur le canapé, la conscience de se trouver sur un
territoire qu'aucun homme n'avait exploré avant lui…
Tout ceci avait agi sur lui comme de l'huile jetée sur le
feu et avait nourri ses fantasmes bien plus que ne l'aurait
fait le clin d'œil coquin d'une danseuse ou le sourire
entendu d'une courtisane.

Il savait pourtant, bon sang — il l'avait d'instinct senti
lorsqu'il s'était assis derrière elle à Covent Garden — qu'il
s'engageait peut-être dans quelque chose qu'il aurait du
mal à maîtriser. Dès qu'il avait conclu cet arrangement
avec elle, il avait compris qu'il allait souffrir. Et pendant
qu'il s'abîmait en rêveries érotiques, il avait perçu la
puissance du feu avec lequel il jouait. Les signaux que
son corps lui avait lancés auraient dû le mettre en garde,
mais il n'en avait pas tenu compte. S'il ne s'était pas
arrêté juste à temps tout à l'heure, il aurait tout aussi
bien pu prendre sa vertu, là, sur un canapé dans le salon
de son père.

Il se sentait méprisable. Il observa les gens qui le fixaient
avec curiosité sous leur parapluie et il se demanda si leurs
regards surpris étaient dus au fait qu'il marchait sans
manteau et sans chapeau sous la pluie, ou parce qu'il
transpirait la luxure. Quoi qu'il en soit, être mouillé
était ce dont il avait besoin et ce qu'il méritait.

Il était complètement trempé lorsqu'il héla un taxi

à l'hôtel Holborn, et heureusement, son ardeur s'était alors calmée et il avait repris le contrôle de son corps. Les jeunes femmes innocentes aux grands yeux sombres, aux idéaux romantiques, à la passion contenue et aux ambitions matrimoniales étaient reléguées à l'endroit de son esprit où il mettait les huîtres, les après-midi à la maison, l'office du soir et la gelée, et toutes les autres choses qui n'étaient pas faites pour lui.

— Et tout va pour le mieux dans le meilleur des mondes, murmura-t-il.

Mais alors que le taxi le ramenait vers West End, il ne se sentait pas du tout au mieux. Clara Deverill lui avait montré à quel point l'innocence pouvait être érotique. Et s'il ne parvenait pas à oublier cette découverte, sa vertu, ses rêves et son désir de faire un mariage d'amour pourraient se trouver sérieusement menacés.

Il ne voulait pas qu'une chose pareille lui arrive. Il ne voulait pas briser les rêves de Clara ni anéantir ses idéaux concernant l'amour et les sentiments. Lui-même avait bien dû avoir de tels idéaux romantiques un jour, même s'il ne s'en souvenait pas.

Une voiture transportant quatre femmes n'était pas habituellement un endroit que l'on s'attendait à trouver silencieux, surtout lorsqu'elle les emmenait en pique-nique par un bel après-midi ensoleillé. Mais alors que la calèche décapotée du duc de Torquil effectuait le trajet depuis la maison du duc jusqu'à Hyde Park, ses quatre occupantes restaient muettes.

Carlotta qui, d'ordinaire, était la première à souligner les aspects négatifs de telle ou telle situation semblait ce jour dans un état d'esprit très joyeux et ravie de pouvoir profiter du beau temps en bonne compagnie. Mariée au frère du duc, Carlotta était le chaperon de Clara en l'absence d'Irene, mais elle n'avait pas eu grand-chose à faire jusqu'à ce que Lady Ellesmere et Lady Petunia se mettent à conspirer pour rendre la vie sociale de Clara un peu plus trépidante. Cette décision avait bénéficié à toute la famille du duc, et Carlotta était trop soulagée par ce retour en grâce pour se plaindre de quoi que ce soit.

Le silence n'était pas tellement surprenant de la part de Sarah non plus. La plus jeune des trois belles-sœurs de Clara était par nature très calme et réservée. Cependant la sœur de Sarah, Angela, était d'ordinaire plus extravertie et bavarde. Néanmoins, alors que la calèche descendait Park Lane, même Angela se taisait.

En ce qui la concernait, Clara percevait une certaine tension chez ses belles-sœurs, mais en ce moment précis, elle n'avait pas la tête à s'interroger sur les raisons pouvant expliquer leur attitude, car elle-même était en proie à de grandes inquiétudes qui accaparaient tout son esprit.

Dans quelques minutes à peine, elle le reverrait. Une semaine s'était écoulée depuis cet extraordinaire baiser et même si elle avait croisé sa grand-tante à plusieurs reprises au cours de ces sept derniers jours, elle ne l'avait pas vu lui.

La perspective de se retrouver à nouveau face à lui ne causait néanmoins pas chez elle l'impatience fébrile et heureuse que l'on aurait pu s'attendre à trouver chez une jeune fille s'apprêtant à revoir l'homme qui l'avait récemment embrassée. Non, ce qu'éprouvait Clara à l'idée de retrouver Galbraith, c'était plutôt de la crainte et de la réticence.

La joie qu'elle avait éprouvée durant ces moments

extraordinaires dans le salon de son père s'était hélas dissipée au cours des sept derniers jours, pour céder la place à son bon sens. Son émerveillement avait lentement mais inexorablement été remplacé par une analyse sans concession de la dure réalité.

Tout d'abord, elle s'était conduite de façon stupide. Galbraith n'était pas un homme à qui l'on pouvait se fier — en tout cas, pas si l'on espérait le mariage, et ce qu'elle voulait, elle, c'était le mariage et rien d'autre. Malgré cela, elle l'avait laissé l'embrasser, tout en sachant qu'il n'avait pas l'intention de lui faire une cour honorable ni de la demander en mariage. Cela en disait long sur le respect qu'elle avait pour elle-même...

Elle avait eu bien tort de permettre ceci, et même maintenant, elle ne comprenait pas ce qui lui avait pris. Comment avait-elle pu ignorer ses scrupules, abandonné sa prudence habituelle, et aller contre sa propre nature ? Elle n'était pourtant pas quelqu'un d'irréfléchi. Elle était calme et posée. Elle était quelconque. Elle était timide.

Elle se revit en train de pousser Galbraith dans le fauteuil, et ce souvenir était à la fois merveilleux et terrifiant. Cet après-midi-là, elle n'avait pas fait preuve de timidité ni de réserve. Au contraire. Elle s'était montrée impudique, audacieuse, entreprenante.

Si cela n'avait pas suffi à la plonger dans des abîmes de morosité et de perplexité, elle pouvait ajouter qu'elle avait aussi mis gravement en péril sa réputation. Si quelqu'un les avait surpris, si son père ou son médecin étaient entrés dans la pièce, ou si — pire encore — un ami de son père venu lui rendre visite avait été conduit au salon, ils auraient eu devant les yeux un tableau pour le moins choquant.

Elle imaginait la scène telle qu'un témoin aurait pu la voir : elle, allongée sur Galbraith, ses mains caressant fiévreusement ses cheveux, sa bouche prenant la sienne avec avidité.

L'image était pénible.

Si quelqu'un les avait surpris, elle aurait été condamnée à la honte, à la disgrâce et elle aurait sans doute scellé sa propre perte. Elle avait commis une erreur monumentale, et il fallait qu'elle le fasse comprendre à Galbraith à la première occasion, afin qu'il ne suppose pas que sa conduite dévergondée de l'autre jour signifiait qu'il avait la permission de prendre d'autres libertés avec elle.

Tandis qu'elle prenait cette résolution, le souvenir de son corps ferme et musclé sous le sien et de ses bras forts autour d'elle fit battre son cœur plus vite et se propager en elle une douloureuse chaleur. Alors même qu'elle se traitait d'idiote, toute son âme réclamait de revivre cette expérience — ne serait-ce que pour quelques instants —, celle qui permettait de se sentir belle et séduisante.

Seigneur, elle se trouvait dans un tel état de confusion ! Comment allait-elle pouvoir lui faire face ? Comment allait-elle pouvoir s'asseoir près de lui sur une couverture de pique-nique sans penser à leur étreinte passionnée ? Comment allait-elle pouvoir se trouver en présence de sa famille et se comporter comme s'il ne lui avait pas fait vivre l'expérience la plus mémorable de sa vie ? Elle avait été tentée de décliner l'invitation, mais elle n'avait pas eu le cœur de faire cela à ses belles-sœurs, qui en recevaient fort peu cette Saison. Cela aurait été égoïste de sa part, et lâche aussi. Et puis vain, car elle aurait bien dû le revoir un jour. Ils avaient passé un marché. Elle ne pouvait se rétracter.

Alors que la calèche approchait, elle n'avait plus que quelques précieuses minutes pour se ressaisir. Parce que, à moins de trouver un moyen de passer l'après-midi en sa compagnie sans montrer à tout le monde l'effet qu'il lui faisait, elle passerait la Saison entière avec lui et lui seul, c'est-à-dire avec un homme qui ne pouvait lui proposer qu'une cour simulée. Si elle ne voulait pas passer pour une fille facile et légère quand elle l'éconduirait comme convenu d'ici deux mois, elle devait retrouver son attitude froide et polie. Seulement ce qui, dix jours plus tôt, lui avait semblé facile et évident paraissait désormais presque impossible.

— Très bien, il suffit ! lança soudain Angela, brisant ainsi le silence qui régnait dans la voiture. Je ne sais pas pour vous, mais je ne supporte plus ces non-dits.

Elle se tourna vers Clara avec un air curieux et plein d'attente.

— Que se passe-t-il ?

L'inquiétude saisit Clara au point de lui nouer l'estomac. Il était impossible que ses belles-sœurs sachent ce qui s'était passé entre elle et Galbraith, mais il était clair qu'elles avaient senti que quelque chose se tramait. Elle comprit alors qu'il était temps de revêtir ce masque d'indifférence qu'elle était censée plaquer sur son visage.

— Je ne vois pas du tout de quoi vous parlez, Angie, dit-elle en détournant le regard et en faisant semblant de s'intéresser tout à coup aux grands ormes qui bordaient l'allée.

Cette pose sembla exaspérer Angela.

— Vraiment, Clara ! s'exclama-t-elle. On dirait un sphinx. Plusieurs jours se sont passés et pourtant vous ne nous avez rien expliqué. Quand allez-vous nous en parler ?

Clara résista à la tentation de vérifier si elle n'avait pas une grosse croix rouge dessinée sur le devant de sa robe à rayures bleues et blanches. *Elles ne peuvent vraiment pas avoir deviné*, se dit-elle en espérant ne pas se tromper.

— Mais que suis-je censée raconter ?

— Tout sur *lui*, évidemment ! Est-il aussi charmeur et charmant qu'on le dit ?

Aussitôt, les joues de Clara s'embrasèrent, une réaction qui ne passa pas inaperçue.

— Oh là là, fit Sarah en riant. Regarde comme elle rougit, Angie, alors que tu n'as même pas encore prononcé son nom.

— Dois-je le dire pour voir si elle rougit davantage ? C'est de Lord Galbraith que je parle, Clara, petite cachottière ! Le vicomte de Galbraith, l'homme le plus beau et le plus redoutable de toute la ville. Alors, ajouta-t-elle en donnant un petit coup de genou à Clara, avez-vous l'intention de nous laisser dans l'ignorance ou allez-vous nous dire ce qu'il y a entre vous deux ?

— Et ne dites pas qu'il n'y a rien, avertit Sarah alors que Clara ouvrait la bouche pour dire exactement cela. Parce qu'il est évident que vous lui plaisez.

— Vraiment ? demanda-t-elle en essayant de paraître aussi surprise et innocente que possible.

Angela soupira bruyamment.

— Oh ! vous savez très bien que oui. Tout d'abord, il vous choisit pour ouvrir le bal de Lady Petunia, ensuite cette dernière vous invite dans la loge de Leyland à Covent Garden. Et aujourd'hui nous nous apprêtons à passer la journée avec eux.

— C'est juste un pique-nique, commença-t-elle.

Mais Angela mit aussitôt terme à ses tentatives pour minimiser l'événement.

— Organisé par une famille que nous connaissons à peine. Il est évident que tout cela, c'est à cause de vous. Comme l'a dit Sarah, l'intérêt de Galbraith est très clair, et pourtant vous ne parlez jamais de lui, comme s'il n'existait pas.

— Cela suffit, mesdemoiselles, intervint Carlotta en prenant un air suffisamment sévère pour montrer qu'elle prenait son rôle de chaperon très à cœur. Malgré la conduite scandaleuse de l'épouse de Lord Leyland, sa tante est très respectée et influente dans la haute société, et si elle souhaite nous aider à redorer notre blason terni par le mariage de votre mère, alors je n'y vois aucun inconvénient. Et, plus important encore, si Clara ne souhaite pas se confier ni nous demander conseil, ajouta-t-elle d'un air néanmoins vexé, alors vous n'avez pas le droit de l'y contraindre.

— Ce n'est pas cela ! s'écria Clara qui ne parvenait plus à garder un air impassible.

Elle aurait tant aimé pouvoir se confier à elles. Les sentiments qui la tourmentaient depuis cet inoubliable après-midi étaient lourds et pesants, en plus de lui être totalement étrangers, et elle avait déjà passé presque toute la semaine déchirée entre l'envie de sauter de joie et celle de mourir de honte. Elle aurait vraiment aimé avoir l'opinion d'autres femmes sur le sujet, mais elle ne pouvait pas se permettre ce luxe.

Si elle avouait à ses belles-sœurs que Galbraith l'avait embrassée, elles supposeraient certainement qu'ils étaient déjà fiancés, et lorsqu'elles découvriraient qu'aucune proposition honorable ne lui avait été faite, elles seraient scandalisées et se sentiraient outragées à sa place. Sachant que son père était incapable d'assumer ses devoirs parentaux, Carlotta pourrait même en référer à son mari, le frère du duc, et Lord David se verrait dans l'obligation d'aller trouver Galbraith pour lui demander de réparer l'affront qu'il lui avait fait. Cette perspective était si humiliante que Clara n'osait même pas y songer.

Elle serait alors forcée d'assumer sa part de responsabilités. Mais comment dire à tous qu'elle était autant à blâmer que Galbraith dans cette histoire ? Comment pourrait-elle avouer qu'elle avait accordé une liberté si répréhensible à un homme auquel elle n'était même pas fiancée ? Et pire encore, elle avait aimé cela, elle s'était délectée de ce moment, elle avait poussé Galbraith sur le canapé et en avait demandé encore plus. Non, Clara ne pouvait décemment pas avouer toutes ces choses.

Elle déglutit et se força à répondre quelque chose.

— C'est juste qu'il n'y a rien à dire. Je le connais à peine. Oui, j'ai dansé avec lui au bal de sa tante, vous avez pu le constater vous-mêmes. Et comme je vous l'ai dit sur le moment, il ne m'a pas fait la meilleure impression du monde.

— Une opinion qui, visiblement, n'est pas réciproque, murmura Sarah en adressant un clin d'œil à sa sœur qui pouffa en retour, au grand désespoir de Clara.

— Sa grand-tante est une amie de ma grand-mère, leur rappela-t-elle. Je vous l'ai dit avant le bal, Lady Ellesmere a comploté avec Lady Petunia pour m'aider à faire mes débuts dans le grand monde. C'est la raison de toutes ces invitations, c'est certain.

— Cela explique les attentions de Lady Petunia, commenta Carlotta. Mais pas celles de Galbraith.

Clara s'agita sur son siège alors que lui revenaient en mémoire certaines des attentions déplacées que Galbraith avait eues à son égard.

— Je n'ai pas eu le sentiment qu'il m'accordait une attention particulière, déclara-t-elle en espérant que la foudre divine ne s'abatte pas sur elle pour la punir du mensonge éhonté qu'elle venait de proférer.

— Vraiment, ma chère ?

Cherchant à tout prix à changer de sujet, Clara regarda la calèche qui les suivait.

— Lord James risque d'avoir fort à faire aujourd'hui, car ses garçons semblent encore plus enthousiastes que d'habitude. Colin est en train d'escalader le coffre de la voiture et Owen est assis sur le dossier de son siège. Votre époux, Carlotta, n'a pas l'air ravi de faire le voyage avec eux. J'ai dit à Lord David que je pouvais prendre sa place afin qu'il puisse être avec vous, mais il a décliné mon offre.

— Mon époux peut très bien supporter ses neveux le temps d'un voyage, je vous l'assure, répondit-elle sans tourner la tête pour regarder derrière elle. Et si les fils de Jamie sont insupportables, c'est entièrement sa faute. Par ailleurs, il aurait été totalement déplacé que vous voyagiez dans l'autre voiture. Jamie est veuf et vous êtes célibataire. En parlant de célibataire, ajouta-t-elle au grand désespoir de Clara, étant donné que je suis censée veiller sur vous pendant la Saison, très chère, je suis forcée de faire remarquer que les égards que Galbraith a eus à votre attention à Covent Garden n'ont pas été discrets. Un célibataire désintéressé n'aurait jamais accepté d'être vu en tête à tête avec vous au premier rang de la loge de son père, devant toute la bonne société.

— Ce n'était pas vraiment un tête-à-tête, objecta-t-elle. Lady Petunia se trouvait à quelques mètres à peine.

— Mais la conversation était *intime* d'après ce qu'on m'a rapporté.

C'était donc vrai, des rumeurs circulaient déjà sur son compte et celui de Galbraith. Il était absolument crucial qu'elle parvienne à adopter cette attitude amicale et polie dont elle avait parlé avec le vicomte. Elle sourit avec détachement et se résolut à proférer d'autres mensonges.

— Ce n'est pas ce que vous pensez. Rien d'intime n'a été dit. Et de toute façon, tout le monde sait que Galbraith ne ferait jamais la cour à personne.

— Pourquoi alors se serait-il comporté de façon à encourager les spéculations ? demanda Carlotta sans se départir de son sourire et tout en se calant dans son siège.

— Par ailleurs, il a très bien pu changer d'avis, déclara Sarah. Au moins après avoir dansé avec une certaine jeune fille que nous connaissons bien, ajouta-t-elle avec un clin d'œil.

— C'est ridicule ! s'exclama Clara, avant de se rappeler que c'était exactement ce type de réaction que Galbraith souhaitait susciter grâce à leur arrangement. Et même si ce que vous dites est vrai, rectifia-t-elle alors, mon opinion à son sujet n'a pas changé.

Malheureusement, pendant qu'elle parlait, son corps la trahit et rendit son mensonge patent pour elle et pour les autres passagères : elle se mit à rougir. Les trois autres femmes s'esclaffèrent — y compris Carlotta — et Clara tourna la tête en faisant mine de contempler les abords du parc.

— Toute jeune femme, dit-elle entre ses dents serrées, serait bien mal avisée d'avoir envie que Galbraith s'intéresse à elle.

Ses mots lui arrachèrent une grimace, car elle savait bien par quelle réaction scandaleuse elle avait répondu à l'intérêt que Galbraith avait semblé lui porter. Et à présent, pendant qu'elle repensait à ce baiser, toute l'ardeur, la honte et l'exultation qu'elle avait ressenties cet après-midi-là revinrent au galop pour rendre évident le fait que Galbraith n'était pas si bas dans son estime. C'était soit cela, songea-t-elle avec consternation, soit qu'il avait révélé sa vraie nature luxurieuse.

Quelle possibilité était la pire ? Elle l'ignorait. Mais alors que la voiture tournait pour entrer dans le parc, elle fut certaine d'une chose : l'après-midi allait être long et pénible.

Chapitre 12

Malgré les sombres prédictions de son cocher, Rex n'avait pas attrapé de rhume après sa promenade sous la pluie, et même si cela avait été le cas, le sacrifice aurait valu le coup. La douche glacée qui s'était déversée sur lui avait fait son effet, ainsi lorsque fut venu le moment du pique-nique de sa tante, il avait réussi à reléguer toutes ses pensées les plus érotiques dans un coin reculé de son imagination. Et il savait qu'il valait mieux qu'elles y restent.

Maintenant qu'il avait réussi à dompter les dragons de la concupiscence, il lui restait à nettoyer le terrain sur lequel il les avait affrontés. Il n'y avait pas d'excuse acceptable à ce qu'il avait fait, et il devait demander à Clara de bien vouloir lui pardonner. En outre, il était probable que son comportement ait amené cette dernière à espérer de lui plus qu'il ne pouvait offrir. La plupart des jeunes ladies attendraient une demande en mariage après les libertés qu'il avait prises l'autre jour. Et si Clara ne faisait pas exception, si ce baiser passionné l'avait conduite à espérer quelque chose en retour, alors il valait mieux qu'il la détrompe tout de suite.

Avant qu'elle arrive, il avait réussi à préparer un discours qui exposait tout ce qu'il fallait dire. Mais alors qu'il observait les calèches du duc de Torquil entrer dans le parc, il fut tenté d'abandonner les discours, les excuses, les plans et d'observer un comportement plus attentiste. Cela lui semblait plus facile.

Cependant, lorsque les voitures du duc approchèrent, Rex s'excusa auprès des convives auxquels il parlait et traversa la pelouse pour aller à leur rencontre, au moment où les cochers du duc aidaient les passagers à descendre. Les jumeaux de Lord James St. Clair n'avaient pas besoin d'aide, car ils sautèrent de la voiture décapotée avant même que les portes soient ouvertes, et cerfs-volants à la main, ils se précipitèrent en courant vers la pelouse, bousculant Rex au passage. Leur père les suivit, et adressa un signe de tête à Rex quand il passa devant lui en courant. Lord David Cavanaugh avança vers lui d'un pas plus tranquille. Il escortait ces dames.

— Cavanaugh, salua Rex.

— Galbraith, répondit le frère cadet du duc, avant de désigner une femme rousse tout de vert vêtue. Vous connaissez mon épouse, bien entendu ?

— Nous nous connaissons en effet.

Il retira son chapeau et s'inclina.

— Lady David, c'est un plaisir de vous revoir.

— Et vous également, répondit-elle. Cependant, je dois avouer que vous trouver ici aujourd'hui est une surprise. D'habitude l'on vous voit assez peu dans le grand monde. Comment votre grand-tante a-t-elle réussi à vous attirer ? Il me semble que par le passé toutes ses tentatives se sont révélées plutôt infructueuses.

— Même moi j'ai appris à apprécier les plaisirs que l'on peut éprouver à fréquenter le grand monde, madame.

— Oui, murmura-t-elle, en esquissant un sourire entendu. Mais plus encore cette Saison, paraît-il.

Cette remarque provoqua des gloussements étouffés de la part des deux jeunes filles brunes à côté d'elle. Rex décida donc qu'il avait plutôt intérêt à ne pas témoigner trop d'égards à Clara et à en dire le moins possible avant de connaître avec certitude ses attentes.

Quand il se tourna vers elle, cependant, elle ne lui donna aucun indice susceptible de l'aider à deviner ce qu'elle pensait ou ressentait. Elle avait la tête baissée et semblait très occupée à remettre le bouton de l'un de ses gants, alors que le bord de son chapeau — une volumineuse composition de paille, de plumes blanches et de rubans bleus — dissimulait totalement ses yeux. Ce qu'il pouvait voir de son visage, en revanche, paraissait aussi lisse que du marbre poli, et il n'y lut rien qui puisse la trahir. Peut-être avait-elle décidé d'occulter ce qui s'était passé la semaine précédente, se demanda-t-il alors.

Même si c'était le cas, cela ne le soustrayait pas à ses obligations de gentleman, et il savait qu'il faudrait qu'il trouve un moyen de lui parler en privé.

— Sarah, Angela, dit Lady David en désignant les deux jeunes filles hilares, puis-je vous présenter le vicomte de Galbraith ? Lord Galbraith, voici les sœurs du duc, Lady Angela et Lady Sarah Cavanaugh. Et vous connaissez Miss Deverill, bien entendu ? ajouta-t-il alors qu'il s'inclinait devant les jeunes femmes.

— Oui, nous nous sommes déjà rencontrés.

Il se tourna vers Clara.

— C'est un plaisir de vous revoir, Miss Deverill.

Clara fut alors contrainte de délaisser le bouton de son gant. Elle leva la tête, et lorsque Galbraith la regarda en face, tous les efforts qu'il avait fournis pour oublier leur baiser furent anéantis. Ses yeux sombres étaient comme un miroir qui réfléchissait tout le désir qu'il ressentait et qu'il avait du mal à réprimer. Ce spectacle l'étourdit légèrement, comme si le monde autour de lui s'était mis à basculer. Les excuses auxquelles il avait réfléchi lui paraissaient tout à coup des mensonges, parce que en vérité il n'était pas désolé. Pauvre Clara, contrairement à ce dont il avait essayé de se convaincre, elle avait plus que jamais tout à craindre de lui.

— Lord Galbraith.

Contrairement à ce qu'il distinguait dans ses yeux, sa voix était calme, polie et distante, et elle lui rappela avec force l'accord qu'ils avaient passé ainsi que la retenue qui était exigée de lui.

Telle la pluie printanière de la semaine précédente, sa voix agit sur lui comme une douche d'eau glacée et, heureusement, tout se remit en place autour de lui.

Il se tourna et désigna à l'aide de son chapeau la grande tente qui se trouvait derrière eux.

— Ma grand-tante et mon oncle Albert se trouvent sous le chapiteau, dit-il à Lady David en lui offrant son bras. Puis-je vous accompagner jusqu'à eux ?

Lady David acquiesça, plaça la main sur son bras et marcha à ses côtés tandis que son mari escortait les autres femmes.

Sa grand-tante et son oncle se tenaient juste à l'entrée du chapiteau, et lorsqu'ils s'avancèrent pour accueillir les nouveaux arrivants, Rex s'effaça.

— Lady David, quel plaisir de vous revoir, dit Petunia alors que Rex rejoignait Clara à l'arrière du petit groupe.

Et vos belles-sœurs également. Je vous en prie, venez à l'ombre, car le soleil est ardent.

Alors que tout le monde obéissait, Rex profita de l'occasion pour se pencher vers Clara.

— Puis-je abuser de votre gentillesse pour vous dire un mot en privé ? murmura-t-il tout près de son oreille.

Au moment même où il formula sa requête, il ressentit le besoin de clarifier son propos, afin que Clara ne se méprenne pas sur ses intentions.

— J'ai dit « en privé » seulement parce que je ne veux pas que quiconque entende notre conversation. Mais tout le monde pourra nous voir.

Il désigna deux fauteuils de jardin disposés sur l'herbe à quelques dizaines de mètres de là.

— Si par hasard vous alliez dans cette direction, pourrais-je vous y rejoindre ?

Elle hocha la tête.

— Mais d'abord, je dois aller saluer Lady Petunia et Sir Albert.

— Bien sûr. Je vous retrouve dans quelques minutes, alors.

Sur ce, il s'inclina et la laissa.

Se sentant agité, il s'occupa en marchant un peu. Il savait ce qu'il avait à dire et redoutait de le faire. Il s'arrêta quelques instants pour écouter le quatuor à cordes et discuter avec certaines de ses connaissances. Mais alors que les minutes passaient et que Clara ne semblait pas vouloir quitter le chapiteau, son agitation et son appréhension crûrent.

C'était la première fois qu'il se trouvait dans la situation délicate et risquée de devoir s'excuser auprès d'une jeune femme pour son comportement déplacé.

Ainsi, lorsqu'il la vit prendre congé et se diriger vers leur lieu de rencontre, il se sentit comme un chat sur un toit brûlant.

Elle se trouvait à côté des sièges de jardin quand il la rejoignit, et le fait qu'elle ait choisi de ne pas s'asseoir le rendit d'autant plus nerveux. Il s'arrêta à côté d'elle, prit une grande inspiration et se lança dans son discours.

— Clara, à propos de l'autre jour, il ne faut pas que vous croyiez que... En fait, je n'ai jamais voulu vous manquer de respect, et je n'ai pas voulu signifier quoi que ce soit de déplacé. Enfin, évidemment, j'ai fait quelque chose de déplacé, mais...

Il s'interrompit, bien conscient de s'écarter du discours qu'il avait préparé. Tout ce qui sortait de sa bouche, c'était un amas de mots incohérents et fort peu à propos. Il reprit une grande inspiration et essaya de nouveau.

— Ce que je veux dire, c'est que je n'ai pas pensé aux convenances, ni aux conséquences de mes actes, ni à rien du tout quand je vous ai embrassée. Vous sembliez exprimer la crainte de ne pas être une femme désirable, et c'était insupportable d'entendre une chose pareille, car vous êtes au contraire extrêmement désirable, et mon unique intention était de vous faire comprendre cela, et...

Il s'arrêta de nouveau car évoquer le désir qu'elle lui inspirait risquait de l'entraîner vers une zone dangereuse. Par ailleurs, il voulait se montrer aussi honnête que possible envers elle, et ses intentions lorsqu'il l'avait embrassée étaient bien moins nobles qu'il n'avait l'air de vouloir le faire croire. Conscient que sa deuxième tentative était aussi inepte que la première, il abandonna toute volonté de se montrer éloquent, prit de nouveau une grande inspiration, et entra dans le vif du sujet.

— Ce qui s'est passé la semaine dernière était une erreur.

Au moment où il prononça ces mots, il les trouva horriblement cruels. Elle entrouvrit la bouche, et même s'il ne savait pas du tout ce qu'elle allait répondre, lorsqu'elle déglutit et posa la main sur sa poitrine en le fixant de ses grands yeux sombres, il eut l'impression d'être le monstre pour lequel elle l'avait pris au départ et se prépara à essuyer des remontrances méritées ou bien une crise de larmes.

— Oh ! Dieu merci, soupira-t-elle en riant.

Rien de ce à quoi il s'était attendu ne s'était produit. Au contraire, elle paraissait… soulagée.

— Je suis si heureuse que ce soit vous qui l'ayez dit en premier !

Il cligna des yeux, totalement pris de court.

— Je vous demande pardon ?

— Je me suis trouvée dans un état impossible toute la semaine. Je craignais ces retrouvailles, car je pensais que je serais obligée de vous réprimander pour ce qui s'était passé, alors que je n'en avais aucune envie.

— Ah non ? Je le mériterais pourtant.

— Ce serait un peu hypocrite de ma part, non ? murmura-t-elle en baissant les yeux vers sa bouche. Après que j'ai…

Elle se tut, mais il comprit qu'elle pensait à ses propres actes, à la réponse ardente qu'elle avait donnée à son baiser. Cette pensée eut sur son esprit et sur son corps un effet immédiat, cependant son imagination avait à peine commencé ses délicieux vagabondages que Clara le fit revenir à la réalité.

— Je ne dis pas que ce que nous avons fait n'était pas mal.

Elle regarda autour d'elle pour vérifier que personne ne s'était approché.

— Si quelqu'un était entré…

Elle semblait incapable de formuler cette inconcevable possibilité, et il en profita pour s'engouffrer dans la brèche.

— Nous nous serions retrouvés dans une situation délicate, c'est certain, et cela aurait été entièrement ma faute. Je me suis terriblement mal conduit.

Elle rosit et s'agita.

— Je ne dirais pas tout à fait cela, murmura-t-elle en portant sa main gantée à son cou.

Ce geste qui trahissait son trouble le poussa à expliciter sa remarque.

— Ne vous méprenez pas, je vous prie. Je ne dis pas que ce baiser n'a pas été merveilleux. Il l'a été.

— Oui, acquiesça-t-elle dans un soupir. Merveilleux.

— Plus que merveilleux, poursuivit-il. Bouleversant et à nul autre pareil, si vous voulez la vérité.

Tout en parlant, il se demandait pourquoi il se montrait si franc. Ce n'était pas en lui disant à quel point leur baiser avait été extraordinaire qu'il allait rendre les excuses qu'il essayait de présenter convaincantes.

— Mais, précisa-t-il avec toute la conviction dont il était capable, cela reste une erreur.

— Je suis d'accord. Et nous n'aurions pas dû faire cela, ajouta-t-elle.

— Vous voulez dire que *je* n'aurais pas dû faire cela, corrigea-t-il. S'il vous plaît Clara, cessez de dire « nous ». Vous n'êtes en aucun cas à blâmer. Tout est entièrement ma faute, et je vous présente mes plus sincères excuses. Et si…

Il s'interrompit pour reprendre son souffle.

— Et si mes actes vous ont amenée à nourrir certaines attentes ou espérances, je ne pourrais pas vous en vouloir. Je vous prie de bien vouloir me croire quand je vous dis que si je vous ai donné de faux espoirs, c'était par inadvertance.

— De faux espoirs ?

Elle le regarda avec stupéfaction. Puis, lorsqu'elle comprit ce qu'il voulait dire, elle écarquilla les yeux.

— Vous pensiez que j'espérais une demande en mariage ? Venant de *vous* ?

Il fit la grimace lorsqu'elle insista sur ce dernier mot. Puis elle se mit à rire, et si joyeusement qu'il se sentit un parfait idiot.

— On dirait que je n'ai pas besoin d'avoir d'inquiétudes à ce propos, marmonna-t-il.

— Mon Dieu, non !

Sentant qu'il n'était pas aussi amusé qu'elle, Clara redevint sérieuse et toussota.

— Vous pouvez dormir tranquille, Lord Galbraith, cette idée ne m'est jamais venue à l'esprit. Et si cela avait été le cas, je l'aurais chassée en deux temps trois mouvements. Nous savons tous les deux que vous n'êtes pas fait pour le mariage.

— En effet.

Contre toute attente, il se sentit de nouveau étourdi et, à dire vrai, un peu piqué au vif également. Clara était vraiment imprévisible.

— Tandis que moi si, poursuivit-elle.

— Oui, s'empressa-t-il de confirmer, en hochant bien la tête. Totalement.

Un silence s'installa. Ils semblaient en parfait accord sur le sujet. Pourtant, Galbraith se sentait insatisfait, comme si quelque chose n'avait pas été dit, et c'était ce qui l'empêchait de poursuivre.

— Notre accord de paix reste intact, j'espère ? finit-il par demander.

— Bien sûr.

Elle leva les yeux vers lui en poussant un lourd soupir.

— Oh ! je suis si heureuse que nous ayons eu cette conversation, dit-elle en riant de nouveau. Je me sens tellement mieux à présent. Mais…

Elle cessa de sourire, et fronça légèrement les sourcils, ce qui inquiéta Rex.

— D'une certaine façon, vous avez effectivement suscité des attentes chez moi, même si ce ne sont pas celles auxquelles vous pensiez.

Rex se raidit.

— Vraiment ?

— La dernière fois que vous avez essayé de faire la paix avec moi, vous m'avez proposé du champagne pour sceller notre accord.

Elle écarta les mains comme pour lui faire comprendre sa déception.

— Vous avez placé la barre très haut, Lord Galbraith, et je crains que vous ne deviez en assumer les conséquences. Je ne suis pas sûre d'accepter vos excuses si elles ne s'accompagnent pas d'une coupe de champagne.

Il rit, et toute la tension et le sentiment de culpabilité qui avaient pesé sur lui durant la semaine volèrent en éclats qui se dispersèrent dans l'air léger du printemps.

— Ceci, dit-il en lui désignant l'une des chaises, est une attente facile à combler. Mais uniquement si vous cessez de vous adresser à moi en utilisant mon titre et si vous m'appelez par mon prénom. C'est Rex, au fait, ajouta-t-il en se retournant alors qu'il était déjà parti à la recherche de champagne.

Dès qu'il croisa un domestique avec un plateau, il prit deux flûtes et vint la rejoindre.

— Voici, dit-il en lui tendant une flûte, puis en s'asseyant en face d'elle. Un Laurent-Perrier 1891, ajouta-t-il. Un excellent millésime, qui suffira à me faire pardonner, je l'espère.

— Hum, fit-elle en savourant sa première gorgée. Délicieux, mais je ne suis pas sûre que l'on puisse se fier à mon jugement, car je serais incapable de reconnaître un millésime d'un autre. En fait, jusqu'à la soirée à Covent Garden, je n'avais jamais bu de champagne de ma vie.

— Oui, dit-il en se souvenant de son heureuse surprise lorsqu'elle avait découvert la magie du champagne. Je m'en étais douté. Je me demande pourquoi vous avez attendu si longtemps.

— Irene pensait, et j'étais d'accord avec elle, que boire de l'alcool à proximité de père ne ferait que l'inciter à l'ivrognerie. Nous avons donc décidé elle et moi de ne jamais boire à la maison. Je vous remercie donc, ajouta-t-elle en levant son verre vers lui, de m'avoir fait découvrir le champagne.

Entre autres choses.

Heureusement, il parvint à garder sa remarque pour lui.

— Je respecte entièrement votre décision, mais ce que je ne comprends pas, c'est pourquoi vous n'avez jamais bu de champagne chez le duc, car je doute fort qu'il s'agisse d'une famille où l'on ne boit que de l'eau. D'ailleurs pendant que nous parlons, je vois Lady David en train de siroter une flûte de champagne, elle aussi.

— Lady David est mariée. Elle est aussi un chaperon très strict et attentif. Je ne bois que ce que Sarah et Angela ont le droit de boire, c'est-à-dire un peu de chaque vin servi pendant le dîner. Et aucun champagne n'a encore été proposé à table. Malheureusement.

Sur ce, elle avala une autre gorgée d'un air pâmé.

— Ne buvez pas trop vite, alors, conseilla-t-il, en souriant de la voir se délecter ainsi, car vous n'êtes pas habituée à l'alcool. Et en ce qui concerne Lady David, poursuivit-il en tournant la tête vers la femme qui parlait avec sa tante, elle me semble moins sévère aujourd'hui. Elle nous regarde et n'a pas l'air catastrophée de vous voir boire toute une flûte de champagne au beau milieu de la journée.

— Oui, c'est vrai, Carlotta est très gentille aujourd'hui.

Cela le surprit un peu : l'épouse de Lord David Cavanaugh n'était pas réputée pour sa gentillesse. Elle ne s'était d'ailleurs jamais montrée très aimable envers lui et sa famille quand avaient éclaté les scandales concernant sa mère.

— Vraiment ?

— Inutile de prendre cet air étonné, dit Clara en riant. Carlotta peut se montrer gentille… Parfois.

Rex rit à son tour, amusé par cette petite pique.

— Et pourquoi est-elle en de si bonnes dispositions aujourd'hui ?

— Parce que nous sommes ici. La famille du duc n'a pas reçu beaucoup d'invitations cette Saison.

— Ah, oui, c'est vrai…

Il se souvenait désormais de ce que lui avait raconté Petunia.

— Le scandaleux mariage de la duchesse douairière. Il a bien entamé la respectabilité de la famille, n'est-ce pas ?

— Oui. Les invitations de votre grand-tante — le bal et maintenant ce pique-nique — ont été accueillies avec bonheur et soulagement par toute la famille, y compris Carlotta.

— Croyez-moi, notre famille est très bien placée pour comprendre ce qu'est en train de traverser celle du duc. Mes parents ont nourri les ragots et les feuilles à scandale de toute la ville pendant des années, expliqua-t-il avec amertume. Mais je vous demande pardon, je ne voulais pas dire du mal de votre profession, Clara.

— Ne vous excusez pas. Votre rancœur est tout à fait légitime. Si cela peut vous rassurer, ma famille éditait des journaux sérieux jusqu'à ce que ma sœur ait l'idée de faire paraître une feuille à scandale. Pendant un moment *La Gazette* s'est appelée *Society Snippets*, et la seule raison qui a motivé ce changement, c'est qu'une feuille à scandale peut rapporter beaucoup d'argent et que nous en avions désespérément besoin à cette époque.

— Cela aussi, je le comprends tout à fait bien, affirma-t-il. Et j'imagine que le penchant de votre père pour la boisson a fait de lui un piètre homme d'affaires.

Elle hocha la tête.

— C'est son père qui a rendu l'entreprise familiale prospère, jusqu'à créer un véritable empire éditorial. Mais le mien a réussi à tout dilapider en moins de dix ans. Irene nous a sauvés de la ruine avec *Society Snippets*, seulement quand elle est tombée amoureuse de Torquil, elle a changé de ligne éditoriale parce qu'elle ne voulait pas publier de ragots sur la famille du duc. D'ailleurs, étant donné votre histoire, cela ne m'étonne pas que vous n'aimiez pas les journaux.

— J'ai grandi dans la crainte de voir la liste des amants de ma mère et des ragots sur la légitimité de ma naissance imprimés sur une double page.

Elle fit la grimace.

— Je dois le reconnaître, avant, j'aimais lire ce genre de presse. Mais après avoir vu les dégâts qu'elle pouvait causer — sur la famille du duc en particulier —, je m'en suis détournée avec dégoût. Pour autant, je ne crois pas que *Society Snippets* ait jamais rien écrit sur votre famille, et…

Elle lui sourit.

— Et j'en suis ravie.

— Moi aussi, répondit-il, si cela vous fait sourire ainsi.

Au grand regret de Rex, son visage changea aussitôt.

— Et, poursuivit-il, ressentant le besoin de continuer de parler, je suis mal placé pour mépriser les journaux désormais, non ? Je travaille pour l'un d'eux. À propos de Lady Truelove, avez-vous reçu ma chronique hier ? Je l'ai fait porter par un domestique.

— Je l'ai bien reçue, oui. Et elle est aussi excellente que celle de la semaine précédente. Vous avez vraiment un talent pour donner des conseils, même si parfois je m'interroge sur leur moralité.

— Vous avez trouvé que mes conseils pour le jeune homme « sans voix de South Kensington » étaient immoraux ? s'exclama-t-il avec un regard innocent.

— Vous savez très bien auxquels je fais référence. Je parle de ceux que vous avez prodigués à votre ami Lionel. Mais puisque nous abordons le sujet, je ne suis pas sûre que recommander à un jeune homme de provoquer une rencontre supposément fortuite avec l'objet de son affection en promenant le plus adorable chiot qu'il puisse trouver soit une excellente idée.

— Je ne vois pas pourquoi. Le pauvre garçon est désespérément amoureux, mais la demoiselle ne le remarque pas. Il veut attirer son attention et pouvoir entamer la conversation, et un chiot est une excellente façon d'y parvenir. Un bébé aurait été encore mieux, bien sûr. Cependant, je ne pense pas qu'il y ait des jeunes hommes prêts à se promener devant la maison de leur bien-aimée en poussant un landau. Par conséquent, je me suis rabattu sur l'idée du chien.

Elle rit.

— Sage décision. Mais avez-vous vraiment conscience que d'ici une semaine tous les jeunes hommes amoureux de la ville s'équiperont de chiots et arpenteront les rues en leur compagnie ?

— Eh bien, s'ils gardent les chiots, il y aura moins de chiens errants à Londres et plus de jeunes couples d'amoureux. Je ne vois pas ce qu'il y a de mal à cela, mis à part qu'ils seront tous obligés — les pauvres ! — de se marier. En parlant de gens obsédés par le mariage, je constate que Lady Geraldine Throckmorton est parmi nous aujourd'hui. Dina, précisa-t-il lorsqu'il vit le regard perdu de Clara. Cheveux noirs, ensemble vert et caniche blanc en laisse.

— Elle est très élégante, commenta Clara, légèrement surprise.

— Très, reconnut-il. Et sophistiquée. Elle est toujours vêtue à la dernière mode. C'est ce qui a plu à Lionel, j'imagine. Les contraires s'attirent apparemment.

Il observa Clara en méditant cette vérité sur la nature humaine qui ne lui avait jamais semblé plus pertinente qu'à présent.

— Les gens sont un peu pervers de nos jours, commenta-t-il.

— Ce n'est pas mon cas, dit-elle en plissant son minuscule nez pour sourire. Je suis tombée folle amoureuse d'un vicaire !

— C'est vrai, reconnut-il en riant. Cependant, vos goûts semblent avoir changé depuis.

Il regretta aussitôt ce commentaire désinvolte. Son intention était de se moquer de sa propre personne, mais sa remarque pouvait être interprétée tout à fait autrement. Il s'empressa donc de préciser :

— Je ne voulais pas sous-entendre que vous êtes amoureuse de moi. Nous savons très bien tous les deux que ce n'est pas le cas, et…

Il s'interrompit, car il se sentait très bête et gauche. Cela ne lui arrivait jamais, et il n'aimait pas du tout cela.

— Qu'avez-vous donc de si spécial, Clara Deverill ? murmura-t-il, interdit. Vous êtes la seule femme capable de me faire bafouiller comme un écolier.

— Je vous fais bafouiller aujourd'hui, c'est certain. Et cela n'est pas pour me déplaire.

— Comment cela ?

Elle lui adressa un de ses grands sourires radieux dont elle avait le secret.

— Eh bien, d'habitude, c'est moi qui bafouille.

Ce sourire ne fit pas que le laisser sans voix. Il fit également tourner de nouveau le monde autour de lui. Il détourna le regard en se demandant avec désespoir s'il allait être condamné à éprouver ce vertige jusqu'à la fin de ses jours. Pour se réconforter, il but le reste de son champagne.

Il se sentit tout de suite mieux et posa son verre vide sur la petite table à côté de son siège, décidant de revenir à leur précédent sujet de conversation, un sujet bien moins risqué.

— Contrairement à Dina, Lionel n'est pas spécialement un homme élégant. Il ressemble plus à Fitz. C'est son chien…, ajouta-t-il alors qu'elle lui adressait un regard interrogateur. Fitz est un chien de berger, et à bien des égards, Lionel est comme lui : amical, calme, loyal. Dina, elle, ressemble à son caniche : élégante, racée, parfaitement apprêtée. Les gens sont souvent semblables aux chiens qu'ils choisissent, n'est-ce pas ?

— Vous trouvez ?

Elle pencha la tête pour l'observer.

— Et vous, à quelle race correspondez-vous ? demanda-t-elle.

— Un loup, répondit-il aussitôt, sans savoir si c'était pour elle ou pour lui-même qu'il jugeait nécessaire de le rappeler.

Elle fit une légère moue.

— Ce n'est pas ce que je voulais savoir. Mais quelle race de chien possédez-vous ?

— Des lévriers, même si, à strictement parler, ils ne sont pas à moi. Ils appartiennent à mon père et ne servent que pour la chasse au renard. À Braebourne, voyez-vous, nous n'élevons pas de terriers ni de retrievers, ni aucune race qui pourrait se révéler bassement utile.

Elle rit, avant de redevenir sérieuse.

— Comment va votre ami Lionel ? Mieux ? Ou bien a-t-il toujours le cœur brisé ?

— En fait, je ne sais pas, reconnut Rex en gardant un ton léger. Je me suis présenté chez lui deux fois, mais ses domestiques m'ont dit qu'il ne recevait pas. Et je ne l'ai pas vu au White quand j'y suis allé. À moins de lui courir après dans les couloirs du parlement, je ne sais pas trop ce que je dois faire, si ce n'est attendre qu'il se radoucisse de lui-même.

— Il est toujours convaincu que vous l'avez trahi en répétant ses confidences, alors ?

— On dirait. En fait, je suis certain qu'il croit de plus en plus à ma culpabilité.

— Pourquoi ?

Il la regarda dans les yeux.

— Il commence à se dire un peu partout que je m'intéresse à vous. Cela ne doit faire que le conforter dans ses soupçons.

Elle se mordit la lèvre inférieure.

— Je suis désolée si vous êtes brouillé avec votre ami par ma faute. Néanmoins, même s'il était peut-être mal de ma part de m'en mêler, la cour qu'il fait à Lady Throckmorton — si l'on peut appeler cela une cour — n'était pas honorable. Je ne parviens donc pas à regretter que cette dernière ait mis fin à leur histoire à cause de ce que j'ai écrit. Et je pense toujours que les conseils que vous lui avez donnés étaient très mauvais.

— J'ai fait cela dans le but de leur laisser à tous les deux le temps d'être plus sûrs des sentiments qu'ils éprouvaient l'un pour l'autre.

— Vous avez fait cela pour lui éviter le mariage, que vous vilipendez.

— Ce n'est pas vrai. Soyez juste, Clara, s'il vous plaît, et souvenez-vous exactement de ce que j'ai dit. Je lui ai d'abord conseillé de rompre, puisqu'il n'était pas sûr de vouloir l'épouser. Seulement, devant ses réticences, je lui ai proposé une autre solution.

— Moralement très discutable.

— Cependant meilleure que celle qui consistait à se séparer pour toujours, d'après moi. Et infiniment meilleure que de se marier dans la précipitation pour le regretter ensuite.

— Je ne sais pas.

Elle se mit à réfléchir à ce qu'il venait de dire.

— Cela aurait pu entraîner de graves conséquences, vous savez, reprit-elle. Pour elle, en particulier.

— Vous voulez parler d'un enfant, je présume.

— Oui. Et puis s'ils avaient été démasqués, cela aurait signifié pour elle honte, ruine et disgrâce, avec ou sans enfant.

— Lionel aurait réagi de façon honorable et aurait fait son devoir si une chose pareille était arrivée.

— Vous en semblez certain.

— Bien sûr. Je connais Lionel depuis l'école. C'est un homme droit. Malgré ce que vous pouvez en penser, ajouta-t-il devant son air sceptique.

— Dans ce cas, je ne vois pas pourquoi il ne peut pas faire une cour honorable à Lady Throckmorton, d'autant plus qu'il sait maintenant qu'elle espère le mariage.

— Une fois qu'un homme et une femme ont choisi la même voie que Lionel et Dina, ils ont franchi le Rubicon, expliqua-t-il, autant pour lui-même que pour défendre son ami. Les promenades sous l'œil attentif d'un chaperon ou les baisers volés derrière les buissons semblent alors bien tièdes.

— Cela peut avoir l'effet inverse. L'attente et la frustration peuvent très certainement avoir du bon aussi.

— C'est possible.

Irrésistiblement attiré par Clara, il fixa sa bouche, en se demandant pourquoi il se torturait de la sorte.

— Mais il est possible également que, n'y tenant plus, le pauvre homme se jette d'un pont, murmura-t-il en se calant dans son siège.

Cherchant à tout prix à penser à autre chose, il détourna le regard. Par bonheur, il vit Lord James St. Clair qui avançait vers eux.

— St. Clair, salua-t-il. Mon Dieu, mon pauvre ami, on dirait que vous avez vu le diable.

— C'est à peu près cela, confirma le triste homme avant de s'écrouler dans l'herbe, hors d'haleine et hirsute.

Il s'allongea et reprit son souffle quelques instants avant de tourner la tête vers Clara.

— Clara, rappelez-moi pourquoi nous n'avons pas emmené la nurse des garçons avec nous.

— Parce que c'est son jour de repos.

Elle l'observa attentivement, avant de rire.

— Galbraith a raison. Les garçons semblent avoir déjà eu raison de vous.

— C'est la vérité, et je n'ai pas honte de l'admettre. William est avec eux pour l'instant, mais si cela dure trop longtemps, je pense qu'il va vouloir quitter notre service. À son retour, je doute que Torquil soit ravi de découvrir que nous avons perdu le meilleur de nos valets.

Rex voulut se lever.

— Je peux envoyer un domestique chercher votre nurse si elle est chez vous.

— Inutile, dit Clara en se levant et en forçant par

là les deux hommes à faire de même. Laissons la nurse profiter de son jour de repos. Elle l'a bien mérité. Je serai ravi de m'occuper un peu des garçons.

Elle regarda Rex, puis St. Clair.

— Si vous voulez bien m'excuser.

Rex s'inclina.

— Bien sûr.

— Je ne sais pas ce que je ferais sans vous, Clara, lança St. Clair alors qu'elle rejoignait les jumeaux et le pauvre valet qui essayait vaillamment de les aider à faire voler leurs cerfs-volants.

— Votre domestique mérite une prime, dit Rex. Pour vous avoir aidé à vous occuper de vos fils aujourd'hui.

— Il en aura une, et généreuse, je vous le promets. Mais si vous voulez bien m'excuser, Galbraith, je dois profiter de cette occasion tombée du ciel pour aller manger un morceau tant que je le peux. Voulez-vous m'accompagner ?

Rex secoua la tête.

— Non, merci. Je mangerai tout à l'heure.

St. Clair hocha la tête et se leva pour se diriger vers le chapiteau où avaient été installées la nourriture et les boissons. Mais il était à peine parti qu'arriva Hetty, avec deux flûtes de champagne.

— Tenez, dit-elle en lui en tendant une. J'ai remarqué que votre verre était vide.

— Vous êtes un ange, cousine.

— Un ange ?

Hetty rit en s'installant sur le siège laissé libre par Clara.

— Je crois que c'est la première fois que l'on me fait ce compliment.

— Il y a sans doute une raison à cela.

Il se rassit et but une gorgée de champagne, ravi de constater qu'il était toujours aussi délicieux.

— Justement, cette démonstration de sollicitude fort inhabituelle doit cacher quelque chose, n'est-ce pas ?

Elle sourit sous son grand chapeau de paille jaune qui laissait s'échapper quelques mèches de ses cheveux châtains.

— Oui, la curiosité. Miss Deverill…, précisa-t-elle, lorsque Rex lui adressa un regard interrogateur.

— Ah, fit-il en prenant un air étonné. Mais pourquoi me questionner sur elle ? Vous avez vous-même fait sa connaissance à l'opéra.

— Les présentations ont été très brèves, et vous vous l'êtes ensuite accaparée. La représentation a commencé avant que je puisse lui parler.

Il vit passer une lueur malicieuse dans les yeux verts de Hetty qui fit naître un léger malaise chez lui.

— Je ne peux pas grand-chose pour satisfaire votre curiosité, cousine, car je n'ai fait la connaissance de Miss Deverill que quelques jours avant vous. Vous feriez mieux d'interroger tante Petunia, si vous voulez en savoir plus sur elle.

— C'est tante Petunia elle-même qui m'a envoyée vous trouver.

Elle s'interrompit pour boire une gorgée de champagne.

— Elle a l'air de penser que vous vous intéressez de près à cette jeune fille.

— Ma chère tante… Il semblerait qu'elle prenne ses rêves pour la réalité.

— Elle est terrible, je sais. Elle se comporte exactement de la même façon avec moi, mes sœurs et mes frères.

Elle essaie de nous présenter des conjoints potentiels à la moindre occasion, si cela peut vous rassurer.

— Cela ne me rassure pas du tout. Et en ce qui concerne Miss Deverill, je peux jurer à Petunia — et à vous par la même occasion, car je sais que tante Petunia n'est pas la seule personne de la famille à croiser les doigts en attendant un miracle — que cette jeune fille n'est pas du tout attirée par moi.

Tout en parlant, il eut la douloureuse vision de leurs deux corps joints s'enfonçant dans le canapé.

— Une femme qui vous résiste ? Seigneur !

Hélas, le manque de résistance dont Clara avait fait preuve une semaine plus tôt allait, dans un futur proche, être une source majeure de tourments pour lui, il en était certain.

— Mon Dieu, Hetty, vous parlez comme si toutes les jolies jeunes filles de Londres étaient à mes pieds.

Sa cousine le fixa de ses grands yeux faussement ingénus.

— Cette jeune fille en question est donc jolie ? J'étais moi-même bien en peine de le dire. Cependant, il semblerait que vous ayez votre propre opinion sur la question.

Il lui adressa un regard noir que, bien sûr, elle ignora, n'étant pas Hetty pour rien. Elle se redressa légèrement et se tourna pour observer la jeune fille qui se tenait au milieu de l'herbe avec une bobine de fil de cerf-volant à la main et qui était en train de parler aux jumeaux.

— Elle a effectivement une jolie silhouette, reconnut Hetty au bout d'un moment, en soupirant. Si délicate. Je donnerais n'importe quoi pour avoir une taille aussi fine et de si longues jambes.

Rex serra la mâchoire et tenta vaillamment de chasser les images érotiques qui l'assaillaient alors que Clara essayait de lancer le cerf-volant. Elle n'y parvint pas cependant, et le cerf-volant s'écrasa presque aussitôt dans l'herbe, provoquant son rire et ceux des garçons.

Si j'avais des enfants, jamais je ne m'ennuierais.

— Elle a l'air très gentille.

Il se raidit et se tourna vers sa cousine.

— Est-ce une pique déguisée ?

Sa voix était calme, mais la tension soudaine provoquée par la remarque de Hetty ne dut pas échapper à celle-ci, car elle le fixa d'un air intrigué.

— Non, Rex, pas du tout. C'était l'impression que j'avais eue lorsque j'ai fait sa connaissance, et je suis toujours de cet avis.

Il se détendit insensiblement.

— Je fais cette remarque parce que…

Elle hésita avant de poursuivre.

— Parce que les filles gentilles ne sont pas votre tasse de thé d'habitude, c'est tout.

Les contraires s'attirent.

— Miss Deverill et moi sommes simplement amis, s'empressa-t-il de préciser.

Hetty leva un sourcil.

— Amis ? Vous, ami avec une femme ?

Curieusement, le scepticisme de sa cousine le piqua au vif.

— Est-ce si dur à imaginer ?

Elle rit.

— Honnêtement, oui ! Certes, vous semblez amical envers un certain type de femmes, au grand désespoir de tante Petunia. Néanmoins, je doute que vous ayez des femmes de petite vertu pour véritables amies. Vous êtes très amical également envers les femmes que vous considérez sans danger — les femmes mariées, les femmes amoureuses d'autres hommes, etc. Mais quand il est question de jeunes ladies célibataires, nous savons que vous ne leur accordez pas la moindre attention. Je crois même que vous en avez fait une règle de conduite. Alors dites-moi comment cette jeune fille en particulier a pu devenir votre amie.

Parce que Dieu est un satané farceur.

Rex haussa les épaules.

— Ce sont des choses qui arrivent, dit-il avec légèreté.

— Pas à vous.

Puis elle prit un air plus grave.

— Faites attention, Rex. Ne la faites pas souffrir.

Il s'agita. Il avait parfaitement conscience du mal qu'un homme comme lui pouvait infliger à une jeune fille comme Clara si le désir qu'il éprouvait pour elle n'était pas bridé.

— Je vous l'ai dit, Miss Deverill ne soupire pas après moi. Elle sait très bien à quoi s'attendre avec moi et elle me prend comme je suis.

— C'est bien ce qui m'inquiète.

Et, après ce commentaire énigmatique, Hetty se leva et s'en alla, laissant Rex contempler Clara et se battre avec les dragons de la concupiscence.

Chapitre 13

Pendant le reste du pique-nique et la quinzaine de jours qui le suivit, Clara joua le rôle qu'elle avait accepté de tenir. À chaque événement auquel Rex et elle étaient invités, elle accueillait ses marques d'intérêt avec la tolérance polie qu'elle avait promis de témoigner, sans rien de plus.

Quant à Rex, il devint le prétendant parfait, attentionné sans être trop pressant, un vrai gentleman. Il envoya ses deux nouvelles chroniques à son bureau par la poste car, lui expliqua-t-il durant l'un des rares moments où ils se retrouvèrent en tête à tête, s'il se présentait au journal tous les jeudis soi-disant envoyé par Lady Truelove, les employés de *La Gazette* commenceraient à se douter de quelque chose. Et même s'il venait parfois lui rendre visite chez le duc, la surveillance intransigeante de Carlotta l'aurait empêché de lui transmettre quelque lettre que ce soit.

Tout le grand monde avait remarqué l'intérêt que Rex lui portait et l'indifférence qu'elle lui témoignait en retour. La presse à scandale ne se gênait pas pour se moquer ouvertement de lui, et ce jeu de comportements eut également pour conséquence d'attirer l'attention des autres hommes, exactement comme Rex l'avait prédit.

Clara qui, au début, ne l'avait pas cru, fut prise de court lorsque plusieurs jeunes hommes ainsi que les membres de leur famille se mirent à vouloir lui rendre visite. Elle n'était pas préparée à cela, ainsi cette nouvelle et soudaine popularité la perturba. Néanmoins, elle réussit à ne pas se réfugier dans sa coquille comme elle en avait pourtant envie.

Elle fit de son mieux pour appliquer les conseils que Rex avaient donnés à la « débutante désespérée », et à sa grande stupéfaction, elle découvrit que même si elle était moins belle que sa sœur, elle possédait un certain pouvoir de séduction. Et s'il lui arrivait parfois de bafouiller au cours de la conversation, elle maîtrisait vite l'art de tourner ce petit travers en dérision. À chaque fois qu'elle parlait avec quelqu'un, elle luttait pour dominer sa timidité, et elle faisait des efforts pour que ses interlocuteurs se sentent à l'aise en sa compagnie. Peu à peu, elle s'habitua à cette nouvelle gloire, elle commença à se détendre et devint plus sûre d'elle qu'elle ne l'avait jamais été. Pour la première fois depuis qu'elle était entrée dans le grand monde, elle commençait à s'amuser vraiment.

Mais ce fut début juin, durant son deuxième bal de la Saison, que Clara se rendit compte pour de bon que le point de vue des gens à son sujet avait complètement changé. Elle venait à peine de saluer ses hôtes et de pénétrer dans la salle de bal que l'un des jeunes hommes dont elle avait fait la connaissance au cours de la quinzaine précédente se précipita vers elle pour lui demander qu'elle l'inscrive sur son carnet de bal. Et à peine avait-il pris congé qu'un autre se présenta, puis un autre, jusqu'à ce que son carnet soit presque plein au bout d'un quart d'heure.

— Seigneur, Clara, s'exclama Sarah en riant, ce soir, vous êtes la reine du bal.

Étonnée, heureuse, et plutôt amusée, Clara parcourut la liste de tous les noms inscrits sur son carnet.

— Ce doit être ma robe, en conclut-elle.

Et cela fit rire ses amies alors même qu'elle ne plaisantait qu'à moitié.

— Si c'est votre robe, commenta Angela, alors c'est à moi qu'en revient le mérite.

— À toi ? s'étonna Sarah en prenant un air outré. C'est moi qui lui ai conseillé de choisir une robe rose, parce que c'est la couleur qui lui va le mieux.

— Oui, renchérit aussitôt Angela, mais c'est moi qui lui ai conseillé de faire élargir le décolleté.

— Seulement parce que nous l'avons lu dans le courrier du cœur de Lady Truelove.

Tandis que ses belles-sœurs débattaient de la question, Clara baissa les yeux, sceptique. Décolleté profond ou pas, elle doutait que sa poitrine tout sauf impressionnante soit la raison de son succès récent. Et lorsqu'elle leva les yeux, elle en fut persuadée, car à quelques pas d'elle se tenait la véritable raison de l'intérêt qu'elle suscitait chez la gent masculine.

Il l'observait de son visage grave, les mains dans les poches de son pantalon et une épaule négligemment appuyée contre une colonne en marbre. Splendide, magnétique. Un Adonis moderne descendu sur terre. Elle en eut immédiatement le souffle coupé.

Il avait dû sentir son regard posé sur lui, car Rex se redressa et vint vers elle.

— Bonsoir mesdames, dit-il en s'inclinant. Je serais volontiers venu vous présenter mes hommages plus tôt, mais j'attendais que la foule s'éparpille. J'avais peur de me faire piétiner.

Des rires étouffés accueillirent cette déclaration. Puis, sans que Clara comprenne comment, Sarah et Angela disparurent, les laissant seuls, Galbraith et elle.

— J'espère que je n'ai pas attendu trop longtemps pour que vous m'ajoutiez sur votre carnet de bal, déclara-t-il. Vous avez été assaillie depuis votre arrivée, et j'ai eu tout le loisir de vous voir noter nom après nom.

— C'est la vérité, dit-elle en riant. Seigneur, quelle surprise !

— En effet, acquiesça-t-il avec un petit sourire en coin. Qui aurait pu prévoir cela ?

— Vous aviez raison, concéda-t-elle. Mais est-ce pour cela que vous êtes venu me trouver ? Pour jubiler ?

— Pas du tout. Je vous ai dit pourquoi j'étais ici, répondit-il en désignant d'un signe de tête le carnet attaché à son poignet. À moins qu'il ne soit trop tard…

— Il me reste encore quelques places, répondit-elle en ouvrant son carnet. Une danse paysanne, deux quadrilles, une mazurka…

— Pas de mazurka, c'est une danse dangereuse.

Le souvenir de leur conversation lors de leur première danse la fit sourire. Et lorsqu'elle leva les yeux, elle constata qu'il souriait lui aussi.

— Et vous avez de viles intentions ?

— Toujours.

C'était une réponse de libertin, une réponse désinvolte et facile, et sans qu'elle sache bien pourquoi, cela lui fit mal.

Elle baissa les yeux vers son carnet.

— Il me reste également une valse, si…

La voix lui manqua tout à coup à l'idée de se retrouver entre ses bras. Il ne s'agissait que d'une danse en public, et non d'une étreinte sur un sofa, mais cette distinction semblait inopérante dans l'esprit de Clara, car à cette perspective, la chaleur se propagea dans son corps et toute son assurance nouvellement acquise sembla se dissiper. Ses mains gantées se crispèrent sur le carnet, tandis que sa timidité revenait au galop et l'empêchait de respirer. Elle se força néanmoins à aller au bout de ce qu'elle avait initié.

— Il me reste une v… valse… si… si vous la v… voulez.

Il ne répondit pas. Quand elle leva les yeux vers lui, elle s'aperçut qu'il ne souriait plus et qu'il la fixait de ses yeux bleus comme l'océan.

— Je la veux, Clara.

Elle inspira à grand-peine alors que son cœur cognait contre ses côtes avec une violence inouïe. Puis elle détourna les yeux. Elle attrapa le petit crayon accroché à son poignet, et alors qu'elle parcourait sa liste pour y ajouter le nom de Rex, elle ne put s'empêcher d'être de nouveau surprise par le peu de lignes vides qu'il restait.

— C'est assez incroyable, vous savez, avoua-t-elle à voix basse, en regardant tous les noms inscrits. En tout cas pour moi. C'est la première fois que j'ai un carnet de bal.

Elle releva la tête en riant.

— Je n'en avais jamais eu besoin avant, admit-elle.

Il ne partagea pas son amusement.

— C'est grâce à vous, dit-elle en désignant son carnet. Tout ceci.

Il pinça les lèvres.

— Non, pas du tout, répondit-il en secouant la tête. Chaque rose finit tôt ou tard par s'épanouir, Clara. Je me suis juste trouvé là au moment où cela s'est produit pour vous.

Il enchaîna avant qu'elle puisse ajouter quoi que ce soit :

— Vous feriez mieux d'inscrire mon nom tout de suite. Sinon, vous pourriez oublier, et si un autre type me vole ma valse, je serai obligé de le provoquer en duel.

Il s'inclina et s'éloigna et, tandis qu'elle suivait des yeux sa silhouette carrée se fondre dans la foule, elle sut qu'il avait tort. Si elle s'épanouissait en ce moment, c'était grâce à lui, grâce à ce qu'elle voyait dans ses yeux quand il la regardait, à ce qu'elle entendait dans sa voix lorsqu'il prononçait son nom, et grâce à ce qu'elle avait ressenti lors de leur merveilleux baiser.

Il avait éveillé en elle des sensations qu'elle n'avait jamais éprouvées de toute sa vie, des émotions dont elle ignorait l'existence même. Si elle était la rose, il était le soleil et la pluie printanière qui lui avaient fait quitter l'hiver dans lequel, jusque-là, elle avait passé sa vie.

C'était peut-être à cela que servaient les libertins.

Dans le cas de Clara, le baiser d'un libertin l'avait peut-être amenée à s'épanouir comme une rose, mais une petite heure plus tard, elle découvrit que toutes les roses n'étaient pas semblables.

Elle était aux toilettes, en train de réajuster ses jupes, lorsqu'elle entendit s'ouvrir la porte extérieure et entrer deux femmes, dont l'une était clairement en proie à la plus grande détresse.

— Je n'arrive pas à croire qu'il soit ici, sanglotait-elle. Oh ! Nan, c'était horrible.

— Mais tout va bien se passer maintenant. Asseyez-vous ici et reprenez votre souffle.

Il y eut une courte pause et Clara entendit la porte se refermer.

— Cela a dû être un choc terrible de le revoir, ma pauvre.

— Oui ! Je ne l'avais pas revu depuis que j'ai rompu avec lui, et c'est un peu comme si j'avais été heurtée de plein fouet par une voiture.

Clara se mordilla la lèvre, bien consciente que c'était la deuxième fois en un mois qu'elle surprenait une conversation privée. Décidant qu'il valait mieux qu'elle sorte le plus vite possible, elle termina d'arranger ses jupes, mais au moment où elle s'apprêtait à ouvrir la porte des toilettes, la femme appelée Nan reprit la parole.

— Mais qu'est-ce que Lionel fait ici ?

Clara s'immobilisa, la main sur la poignée de la porte.

— Je ne sais pas, sanglota la première femme. Et étant donné qu'il n'a fait aucun effort pour me parler, je devrais m'en moquer. Sauf que je n'y arrive pas, ajouta-t-elle dans un nouveau sanglot.

— Oh ! Dina, ma chère amie, s'exclama la femme appelée Nan dans une voix pleine de compassion.

En entendant ce prénom, Clara lâcha la poignée de la porte et ne bougea plus. Elle tâcha de ne pas faire de bruit et tendit l'oreille.

— C'est un bal de charité, dit Dina sur un ton plaintif

et indigné. Lionel n'assiste jamais aux bals publics. Comment a-t-il osé venir ici ?

— C'est un goujat ! Mouchoir ?

— Oui, merci, dit Dina en reniflant. Je suppose que c'est l'un de ces tours cruels du destin.

— Ou peut-être savait-il que vous seriez ici. Comme vous l'avez dit, il n'assiste jamais aux soirées de charité, et vous faites partie du comité d'organisation de celle-ci.

— Pensez-vous qu'il puisse être venu pour que nous nous réconciliions ?

Il y avait tant d'espoir dans la voix de Dina que Clara fut prise d'un élan de compassion qui lui serra le cœur.

— C'est possible. Cependant, il est fort possible que ce ne soit qu'une pure coïncidence bien sûr. Tout le monde ne lit pas la liste de tous les organisateurs sur une invitation. Et quoi qu'il en soit…

Elle hésita, puis dit :

— Ne vous vexez pas, très chère, si je vous pose la question, mais souhaitez-vous vraiment son retour ? En effet, c'est vous qui avez rompu.

— Oh ! il l'avait bien mérité ! Quand il m'a récité ce discours ridicule, cela ressemblait tellement à ce que je venais de lire dans la chronique de Lady Truelove que c'en était troublant.

Ce ne l'était pas tant que cela, songea Clara en faisant la grimace.

— Oui, j'avais presque l'impression que Lady Truelove était en train de me parler, continua Dina. Et je savais ce que Lionel — ce scélérat — était en train de mijoter.

— Eh bien, je pense que vous avez réagi exactement comme il le fallait.

— Vraiment ? interrogea-t-elle dans un sanglot. Maintenant que je l'ai revu, je n'en suis plus si sûre.

— Oh ! ma pauvre amie !

Il y eut une courte pause durant laquelle Dina fut sans doute réconfortée par son amie. Puis elle dit :

— Je savais que je prenais des risques en lui avouant que je l'aimais. Je n'aurais jamais dû le dire en premier !

— Ce n'est jamais à la femme de confesser ses sentiments en premier. Tenez, prenez un autre mouchoir.

— C'est sorti spontanément, sans que j'eusse le temps de réfléchir à ce que je disais. Et quand il a répondu qu'il m'aimait aussi, j'ai bien entendu pensé que tout était arrangé et que nous allions nous marier. C'est ce que font les gens d'habitude, lorsqu'ils s'aiment, non ?

Dina commence à se sentir coupable.

Les mots de Rex revinrent en mémoire à Clara, qui se demanda quel rôle exact la culpabilité avait joué dans le comportement de Dina. Un rôle sans doute plus important qu'elle ne l'avait pensé au départ, fut-elle obligée de reconnaître.

Ils se connaissent depuis un mois. Pensez-vous vraiment qu'à ce stade ils puissent s'engager l'un envers l'autre pour le restant de leurs jours ?

— Eh bien, oui, répondit Nan, dont la voix se mêlait aux souvenirs de Clara. Se marier est la voie habituelle. Cependant, ce n'est pas forcément un passage obligé, en tout cas pour vous. Vous êtes veuve, donc si vous vous montrez discrets et si vous prenez vos précautions évidemment, rien ne vous empêche de recommencer comme avant. Il y a des risques, bien sûr, mais vous les connaissez déjà…

— Mais c'est précisément cela, l'interrompit Dina,

je ne veux pas recommencer comme avant. Oh ! bien sûr, au début, c'était parfait, terriblement excitant et amusant. Seulement les choses ont changé et désormais, c'est complètement différent. Je l'aime.

— Vous voulez vraiment l'épouser, alors ?

— Je ne sais pas ! Quand il a dit qu'il m'aimait, j'étais certaine de sa sincérité, mais après ce discours ridicule, comment puis-je croire qu'il disait la vérité ? Après qu'il a essayé de se jouer de moi, comment pourrais-je de nouveau lui faire confiance ? Si je n'avais pas lu le courrier du cœur de Lady Truelove cet après-midi-là, j'aurais très bien pu tomber dans le piège ! Mais Lady Truelove a eu raison de dire : « Quand un homme déclare son amour, il devrait être prêt à le prouver par une cour honorable. » Oh ! Nan, est-ce vraiment trop demander ?

Bien sûr que non, répondit Clara en silence, alors que la compassion et le sentiment de culpabilité qu'elle ressentait croissaient. Il fallait absolument faire quelque chose pour que Lionel se rapproche de Dina et se comporte de façon convenable.

— Néanmoins, poursuivit Dina en reniflant, je doute que cela importe, car il est clair qu'il ne veut pas faire ce qu'il faut.

— Préférez-vous partir ? demanda son amie. Dois-je faire préparer votre voiture ?

— M'enfuir comme une poule mouillée ? Jamais. Je me sens mieux à présent, et je n'ai pas l'intention de quitter le bal juste parce qu'il est ici. Retournons-y… Non, attendez, est-ce que je fais peur à voir ?

— Cela pourrait être pire, mais… tenez. Mettez un peu de ma poudre. Elle est fantastique. Quelques coups de houppette et personne ne s'apercevra que vous avez pleuré.

La poudre en question devait être efficace, car au bout de quelques secondes Dina poussa un lourd soupir et déclara :

— Voilà qui est mieux. Je me sens de nouveau moi-même.

— Si Lionel vous aborde, que lui direz-vous ?

— S'il n'a pas l'intention de me faire une cour honorable, je n'ai rien à lui dire.

Cette décision sensée fut ponctuée par un claquement de porte. Clara attendit un peu, mais comme elle n'entendait plus rien, elle quitta sa cachette pour se diriger vers les lavabos où il n'y avait plus personne, à l'exception de la domestique responsable des lieux.

Clara s'arrêta devant l'une des vasques en marbre rose et se lava les mains tout en réfléchissant à la situation. D'après la conversation qu'elle venait de surprendre, il était clair que Dina était toujours amoureuse de Lionel, et que ce qu'elle voulait avant de l'épouser, c'était la preuve qu'elle pouvait sans risque lui confier son cœur et son avenir. Rex ne mettait pas en doute le fait que Lionel aimait Dina, mais il n'était pas certain qu'ils se connaissaient assez bien pour se marier. S'ils étaient toujours amoureux l'un de l'autre, il était alors peut-être possible de faire quelque chose afin qu'ils se réconcilient. Ce serait à Rex et elle de s'en charger, car ces deux-là étaient bien trop fiers et malheureux pour le faire eux-mêmes. Et par ailleurs, c'était Rex et elle qui étaient responsables de la rupture entre les deux amants.

Un petit moment plus tard cependant, lorsque Rex

l'invita pour la valse qu'elle lui avait promise, il ne sembla pas partager son point de vue.

— Est-ce qu'espionner les conversations est quelque chose que vous faites avec tout le monde ? demanda-t-il alors qu'ils traversaient la piste en tourbillonnant. Ou bien est-ce le sort que vous réservez à mes amis ?

— Soyez un peu sérieux. Elle est anéantie, Rex.

— C'est possible. Mais il est également possible qu'en le voyant recommencer à sortir et à s'amuser elle regrette de l'avoir quitté.

— Une blessure d'orgueil ? Je n'y crois pas du tout. Je pense qu'elle a vraiment le cœur brisé et qu'elle ne comprend pas qu'il ne veuille pas se comporter en gentleman avec d'elle.

— C'est possible. Quoi qu'il en soit, en quoi tout ceci nous regarde-t-il ?

— Tout ceci est notre faute justement. Oui, la nôtre, à tous les deux, insista-t-elle alors qu'il fronçait les sourcils d'un air sardonique. N'y a-t-il rien que nous puissions faire ?

— Je pense que nous en avons tous les deux assez fait, pas vous ?

— Nous les avons séparés. Ne pouvons-nous pas les réunir ?

Il haussa les épaules.

— Dans quel but ?

— Pour que Lionel puisse lui faire la cour de façon appropriée. Et, ajouta-t-elle avec fermeté alors qu'il gémissait, pour qu'ils puissent enfin se marier.

— Aucun homme sain d'esprit ne peut vouloir cela. Et Lionel, je vous l'assure, est on ne peut plus sain d'esprit. Il m'a demandé conseil dans le but d'éviter le mariage, vous souvenez-vous ?

— Vous pourriez le convaincre…

— Envoyer un homme en enfer avant même qu'il soit mort ? Pourquoi ferais-je une chose pareille ?

— Vous avez dit que vous n'étiez pas opposé au mariage pour tout le monde.

— J'encourage mes amis à se marier seulement si c'est bien cela qu'ils veulent, et un mois ne suffit pas à savoir ce que l'on veut.

— Cela fait presque deux mois maintenant.

— Deux mois durant lesquels ils se sont à peine vus, je vous le rappelle. Et d'ailleurs, ajouta-t-il avant qu'elle puisse répondre, même si nous voulions faire quelque chose pour qu'ils se réconcilient, ce serait compliqué puisque — comme vous l'avez peut-être remarqué — Lionel ne me parle toujours pas.

— Raison de plus pour que nous intervenions, alors. Quelle meilleure façon de se faire pardonner que d'aider un ami à retrouver la femme qu'il aime ?

Il étouffa un juron, puis soupira.

— Je suppose que vous avez imaginé un plan afin que s'accomplisse ce miracle ?

— Vous aviez déjà un plan, l'avez-vous oublié ? Votre ami est-il un homme discret ? Si je faisais ce que vous m'aviez tout d'abord demandé, si je lui expliquais ce qui s'est vraiment passé, accepterait-il de garder mon secret ?

— Étant donné qu'il m'en veut principalement parce que je suis censé m'être montré indiscret, il ne serait pas du genre à parler à tort et à travers lui-même. Si vous lui révéliez l'identité de Lady Truelove et sa façon de faire, et que vous lui demandiez de garder cela pour lui, il n'en soufflerait pas un mot à quiconque. Le problème néanmoins, c'est qu'en l'état il ne vous croirait jamais. Il est de notoriété publique maintenant que je m'intéresse à vous, et je suis sûr qu'il est plus convaincu que jamais que je vous ai tout répété, et que vous vous êtes servie de ce que je vous ai appris afin d'alimenter le courrier du cœur de votre journal. Et je ne vois vraiment pas comment le détromper.

— Pourtant, il suffirait de le convaincre que vous ne m'auriez jamais fait la cour si je m'étais servie de vous de façon si méprisable.

— Peut-être cela fonctionnerait-il… Cependant, il faudra vous montrer très convaincante lorsque vous lui expliquerez ce qui s'est réellement passé.

— Ce n'est pas difficile de se montrer convaincant quand on dit la vérité.

— Ce ne sera pas l'entière vérité. Car je suppose que vous n'allez pas lui dire que c'est moi qui rédige le courrier du cœur désormais.

— Seigneur, non. Cela ne ferait que confirmer ses pires soupçons. Je laisserai supposer que je suis toujours Lady Truelove. Eh bien ? demanda-t-elle alors qu'il ne répondait pas. Allez-vous m'aider ?

— Je serais très heureux que Lionel sache enfin la vérité, et plus heureux encore si cela mettait un terme à notre brouille. Pour le reste en revanche, je ne suis pas certain que ce soit une bonne idée que nous nous mêlions à nouveau de cette histoire.

— Lorsqu'on donne des conseils, on est censé en assumer les conséquences, au moins en partie.

— Venant de vous, répondit-il sèchement, c'est assez savoureux.

Elle lui adressa un regard malicieux.

— À votre avis, pourquoi est-ce qu'au départ je ne voulais pas être Lady Truelove ? Mais c'est une bonne chose de faire en sorte que leur relation devienne plus honorable.

— Seulement de votre point de vue, et seulement si la situation n'évolue pas. Comme je vous l'ai dit lors du pique-nique, ils ont franchi le Rubicon. Se fréquenter de façon « honorable » comme vous dites serait sans doute quelque chose d'invivable pour eux. Ni l'un ni l'autre ne seraient capables de le supporter très longtemps. Si nous les amenons à se réconcilier, je leur donne deux semaines avant de capituler et de se jeter tête baissée dans le mariage — ce que je veux qu'ils évitent à tout prix. Sinon, ils ne pourront contenir leur passion, et ils recommenceront leurs rendez-vous dans des petits hôtels discrets — chose que vous trouvez immorale.

— Elle a le cœur brisé, Rex. Elle pensait qu'il l'aimait, qu'il essayerait de la voir à tout prix après qu'elle a rompu avec lui, et qu'il ferait ce qu'il avait à faire. Elle est en droit d'attendre une cour honorable de la part d'un homme qui prétend l'aimer, non ?

— Oh ! Seigneur !

Il soupira, et pencha la tête en arrière.

— Les femmes, dit-il comme s'il s'adressait à Dieu, sont le diable en personne.

Il la regarda de nouveau.

— Si j'accepte de participer à votre plan, je veux qu'une chose soit claire : la décision qu'ils prendront — quelle qu'elle soit — appartiendra à eux seuls et l'affaire cessera alors de nous concerner. S'ils reprennent leur liaison secrète, je ne veux pas entendre un seul mot de votre part sur la conduite soi-disant immorale de Lionel.

Elle acquiesça et lâcha un instant l'épaule de Rex pour tracer une petite croix sur son cœur.

— Pas un mot, je le jure. Mais, ne put-elle s'empêcher d'ajouter, s'ils décident de se marier, vous devrez enfiler votre plus bel habit, assister au mariage et réciter un beau discours sur le grand amour et le bonheur matrimonial. Vous avez dit que vous le feriez.

— Inutile de me le rappeler.

— La question est donc la suivante : comment pouvons-nous amener Lionel à m'écouter suffisamment longtemps afin que je puisse lui expliquer ce que j'ai fait ?

— C'est la première difficulté, je suis d'accord.

Il prit le temps d'y réfléchir, ainsi pendant quelques tours de piste, ils gardèrent tous les deux le silence.

— Il y a peut-être un moyen, finit-il par dire. Je sais que vous papillonnez beaucoup ce soir, mais reste-t-il quelques danses sur votre carnet de bal ?

— Une seule, je crois.

Elle lâcha sa main pour feuilleter son carnet qui était toujours accroché à son poignet gauche.

— Celle qui est juste après celle-ci. Pourquoi ?

— Parce que Lionel va vous inviter à danser.

Juste après cette surprenante prédiction, la valse qu'ils étaient en train de danser prit fin. Ils se séparèrent et exécutèrent leurs révérences, mais tandis que Rex la raccompagnait à sa place, elle fut obligée de souligner l'incongruité de cette idée.

— Votre ami ne me connaît pas. Lui et moi n'avons jamais été présentés.

— Croyez-moi, c'est le dernier de nos problèmes.

— Jamais il ne m'invitera à danser, dit-elle alors qu'ils s'arrêtaient à côté de Sarah et d'Angela. Pourquoi ferait-il une chose pareille ?

— C'est vous qui dites cela alors que votre carnet de bal est rempli ?

— Vous savez ce que je veux dire. Je suis sûre qu'il m'en veut autant qu'à vous. Pourquoi, dans ce cas, m'inviterait-il à danser ?

— Pour me rendre jaloux, bien entendu.

Rex s'inclina au-dessus de sa main et, alors qu'il se redressait, elle vit dans ses yeux un regard qu'elle connaissait bien et qui fit aussitôt battre son cœur beaucoup plus vite.

— Et s'il vous fait sourire, Clara, il y parviendra.

— Voilà, j'ai fait ce que vous demandiez.

Hetty secouait la tête d'un air interdit alors qu'elle rejoignait Rex à un bout de la piste.

— Cependant, j'admets que la raison pour laquelle vous avez voulu que je présente Clara à Lionel Strange m'échappe. Regardez ce qui s'est passé.

Elle désigna la piste.

— Il l'a aussitôt invitée à danser.

— Vraiment ?

— Cela n'a pas vraiment l'air de vous surprendre, cousin, murmura Hetty en le dévisageant. Vous vouliez qu'il danse avec elle ? Mais pourquoi ? demanda-t-elle alors qu'il acquiesçait. Pourquoi vouloir une chose pareille ?

— Je sais ce que je fais, la rassura-t-il.

Cependant, le destin semblait avoir envie de le mettre à l'épreuve, car à ce moment précis Clara sourit à Lionel, et Rex ressentit le besoin primaire de rugir, exactement comme quand il avait vu tous les jeunes blancs-becs de Londres se précipiter sur elle pour l'inviter à danser. N'étant pas masochiste, il s'était réfugié dans la salle de jeu après s'être assuré que Clara lui réservait bien une danse. Seulement dans ce cas précis, il était obligé de l'observer danser avec un autre et, même s'il ne pouvait nier sa jalousie, il évitait de creuser la question car, de toute façon, il n'y avait rien à faire contre cela. Il était néanmoins heureux et soulagé que le cœur de Lionel soit déjà pris.

— Vraiment, Rex ? demanda Hetty en l'arrachant à ses pensées. Savez-vous réellement ce que vous faites ? Lionel Strange est l'un des célibataires les plus en vue de Londres. Il n'est pas très riche, bien entendu, mais en tant que député, il possède un revenu régulier. Et il gravit les échelons au sein du parti travailliste, paraît-il. Il pourrait devenir ministre de l'Intérieur un jour. Il est très beau, également. Et, tout comme le père de Miss Deverill, il est issu de la classe moyenne. En fait, Lionel et Miss Deverill vont très bien ensemble, et je suis sûre que c'est l'avis de beaucoup de gens.

Rex ne répondit rien.

— Oh ! je ne vous comprends plus du tout ! s'exclama-t-elle. Je pensais qu'elle vous plaisait.

— Elle me plaît.

Au fond de lui, les dragons de la concupiscence grondèrent et lui rappelèrent à quel point c'était le cas.

— Mais seulement en tant qu…

— Qu'amie, termina-t-elle à sa place. Je sais, vous l'avez assez répété. Mais puisque vous parlez avec elle à chaque fête, que vous acceptez les invitations pour les événements auxquels elle assistera aussi, et que vous dansez avec elle à tous les bals, tout le monde pense que vous vous êtes entiché d'elle.

Elle regarda la piste un instant.

— Et pourtant, j'ai pu remarquer qu'elle vous traitait avec une légère froideur.

Il repensa à leur étreinte sur le canapé et à la réaction passionnée de Clara lorsqu'il l'avait embrassée. Il fut pris d'un sentiment de culpabilité, qui fut néanmoins vite étouffé par son désir. Il s'agita et détourna les yeux.

— Oh là là, murmura Hetty en l'observant. L'impensable s'est peut-être enfin produit.

Il serra la mâchoire et tenta de rester le plus digne possible. Mais la dignité n'était pas facile à atteindre alors que les souvenirs du baiser de Clara embrasaient son corps.

— Totalement absurde, dit-il.

— Vraiment ? Lionel ne serait-il pas en train de plaider votre cause pendant qu'il danse avec elle ?

Malgré les tourments dans lesquels il était, cette suggestion parvint presque à le faire rire.

— N'êtes-vous pas au courant de ce qui s'est passé au bal de tante Petunia ? Lionel m'a assommé d'un coup de poing.

— Oh ! mais vous êtes amis depuis toujours tous les deux. Quel que soit le sujet de votre brouille, je suis sûre que c'est oublié maintenant. Parce que sinon je ne vois pas pourquoi vous pousseriez Miss Deverill, dont vous vous êtes visiblement entiché, dans les bras d'un homme qui semble fait pour elle.

Il ne répondit pas et, au bout d'un moment, Hetty poussa un soupir vexé.

— Oh ! très bien, puisqu'il est clair que vous n'êtes

pas disposé à m'en dire plus, je vais vous laisser et me diriger vers le buffet.

Hetty s'éloigna et Rex reprit son observation de la piste de danse, chassant les souvenirs de ce torride après-midi. Lorsqu'il trouva Clara parmi les danseurs, il constata que Lionel écoutait très attentivement ce qu'elle racontait, ce qui était bon signe. Et lorsque la danse prit fin et qu'il la raccompagna, il fit un signe de tête à Rex en passant devant lui.

Ce gage d'attention était encore plus encourageant, mais ce ne fut que lorsque Lionel escorta Clara vers le buffet et que cette dernière se retourna vers lui en souriant qu'il s'autorisa à penser que Lionel était disposé à lui pardonner et que le plan avait fonctionné.

Cela ne voulait pas dire qu'il partageait finalement le point de vue romantique de Clara sur la situation, mais cela, c'était un autre problème.

Chapitre 14

Suite au bal de charité de Lord et Lady Montcrieffe, la Saison de Clara prit un tour encore plus frénétique. Le lendemain, les invitations se mirent à pleuvoir, et son emploi du temps se remplit pour les deux semaines à venir, du matin au soir, sans lui laisser le moindre moment libre. Les déjeuners, les pique-niques, les réunions à but caritatif, les goûters et les sorties en bateau remplissaient ses journées, tandis que les dîners, les sorties à l'opéra, au théâtre, les soupers au Savoy, les cotillons et les bals occupaient ses soirées. Le rythme devenait si effréné que si elle avait été la seule concernée, elle aurait peut-être commencé à refuser certaines invitations pour se reposer.

Mais les proches du duc bénéficiaient largement de son nouveau statut, car presque toutes les invitations leur étaient aussi adressées et elle n'avait pas le cœur de gâcher ces belles opportunités.

En ce qui concernait Rex, elle continuait à le traiter avec la même indifférence polie qu'au début, et lui persévérait dans son rôle de prétendant obstiné. Pour Clara, en revanche, cette comédie était encore plus difficile à jouer depuis le bal. Elle le revoyait souvent, l'épaule appuyée contre la colonne de marbre et le visage grave, et à chaque fois que cette image surgissait dans son esprit, elle ressentait une douleur vive à la poitrine.

Parfois, elle le surprenait en train de l'observer comme il l'avait fait ce soir-là et sa voix — grave, vibrante et intense — résonnait à ses oreilles.

« C'est ce que je veux, Clara. »

Certaines nuits, elle rêvait de lui. Elle sentait sa bouche sur la sienne, ses bras autour d'elle et son corps ferme contre le sien, et elle se réveillait trempée de sueur et percluse de douleurs comme si elle avait de la fièvre. Avec le temps, il aurait dû être de plus en plus facile pour elle de chasser cet après-midi défendu de son esprit, pourtant alors que les jours passaient, les souvenirs paraissaient de plus en plus intenses et de plus en plus difficiles à effacer.

Concernant l'avancée de leur plan pour réunir Dina et Lionel, Rex lui avait appris qu'il s'était réconcilié avec son ami, mais il ignorait en revanche où en était son histoire d'amour avec Dina, ni même si histoire d'amour il y avait encore. Il continuait à envoyer le courrier du cœur de Lady Truelove par la poste et elle n'y trouvait jamais le moindre mot à changer. Ses conseils aux amoureux de Londres étaient toujours très à-propos et moralement recevables, même si Clara ignorait si elle était encore très objective.

Elle essayait de se ménager au moins une ou deux heures tous les jours pour se consacrer au journal, sans toujours y parvenir.

Environ deux semaines après le bal chez les Montcrieffe, un matin, elle se rendit compte que sa dernière visite à Belford Row remontait à quatre jours entiers. Pire encore, c'était un vendredi, ce qui signifiait qu'elle devait encore lire la chronique de Rex et qu'elle n'avait pas non plus validé la mise en page de la semaine. Élaborée par Mr Beale la veille, la maquette devait se trouver sur son bureau, en attente de son approbation. Ou bien, songea-t-elle avec amertume, Mr Beale s'était servi de son absence pour asseoir davantage son autorité et il s'était arrogé le droit de valider la maquette lui-même. Il pouvait très bien avoir également ouvert et lu la chronique de Lady Truelove, et y avoir apporté ses propres corrections. Ce fut cette possibilité qui décida Clara à se rendre au journal.

À dire vrai, elle était plutôt soulagée à l'idée d'échapper aux réunions mondaines et de se retrouver seule et au calme dans son petit bureau. Elle annula tous ses engagements de l'après-midi et prit un taxi pour Belford Row.

Cependant, dès qu'elle arriva au journal, elle comprit que la paix et le calme étaient les dernières choses qu'elle y trouverait. Elle venait juste d'entrouvrir la porte que la voix enragée de Mr Beale parvint à ses oreilles.

— C'est l'article le plus idiot que j'aie lu de toute ma vie, Miss Trent. Vous appelez cela du journalisme ? Moi j'appelle cela du vent, de l'esbroufe facile et superficielle.

— Du vent… De l'esbroufe… Facile et superficielle… rétorqua une voix féminine. Tout cela n'est-il pas un peu redondant, sir ?

Cette remarque impertinente déclencha des rires étouffés de la part des collègues femmes de Miss Trent, mais lorsque Clara ouvrit complètement la porte, elle vit que Mr Beale ne riait pas avec elles. À la place, avec un air outré, il fusillait du regard la petite et menue Elsa Trent.

— Mr Beale, que se passe-t-il ? demanda Clara en entrant.

Les autres femmes la regardèrent, et Mr Beale l'ignora. Il ne jeta même pas le moindre coup d'œil dans sa direction.

— Vous avez bien du culot, miss, dit-il à Elsa en agitant devant elle des feuilles de papier. Lire ce torchon a été difficile et le corriger impossible. Jetez-moi ça tout de suite et recommencez.

— Mais, sir, je ne comprends pas bien ce qui ne va pas. Si vous pouviez juste me…

— Recommencez, l'interrompit-il. Et si j'entends la moindre protestation, vous pourrez chercher un autre travail.

Sur ce, il jeta les feuilles au visage d'Elsa.

La rage s'empara de Clara et avant même de s'en rendre compte, elle fit claquer la porte derrière elle et se précipita pour s'interposer entre Elsa et Mr Beale.

— Il suffit ! s'exclama-t-elle. Mr Beale, cessez de maltraiter cette pauvre Miss Trent.

— De la maltraiter ?

Il dédaigna Elsa pour se tourner d'un air courroucé vers Clara.

— C'est moi qui suis maltraité, Miss Deverill, car je suis tenu de corriger des inepties rédigées par des idiotes qui ne savent pas écrire, et on me répond effrontément lorsque j'exige des changements. Mais le plus consternant, ajouta-t-il quand elle ouvrit la bouche pour répondre, c'est que je suis sous les ordres d'une femme qui a la moitié de mon âge et même pas le centième de mon expérience. Et, poursuivit-il en la regardant de haut en bas avec mépris, être rappelé à l'ordre par quelqu'un qui ne mérite pas mon respect alors même que j'essaie d'exercer mon autorité légitime est tout bonnement insupportable. C'est…

— Vous avez raison, l'interrompit Clara d'une voix si furieuse qu'elle le réduisit aussitôt au silence. C'est tout à fait insupportable. À tel point que je ne vois aucune raison pour moi de tolérer cela une seconde de plus.

Bouche bée, le rédacteur en chef écarquilla les yeux, et Clara aurait peut-être trouvé sa surprise comique si la colère qui coulait comme une eau gelée dans ses veines ne glaçait pas son corps tout entier.

— Pendant trois mois, Mr Beale, j'ai observé vos manières belliqueuses, votre arrogance et votre manque de considération pour les autres personnes qui travaillent ici, dit-elle en détachant bien chaque mot. Trop longtemps je me suis efforcée de vous comprendre et j'ai pris sur moi pour ignorer vos remarques méprisantes. Mais en vous en prenant à un membre de l'équipe, poursuivit-elle alors qu'il essayait de protester, et de si vile manière, vous avez dépassé les bornes.

Elle prit une grande inspiration, car l'exaltation l'étourdissait presque.

— Mr Beale, vous êtes renvoyé.

— Vous n'avez pas le pouvoir de mettre un terme à mon contrat.

— Ah non ?

Elle rit, et savoura ce moment sans doute plus qu'elle ne l'aurait dû, étant donné les problèmes que cela allait causer. Seulement elle savait qu'elle n'aurait jamais aucun regret, quoi qu'il puisse se passer ensuite.

— Et qui va m'en empêcher ? demanda-t-elle en le toisant. Vous ?

— Comme nous l'avons souvent évoqué, je ne travaille

pas pour vous, Miss Deverill. J'ai été engagé en pensant que je travaillerais pour votre frère…

— Sauf que mon frère n'est pas ici, l'interrompit-elle en écartant les bras dans un geste d'impuissance. Moi, si. Et en tant que seule représentante de la famille Deverill, j'ai le pouvoir de mettre un terme à votre contrat immédiatement. Cette décision, ajouta-t-elle alors qu'il essayait de lui couper la parole, n'est pas sujette à discussion.

— Je la conteste néanmoins. Je vais aller voir votre père.

— Oh ! ne vous gênez pas.

Clara rit de nouveau, avec moins de retenue cette fois car elle nageait en pleine allégresse. Mais pourquoi diable avait-elle essayé d'amadouer cet homme, de travailler avec lui, ou même de le supporter ? Elle désigna l'escalier derrière elle.

— Allez-y, je vous en prie. Vous le trouverez au salon, au premier étage. Je suis sûre qu'il se montrera compatissant envers vous et intransigeant envers moi qui me suis montrée si injuste. Ensemble, vous pourrez vous plaindre des femmes et de leur manque de reconnaissance. Il vous offrira même certainement à boire. En revanche, ce qu'il ne fera pas, c'est s'opposer à ma décision. Il n'en a légalement pas le pouvoir ni, soyons francs, la volonté.

— Cet immeuble lui appartient…

— Oui, mais il ne contrôle pas le journal ni ne le possède. Et surtout, il ne me contrôle pas ni ne me possède, moi. Maintenant, veuillez quitter vos fonctions tout de suite. Les affaires personnelles qui se trouvent sur votre bureau ainsi que vos appointements vous seront apportés chez vous avant la fin de la journée. N'espérez pas une lettre de recommandation, car il n'y en aura pas. Et ne m'obligez pas, ajouta-t-elle alors qu'il s'approchait, les poings serrés, à appeler un agent de police.

Il resta là un moment à la fixer, la mâchoire serrée. Clara soutint son regard sans ciller et, au bout d'un moment, il se détourna vers la porte en jurant. Il ne s'arrêta que pour prendre son imperméable, accroché au portemanteau, et sortit en claquant la porte derrière lui.

Le bruit résonna dans la pièce silencieuse comme un coup de fusil. Personne ne bougea. Les trois autres femmes fixaient Clara d'un air stupéfait, aucune ne semblait savoir quoi dire.

Clara prit une grande inspiration. Maintenant que c'était terminé, elle se sentait un peu fébrile. Elle balaya la pièce du regard.

— S'est-il souvent montré aussi odieux en mon absence ?

Les trois femmes se lancèrent des coups d'œil sans oser dire quoi que ce soit, et Clara eut sa réponse.

— Je vois. Mesdames, je vous présente mes plus sincères excuses car, de façon impardonnable, j'ai négligé mon devoir envers vous et envers le journal. Personne ne devrait être obligé de supporter un comportement aussi exécrable de la part de qui que ce soit, homme ou femme. Si jamais cela se reproduit, vous devez m'en avertir immédiatement. Et cela ne vous causera aucun ennui, je vous le promets. En ce qui me concerne, je vais faire de mon mieux pour ne plus vous négliger. Et maintenant, Evie…

Elle se tourna vers sa secrétaire.

— Appelez, je vous prie, l'agence de placement Merrick et prévenez Miss Merrick que nous avons besoin d'un nouveau rédacteur en chef pour le journal. Quelqu'un d'expérimenté et — si possible — d'agréable. Précisez que la personne en question doit non seulement être compétente, mais aussi disposée à travailler sous les ordres d'une femme et, quand cela sera nécessaire, à superviser une équipe composée de femmes. Je suis certaine que Miss Merrick, qui est elle-même à la tête de sa propre agence, comprendra les raisons de nos exigences.

Les trois autres femmes se mirent à rire, et la tension se dissipa.

— Hazel, poursuivit Clara à l'adresse de la femme blonde à côté de Miss Huish, puisque vous êtes en manteau, je suppose que vous vous apprêtiez à sortir déjeuner. Les publicités sont-elles prêtes pour la typo ?

— Oui, Miss Deverill.

— Alors j'espère qu'à votre retour vous voudrez bien composer une nouvelle annonce, dans laquelle nous allons indiquer que nous cherchons un rédacteur en chef.

— Oui, bien sûr. Je peux même sauter ma pause déjeuner.

Clara sourit.

— J'apprécie votre sens du sacrifice, mais je pense que nous pouvons nous passer de vous pendant une demi-heure. Dès que vous aurez composé l'annonce, apportez-la-moi afin que je la relise. Quand elle aura reçu mon approbation, Evie fera en sorte qu'elle paraisse dans divers journaux.

— Pensez-vous qu'ils accepteront ? demanda Evie. Nous sommes concurrents, après tout…

— Certains vont peut-être refuser, mais pas tous. Je pense par exemple que nous avons notre chance avec les journaux du nord du pays. Essayez le *Manchester*

Daily Mail et la *Leeds Gazette*, pour commencer. Et tous les journaux appartenant à Lord Marlowe. Même ses journaux londoniens accepteront de faire passer une annonce comme celle-ci. Marlowe n'a jamais eu peur de la concurrence. Et, ajouta-t-elle pour Hazel, nous allons faire paraître une grande annonce d'un quart de page dans *La Gazette* de cette semaine, afin d'inciter les candidats qualifiés pour cet emploi à postuler, elle sera à composer également.

— Mais la maquette ? demanda Hazel. Mr Beale l'a déjà préparée. Il n'y a pas de place pour ajouter une annonce, pas de cette taille en tout cas.

— Je reverrai la mise en page. Vous composez l'annonce, Hazel, et je ferai en sorte qu'elle s'insère quelque part. Un quart de page, pas moins.

— Oui, Miss Deverill. Je vais juste m'acheter un sandwich et une pomme chez la marchande de quatre saisons et je reviens tout de suite.

Hazel s'en alla et Clara se tourna vers la femme dont le dernier article avait été le catalyseur de ce coup de tonnerre. Mais la journaliste ne lui laissa pas le temps de parler.

— Je suis terriblement désolée, Miss Deverill, déclara-t-elle. Je ne voulais pas me montrer insolente envers Mr Beale. Vraiment. Et maintenant, nous n'avons plus de rédacteur en chef. Je sais que je nous ai toutes mises dans une situation impossible…

— Je vous en prie, Elsa, ne vous excusez pas. Ce qui s'est passé n'était pas votre faute de toute façon. Cet homme est odieux, et j'ai pensé que vous aviez admirablement pris sur vous, étant donné les circonstances. Je l'ai toléré bien trop longtemps, je le sais, mais je peux vous assurer que je ne considère pas son départ comme une grande perte. Cependant, si vous pensez que certaines de ses remarques au sujet de votre travail étaient sensées — et essayez de vous montrer aussi honnête que possible envers vous-même —, alors, s'il vous plaît, je voudrais que vous en teniez compte. En revanche, oubliez tout le reste, d'accord ? Une fois que vous aurez terminé de corriger votre article, ajouta-t-elle alors qu'Elsa acquiesçait, tapez-le à la machine et apportez-le-moi.

— Cela signifie-t-il que vous allez être notre rédactrice en chef jusqu'à ce que le poste soit pourvu ?

— Je n'ai pas le choix.

Elsa sourit, visiblement soulagée par cette nouvelle. Seulement Clara ne partageait pas vraiment son soulagement, car le travail de rédacteur en chef était ingrat et difficile, même pour quelqu'un d'expérimenté, et elle n'était pas du tout certaine de pouvoir le faire correctement. Comme elle l'avait dit à Rex, les bons rédacteurs en chef étaient rares, alors trouver la personne adéquate prendrait sans doute beaucoup de temps, ce qui signifiait que sa première Saison était certainement terminée.

D'un autre côté, lorsqu'elle repensait au visage surpris de Mr Beale, elle ne regrettait rien. Et, plus important encore, elle savait aussi que malgré les erreurs qu'elle avait faites, elle ne commettrait jamais plus la plus grave d'entre elles. Jamais plus elle ne s'en remettrait au jugement de quelqu'un d'autre, même si ce quelqu'un était sa sœur adorée. Non, à partir de maintenant, elle s'en remettrait uniquement à son propre jugement.

Rex n'avait jamais été un adepte du masochisme, pourtant après le bal des Montcrieffe, il devint vite évident qu'il aimait se faire du mal, au moins lorsqu'il était question de Clara.

Durant les deux semaines suivant le bal, il passa la plupart de son temps à la chercher parmi la foule à chaque soirée à laquelle ils assistaient tous les deux. Dès qu'il l'apercevait, elle semblait toujours parler avec un autre homme. Lors des dîners, des règles stupides l'empêchaient toujours d'être assis à côté d'elle, et même si elle lui réservait une danse à chaque bal, ce n'était pas toujours une valse, malheureusement. Par conséquent, il passa la majeure partie de son temps depuis le bal de Montcrieffe à balancer entre la concupiscence et la jalousie, tout en étant parfaitement conscient qu'aucun des deux n'était acceptable. Au bout de deux semaines, il était dans un état de frustration tel qu'il se sentait prêt à tout laisser tomber dans le but de se consacrer à une tâche plus reposante pour l'esprit et plus simple pour le corps, boxeur peut-être, ou dresseur de fauve.

Mais au bout de deux semaines de torture et de frustration, il s'en trouva tout à coup délivré, et son humeur devint plus noire encore. Clara disparut subitement, et après une semaine entière passée sans l'apercevoir à aucune fête ni à aucun bal, il décida de se renseigner sur ce qui se passait. Il intercepta Lady David à l'opéra durant l'entracte et lui demanda des nouvelles de Clara. Lady David lui assura qu'elle allait très bien, mais que des circonstances imprévues l'avaient obligée à retourner chez elle pour une période indéterminée. Lorsqu'il la pressa pour qu'elle lui donne de plus amples informations, Carlotta ne céda pas et Rex, qui ne savait pas s'il devait être inquiet ou exaspéré, décida qu'il était temps d'aller trouver Clara et d'apprendre de sa propre bouche quelles étaient ces circonstances imprévues. Dans le cas où il pourrait malencontreusement être responsable de cette disparition, il acheta une bouteille de champagne à la table des rafraîchissements, puis il quitta Covent Garden et prit un taxi pour Belford Row.

Quand il arriva chez Clara, il remarqua que, si les locaux du journal étaient plongés dans l'obscurité et semblaient vides, il y avait de la lumière dans le petit bureau de Clara. Il en conclut qu'elle devait encore être en train de travailler. Il essaya d'ouvrir la porte, qui n'était pas verrouillée. Il entra alors, mais lorsqu'il appela Clara, elle ne répondit pas. Malgré cela, il avança, avec l'intention d'aller éteindre la lampe de son bureau avant de se présenter à la porte d'entrée, car une lampe laissée allumée représentait toujours un danger d'incendie. Tandis qu'il traversait le grand bureau commun, il se promit de sermonner Clara sur son étourderie, puisque en plus de laisser sa lampe allumée elle avait aussi laissé la porte ouverte. Cependant, lorsqu'il pénétra dans son bureau et la trouva endormie, la tête sur une main et un crayon dans l'autre, il perdit aussitôt toute envie de la réprimander.

Il retira son haut-de-forme et avança d'un pas. Puis il s'arrêta, en se rendant compte qu'il était sans doute mieux de ne pas la réveiller. Pourtant il n'était pas certain que la laisser dormir ainsi, pliée en deux sur son bureau, soit une meilleure idée. Avant qu'il se décide néanmoins, l'instinct de Clara la réveilla. Elle se redressa en sursaut, ce qui fit reculer son siège de quelques centimètres et fit retomber une mèche de cheveux devant ses yeux.

— Rex ? demanda-t-elle en se recoiffant et en lui adressant un regard ensommeillé. Que faites-vous ici ?

— Pour faire la cour à quelqu'un, même si c'est une mascarade, il faut être deux, je le crains.

Elle soupira et rapprocha sa chaise du bureau.

— Je suis désolée, mais j'ai eu énormément de travail ici.

— Ah…

Il regarda autour de lui et remarqua le désordre qui régnait dans la pièce, chose qui ne l'avait pas frappé lors de ses précédentes visites. Des piles de journaux, de dossiers et d'autres documents s'étalaient partout, sur les chaises, sur les étagères, par terre et sur le bureau. Sur son bureau se trouvaient également des feuilles de papier à dessin, des fusains et du matériel divers.

— J'en ai bien l'impression, en effet, confirma-t-il.

Il l'observa de nouveau et remarqua qu'elle n'arborait pas son austère couronne tressée habituelle. À la place, ses boucles étaient ramassées en une espèce de chignon lâche à l'arrière de son crâne et semblaient prêtes à se libérer à la moindre provocation. Cette jolie masse de cheveux brillants lui donnait bien envie d'essayer, cependant il résista à la tentation.

— Vous avez changé de coiffure, ne put-il néanmoins s'empêcher de dire.

Elle rougit.

— Je n'ai pas de femme de chambre ici, et j'ai trop de travail pour me préoccuper de ma coiffure, murmura-t-elle en portant les mains à son chignon flou comme pour l'arranger un peu.

— Laissez, ordonna-t-il. C'est terriblement séduisant.

Dès qu'il eut prononcé ces mots, il se maudit.

— Vraiment ?

Elle toucha son chignon d'un geste timide en lui adressant un regard sceptique.

— Pourtant il est très mal fait.

Il n'avait pas l'intention d'expliquer pourquoi cela pouvait être attirant et heureusement elle reprit la parole et le dispensa ainsi d'inventer d'absurdes justifications.

— Vous avez apporté du champagne ?

— Oui.

Chassant les images des cheveux de Clara retombant en cascade sur ses épaules blanches et nues, il s'approcha et posa la bouteille devant elle.

— Vous avez été absente à tous les événements de la semaine. Lady David m'a assuré que vous n'étiez pas malade, seulement elle s'est montrée si évasive que j'ai pensé que c'était moi qui étais responsable de votre absence. J'ai donc décidé d'aller voir par moi-même ce qui se passait. J'espère ne pas avoir commis d'impair sans m'en rendre compte.

— Oh ! non, cela n'a rien à voir avec vous. Carlotta déteste devoir expliquer que j'ai un métier, et surtout que ce métier consiste à diriger un journal. Elle trouve que cela fait terriblement classe moyenne. C'est sans doute pour cela qu'elle a refusé de vous en dire plus. Cela l'embarrasse que je sois obligée de travailler, même si c'est quelque chose de temporaire.

— Je vois. Mais était-ce tout ? demanda-t-il en désignant avec son chapeau le désordre ambiant. Que s'est-il passé ?

— J'ai renvoyé Mr Beale.

— Vraiment ?

Il sourit et prit place en face d'elle.

— Quelle merveilleuse nouvelle.

Elle lui adressa une petite moue tout en rangeant son crayon derrière son oreille.

— Oui, eh bien, depuis, je peux vous dire que j'en paie les pots cassés. D'abord, le typographe nous a quittés. Être le seul homme parmi un effectif exclusivement féminin le mettait mal à l'aise, m'a-t-il dit. Hazel et moi avons donc dû faire son travail pour l'édition de la semaine dernière. Puis, la presse est tombée en panne, après — Dieu merci — que nous avons tiré tous les exemplaires. J'ai eu toutes les peines du monde à trouver une entreprise qualifiée pour se charger de la typo et de l'impression de l'édition de cette semaine. Et juste après, la mère de Hazel est tombée malade et cette dernière a dû rentrer chez elle dans le Surrey. J'avais l'intention de vous prévenir de ce qui se passait, mais en toute honnêteté, Rex, j'ai juste… oublié…

Elle rit un peu, en secouant la tête, ce qui fit de nouveau tomber une mèche de cheveux devant ses yeux.

— C'est terriblement impoli de ma part, n'est-ce pas ?

— Pas du tout. C'est parfaitement compréhensible.

Il se pencha vers elle et fit grise mine en remarquant ses traits tirés et ses cernes.

— Vous avez l'air épuisée, mon agneau.

— Je suis un peu fatiguée, admit-elle.

Elle essaya de dompter sa mèche rebelle, qui ne se laissa pas faire et retomba aussitôt sur son front. Ce moindre effort semblait l'épuiser.

Il le fit pour elle et, d'un geste précis, rangea sagement sa mèche derrière son oreille. Résistant à la tentation de s'attarder et de toucher la douce peau de sa joue, il retira sa main.

— Plus qu'un peu, dit-il doucement, en se calant dans le dossier de son siège.

— Ce n'est pas seulement travailler ici qui m'a épuisée. La Saison est devenue une course effrénée.

— C'est toujours l'effet que cela fait.

— Cela n'a pas été désagréable de faire une coupure, même si le rythme de mes journées n'a pas ralenti.

Elle rit.

— Ce qui est curieux, c'est que j'aime assez ce que je fais ici. Et jamais je n'aurais cru cela possible.

— Néanmoins, il faut vous reposer. Vous devriez d'ailleurs monter vous coucher.

— Impossible, dit-elle en désignant les feuilles étalées devant et derrière elle. Je dois d'abord finir ceci.

— Et qu'y a-t-il de si important qui ne puisse attendre demain matin ?

— En l'absence de Hazel, en plus d'être directrice du journal et rédactrice en chef, je m'occupe également des publicités. J'ai un rendez-vous avec Ebenezer Shaw demain matin, durant lequel je suis censée lui montrer des maquettes d'annonces pour le lancement du nouveau produit de sa compagnie. Hazel m'a soufflé quelques idées, seulement elle n'a pas eu le temps de dessiner quelques croquis avant de partir. C'est donc moi qui dois les faire. J'ai essayé, mais…

Clara haussa les épaules en contemplant ses brouillons.

— Je suis assez peu douée pour le dessin, j'en ai peur.

Il jeta un œil à ses pathétiques tentatives et fut forcé d'admettre qu'elle avait raison.

— C'est horrible, je sais, dit-elle comme si elle lisait dans ses pensées. Mais je ne peux pas annuler le rendez-vous. Il est tellement pingre qu'il serait capable de nous retirer toute la campagne si je ne suis pas prête. Et s'il fait cela, nous pourrions perdre plus de mille livres sur nos revenus publicitaires. Plus encore s'il est vraiment de très mauvaise humeur.

— Ne craignez rien.

Rex se leva et se mit à déboutonner sa veste de soirée noire.

— Vous n'allez pas perdre le moindre penny.

— Que faites-vous ? demanda-t-elle alors qu'il quittait sa veste, la posait sur le dossier de sa chaise et retirait ses boutons de manchettes.

— À votre avis ?

Il rangea ses boutons de manchettes en argent dans le plumier de Clara et se mit à remonter ses manches.

— Je vais vous aider.

Chapitre 15

Si Rex avait espéré passer aux yeux de Clara pour un preux chevalier et qu'elle se jette dans ses bras et le couvre de baisers pour lui témoigner sa reconnaissance, il fut aussitôt déçu.

Elle fronça les sourcils sans chercher à masquer son scepticisme.

— Vous êtes doué pour le dessin ?

— Plus que vous, ma douce, rétorqua-t-il en s'emparant du fusain qu'elle avait coincé derrière son oreille.

Il étala ses esquisses, et après avoir vu ses hommes bâtons, ses ébauches de bouteilles et les notes qu'elle avait griffonnées, il comprit où elle voulait en venir.

— Les pilules Shaw ont obtenu un nouveau brevet, à ce que je vois.

— Un remède contre le rhume.

Il prit un air dubitatif qui lui valut un regard réprobateur de la part de Clara.

— Si vous ne croyez pas au produit, dit-elle sèchement, je vais avoir du mal à vous accorder ma confiance.

— Ceci va peut-être vous faire changer d'avis.

Rex prit une feuille vierge et se mit à dessiner. En quelques rapides coups de crayon, il représenta un bébé

heureux et une mère soulagée. Puis, le temps que Clara
fasse le tour du bureau pour venir à côté de lui, il avait
ajouté une réplique de la potion, ainsi que les initiales
de la compagnie.

— Voilà, dit-il en se redressant. Qu'en pensez-vous ?

Elle fixa le croquis et, soulagée, elle ne put retenir un
petit bruit à mi-chemin entre le soupir et le cri étouffé.
Il en conclut qu'elle devait enfin être en train de réviser
le piètre jugement qu'elle s'était fait de lui au départ. Il
n'était pas sûr de mériter cela, pourtant il ne pouvait
s'empêcher de jubiler intérieurement.

— C'est excellent. Vraiment excellent.

Elle se tourna vers lui, une main sur la poitrine.

— Oh ! merci, Rex. Merci.

Ses yeux marron étaient emplis de gratitude. Elle
était apaisée, suffisamment pour qu'il ait envie de lui
demander une douce compensation. Mais il se retint.

— J'aurais juste aimé savoir plus tôt que vous aviez ce
genre de problème, dit-il à la place. Je serais venu directement ici ce soir, et cela m'aurait épargné la souffrance
d'entendre deux heures d'opéra wagnérien.

— C'est là que vous étiez donc ? À Covent Garden ?

Il hocha la tête.

— Là-bas, j'ai discuté avec Lady David. Je l'ai vue
dans la loge du duc, j'ai remarqué que vous n'étiez pas là
et j'ai décidé qu'il était temps que nous nous revoyions.

— J'en suis heureuse. Pouvez-vous… Cela vous
dérangerait-il d'en réaliser quelques autres ?

— Cela dépend ? Avez-vous quelque chose à manger ?

— Vous voulez de la nourriture ?

— Eh bien, je pourrais demander d'autres compensations, ne put-il s'empêcher de dire, mais je me contenterai d'une assiette de sandwichs.

— Je pense pouvoir trouver cela.

Elle désigna les pages griffonnées empilées sur un coin de son bureau.

— Ce sont les notes que j'ai prises en discutant avec Hazel avant qu'elle parte pour le Surrey. Lisez-les et vous aurez une idée de ce à quoi nous avions pensé. Nous voulons proposer six annonces différentes.

— Donc, six croquis ?

À peine eut-elle acquiescé qu'il se rassit et commença la lecture des notes prises par Clara.

— C'est comme si c'était fait.

Tandis que Clara était partie en quête de sandwichs, il commença sa lecture et se mit au travail. Lorsqu'elle revint, il avait terminé deux dessins et avait bientôt achevé le troisième. Seulement dès qu'il aperçut ce qu'elle posa à côté de lui, il s'arrêta.

— Qu'est-ce qui ne va pas ? demanda-t-elle alors qu'il fixait d'un air dépité les quatre minuscules triangles disposés sur le plateau.

— Si vous espérez faire travailler un homme, Clara, il va falloir le nourrir mieux que cela.

— Je sais que cela doit vous paraître peu. Mais...

Elle s'interrompit et il se tourna sur sa chaise pour l'observer. Il remarqua avec surprise que ses joues étaient empourprées.

— C'est j... juste que notre cuisinière est encore à la cuisine. Elle... Elle est toujours la dernière à... euh... aller se coucher. Si je lui avais demandé plus à manger que d'habitude...

— Elle se serait doutée de quelque chose ? termina-t-il à sa place alors qu'elle s'était tue de nouveau.

Clara hocha la tête en fixant ses pieds.

— Ce n'est pas tout à fait convenable, vous savez, murmura-t-elle. Que vous soyez là. Seul. Avec moi.

Ce n'était pas convenable du tout. Et c'était surtout très risqué, étant donné ce qui s'était déjà passé entre eux, mais il n'avait pas l'intention de le lui faire remarquer.

— Je comprends. Même si je ne conçois pas que vous puissiez survivre en vous nourrissant de si petites quantités, ajouta-t-il en désignant les sandwichs. Ce n'est même pas un repas. C'est à peine un en-cas.

— Je pourrai vous donner davantage à manger dans quelques heures, après que Mrs Gibson sera allée se coucher. Enfin, si vous êtes encore ici, bien entendu.

— Je resterai aussi longtemps que vous aurez besoin de moi.

Elle sourit, et comme toujours quand elle lui souriait ainsi, Rex sentit le monde chavirer dangereusement autour de lui.

Il détourna le regard et désigna avec son crayon les croquis qu'il avait esquissés.

— Jetez-y un coup d'œil et dites-moi si je suis bien parti, demanda-t-il. Ensuite, je vous suggère d'aller chercher un verre, si vous arrivez à le chiper au nez et à la barbe de votre cuisinière. Sinon, nous serons obligés de boire le champagne à la bouteille !

Elle le rassura sur la qualité de ses dessins, puis partit chercher un verre. Contre toute attente, elle en rapporta deux parce que, comme elle l'expliqua, les flûtes à champagne n'étaient pas rangées à la cuisine mais dans le buffet de la salle à manger, avec la vaisselle de valeur. Mrs Gibson ne se rendrait donc pas compte de leur absence.

— Il faudra tout de même que vous n'oubliiez pas de les laver et de les remettre à leur place avant demain matin, remarqua-t-il. Sinon Dieu sait ce que va penser votre cuisinière. Allez-vous réussir à l'ouvrir ? ajouta-t-il en désignant la bouteille.

— Je peux essayer.

Mais, une fois qu'elle eut retiré le muselet pour s'attaquer pour de bon au bouchon, il décida qu'il valait mieux intervenir.

— La dernière chose dont nous avons besoin, c'est que le bouchon parte dans les airs, casse quelque chose et fasse un raffut tel que votre cuisinière se précipite ici pour voir ce qui se passe. Attendez, laissez-moi vous montrer comment faire.

Il vint se placer derrière elle et passa ses bras autour de son tronc pour saisir la bouteille et lui montrer la façon de procéder tout en se délectant de la sentir tout contre lui. Néanmoins, une fois le bouchon ouvert il n'eut plus aucune raison de la garder entre ses bras.

Pourtant il ne bougea pas.

Et elle non plus. Il en profita, puisqu'il tourna la tête pour s'imprégner de la délicate odeur de fleur d'oranger de ses cheveux. Il ferma les yeux, en se disant qu'il devait être facile de la serrer un peu plus, de pencher la tête et d'embrasser sa nuque…

Seigneur, il était en train de se rendre fou.

Il desserra son étreinte et s'éloigna d'elle pour servir le champagne. À cet instant, il se dit qu'il serait sans doute préférable de lancer un sujet de conversation à peu près sans danger.

— Ainsi vous avez renvoyé Mr Beale. Comment cet événement historique s'est-il produit ?

— J'ai perdu mon calme, et en un éclair, les mots « vous êtes renvoyé » ont fusé. Les prononcer, je dois l'avouer, m'a procuré un plaisir extrême.

Il sourit tout en lui tendant un verre de champagne et commença à se servir.

— Et alors, comment cela se fait-il ? Vous qui m'avez servi ce discours pacifique sur votre manque d'autorité, sur votre volonté de ménager ce tyran et sur la confiance absolue que vous accordiez au jugement de votre sœur.

— Je n'ai pas pensé à tout cela. Il était en train de maltraiter une de mes employées, et j'ai juste… agi. Sans réfléchir.

Elle soupira.

— Mais j'en paie désormais les conséquences.

Il posa la bouteille et la regarda, et fut de nouveau frappé par la fatigue qui se peignait sur son visage.

— Je vois à quel point cela a été dur pour vous.

— En fait, comme je vous l'ai dit un jour, le rédacteur en chef est la personne la plus importante dans un journal. Je ne suis pas habituée à prendre le genre de décisions liées à cette fonction. Je savais que ma sœur travaillait très dur, bien sûr, mais jusqu'à maintenant, je n'avais pas mesuré le poids de telles responsabilités. Je ne me rendais pas compte de grand-chose, voyez-vous. Durant toute ma vie, Irene m'a protégée et s'est occupée de moi. J'ai été couvée.

Rex ne regrettait pas que sa sœur si parfaite ne soit pas là en ce moment pour veiller sur elle comme une mère poule sur son poussin. Néanmoins, songea-t-il en la contemplant d'un air pensif, il avait bien conscience que le fait que Clara soit actuellement livrée à elle-même lui compliquait la tâche pour ce qui était de résister aux tentations qui le tourmentaient.

— Et en l'absence de Mr Beale, poursuivit-elle, imperturbable, tout repose sur moi. C'est assez intimidant.

— Jusqu'ici, vous vous en êtes très bien tirée, dit-il en prenant un sandwich.

— Vraiment ?

Elle fronça le nez d'un air dubitatif.

— Je l'espère.

— N'ayez crainte. Le journal continue de paraître. C'est l'essentiel.

— J'imagine que vous avez raison : c'est ainsi qu'il faut voir les choses.

Elle s'interrompit pour boire une gorgée de champagne.

— Votre père est-il dans de meilleures dispositions à votre égard ? A-t-il rétabli votre pension ?

Il secoua la tête.

— Pas encore, j'en ai peur.

— Si je vous pose la question, c'est parce que je crains que notre accord soit menacé. Je ne pourrai peut-être pas finir la Saison. Si je ne trouve pas de rédacteur en chef, je vais devoir assumer les fonctions du poste jusqu'au retour d'Irene. Cela m'étonnerait que j'aie le temps de tout faire, surtout si j'ai autant de travail que cette semaine.

— Aucun candidat ne s'est présenté ?

— Nous en avons eu quelques-uns. Tous semblaient qualifiés, mais aucun ne paraissait réellement convenir.

Elle s'arrêta et réfléchit.

— En fait, je ne sais pas si c'est la vérité ou si je suis

juste terrifiée à l'idée de faire le mauvais choix et que la peur me paralyse.

— Vous ne pouvez pas laisser la peur vous empêcher de prendre des décisions.

Elle se mit à rire.

— Et c'est l'homme qui ne veut pas se marier qui me dit cela !

— Vraiment, Clara.

Il soupira, posa son verre de champagne, et attrapa son crayon.

— Ce n'est pas du tout la même chose.

— Mais si. C'est exactement la même chose.

Elle rit de nouveau alors qu'il secouait la tête d'un air incrédule.

— Très bien, ajouta-t-elle en s'installant à un coin du bureau, juste à côté de lui. En quoi est-ce différent ?

— Un rédacteur en chef peut être renvoyé, souligna-t-il alors qu'il reprenait son dessin. Une femme, hélas, non.

— Je suis d'accord : le risque est plus important. Mais les compensations également.

— Et quelles sont-elles ?

— L'amour, pour commencer.

Il manifesta bruyamment sa désapprobation.

— Mes parents étaient amoureux, et passionnément même, d'après leurs amis.

— N'était-ce pas un mariage arrangé ? C'était ce que je pensais.

— Pourquoi ? Parce qu'ils ne vécurent pas heureux et n'eurent pas beaucoup d'enfants ?

Elle lui administra un petit coup de pied sous la table pour lui montrer qu'elle ne goûtait guère cette petite remarque acerbe.

— Et alors, s'ils étaient amoureux, que s'est-il passé d'après vous ?

— Ma mère était infidèle. Elle a eu des amants. Je pensais que tout le monde savait cela.

— Donc, c'est sa faute ?

— C'est le cas si vous demandez l'avis de ma famille. Des deux côtés, on fustige le comportement de ma mère. Même ses amis ne veulent plus entendre parler d'elle.

— Et vous ? Est-ce que vous la condamnez ?

— J'aimerais bien, dit-il en soupirant.

Il ajouta un dernier détail sur le croquis devant lui, le posa avec les autres et prit une feuille vierge pour s'attaquer au dernier.

— Ma vie serait bien moins compliquée.

Avant qu'elle puisse demander des éclaircissements, il poursuivit.

— Ne croyez pas que je l'absolve totalement, parce que ce n'est pas le cas non plus. Ma mère est belle, et faible, et terriblement, terriblement peu sûre d'elle. Elle a besoin d'être rassurée et soutenue constamment. Mon père, qui est un homme d'une impatience et d'une brusquerie maladives, n'a jamais été capable de combler ce besoin, ni même de le comprendre.

— Ce que vous dites, c'est qu'ils n'étaient pas faits l'un pour l'autre.

— On ne peut pas, en effet, imaginer couple plus mal assorti. D'après ce que j'ai compris, ils étaient déjà en froid quand j'ai appris à marcher, et lorsque j'étais à l'école, ils ne supportaient plus d'être dans la même pièce sauf pour pouvoir dire du mal l'un de l'autre. Après mon départ pour Eton, ma mère a officialisé sa première liaison, et… et le reste est de notoriété publique. Je suis surpris que vous n'en sachiez rien. Les journaux n'ont jamais été avares de détails sordides sur le sujet.

— Je n'étais qu'une enfant à l'époque, et j'étais bien trop jeune pour m'intéresser aux journaux. Je ne connais aucun des détails sordides que vous évoquez.

— Vous ne manquez rien. Quand l'amour tourne au vinaigre et se change en haine, ce n'est jamais beau à voir.

Il s'interrompit pour avaler d'une bouchée un autre sandwich ainsi qu'une gorgée de champagne.

— Étant donné la personnalité de mes parents, je ne comprends pas comment ils ont pu penser qu'il en serait autrement.

— Pour certaines personnes, l'amour est aveugle.

Il hocha la tête.

— Dans le cas de mes parents, c'est tout à fait cela. Ma mère se faisait déjà remarquer par sa conduite scandaleuse avant leur rencontre, d'après ce que j'ai entendu dire. Comment mon père a pu croire qu'elle se transformerait en épouse fidèle et en compagne aimante m'échappe complètement. N'importe qui de sensé aurait pu lui dire qu'elle ne pourrait jamais être celle qu'il voulait qu'elle soit.

— N'y aurait-il pas eu un moyen pour qu'ils concilient leurs différences ?

— Mes parents ?

C'était une idée si ridicule qu'il se mit à rire. Et son rire dut être particulièrement grinçant, car Clara se raidit.

— Désolé, se reprit-il aussitôt, mais il est clair que vous ne les avez jamais rencontrés. Dans la plupart des cas, quand un mariage vole en éclats, il est vrai que le mari et la femme essaient de recoller les morceaux comme ils le peuvent. S'ils n'y parviennent pas, ils tentent au moins de sauver les apparences en se montrant discrets, même si, en privé, ils suivent des chemins séparés.

— Et qu'ont fait vos parents ?

Il rit.

— Ils ont jeté la discrétion aux orties. Ma mère a cessé d'essayer de cacher ses liaisons. Elle voulait que père divorce, voyez-vous, et elle lui en a fourni les motifs, encore et encore, seulement il a toujours refusé de lui rendre sa liberté. Il s'est entêté, et durant les années qui ont suivi, la presse a eu largement de quoi raconter, ce qui a jeté l'opprobre sur toute ma famille. Le seul point positif, c'est que cette disgrâce a poussé les membres de ma famille à insister auprès de mon père pour qu'il divorce. Même s'il n'a pas cédé, il a accepté de se séparer légalement de ma mère. Cette séparation n'a pas guéri mes parents de la haine qu'ils se portaient, mais son seul mérite est de les avoir empêchés de s'entre-tuer car, pendant qu'ils vivaient sous le même toit, je vous prie de croire que ce n'était pas une éventualité à exclure.

— Tous les mariages ne sont pas comme celui de vos parents. Les miens ont été très heureux ensemble. Jusqu'à ce que…

Elle hésita à poursuivre, mais il savait ce qu'elle était sur le point de dire.

— Jusqu'à ce que votre mère meure.

— Oui. Et ensuite, mon père s'est mis à végéter. Cependant, l'amour n'est pas à incriminer dans le fait qu'il se soit mis à boire.

— C'est injuste de ma part d'incriminer l'amour, peut-être, mais les faits sont ce qu'ils sont. Mon père a choisi de rester amer, meurtri et implacable. Il refuse de laisser tranquille une femme qui ne l'aime plus depuis vingt-cinq ans. De son côté, ma mère, qui est à la fois plus tendre et plus superficielle que mon père, aime tant l'amour qu'elle s'y consacre avec passion tous les ans, un peu comme les débutantes se lancent à corps perdu dans leur Saison. À chaque fois, elle est certaine d'avoir trouvé le grand amour, celui qui durera toute sa vie. Et à chaque fois, elle se retrouve déçue et brisée. Mes parents, votre père…

Il but une gorgée de champagne.

— Qu'est-ce que l'amour leur aura apporté de positif ? Rien du tout…

— Je savais depuis le début que vous étiez un homme cynique, dit-elle. Je n'avais sans doute pas mesuré à quel point. Pourtant Rex, il existe des couples mariés heureux.

— Oui, c'est ce que me répètent tous les jours les entremetteurs de ma famille. Même mon père, qui refuse de quitter l'enfer qu'il a bâti pour lui-même, veut que je me marie. Mais quel intérêt ? Pourquoi devrais-je me marier ?

— Et les enfants, alors ?

— J'ai un héritier. Certes, ce n'est qu'un cousin éloigné, au moins, à ma mort, nos terres ne reviendront pas à la Couronne.

Il haussa les épaules.

— Le mariage est quelque chose de difficile. Pour moi, les risques encourus sont trop importants par rapport aux avantages qu'on peut en tirer.

— Peut-être que si vous tombiez amoureux pour de bon vous changeriez d'avis.

— J'en doute.

Cette réponse était si définitive et le visage de Clara

si grave qu'il ressentit le besoin de détendre un peu l'atmosphère.

— Je pense que s'il m'arrivait de tomber amoureux, je voudrais que ce soit terminé le plus rapidement possible. L'amour fait mal, paraît-il, ajouta-t-il en se forçant à rire. Pourquoi faire durer le supplice ?

Cela ne la fit pas rire. Ni même sourire. À la place elle le fixa de ses yeux sombres et calmes au fond desquels il décela — pauvre de lui — une once de pitié.

Il redevint aussitôt sérieux, détourna le regard et attrapa la bouteille pour les resservir.

— Et comment sait-on qu'on a trouvé le grand amour ? C'est bien le problème. L'euphorie et le désir rendent aveugle, donc comment savoir si c'est quelque chose qui va durer toute la vie ? Quand vous êtes tombée amoureuse de votre vicaire, vous étiez sûre de vouloir l'épouser. Mais reconnaissez que si vous l'aviez fait, il ne vous aurait jamais rendue heureuse.

Elle réfléchit.

— Je ne crois pas que je pensais déjà à cela. À l'époque, tout me semblait très simple et évident. Je l'aimais. S'il m'aimait, alors bien sûr, nous devions nous marier. Y avait-il une autre possibilité ?

La main de Rex se crispa autour de son verre tandis qu'il regardait Clara en envisageant beaucoup d'autres possibilités justement.

— Eh bien..., commença-t-il en lui tendant son verre rempli.

Elle l'accepta avec une petite grimace.

— Vous pensez à l'amour libre, je suppose, dit-elle avant d'avaler une gorgée de champagne. Cela ne me paraît ni une chose à souhaiter ni à espérer.

— Cela dépend des points de vue, rétorqua-t-il en reposant la bouteille. Je pourrais dire la même chose du mariage.

Grâce à ce petit trait d'esprit, il s'attira un sourire, et même un sourire espiègle.

— Que Dieu ait pitié de toutes les femmes qui tomberont amoureuses de vous, dit-elle en secouant la tête. Et quant à mon vicaire, je n'avais que dix-sept ans quand je suis tombée amoureuse de lui, donc il y avait sans doute une grande part d'exaltation dans ce que je ressentais pour lui. Seulement ce n'était pas tout. Je tenais vraiment beaucoup à lui, et même si je ne pouvais pas lui donner le type de mariage qu'il souhaitait, je pense toujours que c'était réciproque.

Rex réfléchit un instant avant de hocher la tête.

— Oui, c'est aussi mon avis. Sinon il ne se serait pas montré si honnête envers vous. C'est heureux qu'il l'ait été. S'il vous avait caché le type de mariage qu'il espérait, vous l'auriez épousé sans rien savoir, et vous auriez été surprise et déçue au moment de découvrir la vérité. Et vous auriez aussi été coincée toute votre vie avec un homme qui n'aurait jamais pu vous rendre heureuse.

— Merci, mais…

Elle lui adressa un petit sourire mutin tout en faisant tournoyer son champagne dans son verre.

— Si nous avions été mariés, j'aime à penser que j'aurais fini par le convaincre de renoncer à cette idée de mariage céleste.

Une image se forma aussitôt dans l'esprit de Rex. Il voyait Clara, dans une chambre à coucher, en corset et en culotte, en train d'afficher ce sourire. Immédiatement, sa gorge devint sèche, au point qu'il dut avaler plusieurs gorgées de champagne avant de pouvoir répondre.

— En d'autres circonstances, vous n'auriez pas eu beaucoup d'efforts à fournir, Clara, je vous assure, finit-il par dire. Mais concernant votre vicaire, je pense que rien de ce que vous auriez pu faire n'aurait suffi. J'ai vu assez d'exemples comme celui-ci à Eton pour en être certain.

Elle cessa de sourire et lui adressa un regard interdit.

— De quoi parlez-vous ?

— Il existe des hommes qui ne désirent pas les femmes. Aucune d'entre elles. Jamais. Les pauvres, ajouta-t-il en secouant la tête. Il est illégal pour les hommes de désirer d'autres hommes, voyez-vous.

Alors qu'elle le fixait d'un air stupéfait et choqué, il fut de nouveau frappé par son innocence.

— C'est ce que vous vouliez dire quand vous parliez d'arrestation ?

— Oui.

— Seigneur.

Elle secoua la tête. Elle semblait ne pas en revenir.

— Ce n'était pas ma faute, alors, dit-elle au bout d'un moment, avant de se mettre à rire. Ce n'était pas ma faute du tout. Cela n'avait rien à voir avec moi.

Il prit une grande inspiration, incapable de ne pas admirer son visage rieur. Il devait cependant prendre sur lui pour chasser de son esprit l'image de Clara en corset. Son nouveau penchant pour le masochisme, sans doute…

— Vraiment, Clara, je ne vois pas pourquoi cela semble être une telle révélation pour vous, murmura-t-il. Je vous ai dit il y a quelques semaines que cela n'avait rien à voir avec vous. Je vous l'ai même prouvé. De façon assez explicite, me semble-t-il.

Elle cessa subitement de rire et il lut immédiatement sur son visage le désir que lui-même ressentait. Ou, tout du moins, c'est ainsi qu'il interpréta son changement d'expression.

— Et vraiment, ajouta-t-il en se réfugiant dans la taquinerie, je ne vois pas pourquoi il vous a fallu cette démonstration. Pourquoi ne pouvez-vous pas juste me faire confiance quand je vous dis quelque chose ?

— Peut-être parce que…

Elle s'interrompit et humecta ses lèvres comme si elles étaient sèches, attirant immédiatement son regard à cet endroit.

— C'est peut-être parce que vous êtes un libertin et un séducteur à qui l'on ne peut pas faire confiance justement.

— Mais non ! s'exclama-t-il. Je ne suis ni l'un ni l'autre. Je ne le suis plus en tout cas.

Elle rit car elle était de toute évidence sceptique. Mais qui aurait pu lui en vouloir ?

— Oh ! je l'ai été, continua-t-il. Ne vous méprenez pas. J'ai été l'un des hommes les plus décriés de cette ville, et c'était mérité. La boisson, le jeu, les mauvaises fréquentations, les femmes… Surtout les femmes. Seigneur, ajouta-t-il en riant car il n'en revenait toujours pas de voir à quel point sa propre vie avait changé, tellement de femmes. Je courais les jupons d'un bout à l'autre de la ville. Les actrices, les danseuses, les courtisanes, je considérais toutes les femmes qui n'étaient pas intéressées par le mariage comme mon gibier.

— Vous en parlez comme si c'était du passé.

Il soupira avec nostalgie.

— Disons juste que je me suis temporairement calmé.

— Oh ! je vois, fit-elle en hochant la tête. Les femmes, ainsi que vous l'avez dit un jour, coûtent diablement cher. Et maintenant que votre père et votre tante vous ont coupé les vivres, vous ne pouvez plus vous permettre de vous adonner à votre penchant.

— Eh bien, c'est vrai, oui, mais cela fait deux ans maintenant que j'y ai renoncé, c'est-à-dire bien avant que mon père me refuse ma pension.

— Deux ans ? Ce n'est pas ce que disent les journaux. Ils… Ils vous attribuent une nouvelle…

Elle s'interrompit et détourna le regard, visiblement mal à l'aise.

— Vous semblez… changer de m… de maîtresse tous les mois.

— Je sais, sauf que tout cela n'est que du vent, Clara. Les femmes, le jeu, la boisson…

Il s'interrompit et fit un geste vague de la main.

— Ce n'est plus qu'une comédie. Une comédie que j'ai montée il y a deux ans, et que j'ai continué à jouer jusqu'au soir où nous avons passé notre accord à Covent Garden.

— Mais pourquoi faire une chose pareille ? Dans quel but ?

Il haussa les épaules.

— J'ai dû trouver une explication au fait que je manque de fonds régulièrement.

— Et pourquoi avez-vous ces problèmes financiers ?

Il prit une grande inspiration.

— Je donne de l'argent à ma mère. Tout le monde croit que je dépense mon argent en frivolités et débauches, mais comme je vous l'ai dit, c'est faux. L'argent qui ne part pas en dépenses courantes, je le donne à ma mère. Et ce depuis un certain temps. Cependant, je vous demanderais de garder ceci pour vous, car si jamais mon père l'apprend, jamais je ne récupérerai ma pension.

— Bien sûr, je ne le dirai à personne. Pourquoi votre père le prendrait-il mal ?

— Les conditions de leur séparation prévoient une pension pour ma mère. Elle est suffisante pour vivre, mais pas plus. Mère ne peut avoir ni maison ni employés de maison. Elle s'est donc baladée sur le continent, d'hôtel en hôtel, de maison d'amis en maison d'amis. Sauf qu'au bout de dix ans, elle est venue à bout de la bienveillance de ses amis, et les hôtels ne veulent plus d'elle, car bien qu'elle soit comtesse, elle est surtout une comtesse en disgrâce qui ne paie pas ses notes. Elle a essayé d'augmenter ses revenus en jouant mais, bien sûr, cela n'a pas fonctionné. Elle n'a réussi qu'à accroître ses dettes. Dettes que mon père, évidemment, a refusé de payer.

— Par conséquent, c'est à vous qu'elle a demandé de l'argent, et vous le lui avez donné.

— Oui. C'est la raison pour laquelle mon père m'a coupé les vivres. Je ne sais pas comment il s'y est pris, mais il a découvert ce que je faisais de mon argent. Il a dû engager des détectives, j'imagine. Il a souvent fait appel à eux pour espionner les faits et gestes de ma mère par le passé. Qui sait, il a peut-être même toute une armée de détectives sous ses ordres !

— Seulement en vous privant de revenus, il ne sert pas ses intérêts. S'il veut que vous vous mariiez…

— Même sa peur panique que les terres passent à quelqu'un d'autre qu'à son héritier direct n'est pas aussi forte que son besoin maladif de contrôler ma mère. Il n'accepte pas que ce soit impossible, que cela l'ait toujours été, et que cela le reste à jamais. Et il ne supporte pas l'idée que ma part du revenu des terres familiales puisse saper le contrôle qu'il prétend exercer sur ma mère.

— Il la déteste à ce point ?

— Il la déteste autant qu'il l'aime.

Rex eut un rire amer.

— Je pense que si elle exprimait un jour le désir de revenir vivre avec lui, il la laisserait faire. Mais, bien entendu, il le lui ferait aussi payer chèrement. L'amour, Clara, est quelque chose de terrible. C'est pour cela que je préfère faire sans.

— Je comprends un peu mieux votre point de vue, désormais. Néanmoins, si l'amour peut être terrible, il peut aussi être merveilleux, non ? S'il est sincère ?

— Peut-être… Enfin, si le véritable amour existe, ce que mon cœur de cynique aurait tendance à mettre en doute. Je pense plutôt que le grand amour est un peu comme le trésor au pied des arcs-en-ciel.

— Un mirage, vous voulez dire ?

— Oui. Désolé de vous décevoir.

Il inclina la tête, et lui lança un regard interrogatif.

— Vous ne me demandez pas pourquoi je fais cela, Clara ?

— Pourquoi est-ce que vous donnez de l'argent à votre mère ? C'est évident, non ?

— Vraiment ? Ma famille — des deux côtés, figurez-vous — pense que j'aurais dû lui dire d'aller au diable. Et que je suis stupide de risquer de déchaîner la colère de mon père pour elle.

— Je ne pense pas que vous soyez stupide. Vous aimez votre mère.

Il sourit et leva son verre.

— C'est bien ce qui fait de moi quelqu'un de stupide.

— Non, Rex, pas du tout, dit-elle en secouant la tête. Vous essayez de l'aider du mieux que vous pouvez. C'est…

Elle lui adressa un regard pensif.

— C'est très noble de votre part.

Il faillit avaler son champagne de travers.

— Noble ?

Elle fronça les sourcils en l'entendant rire.

— Pourquoi riez-vous, Rex ?

— Clara, en trente ans de vie, personne ne m'a jamais dit que je me comportais avec noblesse.

Le visage de Clara s'illumina et elle retrouva son sourire.

— Est-ce toujours moi qui cache mes qualités aux yeux du monde ?

Il redevint sérieux, car sur le visage de Clara, il vit quelque chose de nouveau, quelque chose qui n'aurait jamais dû s'y trouver. Il vit une pointe d'admiration.

— Si vous saviez les pensées que vous m'inspirez depuis que j'ai passé cette porte, vous me trouveriez moins noble, mon doux agneau.

Elle posa son verre et descendit du bureau.

— Et si vous saviez les pensées que vous m'inspirez en ce moment, dit-elle tout en faisant pivoter la chaise de Rex vers elle et en se penchant au-dessus de lui, vous me trouveriez moins douce.

Elle l'embrassa, et dès que sa bouche toucha la sienne, Rex décida de chasser de l'esprit de Clara toutes ces idées ridicules sur sa prétendue noblesse. À la manière du libertin et du débauché qu'il était, il se leva, passa ses bras autour d'elle et s'empara de sa bouche à son tour, non pas avec la tendresse et la douceur qu'il aurait dû témoigner eu égard à son inexpérience, mais avec toute la passion qu'il réprimait si douloureusement depuis trop longtemps.

Depuis le moment où il l'avait embrassée sur le canapé, il n'avait pensé à rien d'autre qu'à recommencer, qu'à goûter sa bouche et libérer la douce passion qu'il avait été si surpris de découvrir en elle. Pourtant, alors même qu'elle passait ses bras autour de son cou, il saisit ses poignets, poussé par l'idée un peu vague qu'il devait cesser, qu'il devait faire preuve d'un peu de cette noblesse qu'elle avait cru déceler en lui.

Mais alors qu'elle entrouvrit les lèvres, il sentit le champagne dans sa bouche et toute volonté de s'arrêter fut réduite à néant. À la place, il l'embrassa avec plus de fièvre et de fougue.

Elle répondit immédiatement en passant ses doigts dans ses cheveux, en l'accueillant davantage et en mêlant sa langue à la sienne. Elle ne pensait ni aux limites ni aux conséquences de leurs actes, il le savait. Elle se rassasiait juste de toutes ces sensations encore si neuves pour elle, et il voulait, plus que tout au monde, la satisfaire davantage.

Tout en la tenant fermement par la taille d'une main, il glissa la seconde le long de ses côtes. À travers le tissu de son chemisier, il sentait les baleines rigides de son corset, qui constituait un obstacle autant qu'un garde-fou, cependant il continua sa progression et caressa sa poitrine à travers ses vêtements.

Elle poussa un cri muet et tourna la tête pour interrompre leur baiser tout en s'approchant plus de lui.

— Tout va bien, murmura-t-il, sans cesser ses caresses, sans relâcher sa taille et en couvrant son visage de baisers. Tout va bien.

Sa peau était douce comme le velours, ses cheveux embaumaient la fleur d'oranger et elle avait le souffle court. Quand il posa les lèvres dans son cou, il la sentit frémir sous la caresse de sa bouche. Puis, quand il mordilla le lobe de son oreille, elle gémit. Elle plaqua ses hanches contre son bassin, ce qui propagea en lui des ondes de plaisir si intenses qu'elles faillirent lui faire perdre l'équilibre.

Il recula et saisit sa taille à deux mains. Elle était si mince, si délicate, que ses deux mains suffisaient à l'entourer lorsqu'il la souleva jusqu'au bureau.

Il dénoua le fin ruban qui fermait le col de son chemisier, qu'il commença ensuite à déboutonner.

— Rex ?

Elle attrapa son poignet, et il s'arrêta. Les mains immobiles près de son col, il se força à lever les yeux. Il ne put malheureusement pas la regarder dans les yeux car ils étaient baissés.

Pas déjà, songea-t-il, désespéré. *Seigneur, Clara, pas déjà.*

— D'accord, pas déjà, murmura-t-elle, et ce ne fut qu'alors qu'il se rendit compte qu'il avait formulé sa prière à haute voix.

Mais il n'allait pas laisser quelque chose d'aussi dérisoire que sa fierté entrer en jeu, et lorsqu'elle lâcha son poignet, il reprit avec vitesse et dextérité son travail de déboutonnage.

Lorsqu'il arriva à sa ceinture, il marqua une pause afin de prendre une grande inspiration et se rappeler qu'il y aurait un moment où il devrait s'arrêter. En priant pour que, lorsque ce moment serait venu, cela ne l'anéantisse pas complètement, il écarta les pans de son chemisier. Il découvrit la mousseline et la dentelle de ses jolis sous-vêtements blancs ainsi que le hâle rosé que l'excitation avait fait apparaître sur sa peau. Devant ce spectacle, sa propre excitation monta d'un cran.

Il se pencha vers elle, et l'odeur propre et douce du talc qui se mêlait au parfum de fleur d'oranger de ses cheveux l'enivra. Il l'embrassa dans le cou et elle se raidit, comme surprise par la sensation.

Tout en reprenant son souffle, elle saisit sa tête et l'approcha davantage pendant qu'il passait de son cou à ses épaules. Il enfouit son visage contre la peau tiède de sa gorge, et il saisit à pleine main l'un de ses seins ronds et délicats.

Il aurait aimé pouvoir délacer son corset, seulement sans cette barrière, il risquait de perdre le peu de contrôle et de volonté qu'il lui restait, ainsi il dut se contenter de la caresser à travers. Il déposa un baiser sur sa peau blanche et douce, juste à la limite de ses sous-vêtements. Elle gémit et s'agita en guise de réponse.

Avec douceur, pendant qu'il embrassait toujours son décolleté, il saisit les plis de ses jupes de sa main libre et entreprit de soulever le fin drap de laine pour s'immiscer sous ses jupons.

Elle gémit doucement, ce qu'il interpréta comme une protestation. Lorsqu'elle posa les mains sur ses épaules, Rex s'immobilisa et attendit qu'elle le repousse, mais comme elle ne le fit pas, il reprit ses caresses.

Son érection était terrible, et ces semaines de torture et de désir réprimé la rendaient plus douloureuse encore. Pourtant, assez curieusement, il s'en moquait, car il était guidé par une envie plus pressante : celle de lui donner du plaisir. Il voulait qu'elle découvre la passion lorsqu'elle était à son comble, son assouvissement et le bien-être exquis qui en découlait.

Il l'embrassa en suivant la courbe de son cou et de son épaule, puis il l'allongea sur le bureau avant de prendre place à ses côtés et de glisser sa main entre ses cuisses.

Elle s'agita de nouveau, mais il voulait l'empêcher à tout prix de lui demander de s'arrêter, alors il posa sa paume sur son sexe. Elle poussa un petit cri de surprise.

Il étouffa son gémissement par un baiser fiévreux. Il caressa son sexe à travers le tissu de ses sous-vêtements, mais ce n'était pas suffisant. Il en voulait davantage, et il glissa les doigts à l'intérieur de sa culotte.

Il caressa les plis de son sexe humide en se délectant de ses gémissements de désir. Elle était proche de l'orgasme, il le savait, et il se servit de sa voix pour l'y pousser.

— C'est cela, trésor, susurra-t-il. Vous y êtes presque. Ne résistez pas.

Pendant qu'il parlait, elle se mit à frotter son bassin contre sa main et fut prise de soubresauts. Il intensifia ses caresses, et lorsqu'elle jouit, il ressentit le plaisir le plus exquis de sa vie.

Elle se laissa retomber sur le bureau en haletant. Il attendit que se dissipent les dernières vagues de l'orgasme avant de retirer sa main. Il n'avait que trop conscience du désir, si douloureux, qui tourmentait son propre corps, et quand elle lui sourit, il sut qu'il ne pourrait rester une seconde de plus auprès d'elle sans aller plus loin.

Il roula aussitôt sur le côté pour s'éloigner d'elle.

— Je dois y aller, dit-il dès qu'il fut debout.

Il avait bien conscience d'avoir répété cette même

phrase à bien des femmes avant elle et de s'être si souvent précipité pour se rhabiller et s'enfuir. Cette fois, les raisons de sa fuite étaient totalement différentes. C'était l'exact contraire, pour tout dire. L'ironie de la situation ne lui échappa pas.

— Il est atrocement tard, se sentit-il obligé de préciser tout en enfilant sa veste. Et vous avez besoin de dormir. Essayez de vous reposer, d'accord ?

— Vous aussi.

Il eut un petit rire caustique.

— Vous riez toujours quand je dis des choses qui ne sont pas censées être drôles, protesta-t-elle en se redressant.

— Pardon, dit-il en se penchant pour ramasser son chapeau, ce qui lui arracha une grimace de douleur. Mais je doute de beaucoup dormir cette nuit.

Il récupéra ses boutons de manchettes et se détourna sans la regarder.

— Bonne nuit, Clara.

Il sentit ses yeux dans son dos alors qu'il s'en allait, mais il s'empressa de disparaître dans le couloir. Tandis qu'il traversait le petit espace séparant le bureau de Clara de la sortie, il se rendit compte qu'il ne l'avait même pas embrassée pour lui souhaiter bonne nuit.

Il s'arrêta. Toute femme méritait au moins cela, et Clara en particulier.

Mais il ne pouvait pas. Il ne pouvait pas faire demi-tour, même si c'était juste pour la saluer. Le chaos régnait en lui, et s'il y retournait, Clara perdrait sa vertu avant qu'il ait le temps de lui dire bonne nuit.

— Fermez la porte à clé derrière moi, lança-t-il en tournant simplement la tête. Et à partir de maintenant, si vous devez travailler tard, alors laissez-la fermée. Sinon, quelqu'un de mal intentionné pourrait entrer. J'en suis la preuve vivante.

Sur ce, il quitta les bureaux du journal. Au lieu de rentrer directement chez lui, il passa par Belford Row, trouva refuge sous une porte cochère et attendit dans l'ombre, en surveillant les fenêtres situées de l'autre côté de la rue. Avec son corps au supplice, il eut l'impression de patienter une éternité. Enfin il la distingua, une lampe à la main. Ce ne fut néanmoins qu'après l'avoir vue fermer la porte et les volets que Rex quitta son abri et arpenta la rue à la recherche d'un taxi.

Chapitre 16

C'était sans doute le champagne.

Sinon, Clara ne voyait pas comment expliquer ce qui venait de se passer. Le baiser passionné que Rex et elle avaient échangé au salon avait été merveilleux, mais il n'avait rien à voir avec celui de ce soir. Les caresses pressantes de Rex, la tension qu'elle avait sentie monter en elle, l'envie, le besoin douloureux, et ensuite… des vagues de plaisir déferlant sur elle, encore et encore. Jamais elle n'aurait pensé ni même rêvé vivre pareille expérience. Ils avaient fait des choses plutôt honteuses, pourtant elle n'éprouvait aucune honte. Même sa timidité habituelle avait été balayée par ses caresses torrides, et avec le recul, elle ne se sentait aucunement gênée.

Non, la seule chose qu'elle ressentait, c'était un bonheur euphorique qui ne se dissipa pas, même après qu'elle eut fait disparaître la bouteille de champagne, lavé les verres et qu'elle les eut rangés dans le buffet de la salle à manger. Lorsqu'elle monta se déshabiller et se coucher, elle se sentait merveilleusement réveillée, et elle était sûre qu'elle ne fermerait pas l'œil de la nuit.

En cela, néanmoins, elle se trompait, car elle s'endormit presque tout de suite. Et quand elle se réveilla le lendemain matin sa théorie à propos du champagne semblait l'explication la plus logique pour justifier sa conduite débridée de la nuit précédente. Dès qu'elle repensait aux caresses de Rex, une joie euphorique s'épanouissait en elle, telles des bulles dans une flûte de champagne, ce qui rendit son rendez-vous avec Mr Shaw plus compliqué encore. À chaque fois qu'elle présentait l'un des dessins de Rex, elle repensait à ce qui s'était passé, et même si elle fit de son mieux pour adopter une attitude sérieuse et professionnelle, quelques petits sourires euphoriques lui échappèrent.

Le vieux Mr Shaw fut favorablement impressionné par ce qu'elle avait à dire, ainsi que par les idées de Hazel et les dessins de Rex. À tel point que le vieux grigou ne se contenta pas d'approuver toute la campagne publicitaire, puisqu'il commanda également une autre série d'annonces pour la nouvelle potion contre le rhume qui serait en vente pour l'hiver. Ce dénouement heureux emplit Clara d'un sentiment de triomphe et de satisfaction qu'elle n'avait jamais ressenti auparavant, et pour la première fois, elle comprit pourquoi Irene s'était investie avec tant de passion dans ce journal.

Clara n'eut pas l'occasion d'avertir Rex de son succès ni de le remercier pour le rôle décisif qu'avaient joué ses dessins car, cet après-midi-là, elle apprit qu'il avait quitté Londres. Cette nouvelle fit aussitôt retomber son euphorie.

Cette information lui fut apportée par Hetty et Petunia, qui vinrent lui rendre visite au journal. Et malgré ses efforts pour masquer sa déconvenue, Clara ne parvint malheureusement pas à donner le change.

— Vous voyez, ma tante, dit Hetty quelques secondes

seulement après avoir annoncé la nouvelle à Clara, je vous avais dit qu'elle serait aussi déçue que nous.

— Vous vous trompez, s'empressa de répondre Clara qui essaya d'afficher un masque impassible pendant qu'elle se demandait si c'étaient les événements de la nuit précédente qui avaient précipité le départ de Rex. Je ne suis pas déçue.

Ce n'était pas seulement un mensonge flagrant, c'était aussi très impoli.

— Pardonnez-moi, ajouta-t-elle tout de suite. Ce n'est pas ce que je voulais dire. C'est juste que j'ai travaillé très dur ces derniers temps, voyez-vous. Nous avons perdu notre rédacteur en chef, et ensuite notre dessinatrice a dû partir soigner sa mère malade, et bien sûr, étant donné que ma sœur est en voyage de noces…

Elle s'interrompit, car elle se rendait bien compte qu'elle parlait pour ne rien dire.

— C'est juste que je n'ai pas le temps de voir grand monde en ce moment, et que cela ne sert à rien d'être déçue.

— Mais le départ de Rex est tout de même une déception ? demanda Hetty. Oh ! Clara, avouez-le ! Vous devez l'apprécier, au moins un peu.

Heureusement, Lady Petunia intervint avant que Clara puisse répondre.

— Henrietta, cela suffit. Il ne faut pas presser Clara de questions ainsi. Respectez son intimité, je vous prie.

— Désolée, s'empressa de dire Hetty. Pardonnez-moi.

— Je vous en prie, répondit Clara, qui cherchait désespérément quelque chose à dire. Et oui, j'apprécie votre cousin. Nous sommes devenus amis, voyez-vous.

Alors qu'elle prononçait ces mots, elle repensait à

la nuit précédente, à la façon dont elle s'était penchée sur lui pour l'embrasser, aux sensations que ses caresses avaient fait naître en elle. Hélas, il était bien possible qu'elle commence à éprouver pour Rex tout autre chose que de l'amitié.

— Amis, hein ?

La voix amusée et taquine de Hetty la tira de ses pensées, et Clara se rendit compte que quelque chose dans son expression avait dû la trahir.

— Henrietta, cessez tout de suite, dit Lady Petunia avec rudesse et autorité. Clara n'est pas tenue de nous confier quoi que ce soit, et pourquoi le ferait-elle si vous n'arrêtez pas de la taquiner ? Si vous continuez ainsi, jamais elle n'acceptera notre invitation.

— Quelle invitation ? demanda la cousine de Rex en se tournant vers sa grand-tante, l'air légèrement surpris.

— Ma chère enfant, ne me dites pas que vous avez oublié notre prochain week-end à la campagne, dans six jours ?

Il y eut un moment de silence, puis Hetty s'exclama :

— Mais bien sûr ! Le week-end à la campagne !

— Ce n'est pas un week-end à proprement parler, précisa Petunia, puisque l'invitation court du vendredi au lundi. Mais c'est bien l'idée.

— Je n'avais pas oublié, dit Hetty. Je ne m'étais juste pas rendu compte que nous en étions si proches. Le temps passe à une vitesse pendant la Saison !

— C'est pour cette raison que ce genre d'événement est parfait au mois de juillet.

Petunia se tourna vers Clara et expliqua :

— Je suis le chaperon de Henrietta, comme vous le savez, ainsi que de sa sœur cadette, May. Et étant donné que cette dernière fait ses débuts dans le grand monde cette année, nous sommes particulièrement occupées. Mais je prends de l'âge et la Saison devient si frénétique que je vais bientôt avoir besoin d'un peu de repos, sinon je ne pourrai pas continuer. Par conséquent, après la présentation de May à la Cour, nous organisons un petit week-end à Lisle. C'est la résidence de Sir Albert, mon neveu et le père de Henrietta. Nous aimerions beaucoup que vous vous joigniez à nous, très chère. Avec la famille du duc, bien entendu.

— Lisle est un très bel endroit, ajouta Hetty, et ce n'est pas parce que c'est chez moi. Dites-nous que vous acceptez, s'il vous plaît, car je serais très heureuse de vous le faire découvrir.

— J'aimerais beaucoup venir, affirma Clara. Seulement, je vous l'ai dit, je suis très occupée ici. Je ne suis pas certaine de pouvoir me permettre de quitter Londres.

— Lisle se trouve dans le Kent, près de Douvres, dit Hetty. Il y a de nombreux allers et retours en train tous les jours, et le voyage est très court. S'il se passait quoi que ce soit, vous pourriez être de retour en quelques heures. Et si vous travaillez aussi dur que vous le dites, vous avez sans doute besoin d'un peu de repos vous aussi. Néanmoins, ce n'est pas que nous allons beaucoup nous reposer s'il fait beau, car nous jouerons au croquet, au tennis, nous ferons peut-être des promenades en barque sur la rivière. Il se peut même que nous allions pique-niquer sur les falaises, à Douvres.

— Ce serait merveilleux, je ne suis jamais allée à Douvres. Mais…

— Alors c'est décidé ! s'exclama Hetty. Et je ne veux pas entendre de « mais », Clara. Ce sera très amusant, je vous le promets, et même s'il y a beaucoup de gens que vous n'avez encore jamais rencontrés, il y aura aussi des gens que vous connaissez, je vous rassure. Rex est déjà là-bas, avec mon frère Paul que vous avez vu au pique-nique.

Dans les souvenirs de Clara, le frère de Hetty était très sympathique, et l'idée d'être présentée à des inconnus ne l'intimidait plus autant qu'avant. Mais ce fut la présence de Rex qui l'amena à capituler.

— Très bien, dit-elle en retrouvant aussitôt toute son euphorie. Si les sœurs du duc sont libres et prêtes à m'accompagner, je serais ravie de venir à Lisle.

Il n'y avait rien de tel que la campagne pour retrouver la raison. Une promenade à cheval longue et difficile tous les matins, suivie d'une randonnée dans les bois ou le long de la falaise après le déjeuner, puis quelques vigoureuses manches de tennis avec son cousin Paul en fin d'après-midi aidèrent Rex à recouvrer ses esprits. Le tennis se révéla particulièrement efficace, découvrit-il, car son cousin était un compétiteur aussi acharné que lui et presque aussi bon joueur, mais il avait aussi dix ans de moins, ce qui signifiait que même si Rex ne gagnait pas à tous les coups, il finissait toutes les parties en étant complètement lessivé. Et s'il ne parvenait pas à s'endormir parce qu'il pensait trop à Clara, quelques brasses dans l'étang suffisaient à calmer ses ardeurs.

Après plusieurs jours de vigoureux exercice et plusieurs nuits où il s'était écroulé de fatigue, Clara Deverill avait au moins cessé de torturer son corps et son esprit. Le souvenir de sa peau douce et tiède n'était plus un supplice. Le bruit de ses faibles gémissements de plaisir ne hantait plus ses rêves, ce qui signifiait qu'il ne se réveillait plus en plein tourment au milieu de la nuit. Et, alors que les invités s'apprêtaient à arriver pour le week-end, il avait l'impression d'être redevenu lui-même.

Paul et lui étaient en train de jouer au tennis quand Hetty, May et sa tante Petunia — les seuls membres de la famille qui n'étaient pas encore à Lisle — arrivèrent de la gare. Le thé avait été servi dehors, près du court de tennis, et quelques invités se sustentaient déjà lorsque la calèche de son oncle Albert se présenta dans l'allée. Mais ce ne fut qu'au moment où le véhicule s'arrêta près d'eux et que Hetty les salua de la main que Rex vit une autre voiture approcher. De nouveaux invités, supposa-t-il.

— Tout le monde semble enfin là, lança Paul. Voulez-vous vous arrêter pour prendre le thé ?

— Le thé ?

Rex secoua la tête en riant.

— Alors que je suis à un cheveu de remporter ce match ? Jamais de la vie !

— À un cheveu ? répéta Paul sur un ton moqueur, tandis qu'il s'apprêtait à servir. C'est la meilleure !

La balle s'éleva dans les airs, puis le service de Paul l'envoya à l'autre bout du court, dans un coin. Le revers de Rex, aussi redoutable que le service vicieux de son cousin, renvoya la balle de l'autre côté du filet, mais alors Rex crut entendre Hetty prononcer le nom de Clara.

Stupéfait, il tourna la tête et aperçut toutes ses pires craintes se confirmer quand il aperçut la mince silhouette de Clara avancer vers Hetty. Toute sa concentration vola en éclats. Il entendit le bruit de la raquette de Paul contre la balle, seulement, comme il regardait toujours Clara, il fut en retard d'un millième de seconde pour réagir, et lorsqu'il se mit à courir après la balle, il était déjà trop tard. Il la manqua complètement et perdit l'équilibre.

Il chuta lourdement. Son épaule et sa hanche s'écrasèrent sur le gazon du court à quelques mètres à peine de la femme qu'il essayait d'oublier depuis une semaine. Ses yeux atterrirent sur les petits pieds de Clara et sur son jupon en dentelle qui dépassait de sa jupe plissée bleue.

Seigneur tout-puissant.

Il détourna aussitôt les yeux de cette vision délectable en grimaçant de douleur, sous les rires agaçants de Paul.

Que diable avait-il fait pour mériter cela, se demandat-il en regardant le ciel.

— Est-ce que tout va bien ? demanda Paul qui riait toujours.

— Bien sûr, répondit-il. Pourquoi cette question ?

Il se leva avant que Paul ou qui que ce soit d'autre puisse exprimer ses doutes sur ce mensonge. Il leva l'épaule et se rendit compte avec soulagement qu'il n'était pas sérieusement blessé, puis il chercha sa raquette. Elle avait atterri non loin de la limite du court, ce qui l'obligea, pour aller la récupérer, à s'approcher davantage de Clara et Hetty.

— Une partie accrochée ? demanda sa cousine alors qu'il se penchait pour ramasser sa raquette.

— On dirait bien, Hetty. Miss Deverill.

Il la salua en s'inclinant sans la regarder, et avant qu'elle puisse répondre, il retourna sur le court. Il essuya la sueur de son front avec son poignet, et se positionna aussitôt pour réceptionner le prochain service de Paul. Mais, tout à coup, l'idée de continuer à jouer, en sachant que Clara était là et qu'elle allait l'observer, lui fut pénible, et il fit un signe à Paul pour l'arrêter.

— Qu'est-ce qui ne va pas, Rex ?

Il bougea de nouveau l'épaule et exagéra sa grimace.

— Arrêtons, dit-il. Je suis fourbu. Vous avez gagné, cousin, j'abandonne, ajouta-t-il avant que Paul puisse répondre. Je vais aller prendre un bain et me changer pour le dîner.

— Vous abandonnez ? répéta son cousin en le voyant quitter le court. Mais vous n'abandonnez jamais !

— Eh bien, je viens de le faire, répondit-il, sans trop savoir s'il parlait vraiment de la partie de tennis.

Il ne la vit pas avant le dîner. Heureusement, à table, il n'était pas du tout près d'elle, mais ce ne fut pas un si grand soulagement que cela, car depuis sa place, il la voyait très bien. Paul, qui était son voisin, avait dû décider de se montrer particulièrement charmant et spirituel car, à chaque fois que Rex regardait dans la direction de Clara, elle riait.

La maison de Lisle n'était pas équipée en lampes à brûleur dans la salle à manger et la lumière des bougies donnait à la peau claire de Clara un éclat scintillant. Ses cheveux étaient rassemblés en un chignon semblable à celui pour lequel il l'avait complimentée l'autre soir dans son bureau, ce qui le fit immanquablement repenser à ce qui s'était passé cette nuit-là. Il fut donc profondément soulagé lorsque le dîner fut terminé et que ces dames se dirigèrent vers le salon.

Après le digestif, lorsque les hommes rejoignirent les femmes, Rex essaya de participer le moins possible à la conversation, mais il y eut des moments où il ne put résister à l'envie de s'approcher de Clara pour entendre sa voix. C'était une torture qu'il s'infligeait malgré lui, cependant l'exercice se révéla payant lorsqu'il l'entendit vanter la beauté de sa chambre jaune auprès de sa belle-sœur, Lady Angela. Or, il n'y avait qu'une seule chambre décorée en jaune à Lisle.

Au moment où il découvrit où elle était logée, il essaya d'oublier l'information, mais ce fut peine perdue. Cinq heures plus tard, alors qu'il était couché dans son lit, la seule chose à laquelle il réussissait à penser, c'était à l'endroit où se trouvait sa chambre.

Des images tentantes de Clara se mirent à danser voluptueusement dans son esprit, des images de ses cheveux retombant librement sur ses épaules, des images de ses petits seins ronds, de sa peau lumineuse, de ses jambes longues et fines.

Il prit une grande inspiration, imaginant l'odeur de fleur d'oranger et, oubliant un instant le bourdonnement de ses oreilles, il se souvint de ses gémissements de plaisir. Bientôt, le désir s'abattit sur lui comme la foudre et s'intensifia jusqu'à devenir douleur.

Il glissa sa main le long de sa hanche, avec l'intention de soulager sa souffrance simplement, ce qu'il avait souvent fait au cours des deux mois précédents. Cependant, au dernier moment il soupira et laissa retomber sa main. À quoi bon ? Tout soulagement ne saurait être que temporaire : un seul sourire de Clara et ses souffrances recommenceront.

Il repoussa les draps et se leva. L'heure était venue pour un nouveau bain de minuit. Il enfila son pantalon noir et sa veste de smoking en satin indigo et il quitta sa chambre. Pieds nus, il descendit l'escalier et se faufila dehors, sous le clair de lune estival.

Il traversa la pelouse froide, fit le tour de la maison

et se dirigea vers l'étang. Mais il ne se faisait aucune illusion : où qu'il aille désormais, il ne serait jamais assez loin de Clara. Peut-être pourrait-il louer un cottage en Irlande, songea-t-il avec désespoir, ou aller séjourner dans le pavillon de chasse que son père possédait en Écosse. Mais non, ce n'était sans doute pas encore assez loin… Étant donné l'état qui était le sien en ce moment précis, même Shanghai semblait encore trop près pour que Clara n'ait rien à craindre de lui.

Après s'être complètement déshabillé, il plongea dans l'étang et il compta trente bonnes brasses avant que s'atténue la douleur dans ses reins, et que l'impérieux désir qu'il éprouvait pour elle ne devienne qu'une gêne légère. Alors seulement commença-t-il à penser que Shanghai n'était pas forcément nécessaire.

Sur le chemin du retour, il vit de la lumière à l'une des fenêtres, la seule lumière encore allumée dans cette partie de la maison. Il compta les fenêtres deux fois pour être sûr, bien qu'il sache que ce n'était pas nécessaire.

C'était le destin. L'une de ces choses que l'on ne pouvait combattre. Lorsqu'il avait essayé, il avait livré une bataille nécessaire et peut-être noble. Seulement, il avait conscience que la bataille avait été totalement inutile car, quand il vit la lumière dans la chambre jaune, il sut qu'il avait perdu la guerre.

Il se mit à marcher vers la maison. Il traversa la pelouse à grands pas ; il ralentit et tenta de se faire le plus silencieux possible lorsqu'il pénétra dans l'habitat. Il emprunta l'escalier sud parce qu'il ne grinçait pas, traversa tout un réseau de couloirs, passa sur la pointe des pieds devant le domestique de service qui ronflait doucement et obliqua vers les suites réservées aux invités.

Il s'arrêta au début de ce couloir et remarqua la lumière qui filtrait sous la porte de la chambre jaune, sans savoir s'il devait s'en réjouir ou pas.

Il compta les portes tout en avançant vers la chambre de Clara, pour vérifier si, plus tôt, il ne s'était pas trompé dans ses calculs. Arrivé devant la porte, il s'immobilisa. Il prit une grande inspiration et réfléchit sérieusement à ce qu'il s'apprêtait à faire, à ce que cela voudrait dire et aux conséquences qui, inévitablement, en découleraient. Puis il posa la main sur la poignée. Il la tourna et ouvrit la porte, il entra dans la pièce et franchit le Rubicon.

Chapitre 17

Lorsqu'elle entendit le cliquetis du loquet, Clara leva les yeux de son livre. Au moment où elle vit la porte s'ouvrir, elle émit un faible cri et sauta hors de son lit. Elle se figea en voyant Rex entrer dans sa chambre.

Dans sa chambre à coucher.

Il posa un doigt sur ses lèvres et referma derrière lui. Une fois qu'il fut devant elle, elle se rendit compte qu'il avait les cheveux trempés et qu'il n'était que partiellement habillé, comme s'il venait de se baigner. Elle fixa avec stupéfaction son torse nu, en partie visible entre les bords de sa veste de smoking. C'était la première fois de sa vie qu'elle voyait un homme si peu vêtu.

Aussitôt, un grand feu s'embrasa dans son ventre.

Quand il avança vers elle, elle recula involontairement et cogna l'arrière de ses jambes contre le lit.

Il s'arrêta.

— Rex, murmura-t-elle. Que faites-vous ici ?

Il ne répondit pas. À la place, ses yeux bleus parcoururent son corps et Clara eut sa réponse.

Le feu qui brûlait en elle redoubla et se diffusa dans tout son corps.

— Rex, vous ne devriez pas être ici.

— Je sais.

Lorsqu'elle entendit cela, la chaleur qui la dévorait se transforma en une violente et soudaine flambée de colère. Elle traversa la pièce vers lui.

— Vous vous êtes montré tout juste poli vis-à-vis de moi quand je suis arrivée, lui rappela-t-elle dans un murmure féroce alors qu'elle s'arrêtait devant lui.

Il s'agita, l'air gêné.

— Vous m'avez pris de court en venant ici. Je ne m'y attendais pas. Personne ne m'avait prévenu.

— Donc c'est à cause de la surprise que vous m'avez regardée comme si vous aviez envie que je disparaisse ? Et pourquoi m'avez-vous soigneusement évitée depuis mon arrivée, comme si j'avais la peste ?

— J'essayais de vous protéger.

— De me protéger de quoi ?

Il leva les yeux. Ils étaient telles deux flammes bleues.

— De moi.

Elle reprit son souffle, coupé par cette réponse simple et par le désir qu'elle lisait dans son regard et qui dissipa totalement la colère qu'elle avait pu éprouver.

— Si vous voulez que je parte, dit-il d'une voix grave et heurtée, dites-le.

C'était la chose à faire. Bien évidemment.

Elle ouvrit la bouche, mais les mots ne voulurent pas sortir. Ce n'était vraiment pas le moment que sa langue la trahisse pourtant. Mais après ce qui s'était passé entre eux dans son bureau durant cette nuit extraordinaire, après ses baisers et ses caresses brûlantes, le respect des convenances semblait dérisoire. Pire encore, elle ne voulait pas qu'il parte. Elle voulait de nouveau ces baisers brûlants. Elle se tut.

Lentement, il avança, de plus en plus près. Il pencha la tête et le cœur de Clara battit plus fort encore. Au moment où ses lèvres effleurèrent les siennes, elle crut que son cœur allait exploser.

— Vous savez ce que cela signifie, Clara, si je reste ?

Elle le savait. Il allait coucher avec elle. C'était un risque. Cela pourrait la mener à sa perte. Et pourtant le contact de ses lèvres l'empêchait de s'en soucier.

— Oui, dit-elle en hochant la tête.

Avec une soudaineté qui lui coupa le souffle, il passa ses bras autour d'elle et prit sa bouche avec fièvre et passion.

Et elle aima cela. Elle aima l'intimité brûlante de cette étreinte, elle aima le goûter et être goûtée par lui. Ses bras autour d'elle, si forts. Son corps, si large par rapport au sien et ô combien différent. Sa bouche et sa saveur, qui lui étaient maintenant familières. Elle se colla contre lui et leva les bras pour les passer autour de son cou. Seulement, à sa grande surprise, il l'arrêta et la saisit par les poignets.

Elle poussa un petit cri de protestation contre sa bouche, mais il l'ignora et mit fin à leur baiser.

— Je dois calmer les choses, dit-il.

Pourtant alors qu'il parlait, il tendait les mains vers sa robe de chambre.

— Je ne veux pas tout gâcher en allant trop vite.

— Quoi que vous fassiez, ce sera merveilleux.

Il eut un petit rire de gorge.

— J'aimerais en être aussi sûr que vous, murmura-t-il. N'oubliez pas, il ne faut pas faire le moindre bruit. Les chambres voisines sont toutes occupées.

Il écarta sa robe de chambre et la fit glisser sur ses

épaules. Puis, à la grande surprise de Clara, il attrapa sa tresse, qu'il commença à défaire.

— Enfin, murmura-t-il au bout d'un moment, en étalant les longues boucles de cheveux autour de ses épaules. J'ai envie de faire cela depuis le premier jour où j'ai fait votre connaissance.

— Comment ?

Clara le regarda en cillant.

— Sur la piste de danse, vous pensiez à dénouer mes cheveux ?

— Oui. J'avais envie de vous décoiffer, de voir vos cheveux retomber librement et d'y passer mes doigts.

— Seigneur, dit-elle de façon à peine audible.

Il caressa sa joue, puis il passa la main dans ses cheveux. En en saisissant une mèche, il inclina sa tête en arrière et l'embrassa de nouveau. Ce fut un baiser long et langoureux, plus tendre, mais toujours assez torride pour l'embraser.

— Et cela, ajouta-t-il en reculant légèrement. Je pensais à cela aussi.

— Je le savais, haleta-t-elle en essayant de reprendre son souffle. Vous me l'aviez déjà dit.

Il rit et retira les doigts de ses cheveux.

— C'est vrai. Je suis vraiment un vaurien.

Il approcha la main de son col, et Clara frissonna d'impatience et de peur mêlées lorsqu'il défit le premier bouton de sa chemise de nuit. Il les déboutonna un à un. À chaque bouton, la tension que Clara ressentait montait d'un cran. Quand il arriva à son nombril, elle fut parcourue d'une vague de frissons, et quand il dénuda ses épaules, libéra ses bras, ses hanches et qu'il fit glisser la chemise de nuit à terre, elle frémit en sentant l'air frais sur sa peau. Son corps, lui, bouillait.

Il s'arrêta de façon abrupte. Il se pencha légèrement en arrière, et ce fut lorsqu'il baissa le regard qu'elle prit conscience, trop tard, qu'elle était complètement nue. Sa douce euphorie se dissipa et elle n'eut plus qu'une seule envie : celle de se cacher.

Mais il n'était pas prêt à la laisser faire.

— Non, non, murmura-t-il en attrapant ses mains avant qu'elle puisse se couvrir. Cela fait si longtemps que j'imagine cette scène, Clara. Ne me privez pas de ce bonheur.

— Je ne le peux pas de toute façon, répondit-elle, entravée et totalement exposée au regard de Rex. Face à vous, je ne fais pas le poids.

Il rit. Lorsqu'elle ne l'entendit plus, elle devina qu'il observait son corps. Même un corset ne parvenait pas à lui donner une allure plantureuse, alors sans, elle savait très bien que sa silhouette évoquait davantage une brindille qu'un sablier. Elle se soumit à son examen, sans être capable de le regarder dans les yeux. À la place, de plus en plus tendue, elle fixait son menton alors qu'il la dévorait des yeux. Il resta silencieux tout du long, de sorte qu'elle craignait vraiment son jugement.

— Vous êtes belle, dit-il enfin.

Puis, à la grande stupéfaction de Clara, il tomba à genoux devant elle.

— Plus belle encore que je ne l'avais imaginé.

Il rit doucement, en effleurant ses hanches et ses côtes dénudées.

— Étant donné la fertilité de mon imagination quand c'est vous qui la stimulez, ce n'est pas rien, croyez-moi.

Elle finit par poser les yeux sur lui. C'était plus fort qu'elle. Et lorsqu'elle vit son visage, qu'elle aperçut l'avidité avec laquelle il contemplait son corps nu, son soulagement fut si immense qu'elle faillit tomber à genoux elle aussi.

Il prit l'un de ses seins dans sa main, et son soulagement se mua en un plaisir si intense qu'elle put à peine retenir un cri. Le contact de sa paume contre la peau nue de sa poitrine était délicieux, et lorsqu'il prit son mamelon entre son pouce et son index pour jouer doucement avec lui, elle gémit malgré elle.

— Chut ! la réprimanda-t-il, avant de l'embrasser sur la poitrine.

La sensation fut si intense et délicieuse qu'elle dut se mordre la lèvre pour ne pas crier. Il referma sa bouche sur son mamelon et ses genoux cédèrent. Il la rattrapa avant qu'elle tombe en passant un bras ferme autour de ses hanches, sans toutefois cesser de l'embrasser.

Elle se frotta contre lui, car ce qu'il faisait lui donnait désespérément envie de bouger. Mais il ne la laissa pas faire. Il resserra sa prise et la plaqua contre son corps, ce qui ne fit qu'accroître le plaisir que lui procurait sa bouche.

Bientôt, ce fut trop pour elle.

— Rex, haleta-t-elle en passant ses doigts dans ses cheveux et en rejetant la tête en arrière.

Il recula et chercha ses mains pour l'inviter à s'agenouiller à ses côtés. Lorsqu'elle s'exécuta, il se débarrassa de sa veste.

Il voulut l'embrasser, mais Clara l'arrêta.

— Qu'est-ce qui ne va pas ? demanda-t-il, en respirant de façon irrégulière.

— Rien. C'est juste que…

Elle s'interrompit pour admirer son torse.

— Je crois que c'est à mon tour de regarder.

Il rit.

— Demande légitime… Allez-y, regardez autant que vous le voulez.

Elle ne se le fit pas dire deux fois. Son regard s'attarda sur son torse large et ses bras puissants et, tandis qu'elle l'examinait, il se rendit compte que ce spectacle suscitait chez Clara plaisir et excitation. Alors, pour la première fois de sa vie, Rex fut heureux d'avoir hérité de la beauté de sa mère.

Lorsqu'elle porta la main à son torse et le toucha, il supporta stoïquement la douce torture de ce contact. Mais lorsqu'elle posa les yeux sur son pantalon et que sa main y descendit, il secoua la tête et repoussa gentiment ses mains.

— Je suis capable de supporter la torture jusqu'à un certain point seulement, expliqua-t-il. Si vous commencez à me déshabiller, je vais perdre le contrôle et notre petite soirée prendra fin bien trop tôt.

— Vous m'avez bien déshabillée, vous, protesta-t-elle.

— C'est différent.

Il l'embrassa pour faire cesser toute discussion sur le sujet, puis il l'allongea sur le tapis.

Cela ne sembla pas lui plaire car aussitôt elle se tortilla en grimaçant.

— Ce tapis gratte ! Ne pouvons-nous pas nous allonger sur le lit ? murmura-t-elle.

Il secoua la tête.

— Les lits en fer font trop de bruit.

— Oh !

Elle rougit lorsqu'elle comprit pourquoi, et cela le

fit rire. Jamais il n'aurait pensé aimer un jour sa douce naïveté au point de ne plus pouvoir s'en passer. C'était désormais une drogue.

— Vraiment, Rex, je ne comprends pas toutes ces choses que vous trouvez drôles.

— Je sais, dit-il en l'embrassant. Je sais.

Il se redressa pour attraper sa veste.

— Tenez, dit-il en l'étalant sur le sol. Allongez-vous dessus.

Elle obéit. Le spectacle de son corps nu étendu sur sa veste était la chose la plus érotique qu'il ait jamais vue. Il caressa du regard ses seins ronds et sublimes, sa taille et ses hanches étroites, et ses si longues jambes, pour s'arrêter enfin sur la toison brune entre ses cuisses. Il avait tellement envie d'elle qu'il en avait le vertige, cependant il devait brider ses ardeurs encore un peu, car il voulait tout faire pour que la première fois de Clara soit la plus belle et la plus romantique possible.

Il ne savait pas vraiment comment il allait s'y prendre, néanmoins, se rendit-il compte amusé. Malgré toutes les femmes qu'il avait connues, il se sentait démuni. Il n'avait jamais fait l'amour avec une vierge, et c'était la première fois depuis l'adolescence qu'il se sentait si intimidé.

Il prit une inspiration profonde et un peu tremblante, puis s'allongea à ses côtés. Appuyé sur son avant-bras, il posa la main à plat sur le ventre de Clara.

Elle réagit aussitôt à son contact : elle gémit douce-ment et son bassin se cambra. Cela le fit sourire. Elle était si délicate et pourtant la passion qui l'habitait était immense. Néanmoins, lorsqu'il se rapprocha d'elle et que son sexe en érection appuya contre sa cuisse, elle ouvrit les yeux d'un air intimidé.

— Rex ?

— Tout va bien se passer, promit-il. Faites-moi confiance.

Il l'embrassa lentement, langoureusement, et elle se détendit peu à peu. Sans cesser de l'embrasser, il glissa la main vers sa poitrine, avec laquelle il s'amusa un peu, avant de se pencher pour prendre son mamelon dans sa bouche. Elle gémit de nouveau et de nouveau, il la réprimanda, puis lorsqu'elle posa son poignet devant sa bouche pour ne pas faire de bruit, il sourit.

Il continua de l'embrasser, il glissa sa paume le long de ses côtes, sur son ventre, et entre ses cuisses pour effleurer sa toison soyeuse. Elle poussa un petit cri et ses jambes se refermèrent de façon convulsive autour de sa main avant que son bassin se mette à bouger sous ses caresses.

Elle était prête, et pourtant, il attendait. Il la touchait comme il l'avait fait cette nuit-là sur son bureau, en passant son doigt d'avant en arrière dans les replis de son sexe, en regardant son visage tandis qu'elle fermait les yeux. Elle laissa retomber son bras et se mit à respirer de plus en plus vite, en frottant son bassin contre sa main.

— Vous en souvenez-vous ? murmura-t-il. Vous souvenez-vous de la dernière fois où je vous ai fait cela ?

— Ce n'est pas…

Elle s'interrompit, haletante, le bassin secoué de spasmes.

— Ce n'est pas quelque chose que l'on peut facilement oublier.

Il ne put s'empêcher de rire, mais se reprit aussitôt

pour ne pas faire de bruit. Ce qu'elle disait était toujours tellement inattendu…

Comme d'habitude, Clara ne le comprit pas, et en ce moment précis, elle n'était pas en état d'y réfléchir. Chaque mouvement de son doigt envoyait une décharge de plaisir dans tout son corps, jusqu'à ce qu'elle n'en puisse plus. Elle eut l'impression de voler en éclats, comme l'autre fois, et un cri d'extase s'éleva de sa gorge.

Il l'étouffa en l'embrassant, alors que ses doigts continuaient à lui donner du plaisir pendant qu'elle s'effondrait en haletant sur le tapis.

— Clara, le moment est venu.

Elle ne l'avait jamais entendu parler avec une voix aussi heurtée, mais elle avait bien conscience que c'était le désir qui dictait sa loi.

— Je ne peux plus attendre.

Elle hocha la tête pour lui faire comprendre qu'elle ressentait la même chose que lui, même si elle n'avait qu'une vague idée de ce qui l'attendait.

Il retira sa main et s'écarta d'elle. Surprise, elle ouvrit les yeux et tourna la tête. Il déboutonnait son pantalon avant de l'ôter.

Elle fit courir son regard le long de son corps afin d'apercevoir pour la première fois ce qu'elle voulait voir plus tôt. Ce qu'elle découvrit la surprit tant qu'elle resta à le fixer, éberluée, en sentant la panique monter en elle.

— Rex ?

Il s'allongea aussitôt au-dessus d'elle et elle ferma les yeux. Alors qu'elle sentait son corps lourd et solide au-dessus d'elle et son sexe dur et gonflé entre ses jambes, elle n'était plus sûre du tout de vouloir continuer.

Il dut comprendre, car il s'immobilisa et posa sa main sur sa joue.

— Clara, regardez-moi.

Elle s'obligea à ouvrir les yeux.

Ceux de Rex semblaient d'un bleu vif dans la lumière de la lampe, et le désir s'entendait dans sa voix.

— Vous allez sans doute avoir mal. C'est inévitable, je suis désolé.

Il s'interrompit pour l'embrasser.

— Je vais essayer de me montrer aussi doux que possible. D'accord ?

Elle acquiesça et reprit son souffle.

— Oui. D'accord.

Elle sentit la main de Rex se glisser entre leurs deux corps et écarter ses cuisses.

— Me voici, trésor, susurra-t-il.

Elle ouvrit les jambes, et aussitôt, elle perçut son sexe contre elle, dur et brûlant. Le contact provoqué par ses mouvements fut voluptueux, et l'excitation de Clara revint sur-le-champ, plus forte que jamais, lorsqu'elle le sentit à l'entrée de son sexe.

— Seigneur, gémit-il la tête enfouie dans son cou.

Puis d'un coup de bassin, il la pénétra tout entière.

La douleur fut plus vive que ce qu'elle avait imaginé. Un pincement aigu et violent qui anéantit tout le plaisir qu'elle pouvait éprouver. Elle cria mais il l'embrassa pour étouffer tout bruit. Puis il s'immobilisa au-dessus d'elle.

Il l'embrassa encore, longtemps, tendrement, et leva la tête.

— Est-ce que ça va ?

Sa voix était si étranglée que ses mots furent à peine audibles, ce qui en disait long sur l'état de tension dans lequel il était. Elle bougea et remua les hanches ; la douleur, heureusement, avait déjà diminué.

— Oui, acquiesça-t-elle. Je crois que oui.

Il l'embrassa de nouveau, puis il se mit à bouger en elle. C'était toujours un peu douloureux, mais il y avait aussi du plaisir. Du plaisir à se sentir emplie par lui. Et alors qu'il continuait de bouger, elle essaya d'accompagner ses mouvements.

Les efforts qu'elle fournit incitèrent Rex à augmenter la cadence, et à chaque fois qu'il la pénétrait, c'était un peu plus fort et un peu plus profond. Elle en éprouvait aussi un plaisir de plus en plus intense.

Alors, sans prévenir, la sensation explosive qu'elle n'avait ressentie que sous ses caresses s'empara d'elle. La déflagration fut aussi violente que merveilleuse et des spasmes de plaisir se propagèrent dans tout son corps. Elle passa les jambes autour de sa taille pour s'agripper fort à lui.

Il gémit tout contre sa bouche. Il glissa les bras dans son dos, comme s'il voulait être encore plus près d'elle. Prise dans son implacable étreinte, elle s'y abandonna et il plongea en elle, encore et encore. Son corps musclé fut pris de secousses et elle sut qu'il ressentait ce plaisir exquis dont elle venait de faire l'expérience. Il donna encore trois coups de reins, puis, enfin, il cessa et elle sentit son corps peser sur elle. Ses bras la tenaient toujours serrée contre lui, sa respiration était bruyante et laborieuse. Il tourna la tête et enfouit son visage dans son cou.

Étourdie, Clara fixait le plafond en caressant les muscles doux et puissants de son dos. La douleur avait disparu, et alors que son corps puissant reposait sur le sien, qu'ils étaient toujours soudés l'un à l'autre, et qu'il la tenait toujours si fort entre ses bras, elle éprouva une douce joie et une immense tendresse.

Il bougea.

— Est-ce que cela fait encore mal ? demanda-t-il en l'embrassant dans le cou. Dites-moi.

Elle secoua la tête.

— Non. Pas du tout.

— Tant mieux.

Il l'embrassa sur la bouche, puis il bougea de nouveau comme pour s'écarter d'elle, mais elle resserra les jambes autour de sa taille. Elle n'était pas prête à le laisser partir.

En souriant, il se souleva juste assez pour la regarder dans les yeux.

— J'adorerais rester, murmura-t-il, mais je ne peux pas. Il faut que je sois de retour dans ma chambre avant que les domestiques se lèvent.

Elle savait qu'il avait raison. Alors elle hocha la tête et desserra les jambes pour qu'il puisse se retirer. Elle fit la grimace en se rendant compte finalement qu'elle avait encore mal, plus qu'elle ne le pensait. Elle était aussi recouverte de sueur et toute collante. Tout n'était finalement pas si romantique dans l'amour.

Il se leva et tendit la main pour l'aider à en faire de même. Puis il s'immobilisa, le sourire aux lèvres, et contempla son corps nu. Sous son regard, elle se sentit terriblement timide et gênée, mais belle aussi, et alors elle révisa son jugement. Tout, dans l'amour, était romantique.

— Pourquoi souriez-vous ? demanda-t-elle.

Elle connaissait la réponse. Elle se passa la main dans les cheveux et rougit plus violemment.

— Vous êtes délicieuse, dit-il.

— Vraiment ?

Elle lui adressa un petit regard espiègle.

— Comme un petit sablé, c'est cela ?

— Oui, et c'est tant mieux, j'adore les sablés.

Et il l'embrassa.

Puis il se tourna pour chercher ses vêtements et elle en profita pour admirer son corps. Elle se délectait de ce spectacle. Il avait des épaules splendides. Et aussi, se rendit-elle compte alors qu'il se penchait pour ramasser son pantalon, des fesses absolument magnifiques.

Il se retourna et il la surprit en train de l'observer. Elle essaya de prendre un sourire innocent, mais il rit, loin d'être dupe.

— Vous profitez du spectacle ? demanda-t-il en enfilant son pantalon.

Elle fit une mine déconfite.

— Oui, enfin, jusqu'à ce que vous gâchiez tout en vous rhabillant.

Il rit doucement pendant qu'il se penchait pour ramasser sa veste. Il commença à l'enfiler puis finalement la roula en boule et la coinça sous son bras. Il s'immobilisa et la fixa pendant quelques secondes. Les lèvres pincées, il leva la tête pour regarder Clara. Son visage était si grave qu'elle prit peur.

— Rex ? Qu'y a-t-il ?

— Rien.

Il esquissa un sourire.

— Essayez de dormir un peu cette nuit, d'accord ?

Dormir ? Elle le regarda avec incrédulité alors qu'il se dirigeait vers la porte. Jamais elle ne pourrait s'endormir. Elle ne s'était jamais sentie aussi réveillée, aussi vivante de toute sa vie. Elle avait l'impression qu'elle pourrait conquérir le monde entier. Les gens s'endormaient-ils vraiment après une expérience aussi extraordinaire ?

Cependant, avant qu'elle puisse lui poser la question, il avait déjà disparu.

Chapitre 18

C'étaient peut-être ses aventures folles et exténuantes de la nuit, ou alors tout le travail qu'elle avait dû fournir au journal, mais quelles qu'en soient les raisons et malgré ses propres prédictions, Clara succomba au sommeil au moment même où sa tête entra en contact avec l'oreiller, et si elle se réveilla ce fut juste parce que quelqu'un s'affairait autour d'elle dans sa chambre.

Les yeux clos, les sens encore anesthésiés, elle se demanda ce que Rex faisait ici. N'était-il pas parti ? Elle le revoyait vaguement s'éclipser de sa chambre, mais ses tentatives pour réfléchir furent aussitôt annihilées par les souvenirs merveilleux de la nuit passée qui se bousculèrent dans son esprit.

Jusqu'alors, elle ne s'était jamais sentie réellement jolie. Cependant, lorsqu'il s'était agenouillé devant elle et qu'il lui avait dit qu'elle était belle, lorsqu'elle avait entendu sa voix étranglée, son cœur s'était empli d'une joie et d'une confiance en sa féminité qu'elle n'avait jamais éprouvée auparavant. Quand il l'avait embrassée et caressée, elle s'était sentie aussi belle qu'il semblait le penser et des années de timidité et d'autodénigrement s'étaient envolées sous ses yeux, sa bouche et ses mains brûlants. Et ce sentiment ne l'avait toujours pas quittée, constata-t-elle en souriant.

Un tiroir qui s'ouvrit et se referma s'immisça dans ses souvenirs. Pourtant, Rex ne pouvait vraiment pas se trouver encore dans sa chambre, elle le voyait mal en train de chercher dans ses affaires. Avec effort, elle souleva les paupières et vit non seulement que les lampes à gaz étaient allumées, mais aussi qu'un rai de lumière perçait à travers les rideaux fermés. Elle aperçut aussi sa femme de chambre en train de ranger ses sous-vêtements dans le chiffonnier.

— Forrester ? marmonna-t-elle en clignant des yeux. Que faites-vous ?

— Veuillez m'excuser, Miss Clara.

La femme de chambre se tourna d'un air désolé.

— Vous dormiez si profondément que je ne pensais pas vous réveiller en rangeant quelques affaires.

— Ce n'est pas grave, s'empressa-t-elle de la rassurer.

Elle se frotta les yeux pour essayer de se réveiller.

— Quelle heure est-il ?

— 11 h 15.

— 11 heures ? Comment ?

Stupéfaite, Clara sursauta, complètement réveillée désormais.

— Si tard ?

La domestique entre deux âges et ronde de figure hocha la tête.

— Oui, miss. Je voulais vous réveiller, mais vous dormiez si bien que je me suis dit que c'était mieux de ne pas vous déranger. Vous avez travaillé si dur ces derniers temps et vous étiez si fatiguée. J'espère que j'ai bien fait.

— Oui, oui, bien sûr, s'empressa-t-elle de répondre.

Et vous avez sans doute raison : je devais avoir besoin de repos. 11 h 15 ? Seigneur, jamais je ne dors aussi longtemps.

Elle pensa à la façon dont elle avait occupé sa nuit, et elle s'empressa de se tourner avant que Forrester puisse lire ses pensées ou déchiffrer son expression. Elle rejeta les draps et la courtepointe et sortit du lit du côté où ne se trouvait pas sa femme de chambre. Elle se dirigea vers la fenêtre et entrouvrit légèrement les rideaux. Le soleil l'éblouit et lui fit cligner des yeux.

— Quelle belle journée ! Pourquoi ces voitures ? demanda-t-elle en remarquant toutes les calèches postées dans l'allée.

— Miss Chapman a organisé un pique-nique sur les falaises pour tous ceux qui le souhaitent, expliqua Forrester. Pour ceux qui ne sont pas intéressés, il y aura possibilité de déjeuner ici, bien entendu. Et au retour du pique-nique, il est prévu un tournoi de tennis et de croquet.

— De tennis ?

Clara songea à Rex, si magnifique dans sa tenue de tennis immaculée. Et si magnifique sans aucune tenue du tout. Elle ferma les yeux, et revit son corps nu, ses larges épaules, les muscles puissants de son dos et de ses bras, ses fesses bien dessinées. La première fois qu'elle l'avait rencontré, elle avait perçu tout son potentiel athlétique, ce qui l'avait amenée à l'imaginer davantage à sa place dans un gymnase antique que dans un salon de thé londonien. Lorsqu'elle avait vu son corps magnifique, elle avait eu la preuve que son instinct ne l'avait pas trompée.

Mais pour le reste ? s'interrogea-t-elle tout à coup.

Elle l'avait d'abord pris pour un débauché et un scélérat, pour finir par le laisser lui faire l'amour. L'avait-elle mal jugé ? Et à quel moment ? Elle fut tout à coup prise de doute et d'appréhension.

« J'essayais de vous protéger… de moi. »

Elle frissonna, et se demanda tout à coup ce qui allait advenir d'elle.

— Voulez-vous y aller, Miss Clara ?

Elle sursauta et ouvrit les yeux. Elle lâcha le rideau pour se tourner vers sa femme de chambre.

— Pardon ? Qu'avez-vous dit ?

— Le pique-nique. Si vous voulez y aller, vous feriez mieux de vous habiller. Les voitures sont censées partir à midi pile. C'est ce qu'a dit Miss Chapman.

Clara essaya de recouvrer ses esprits égarés, et repoussa les images délectables du corps magnifique de Rex ainsi que les pensées un peu plus sombres sur son avenir dans un coin reculé de son cerveau.

— Oui, j'ai envie d'y aller, répondit-elle en s'éloignant de la fenêtre. Hetty m'avait promis cette sortie sur les falaises de Douvres car je n'y suis jamais allée, et je ne voudrais pas manquer cette occasion.

Être prête à temps allait être un défi. La grande horloge du palier avait déjà sonné midi lorsqu'elle dévala l'escalier en courant. Et, lorsqu'elle arriva en bas, elle trouva Carlotta qui l'attendait.

— Désolée, dit-elle en s'arrêtant, hors d'haleine.

Elle coinça son ombrelle sous son bras, et entreprit de boutonner ses gants.

— Suis-je terriblement en retard ? Tout le monde est-il en train de m'attendre, ou bien sont-ils déjà partis ?

— Non, non, ils ne sont pas encore partis, mais je

ne pense pas que vous allez avoir envie de vous joindre à eux de toute façon.

Clara fronça les sourcils, interdite, surtout parce que Carlotta souriait comme le chat d'*Alice au pays des Merveilles* et que cela ne lui arrivait presque jamais.

— Que voulez-vous dire ?

Carlotta glissa son bras sous celui de Clara.

— Allons faire quelques pas, très chère.

De plus en plus étonnée, Clara se laissa guider dans le vestibule et hors de la maison.

— Où allons-nous ? demanda-t-elle alors qu'elles tournaient dans la direction opposée aux calèches.

— La roseraie est très jolie, avec toutes ses fleurs en pleine floraison, dit Carlotta. J'ai pensé que nous pourrions aller par là.

— Et le pique-nique ? interrogea Clara tandis qu'elles contournaient la maison.

Cependant, elle avait à peine formulé la question qu'elle aperçut Rex à l'entrée de la roseraie, le chapeau à la main. Elle oublia aussitôt son idée de pique-nique et son envie de découvrir les falaises blanches de Douvres.

Seigneur, comme il était beau.

Tous les souvenirs de la nuit passée resurgirent en une explosion de joie pure, et elle sourit.

Il ne lui rendit pas son sourire.

Clara ralentit le pas, mais Carlotta qui lui tenait toujours le bras l'obligea à continuer d'avancer. Alors qu'elle approchait, le visage de Rex était si grave qu'elle se demanda aussitôt s'il s'était produit quelque chose de terrible.

Elle adressa un petit regard à Carlotta, sa belle-sœur était toujours aussi joyeuse, ce qui la soulagea.

Elle se tourna de nouveau vers Rex.

— Mais que se passe-t-il ?

Au lieu de répondre, il désigna l'allée.

— Vous venez faire un tour avec moi ?

Carlotta ôta son bras et, au grand étonnement de Clara, sa belle-sœur hocha la tête en direction de Rex, tourna les talons et s'en alla, les laissant seuls.

— Carlotta ? appela-t-elle, mais l'autre femme ne s'arrêta pas. Où va-t-elle ?

— Plus loin, là où elle ne pourra pas nous entendre.

Il prit son bras.

— Faisons quelques pas ensemble, s'il vous plaît.

Il se mit en marche et la tira doucement vers la roseraie. Alors qu'elle le suivait, elle se retourna.

— Mais à quoi pense-t-elle ? Elle ne peut pas nous laisser seuls ici. Elle est mon chaperon.

— Nous avons dépassé le stade des chaperons, ne pensez-vous pas ? Clara, poursuivit-il avant qu'elle puisse répondre, j'ai demandé à Lady David de nous arranger une rencontre privée, et quand je lui ai expliqué mes raisons, elle a accepté.

Ses raisons ? Il n'y avait qu'une seule raison susceptible d'amener un homme à présenter une requête comme celle-là à un chaperon.

À cette idée, un torrent d'émotions se déversa en elle. L'incrédulité, la consternation, la jubilation, la trépidation, la joie, l'espoir. Toutes jaillirent en elle, de façon simultanée mais bien distincte, et à chaque fois avec assez de puissance pour la submerger. Elle s'arrêta, incapable de faire un pas de plus, et retira son bras de celui de Rex.

Il s'arrêta aussi et se tourna pour se poster face à elle.

— Vous devinez certainement quelle peut être cette raison.

Une émotion se distingua, menaçant de noyer les autres et d'emporter Clara définitivement.

L'espoir.

Mais qu'espérait-elle au juste ? Pas un mariage heureux, car elle savait depuis le début que Rex ne croyait pas au mariage. D'ailleurs elle-même n'était pas certaine d'avoir envie de l'épouser, elle n'y avait même jamais réfléchi une seule fois jusqu'à ce moment précis. Pourquoi alors l'espoir grandissait-il en elle, s'enroulait autour de son cœur, et emplissait sa poitrine d'une excitation aussi étourdissante ? Qu'espérait-elle ? Honnêtement, elle n'en savait rien.

Elle baissa les yeux vers le gravier de l'allée, et essaya de brider tout élan romantique en elle et de ne pas perdre de vue la réalité. Il s'agissait de Rex, ce qui signifiait que toute idée de mariage était absurde quoi qu'il arrive, donc...

Il prit sa main, et interrompit ce flot chaotique de pensées. Elle le regarda entrelacer ses doigts nus avec ses doigts gantés.

— Clara, nous devons nous marier.

Pas si absurde que cela finalement.

Et pourtant, de façon assez curieuse, il ne s'agissait pas tout à fait d'une demande en mariage.

— Nous le devons ? répondit-elle, en essayant de réfléchir. Seigneur, c'est une assertion bien définitive de la part de quelqu'un qui ne croit pas au mariage et prône ouvertement l'amour libre.

— Ne vous moquez pas, Clara. C'est assez difficile comme cela.

Cela ne devrait pas être difficile du tout, n'est-ce pas ?

— Il n'est pas possible que vous ayez envie de m'épouser, déclara-t-elle.

— Bien sûr que si.

— Ne faites pas cela ! ordonna-t-elle avec force en levant la tête et en libérant sa main, persuadée qu'il n'était pas sincère. Ne me mentez pas, Rex, pour l'amour de Dieu.

Il prit une grande inspiration et détourna les yeux, confirmant ainsi à Clara que cette fois au moins son instinct ne l'avait pas trompée au sujet de Rex.

— Très bien, dit-il au bout d'un moment. Puisque vous me demandez de préciser les choses, je vais le faire. Ce dont j'ai envie, Clara, c'est de vous. J'ai eu envie de vous dès que vous vous êtes montrée impertinente avec moi sur cette piste de danse. Et j'ai toujours envie de vous.

Ceci, songea-t-elle avec un délicieux frisson et une pointe de soulagement, était plus conforme à ce qu'elle espérait.

— Et si nous étions absolument seuls quelque part, poursuivit-il, je me jetterais sur vous, quel que soit le risque encouru.

Elle rit.

— Si nous étions absolument seuls, moi aussi je me jetterais sur vous.

Il ne sembla pas ravi d'entendre cela.

— C'est pour cela que nous devons nous marier. Vous n'êtes pas le genre de femme sur lequel on peut se jeter, et puis s'en aller.

Elle se raidit et n'eut tout à coup plus envie de rire.

— De telles femmes existent-elles ?

— Je pense que vous savez que oui, alors ne me provoquez pas, Clara. Il y a les maîtresses, les courtisanes…

— Les veuves, l'interrompit-elle. Lady Dina Throckmorton, par exemple. Votre ami Lionel a l'air de penser qu'elle est ce genre de femme, non ?

— Ne nous égarons pas en parlant de Lionel et de Dina, d'accord ? Laissons-les régler leurs affaires tandis que nous réglons les nôtres.

— Mais vous semblez penser qu'elle et moi sommes différentes et que nous méritons des traitements différents de la part de nos amants, insista Clara. Je veux savoir pourquoi.

— Avez-vous vraiment besoin de poser la question ? Dina n'était pas une femme innocente et Lionel ne l'a pas compromise. Moi, en revanche, je vous ai compromise, malgré tous mes efforts. J'ai essayé de m'éloigner de vous. Dieu sait comme j'ai essayé.

Contre toute attente, il rit, mais la rudesse de son rire fit tressaillir Clara.

— J'ai échoué, comme l'ont démontré les événements de la nuit passée.

Elle eut tout à coup très froid, et la joie que lui avait procurée leur nuit d'amour disparut.

— Donc, ce que vous dites, c'est que vous aviez envie de moi malgré vous, que vous avez lutté aussi longtemps que possible, mais que comme vous avez échoué et que vous avez succombé à vos désirs, vous vous sentez obligé de me demander en mariage, par honneur, même si vous ne voulez pas vraiment passer votre vie avec moi, ni avec quelque femme que ce soit. Est-ce bien cela ?

Elle n'attendit pas la réponse et tourna les talons. Elle en avait assez entendu.

Il ne voulut pas la laisser partir.

— Pas tout à fait, dit-il en se postant devant elle. Quand je suis venu vous trouver la nuit dernière, je savais ce que je faisais et quelles en seraient les conséquences. C'était un choix, Clara, un choix que je n'ai pas fait contre ma volonté. C'était un choix libre et conscient. J'avais envie de vous, et j'ai accepté que le mariage soit le prix à payer pour vous avoir.

— Le prix ? répéta-t-elle, incrédule. Il n'y a pas de prix, Rex. Une vie avec moi n'est pas quelque chose qui peut s'acheter.

— Je ne voulais pas dire…

— Vous avez fait un choix pour vous seul.

Il s'agita, l'air mal à l'aise, et détourna le regard.

— Vous auriez pu me dire de partir. Vous ne l'avez pas fait. Vous m'avez laissé rester. Vous avez fait un choix vous aussi.

— Je ne conteste pas ce point. Mais vous supposez que notre choix était le même. C'est faux. Vous souvenez-vous, poursuivit-elle, de ce que j'ai dit quand nous prenions le thé au salon, chez mon père ? Quand je vous ai parlé de la vie dont je rêvais.

— Oui, bien sûr. Et croyez-moi, j'en ai tenu compte pour prendre ma décision.

— Et comment cela ?

— Vous voulez un mariage honorable, ce que je vous propose, même si je m'y prends un peu tard, je vous l'accorde. Vous voulez des enfants.

Il leva les yeux avant de vite les baisser.

— Un souhait qui va peut-être bientôt s'accomplir. Y avez-vous pensé ?

Non, elle n'y avait pas pensé, pas avant ce moment. Irene lui avait pourtant expliqué les choses de la vie quand le vicaire avait commencé à lui faire la cour. Et elle, qu'en avait-elle retenu ? Rien…

— Oh ! Seigneur, murmura-t-elle, tout à coup saisie de panique.

Rex sembla percevoir l'étourdissement dont elle fut prise car il la retint par les bras.

— Tout va bien, dit-il d'une voix brutale. Vous ne subirez aucune honte. Ni disgrâce. Je vous le jure. Nous allons nous marier tout de suite, et personne ne saura rien. Nous vivrons à Braebourne, bien sûr. Ne vous inquiétez pas, ajouta-t-il d'une voix plus douce. C'est une grande maison, immense, avec plein d'ailes dans toutes les directions, assez de chambres pour une bonne douzaine d'enfants. Il y a des chiens, des chevaux, des pommiers. Elle se trouve dans le Gloucestershire. Le village s'appelle Stow-on-the-Wold. Il est très pittoresque : des jolies chaumières, des rosiers grimpants, et des myrtilles partout en été.

Cette description la séduisit. Comment aurait-il pu en être autrement ?

— C'est tout ce dont j'ai toujours rêvé, dirait-on, murmura-t-elle, alors qu'elle ressentait une ridicule envie de pleurer. Mais il manque une chose très importante, n'est-ce pas Rex ? Vous me voulez, vous êtes décidé à m'épouser, seulement…

Elle reprit son souffle et le regarda dans les yeux, ses extraordinaires yeux bleus, et trouva le courage de finir sa phrase.

— Seulement vous n'êtes pas amoureux de moi. N'est-ce pas ?

Il pinça les lèvres.

Il la regarda à son tour. Son visage exprimait de la tristesse, comme s'il regrettait de ne pas l'aimer. Le silence semblait interminable.

— Non, finit-il par dire.

Une réponse simple, sincère et brutale.

De nouveau, elle essaya de s'en aller, mais il l'en empêcha en refusant de la lâcher.

— Clara, j'ai bien conscience qu'il ne s'agit pas de la plus romantique des situations, et j'en suis désolé. Vous parlez d'amour, mais honnêtement j'ignore le sens que vous donnez à ce terme. L'engouement ? La passion ? L'amitié complice ? L'affection ? Dans tout cela, quel est le véritable amour, quel est celui qui dure toujours ? Et comment fait-on la différence entre toutes ces choses ? Je vous l'ai dit, je vous désire. Je vous tiens en très haute estime…

— En très haute estime, répéta-t-elle, atterrée. Seigneur, c'est presque aussi romantique que le mariage céleste.

— En tout cas, ce n'est pas ce que je vous propose, et vous le savez.

C'était si absurde, songea-t-elle. Pour la deuxième fois de sa vie, un homme lui proposait le mariage, le premier parce qu'il ne la désirait pas du tout, et le second parce qu'il la désirait trop. Et aucun ne lui avait proposé le mariage par amour. Elle avait un faible, semblait-il, pour les hommes incapables de l'aimer.

— Voilà donc le problème, dit-elle. Vous ne m'aimez pas. Et…

Elle fut incapable de dire qu'elle ne l'aimait pas. Elle ne pouvait pas le dire car cela aurait été, se rendit-elle compte, un mensonge. Elle l'aimait. Elle était peu à peu tombée amoureuse de lui, le processus avait commencé dès le tout début, lorsqu'elle l'avait vu pour la première fois au salon de thé.

C'était peu glorieux d'être aussi stupide.

Sa fierté vint à la rescousse et lui souffla quoi dire.

— Cela signifie donc que si vous êtes prêt à m'épouser, ce n'est pas par amour mais par obligation.

La douleur transperça sa poitrine au moment où elle prononça ces mots et son cœur se brisa en mille morceaux, là, juste devant lui.

— Une obligation finit toujours par devenir un fardeau. Je ne serai le fardeau de personne.

— Et l'enfant, Clara ? Quelle sera l'existence de cet enfant si vous refusez de m'épouser ?

Elle tressaillit et recula autant que possible en étant tenue par Rex, car elle avait désespérément besoin d'espace et de temps pour réfléchir.

— Nous ne savons même pas s'il y aura un enfant.

Son regard bleu était fixe, aussi calme et tranquille que l'océan.

— Et s'il y en a un, il sera mon bâtard si vous ne me laissez pas accomplir mon devoir.

— Je déciderai quoi faire à ce sujet quand la question se posera, si elle se pose, ce qui est assez improbable.

— Plus nous attendons, plus les risques de scandale sont grands, dit-il en secouant la tête pour signifier son désaccord. Je n'ai pas l'intention d'aggraver le mal que je vous ai fait en prenant le risque d'entacher votre réputation.

— Et je n'ai pas l'intention de prendre une décision irrévocable à cause de votre insistance. Ma réponse est non. Je ne veux pas vous épouser.

— Mais s'il y a un enfant ? Votre réponse restera-t-elle la même ?

Elle ne dit rien, et elle sentit la panique la gagner de nouveau. Seulement ce n'était pas la peur de donner naissance à un enfant illégitime, de l'élever seule, ni la peur de sa propre perte. Non, ce qu'elle craignait, si elle restait là plus longtemps, c'était de ne plus être sûre de sa décision. Elle pourrait revenir sur son refus et alors, elle se retrouverait prise au piège.

Elle voyait très bien son avenir avec Rex, un avenir sûr, sans danger et morose. Elle se voyait dans quelques années, toujours amoureuse d'un homme qui ne l'aimait pas, d'un homme qui avait eu plus de maîtresses qu'il ne pouvait en compter sans jamais en aimer une seule, d'un homme qui pouvait tout à fait ne pas être capable d'aimer ni même d'être fidèle. Elle voudrait qu'il l'aime elle, et elle seule, elle l'espérerait, elle en mourrait d'envie, et s'il ne parvenait pas à lui offrir son cœur et à être un véritable époux pour elle, cela la détruirait.

Elle le regarda, en sachant qu'il attendait toujours qu'elle réponde à sa question.

— Je refuse de m'inquiéter pour des choses qui ne se sont pas encore produites, dit-elle, avant de se dégager avec violence.

Elle le contourna en essayant de contenir ses larmes et s'éloigna.

— Ce n'est pas terminé, Clara, lança-t-il.

Si, c'est terminé.

Elle ne le prononça pas à voix haute et ne se retourna

pas. Et, alors que son cœur était brisé, sa seule consolation était la certitude absolue d'avoir fait ce qu'il fallait en refusant de l'épouser. Quoi qu'il lui en coûte, lui offrir son cœur ne valait pas le prix de son âme.

Chapitre 19

Clara était assise dans le compartiment d'un train et regardait défiler par la fenêtre les champs et les haies du Kent qui, bientôt, cédèrent la place aux rues et aux trottoirs poussiéreux des abords londoniens. Ses camarades de voyage avaient toutes des livres, mais elle se doutait qu'elles faisaient seulement semblant de lire, car à chaque fois qu'elle se risquait à regarder dans leur direction, elles surprenaient leurs yeux posés sur elle.

Carlotta, qui n'était d'ordinaire pas la plus compréhensive des femmes, avait fait preuve d'une très grande tendresse et d'une grande empathie envers elle lorsqu'elle avait appris qu'elle avait refusé la demande en mariage de Galbraith. Elle ne lui avait fait aucune leçon de morale et ne lui avait pas posé la moindre question. Elle avait laissé Clara préparer ses affaires avec sa femme de chambre et était allée prévenir leurs hôtes qu'une urgence requérait le retour immédiat de Clara à Londres. Elle s'était occupée de tout pour organiser leur départ de Lisle.

Carlotta avait également dû donner l'ordre à Sarah et à Angela de ne pas interroger Clara, car dans le train, personne ne parla. Même Angela qui était d'ordinaire si bavarde était silencieuse. Personne n'insistait pour connaître les détails, et Clara en était soulagée, car qu'aurait-elle pu dire ?

Lord Galbraith a demandé ma main, mais seulement par obligation. J'ai couché avec lui la nuit dernière, voyez-vous, ainsi il se sent forcé de se comporter en gentleman en me proposant le mariage. Je l'aime mais il ne m'aime pas, alors j'ai refusé sa proposition. J'ai perdu ma vertu, il se peut que je sois enceinte, et maintenant que je l'ai éconduit, que vais-je devenir ?

Tout cela était comme un poids mort, qui pesait sur son cœur et emplissait son ventre comme une énorme pierre glacée. La peur murmurait à son oreille, lui rappelant ce qui arrivait aux femmes non mariées qui faisaient ce qu'elle avait fait, aux enfants qui naissaient de telles liaisons et comment on les appelait.

« Il sera mon bâtard. »

Les mots de Rex la faisaient encore tressaillir. Et elle ne savait toujours pas ce qu'elle ferait si le pire se produisait. À présent, dans la froide lumière du jour, elle se demandait ce qui l'avait possédée la nuit précédente et comment elle avait pu oublier toutes les explications et les mises en garde d'Irene. Et après tout ce qu'elle avait appris sur lui, après tout ce qu'il lui avait dit et tout ce qu'elle s'était dit, comment avait-elle pu s'autoriser à tomber amoureuse de lui ?

L'amour, commençait-elle à comprendre, était un choix du cœur. Le bon sens et la raison n'avaient pas vraiment leur mot à dire dans l'affaire.

En repensant à tout ce qui s'était passé au cours des deux derniers mois, elle se rendit compte que tomber amoureuse de Rex avait été quelque chose qu'elle avait craint dès le début.

Depuis le début, elle avait senti qu'il avait le pouvoir de prendre son cœur et que si cela se produisait, il le lui rendrait en miettes. Sa raison avait essayé de la protéger en désapprouvant son mode de vie, en questionnant sa moralité et en soulignant tous ses défauts, mais depuis leur première rencontre au salon de thé, son cœur ne s'était intéressé à rien de tout cela. Au contraire, son cœur avait seulement compris que cet homme pourrait la faire se sentir belle et désirable, et insensible aux mises en garde de sa raison, il n'avait pas résisté à se tourner vers lui, encore et encore, exactement comme les plantes se tournaient vers le soleil.

C'était poussée par ce mouvement instinctif dont elle n'avait pas eu tout de suite conscience qu'elle lui avait demandé d'être Lady Truelove. Elle avait su, d'une façon ou d'une autre, qu'il lui apprendrait des choses sur elle-même mieux que quiconque.

C'était pour cela qu'elle avait accepté cette fausse cour, parce qu'elle avait senti que ce serait peut-être sa seule chance de vivre une histoire d'amour et que son cœur ne voulait pas passer à côté de cela.

C'était pour cette raison qu'elle avait réussi à ignorer tous ses grands principes moraux sur la vertu et le mariage et qu'elle avait fait l'amour avec lui, sacrifiant ainsi tous les rêves qu'elle avait pu nourrir au sujet de son avenir.

Et c'était pour cette raison, même si elle allait peut-être se retrouver compromise à jamais, qu'elle n'éprouvait ni honte ni regret. Au plus profond de son âme, dans ses recoins sombres et secrets, elle l'avait voulu, elle avait voulu chaque seconde de ces moments magiques, lumineux et bouleversants.

« Vous êtes belle. Plus belle encore que je ne me l'étais imaginé. »

La honte et le regret, supposa-t-elle avec un cynisme qui jusque-là ne lui était pas coutumier, viendraient peut-être plus tard, quand la voix pénétrante, les tendres mots et les caresses brûlantes de Rex auraient disparu de sa mémoire. Et si le pire se produisait, un enfant illégitime serait sans doute très efficace pour lui faire passer le goût de la romance si ce n'était pas déjà fait alors.

Alors que le train ralentissait pour entrer dans Victoria Station, Clara décida qu'il ne servait à rien pour l'instant de penser au pire. Si elle était enceinte, elle aviserait en temps voulu.

Elle esquissa un sourire. Elle traversait la période la plus difficile de sa vie, et pourtant, elle n'avait rien perdu de sa tendance à la procrastination.

Carlotta avait dû penser à envoyer un télégramme à Londres, car la calèche du duc et un dog-cart les attendaient à la gare. Selon les indications de Carlotta, les porteurs séparèrent les malles de Clara des autres, les sanglèrent dans le coffre de la calèche et entassèrent tous les autres bagages dans le dog-cart. Vingt minutes plus tard, le dog-cart du duc et son cocher étaient en route pour le West End, tandis que l'autre cocher et le valet déchargeaient les affaires de Clara chez elle, à Belford Row, pendant qu'elle disait au revoir à ses belles-sœurs.

— Nous vous aurons bientôt à dîner, j'espère ?

Angela la prit dans ses bras, puis recula de quelques pas pour observer Clara.

— Je ne poserai aucune question, mais j'espère que

vous n'hésiterez pas à vous confier à moi — ou à nous — si vous en ressentez le besoin.

— Bien sûr.

Clara sourit, tapota le dos de son amie pour la rassurer, et décida que le moment n'était pas encore venu de s'épancher. Quelques minutes plus tard, la calèche du duc repartait, et Clara tendait sa pelisse, son chapeau et ses gants à sa femme de chambre.

— Faites monter toutes mes affaires dans ma chambre, Forrester, ordonna-t-elle. Je vais saluer mon père et l'informer que je suis de retour, et ensuite…

— Clara !

Cette voix familière emplit son cœur de bonheur et chassa les nuages gris qui s'y étaient amoncelés. Lorsqu'elle se tourna, elle vit sa sœur qui courait vers elle, les bras tendus.

— Irene ?

Elle rit et courut à la rencontre de sa sœur bien aimée.

— Te voilà de retour !

— Il y a une heure à peine.

Les bras affectueux et réconfortants d'Irene se refermèrent autour d'elle, et tout à coup, les émotions puissantes que Clara avait réprimées toute la journée refusèrent de se laisser enfermer. Un sanglot monta en elle, et elle dut mordre sa lèvre très fort pour le contenir.

— Henry est en route pour l'Upper Brook Street, dit Irene qui la serrait toujours contre elle. Mais je voulais te voir d'abord, ainsi que papa, donc Henry m'a déposée ici et est reparti avec tous nos bagages. Seulement on m'a appris que tu étais à la campagne. J'étais sur le point de te laisser un mot et de partir.

Clara prit sur elle pour retrouver son calme.

— Je ne serais partie nulle part si j'avais su que tu rentrais aujourd'hui, dit-elle en reculant, avant de prendre un visage faussement contrarié. On ne peut pas dire que tu m'as donné beaucoup de nouvelles, ma chère sœur.

— Moi ? Et toi alors ? Je n'ai reçu que deux lettres de toi en deux mois.

— Ce n'est pas moi qui ai des choses à écrire, mentit-elle. C'est toi qui te balades de par le monde.

— Oui, et quand je rentre, j'apprends que tu te balades à la campagne avec des gens que je ne connais même pas. À ce propos…

Irene s'interrompit, les sourcils froncés.

— Pourquoi es-tu ici ? Annie m'a dit que tu ne devais rentrer qu'après le week-end, et nous sommes samedi. N'est-ce pas ?

Irene rit et secoua la tête. Elle écarta une mèche de cheveux blond doré qui était retombée sur son front.

— On a tendance à perdre la notion du temps en voyage, et après quatre mois…

Son visage redevint tout à coup sérieux. Aussitôt Clara comprit que quelque chose dans son expression avait dû la trahir.

— Clara ?

Irene posa une main sur son bras et l'autre sur sa joue, tout en lui adressant un regard tendre, protecteur et inquiet.

— Qu'y a-t-il ? Que s'est-il passé ?

La tristesse, la peur, la panique s'emparèrent de Clara et brouillèrent son visage. Elle cligna des yeux pour chasser ses larmes et essaya de sourire.

— Je suis tombée amoureuse.

*
**

La règle selon laquelle Irene et Clara s'interdisaient de boire de l'alcool dans la maison de leur père fut enfreinte ce soir-là, et Clara fit encore une nouvelle expérience : celle du brandy.

Assise à son bureau dans l'intimité et le calme des locaux du journal, autour d'un verre de brandy, elle raconta tout à sa sœur au sujet de sa transformation de jeune fille transparente en reine du bal puis en femme perdue. Et tout bien considéré, Irene prit l'histoire assez bien, du moins après qu'elle se fut calmée et qu'elle eut promis de ne pas abattre Lord Galbraith d'un coup de pistolet. Elle ne gémit pas sur la vertu perdue de Clara, ne lui reprocha pas d'avoir refusé la demande en mariage, promit solennellement de ne rien révéler au duc, et n'évoqua que brièvement les conséquences et les choix auxquels Clara pourrait être confrontée.

Mais Irene finit tout de même par poser la question cruciale.

— Que vas-tu faire ?

C'était peut-être l'effet apaisant des quelques gorgées de brandy, mais Clara fut capable de répondre de façon calme et posée à sa sœur.

— Continuer, bien sûr. Qu'y a-t-il d'autre à faire ?

— Continuer quoi ? demanda Irene d'une voix douce. Et si le pire se produit ?

Clara hocha la tête.

— Je sais. Mais s'il n'y a pas de bébé, ou s'il y en a un et que je décide de l'abandonner, j'aurai besoin d'une occupation, d'une distraction, d'un but. Et même si je recommence à sortir dans le grand monde, je ne pense pas que cela me suffise à présent. Je pense…

Elle prit une grande inspiration et fit un large geste circulaire de la main.

— Je pense continuer au journal… Peut-être.

— À *La Gazette* ?

Irene la regardait comme une bête curieuse, et ce n'était pas surprenant, car par le passé Clara n'avait jamais montré le moindre intérêt pour les affaires familiales.

— Tu veux diriger le journal avec moi ?

— Eh bien, ce n'est pas Jonathan qui va le faire, rappela-t-elle. Pas pour l'instant.

— Tant qu'il y aura de l'argent dans sa mine, on ne risque sans doute pas de le revoir. Depuis quand t'intéresses-tu au journal ?

Clara se mit à rire.

— Eh bien, je n'ai pas eu trop le choix après avoir renvoyé ton Mr Beale.

— Comment ? Tu l'as renvoyé ? Pourquoi ? Il était mauvais ?

— Tu n'as pas idée…

Clara expliqua dans quelles circonstances le renvoi du rédacteur en chef avait eu lieu, et elle ne mâcha pas ses mots à propos de ce qu'elle pensait du personnage et des difficultés qu'elle avait rencontrées à travailler avec lui.

— Seigneur, dit Irene une fois qu'elle eut terminé, l'air plus désolé et perplexe que jamais. Quand je l'ai reçu en entretien, je ne me suis doutée de rien. Ses lettres de recommandation étaient élogieuses et il semblait extrêmement compétent. Jamais je ne l'aurais engagé si j'avais su ce qu'il pensait des femmes qui travaillent ! Même si…

Elle marqua une pause et fit une légère grimace.

— Maintenant que j'y réfléchis, il a posé plusieurs

questions à propos de Jonathan. Je pense qu'il voulait être sûr de travailler sous les ordres de notre frère plutôt que sous les miens. Cependant sur le moment, je ne l'ai pas compris.

— Tu étais un peu occupée. Tes projets de mariage et la gestion du journal…

— Sans doute. Mais tout de même…

Elle s'administra une petite claque sur le front.

— Quel manque de discernement de ma part.

— Tout le monde commet des erreurs, Irene, même si jusqu'à Mr Beale je ne pensais pas que cela puisse t'arriver à toi.

— Oh ! trésor, je commets des erreurs tout le temps ! J'ai juste toujours fait en sorte que tu ne le voies pas. Je voulais te protéger. D'ailleurs, ajouta-t-elle avant que Clara puisse répondre, pourquoi est-ce que tu ne m'as pas envoyé de télégramme pour me parler des difficultés que tu rencontrais ? Je serais rentrée sur-le-champ.

— Je sais, et c'est précisément pour cela que je ne l'ai pas fait. Tu avais tellement mérité ce voyage que je ne voulais surtout pas t'en priver. Et ce qui est drôle, c'est qu'aussi dur que j'aie pu travailler et aussi terrifiantes qu'aient pu être toutes ces nouvelles responsabilités, j'y ai plutôt pris du plaisir. Jamais je n'aurais pensé dire cela un jour, mais je commence vraiment à apprécier tout cela : les responsabilités, les décisions à prendre, le fait de pouvoir exercer mon propre jugement…

Irene sourit.

— C'est drôle, n'est-ce pas ? Je suis tout de même stupéfiée par tous les changements que j'observe chez toi. Je te trouve transformée, vraiment. Cependant…

Irene s'interrompit. Son visage était redevenu sérieux.

Elle se pencha au-dessus du bureau pour poser la main sur l'avant-bras de Clara.

— S'il y a un bébé, il faudra réfléchir soigneusement à ce que cela impliquera et à ce qu'il faudra faire.

Clara hocha la tête, comprenant qu'il fallait renoncer à la procrastination et se préparer au pire, au cas où il surviendrait.

— Parce que je ne pourrais pas faire les deux ? Est-ce cela que tu veux dire ?

— Pas tout à fait. Si tu abandonnais l'enfant, tu pourrais bien entendu travailler ici au journal. En fait, puisque personne ne sait ce qui s'est passé entre toi et Galbraith, ta vie pourrait continuer comme avant, à peu de chose près.

— Ma vie ne sera jamais plus comme avant.

À ses mots, sa sœur tressaillit.

— Non, trésor, acquiesça-t-elle tendrement. Sans doute pas. Mais bébé ou pas, es-tu absolument sûre que refuser la demande en mariage de Galbraith était la bonne décision ? Tu as toujours voulu te marier. Et tu l'aimes.

— Mais lui ne m'aime pas. Il me l'a avoué.

En voyant le regard de sa sœur s'assombrir, Clara s'empressa d'enchaîner avant qu'Irene se précipite vers l'armoire où leur père rangeait son pistolet.

— Donc, sans bébé, j'aimerais continuer à travailler au journal. Si j'attends un enfant…

Elle eut besoin d'une pause avant de pouvoir poursuivre.

— Il faudra que j'aille à l'étranger pour le mettre au monde, Irene. Et que j'y reste, si je décidais de le garder.

Sa sœur poussa un cri de désarroi.

— Absolument pas ! Tu pourrais placer l'enfant dans

une famille à la campagne, la payer pour qu'elle l'élève, en faire ton pupille, et venir lui rendre visite pendant les vacances…

Clara secoua la tête.

— Toi comme moi savons que ce ne serait pas possible. Les gens finiront par comprendre. Je ne voudrais pas te faire honte en restant en Angleterre.

— C'est ridicule, répliqua Irene. Tu penses que je m'en soucie ?

— Eh bien, il faudrait que tu t'en soucies. Tu es mariée désormais, et tu dois penser au rang qu'occupe ton mari. Il est duc. L'imagines-tu avec une femme perdue comme belle-sœur et un bâtard comme neveu ? Et ses sœurs ? Elles ont déjà assez souffert du mariage de leur mère…

— Jamais je ne te tournerais le dos ! s'écria Irene. Même pour Henry, jamais je ne ferais une chose pareille.

— J'en ai conscience.

Elle marqua une pause.

— De toute façon, nous ne savons même pas si j'attends un enfant. Si c'est le cas et que je décide de le garder, tu devras venir nous rendre visite à l'étranger, sans Henry.

Irene étouffa une plainte.

— Tu serais obligée de tout abandonner, Clara. Ta vie, ton futur, tous tes espoirs…

Sa voix se brisa.

Clara esquissa un sourire en la regardant.

— Ma très chère Irene, murmura-t-elle. Tout ceci doit être très dur pour toi qui as toujours essayé de me protéger coûte que coûte. Cependant, je ne peux pas épouser un homme qui ne m'aime pas juste pour être protégée et à l'abri de tout danger. Et je ne peux pas toujours choisir la facilité, même si une vie facile est toujours ce que tu as souhaité pour moi.

Quelque chose dans sa voix, sa détermination peut-être, sembla retenir l'attention d'Irene, car elle pinça les lèvres et son visage se teinta d'une tristesse douce et poignante.

— À quoi penses-tu ? demanda Clara en observant, stupéfaite, une larme glisser sur la joue de sa sœur.

— Je pense…

La voix d'Irene s'étrangla de nouveau. Elle renifla et se pencha pour prendre les mains de Clara.

— Je pense que ma petite sœur a bien grandi.

Elle ne voulait pas le voir.

Au moins deux fois par semaine, Rex se présentait à Belford Row, pour s'entendre dire par leur gendarme de gouvernante que Miss Deverill ne recevait pas. Il essaya de se rendre au journal, mais cette stratégie ne fut pas davantage couronnée de succès, la secrétaire de Clara lui répondait toujours que cette dernière était occupée.

Il tenta d'user de son charme, cependant il ne devait plus savoir s'y prendre avec les femmes, car Miss Evelyn Huish restait de marbre et veillait comme une sentinelle devant la porte de Clara. Résistant — temporairement — à l'envie de faire irruption de force dans le bureau de Clara, il changea de tactique.

Il lui écrivit des lettres. Elle ne répondit pas. Il envoya des fleurs. Elle les lui retourna. Il se soûla, souvent. Cela ne l'aida pas beaucoup. Une nuit, il se retrouva même, une bouteille de champagne à la main, sur le trottoir devant les bureaux du journal, en fixant les fenêtres où il voyait de la lumière pour essayer de l'apercevoir. Il essaya même d'entrer, mais la porte était cette fois fermée à clé. C'était sans doute une bonne chose, car il savait au fond de lui que suivre librement son instinct ne servirait pas sa cause. Bientôt, il n'eut d'autre choix que d'attendre.

Il avait une grande quantité de parents et d'amis, et une fois que se fut propagée la nouvelle de sa demande en mariage et du refus de Clara, tous ces gens essayèrent de le distraire. Durant ces jours d'été qui lui paraissaient interminables, les invitations pour des séjours à la campagne ou des parties de chasse pleuvaient. Il les refusa toutes. Il n'avait pas l'intention de s'absenter, pas alors que Clara pouvait du jour au lendemain lui écrire pour l'informer de son état ou décider tout à coup d'avoir pitié de lui et d'accepter de le recevoir.

Quand ses amis venaient à Londres, néanmoins, il était heureux de passer la soirée avec eux. Ce fut Lionel qu'il vit le plus. Mais malgré quelques parties de tennis de temps en temps et une soirée fin août pour célébrer les fiançailles officielles de Lionel et Dina, Rex préférait passer la majeure partie de son temps seul. Il arpentait les rues de Londres et traînait souvent dans des endroits qui lui rappelaient Clara : l'Upper Brook Street, l'allée devant la résidence des Montcrieffe, le salon de thé de Mrs Mott, Belford Row… Il retourna même à l'endroit de Hyde Park où elle avait essayé de faire voler un cerf-volant. Et alors qu'il la revoyait rire avec ses neveux, il se demanda quand il apprendrait qu'elle était enceinte. Curieusement, il était certain qu'elle l'était, peut-être parce qu'il s'y était préparé dès qu'il était entré dans sa chambre à Lisle.

Son père, qui pensait peut-être que la demande en mariage de Rex avait été rejetée pour des raisons financières, n'avait pas seulement recommencé à lui verser sa pension : il l'avait doublée.

Habituellement, lorsque Rex était en fonds, sa mère réussissait à l'apprendre et venait lui rendre une petite visite. Ainsi, quelques jours seulement après que son père lui eut versé sa pension, sa mère se présentait chez lui. À sa grande surprise néanmoins, il découvrit vite que l'argent n'était pas la raison de sa venue.

— Rex, s'écria-t-elle, toujours aussi belle, tandis qu'elle traversait le salon les bras tendus vers lui. Je viens d'apprendre la nouvelle. Oh ! mon chéri, est-ce vrai, ou est-ce juste une rumeur ?

— Qu'est-ce qui est vrai ?

— Que vous avez demandé une jeune Lady en mariage et qu'elle a refusé. Ce doit être une rumeur, car aucune jeune fille ne vous dirait non. Ma source semblait pourtant sérieuse…

Elle s'interrompit, et il comprit qu'il avait dû se trahir d'une façon ou d'une autre, car elle poussa un cri de désarroi et posa la main sur la joue de Rex comme si elle était sincèrement inquiète pour lui.

— C'est donc vrai ! Oh ! Rex, mon cher.

Il retira la main de sa mère et eut un petit rire forcé.

— Le jour où je me décide enfin à demander une jeune femme en mariage, elle m'éconduit. Une des petites ironies de la vie, sans doute… Je l'avais bien mérité de toute façon.

— Ridicule ! N'importe quelle jeune femme serait heureuse de vous avoir pour époux. Il faut essayer de la convaincre. Vous n'allez tout de même pas baisser les bras après un seul petit refus ?

— Il y en a eu plus d'un, j'en ai peur.

Il pinça les lèvres et esquissa un sourire.

— Elle m'éconduit à chaque fois qu'elle refuse de me voir, mère.

— Mais pourquoi ? La seule raison susceptible de motiver son refus, c'est l'argent, pourtant votre père a redoublé de générosité à votre égard, si j'ai bien compris.

Il soupira.

— Je suis toujours surpris par votre flair infaillible.

Elle bougea d'un pied sur l'autre en tirant sur son oreille.

— J'ai mes espions, murmura-t-elle.

— Oui, mon majordome, sans doute. À chaque fois que je lui paie ses gages en retard, je suis sûr qu'il vous envoie une lettre. Il est amoureux de vous.

— Oui, eh bien…

Sa mère s'interrompit, aplatit ses jupes et essaya de prendre un air modeste, mais sa satisfaction était évidente.

— Il est tellement adorable. S'il n'était pas majordome, je suis sûre que je serais tombée amoureuse de lui depuis longtemps.

— Oh ! j'en suis certain, confirma-t-il. Donc, maintenant que vous savez que je touche de nouveau ma pension, est-ce pour cela que vous êtes ici ?

— Non, non, je n'ai pas besoin d'un seul penny, mais c'est gentil de votre part de le proposer.

Il n'avait rien proposé, toutefois sa mère ne s'était jamais arrêtée à ce genre de détail.

— Vous n'avez pas besoin d'argent ? demanda-t-il en riant. Eh bien, il y a un début à tout.

— Non, je suis ici car j'ai des nouvelles à vous apprendre. Mais d'abord, vous devez me promettre de ne pas abandonner vos projets de mariage avec cette jeune fille.

— Vraiment, mère, vous êtes la dernière personne que je m'attendais à voir prôner le mariage.

— Voyons ! Sans mariage, comment pensez-vous pouvoir garantir votre revenu ?

— Oui, comment ?

Il croisa les bras, et se prépara à écouter ce que sa mère avait à lui dire.

— Alors, quelle est cette nouvelle ? Je crois pouvoir deviner, ajouta-t-il en remarquant le léger sourire de sa mère. Un nouvel homme, j'imagine ?

Elle poussa un soupir rêveur et posa la main sur son cœur, ce qui confirma l'hypothèse de Rex.

— Et quel homme ! Beau, charmant, riche…

— Naturellement. Ai-je le droit de savoir de qui il s'agit ?

— Bien sûr ! Notre liaison n'est pas secrète, et même si elle l'était, je vous le dirais, car vous savez garder les secrets.

Il repensa à la nuit où il avait raconté à Clara des confidences concernant ses parents, lui-même et la façon dont il dépensait son argent. Elle était, se rendit-il compte, la seule personne au monde capable de le faire parler.

— Pas toujours, mère. Mais poursuivez. Qui est ce nouvel homme dans votre vie ?

— Lord Newcombe. Nous nous sommes croisés à Cannes en janvier, puis de nouveau à Zurich en juillet, et maintenant…

Elle marqua une pause pour ménager ses effets.

— Je suis amoureuse !

— Quelle surprise !

L'ironie de son ton échappa à sa mère, qui poursuivit :

— Cela a été une grande surprise pour moi, en tout cas ! Newcombe a dix ans de moins que moi.

— Newcombe ?

Il répéta ce nom, en fronçant légèrement les sourcils. S'agissait-il bien de l'homme auquel il pensait ?

— Vous voulez parler du baron Newcombe ?

— Lui-même.

— Savez-vous qu'il est marié ?

Elle rit.

— Moi aussi. Quelle importance ?

— Cela n'en a sans doute aucune pour vous, en effet.

Entendant ce commentaire un peu sec, sa mère poussa un soupir contrarié.

— Vraiment, Rex, je vous aime beaucoup, mais parfois vous me faites énormément penser à votre père.

Il ne put retenir un rire.

— Je ne lui ressemble en rien.

— Physiquement, c'est vrai. Vous êtes bien plus charmant qu'il ne l'a jamais été. Cependant, vous possédez certains de ses traits de caractère. L'impatience, l'entêtement, le cynisme et une tendance fatigante à vouloir salir les choses les plus belles.

— Comme le grand amour, par exemple ?

— Exactement ! Savez-vous que Newcombe m'emmène faire le tour du monde sur son yacht ? Il voulait partir directement de Calais, mais j'ai insisté pour venir vous voir à Londres avant le grand départ. N'est-ce pas merveilleux ? ajouta-t-elle en joignant ses deux mains comme si elle était bénie des dieux. Pendant plusieurs mois, je n'aurai aucune dépense à faire !

Il soupira, sachant pertinemment qu'au bout de ces quelques mois, sa mère serait de nouveau chez lui, et qu'il allait devoir sécher ses larmes et lui donner tout l'argent qu'elle demanderait. Il pensa à son père et croisa les doigts pour que sa mère se soit méprise au sujet de cette pseudo-ressemblance, car la dernière chose qu'il souhaitait être, c'était une épave au cœur brisé qui, malgré des années de rejet, aimait toujours une — et une seule — femme.

— Faites tout de même attention, mère, dit-il.

— Oh ! ne soyez pas bête, trésor.

Elle sourit et se hissa sur la pointe des pieds pour l'embrasser sur la joue.

— Je retombe toujours sur mes pieds.

Tout à coup, quelqu'un toussa derrière eux. Ils se retournèrent en même temps et virent Whistler qui se tenait à l'entrée de la pièce, un plateau d'argent en équilibre sur le bout des doigts et le regard empli d'admiration pour la comtesse.

— Veuillez m'excuser, madame la comtesse, dit-il en s'inclinant.

Puis il se tourna vers Rex.

— Le courrier de l'après-midi, sir.

Il crut déceler une légère insistance dans le ton de son majordome, et lorsqu'il lui adressa un regard interrogateur, Whistler répondit par un léger hochement de tête.

Enfin. Quel soulagement ! Même s'il avait envie de se précipiter sur l'enveloppe pour la déchirer et lire son contenu sur-le-champ, il se retint, car il ne voulait pas découvrir ce que Clara avait à lui dire en présence de sa mère.

— Posez tout cela là, Whistler, voulez-vous ? dit-il en s'appliquant à parler sur un ton indifférent.

Puis, alors que le majordome traversait la pièce pour déposer les lettres sur son secrétaire près de la fenêtre, il se tourna vers sa mère.

— J'ai bien peur de devoir vous congédier, maman. Je sors et je dois me changer.

— Bien entendu. Il faut que je me sauve vite, de toute façon, car comme je vous l'ai dit, Newcombe m'attend à Douvres. Au revoir, mon cher fils.

Elle prit son visage entre ses mains avant de reprendre :

— Et si vous voulez vraiment cette fille, n'abandonnez pas.

Elle l'embrassa et s'en alla, emboîtant le pas à Whistler.

Rex se dirigea aussitôt vers son bureau, prit la lettre qui se trouvait au-dessus de la pile et la tourna. Aucun nom ne figurait au dos de l'enveloppe, seulement une adresse :

No. 12 Belford Row, Holborn.

Rex déglutit avec peine, carra les épaules et s'assit à son bureau. Il voulut d'abord déchirer la lettre avec son impatience habituelle, mais il se contrôla et utilisa un coupe-papier pour l'ouvrir proprement. En prenant une grande inspiration un peu tremblante, il retira la feuille de l'enveloppe, brisa le sceau et la déplia.

Lord Galbraith,

Il est maintenant absolument certain que ce que vous craigniez n'arrivera pas. Vous êtes, par conséquent, déchargé de toute obligation envers moi. J'espère que

cette lettre vous procurera du soulagement, et je vous
souhaite beaucoup de bonheur et de chance dans votre
vie future.
Sincèrement,

C. M. D.

Il fixa la nette écriture de Clara avec incrédulité. Elle
semblait avoir un don pour le décontenancer, mais ce
n'était toutefois pas la nouvelle qu'il attendait. Il était
absolument certain qu'elle était enceinte, que son avenir
avec elle était écrit et inévitable, et cette nouvelle, en
plus de le surprendre et de le laisser perplexe, lui causait
un curieux sentiment de vide.

Il relut la lettre. Elle espérait que cette nouvelle allait
le soulager, cela paraissait en effet logique de penser
cela. La plupart des hommes, songea-t-il avec cynisme,
danseraient la gigue après avoir appris une telle nouvelle.

Pourtant, il n'avait jamais eu aussi peu envie de
danser de sa vie.

Il porta la lettre à ses narines, et en sentant cette délicieuse odeur de fleur d'oranger, il repensa à ce soir où il
l'avait tenue dans ses bras pour lui apprendre à ouvrir
le champagne. Tout à coup, il se rendit compte qu'il
n'aurait peut-être plus jamais l'occasion de la tenir ainsi.

Aussitôt, il vit se dessiner devant lui un futur différent
de celui qu'il s'était dernièrement pris à imaginer. Un
futur semblable à son passé. Un futur sans elle. Alors
que cette image se formait dans son esprit, Rex sentit
quelque chose craquer et se briser en lui, avant de se
rendre compte avec désespoir qu'il s'agissait de son cœur.

Il reposa la lettre, et enfouit son visage entre ses mains.

Chapitre 20

— Je ne vois pas pourquoi nous devons aller au mariage de Lionel Strange, murmura Clara pour la cinquième fois au moins alors que la calèche de Torquil avait quitté l'Upper Brook Street pour se diriger vers l'église St. John. Tu ne le connais même pas, Irene.

— Mais Henry le connaît de vue, puisqu'il est député.

— Le lien est bien ténu, et il ne me paraît pas suffisant pour justifier une invitation à un mariage.

— Tu te trompes. Les ducs sont invités partout.

— Pas ton duc à toi, depuis que sa mère a épousé un Italien.

— Oui, eh bien, même si son prestige s'est légèrement terni, Henry reste un duc. Et comme nous avons été invités, je me suis dit que ce mariage serait un bon moyen pour Henry et moi d'opérer notre retour dans le grand monde.

— Henry n'est même pas avec nous.

— Il avait un rendez-vous. Il nous rejoindra directement à l'église.

— Il me paraît quand même curieux qu'il ait accepté de venir. Jamais je n'aurais pensé qu'un député travailliste puisse impressionner Torquil au point qu'il s'abaisse à assister à son mariage. Ton duc ne se laisse pas facilement impressionner d'habitude.

— Henry a accepté de venir pour moi. Lionel Strange défend le vote des femmes et j'ai l'intention de lui glisser deux ou trois suggestions à l'oreille pour que notre combat rencontre davantage de soutien à l'Assemblée. Henry a promis de lui adresser un mot d'encouragement lui aussi.

— Merveilleux. Seulement pourquoi as-tu tellement insisté pour que je vienne ?

— Ton nom figurait sur l'invitation. Il est donc clair que Mr Strange et Lady Throckmorton souhaitent ta présence. Et cela se comprend, non ? D'après ce que tu m'as dit, c'est grâce à toi s'ils sont de nouveau ensemble. Grâce à toi et à Galbraith.

— Je suis surprise que Rex n'ait pas convaincu Lionel de ne pas m'inviter, murmura Clara. J'imagine qu'il n'y a aucune chance pour qu'il soit absent ?

— Aucune chance du tout, car j'ai entendu dire qu'il serait le témoin du marié. Il sera là, sois-en certaine.

Clara déglutit péniblement. Tout à coup, un nœud s'était formé dans son estomac.

— C'est bien ce que je craignais.

— Et même s'il n'assistait pas au mariage de son ami, poursuivit Irene, tu risques de le croiser souvent à l'avenir.

— Tu penses ? demanda Clara, alors que le nœud se serrait davantage.

— Tu es la sœur d'une duchesse et il est le futur comte de Leyland. Vous allez vous voir régulièrement, c'est obligé. Sauf, bien sûr, si tu décides de passer toute ta vie à travailler au journal et à broyer du noir enfermée dans ta chambre.

— Je ne broyais pas du noir. Et il est assez risible

que ce soit toi qui me critiques à propos du temps que je consacre au journal. Je me souviens très bien de toutes ces nuits que tu as passées dans ton bureau avant d'épouser Torquil.

— D'après moi, ma chérie, dit Irene d'une voix douce, tu vas devoir revoir Galbraith un jour. C'est inévitable, alors autant t'y préparer le plus tôt possible.

Clara fit la grimace. Cette idée lui faisait horreur, cependant elle savait qu'Irene avait raison.

— Cela va-t-il être si dur que cela ? demanda Irene en se tournant vers elle. Il y a plus de deux mois que tu as refusé sa demande en mariage.

Dix semaines et six jours, précisa Clara dans sa tête.

— Je ne sais pas, répondit-elle au bout d'un moment en se forçant à rire. Cela dépend s'il s'enfuit à toutes jambes avant qu'il me voie ou après qu'il m'aura vue…

— Tu penses qu'il ferait cela ?

— Je ne vois pas pourquoi il ne le ferait pas. Il ne risque plus rien maintenant, n'est-ce pas ?

Elle garda un moment les yeux baissés sur ses jupes vert foncé.

— Au début, il m'écrivait ou essayait de venir me rendre visite presque tous les jours, et c'était clairement parce qu'il se sentait obligé de le faire. Mais depuis que je l'ai prévenu que je n'étais pas enceinte…

Sa gorge se noua. Malgré la douleur qu'elle ressentait en elle, elle se força à exprimer la dure réalité à voix haute.

— Cela fait trois semaines maintenant, et il n'a pas essayé de me voir une seule fois. Il est évident qu'il ne veut plus entendre parler de moi maintenant qu'il se sait libre.

— Oh ! trésor, s'exclama Irene en la prenant dans

ses bras pour la réconforter. Je suis sûre que ce n'est pas vrai. Sinon, il serait l'homme le plus idiot de la terre. Car tu es un ange, ma sœur chérie.

Clara renifla.

— Un ange déchu, murmura-t-elle.

Irene s'étrangla en essayant d'étouffer ce qui ressemblait à un éclat de rire involontaire.

— Oh ! je suis désolée, dit-elle aussitôt. Je ne voulais pas rire. C'était horrible de ma part.

Elle se tut et s'écarta.

— Je ne t'ai jamais dit pourquoi Henry et moi avions décidé de nous marier, n'est-ce pas ?

Clara la fixa, surprise par le tour qu'avait tout à coup pris la conversation.

— Cela me paraît évident, non ? Vous êtes fous amoureux l'un de l'autre.

— Certes, mais ce n'est pas tout. Henry et moi — et tu ne dois pas lui dire que je t'ai raconté ceci, au fait —, Henry et moi nous sommes mariés parce que sa nature droite et morale l'empêchait de supporter que nous ayons une liaison.

— Comment ?

Irene hocha la tête en riant.

— Eh oui ! Nous nous retrouvions à l'hôtel, où nous nous enregistrions sous le nom de Mr et Mrs Jones, pour vivre en cachette notre torride histoire d'amour. Alors vois-tu, tu n'es pas le seul ange déchu de la famille.

— Je…

Clara ne savait vraiment pas quoi dire et se mit à rire.

— Seigneur !

— Es-tu choquée ?

Elle réfléchit. Six mois plus tôt, elle aurait été terriblement choquée, car à l'époque, elle avait des principes moraux si stricts qu'elle n'aurait jamais accepté l'idée que quiconque — même sa propre sœur, aussi moderne et féministe qu'elle soit — puisse pratiquer l'amour libre. Mais elle était bien moins sainte-nitouche à présent, et Irene avait toujours été un esprit libre.

— Te concernant, non, je ne pense pas que cela me choque. Venant de Torquil, en revanche…

Irene rit à son tour.

— Notre histoire n'a duré qu'une semaine avant qu'il n'en puisse plus et qu'il insiste pour faire de moi une femme honnête.

— C'est donc pour cela que tu ne m'as jamais sermonnée sur ce qui s'était passé à Lisle, murmura Clara, comme si elle réfléchissait tout haut. Sur le moment, j'ai trouvé cela bizarre.

— J'aurais été bien mal placée pour te faire la morale, non ? Cela aurait été terriblement hypocrite de ma part. Oh ! écoute… J'entends les cloches. Nous sommes presque arrivées.

La calèche s'engagea dans Southwick Crescent et s'arrêta devant l'église de St. John, aussi près des portes que le permettaient les va-et-vient des voitures. Le cocher de Torquil abaissa le marchepied et lorsque Irene et Clara descendirent, elles virent le duc qui les attendait sur les marches de l'église.

Ils signèrent le registre à l'entrée et donnèrent leur nom aux placeurs. Ils furent conduits jusqu'à une rangée située à droite de la nef — le côté réservé aux invités du marié — et, rang oblige, ils furent placés juste derrière la famille de Lionel Strange, ce qui offrait à Clara une vue imprenable sur Rex.

Quelle chance elle avait !

Il se tenait à côté de son ami, impeccable dans sa veste noire, son veston et sa cravate gris clair et son pantalon à rayures gris un peu plus foncé. La tête inclinée, il écoutait Lionel lui murmurer quelque chose à l'oreille. Il devait s'agir de quelque chose de drôle, car lorsqu'il redressa la tête, elle le vit rire. Il était aussi beau et irrésistible que dans son souvenir.

Le nœud qui n'avait pas quitté son estomac se serra et vint appuyer contre sa poitrine. C'était si douloureux qu'elle parvenait à peine à respirer.

Puis il la vit, et il cessa tout à fait de rire. Clara eut alors l'impression qu'un poing se refermait autour de son cœur. Elle dut faire appel à toute sa fierté pour conserver un visage neutre et soutenir son regard pendant deux longues secondes, avant de détourner les yeux.

La musique jouée par l'orgue devint soudainement plus forte, annonçant ainsi le début de la cérémonie. Et lorsque retentirent les premières notes de la marche nuptiale, Clara sombra dans un état de torpeur bienvenu.

Elle entendit à peine les lectures du Livre de la prière commune, le sermon du vicaire et l'échange des vœux. C'était peut-être parce qu'elle avait accepté l'idée qu'elle-même ne prononcerait jamais de tels vœux, ou parce qu'elle était plus forte qu'elle ne le croyait, quoi qu'il en soit, Clara réussit à survivre à toute la cérémonie sans s'effondrer.

Ensuite, elle se rendit à pied avec Irene et Henry jusqu'à la demeure des parents de la mariée, et même si elle apercevait devant eux les épaules larges de Rex, Clara parvint à rester calme, comme si elle était ailleurs. Néanmoins, lorsqu'ils arrivèrent à Hyde Park Square, elle fut soulagée que le protocole n'exige pas des invités qu'ils fassent la queue pour saluer, en plus des jeunes époux et de leur famille, le témoin du marié.

Pour le repas, de longues tables avaient été dressées dans la salle de bal, et comme cela avait été le cas pour la cérémonie, les invités étaient placés en fonction de leur rang. Clara se retrouva donc à la table des mariés, et étant donné que ces derniers avaient choisi de se placer en bout de table plutôt qu'en son centre, la chaise de Rex se trouvait juste en face de la sienne. En s'asseyant, elle fut heureuse de devoir garder son chapeau à table ainsi que l'exigeait le protocole lors des repas de mariage. Et fort heureusement, les capelines à large bord étaient à la mode.

« Évitez les chapeaux à large bord, à moins qu'il ne fasse un grand soleil, car bien qu'à la mode, ils empêchent les jeunes hommes de voir vos yeux, et les yeux sont le miroir de l'âme. »

Malgré les conseils de Rex qui lui revenaient en mémoire, Clara était heureuse de ne pas s'être affranchie des diktats de la mode ce jour. Elle ne voulait surtout pas qu'il puisse avoir accès à son âme. Elle garda la tête baissée et les yeux dans son assiette. Depuis la soupe jusqu'au gâteau, elle parvint à avaler quelques petites bouchées de chaque plat, cependant lorsque le champagne fut servi et des toasts à la santé des jeunes mariés furent portés, elle fit seulement semblant de boire. Et, en regardant le contenu de son verre, elle repensa à la première fois où elle avait bu du champagne.

« Il n'y avait pas de rameaux d'olivier sur la carte des rafraîchissements. »

Cela faisait-il déjà presque cinq mois ? Clara se mordilla la lèvre. Tout était encore si clair et net dans sa tête que la scène aurait pu avoir eu lieu la semaine précédente.

« Je souhaiterais vous faire la cour. J'aimerais que vous m'accordiez ce privilège. »

Elle se souvenait de presque tous les mots de cette conversation extraordinaire, de cette conversation qui avait débouché sur la période la plus excitante et romantique de sa vie. Une période, songea-t-elle en lançant un petit regard à la dérobée à Rex, qui était terminée et qui ne recommencerait plus jamais.

Il était en train de murmurer quelque chose à l'oreille de la demoiselle d'honneur de la mariée assise à côté de lui, mais il sembla sentir le regard de Clara posé sur lui, car il tourna la tête et cessa de parler.

Ils se regardèrent dans les yeux et cette fois, elle ne parvint pas à détourner le regard. Elle ne pouvait pas s'enfuir. Elle ne pouvait pas se cacher sous le bord de son chapeau. Et, surtout, elle ne pouvait pas réprimer la douleur ni la dissimuler. Elle commença à trembler intérieurement.

Ce fut lui qui regarda ailleurs, en se tournant pour faire signe au valet de remplir son verre de champagne. Lorsque ce fut fait, il le saisit d'une main et attrapa une fourchette de l'autre. Puis il se leva.

Il fit tinter plusieurs fois la fourchette sur son verre, réclamant le silence. Le verre à la main, Rex posa la fourchette et s'adressa à la foule.

— Lords, ladies et gentlemen, commença-t-il, le marié m'a demandé de dire quelques mots lors de son repas de mariage, et j'ai accepté avec joie. Voyez-vous, il y a quelques mois, j'avais promis à une amie…

Il s'interrompit pour la regarder et Clara retint son souffle, comme paralysée.

— J'avais promis à une amie que si Lionel et Dina se mariaient un jour, j'enfilerais mon plus bel habit, je glisserais un œillet à ma boutonnière, et je prononcerais un beau discours. Un discours dans lequel je vanterais les merveilles du grand amour et les vertus du mariage.

Il marqua une nouvelle pause.

— Bien sûr, j'ai fait cette promesse en pensant que jamais ce jour ne viendrait.

Des rires fusèrent, ce qui prouvait que plusieurs personnes dans la pièce connaissaient son point de vue sur le mariage.

— Pourtant, ce jour est arrivé, reprit-il quand les rires se furent tus. Et même si tous ceux qui me connaissent savent que je me suis toute ma vie montré cynique envers l'amour et le mariage, je suis là devant vous aujourd'hui. C'est vrai, il y a quelques mois de cela, j'aurais été capable de vous réciter un discours aussi poétique que romantique, il ne serait malheureusement pas venu du cœur. Aujourd'hui, néanmoins, j'ai le plaisir de vous annoncer que je ne suis plus le même homme. J'ai toujours pensé que le grand amour et le bonheur matrimonial étaient des mythes. À présent, pour la première fois de ma vie, je sais qu'il n'en est rien. À présent, pour la première fois, je suis capable de reconnaître la joie que peuvent éprouver deux êtres lorsqu'ils s'unissent l'un à l'autre pour toujours.

Il la regardait toujours, et dans le cœur de Clara naquit un espoir soudain et fou. Voulait-il dire que…

Il se tourna et interrompit la question qui se formait dans l'esprit de Clara avant même qu'elle soit terminée, puis il fixa le couple assis en bout de table. L'étincelle d'espoir de Clara vacilla et mourut.

— Nous avons devant nous la preuve que le grand amour existe, dit-il en regardant toujours ses amis. Il brille comme le soleil sur le visage de mes deux amis, et je défie quiconque de les observer et de ne pas y croire.

Il se tourna de nouveau vers son auditoire, et lorsque ses yeux se posèrent sur elle, Clara dut lutter pour ne pas se tortiller sur sa chaise.

Pourquoi, se demanda-t-elle avec désespoir, continuait-il de la fixer ? Ce qu'elle ressentait devait être évident. Pourquoi la tourmentait-il sans relâche ?

Regarde ailleurs, se dit-elle. Mais son corps refusait de lui obéir. Elle ne pouvait faire autrement que le regarder, impuissante, alors qu'il continuait encore et encore.

— Ayant assisté à de nombreux mariages, j'ai très souvent entendu le Livre de la prière commune. Aujourd'hui, toutefois, il a résonné de façon très particulière à mes oreilles. C'est peut-être dû aux talents oratoires du vicaire, ou bien peut-être est-ce parce que je ne suis plus aussi cynique qu'auparavant. Mais quelle qu'en soit la raison, lorsque le vicaire nous a rappelé ce que les époux devaient faire l'un pour l'autre — se conseiller dans les périodes de doute, se consoler dans les périodes de chagrin, partager leurs joies — j'ai su sans l'ombre d'un doute que Lionel et Dina feraient tout cela, et plus encore.

Il s'interrompit et esquissa un tendre sourire qui serra et brisa de nouveau le cœur de Clara, même si elle faisait tout pour se rappeler qu'il parlait de ses amis et non d'eux deux et des vœux qu'ils auraient échangés si elle avait accepté sa demande en mariage.

— Et je ne peux que prier, ajouta-t-il, l'air tout à coup très grave et sans cesser de la regarder, pour qu'un jour prochain, une douce et jolie jeune femme m'accorde le privilège de se laisser courtiser par moi, de tomber amoureuse de moi et d'accepter de faire de moi le plus heureux des hommes.

Clara posa la main sur sa bouche pour étouffer un cri, alors qu'il parcourait l'assistance des yeux.

— Lords, ladies et gentlemen, dit-il, emplissez vos verres s'il vous plaît, et portons un toast.

Il se tourna vers ses amis et leva son verre très haut.

— À un couple heureux, à la joie sans pareille qu'apporte le mariage, et au grand amour.

Clara eut beaucoup de mal à boire cette gorgée de champagne. Elle sentait l'espoir naître et gonfler en elle, cet espoir qu'elle avait essayé de contenir et de réprimer dès le jour où ses yeux s'étaient posés sur Rex. Ce n'était qu'un discours, se rappela-t-elle aussitôt, des mots qu'il ne pensait pas et prononcés pour le compte de ses amis. Elle y voyait des choses qui ne s'y trouvaient pas, des choses impossibles. Il ne l'aimait pas. Il l'avait dit sans équivoque. Et si, pourtant…

— Clara ?

La voix d'Irene interrompit ses pensées. Elle perçut beaucoup de compréhension et de tendresse dans les yeux noisette de sa sœur.

— Nous pouvons partir si tu le souhaites. Ou bien, ajouta-t-elle d'une voix douce, tu peux le voir, si tu en as envie. Cela peut facilement s'arranger.

Déchirée, elle observa Rex, en se demandant que faire. Mais alors, comme s'il lui donnait une réponse, il la regarda à son tour et des mots qu'il avait prononcés quelques mois plus tôt lui revinrent en mémoire.

« Laissez vos craintes au vestiaire. Savourez chaque moment de votre existence et, un jour, il se peut que vous trouviez près de vous quelqu'un qui brûle de partager ces moments avec vous. »

— Je veux le voir.

Elle se tourna et posa la main sur le bras d'Irene.

— Mais voudra-t-il me voir, lui ? Et que faire s'il ne le veut pas ?

— Il le voudra, répondit Irene d'une voix ferme, tout en se levant et en invitant sa sœur à faire de même. Je le sais. Viens avec moi.

— Où allons-nous ? demanda-t-elle, alors qu'Irene lui faisait traverser la salle de bal puis emprunter un large couloir.

— Dans la bibliothèque.

— Mais tu n'es jamais venue ici. Tu ne peux pas savoir où se trouve la bibliothèque.

Irene s'arrêta à peu près à la moitié du couloir, devant une porte qu'elle ouvrit.

— En fait, je le sais, mais je t'expliquerai tout cela plus tard. Allez, entre, ajouta-t-elle en poussant Clara à l'intérieur. Je vais le chercher.

— Jamais il n'acceptera de me rencontrer, marmonna-t-elle tout en entrant dans la pièce.

Elle attendit, le cœur battant, et même si elle ne se rendit pas exactement compte du temps que prit Irene, cela lui parut une éternité.

Enfin, la porte se rouvrit et sa sœur poussa Rex dans la pièce.

Ils s'arrêtèrent tous deux à l'entrée, et la moue sévère qu'Irene adressa à Rex n'échappa pas à Clara.

— Quand vous êtes venu me trouver il y a deux semaines, déclara-t-elle à la grande surprise de Clara, j'ai accepté d'arranger cette entrevue avec ma sœur à la seule condition que vous vous comportiez de façon irréprochable. Si jamais j'apprends que vous avez pris des libertés avec elle aujourd'hui, je vous tuerai, et ce n'est pas une façon de parler.

Rex hocha la tête.

— Je comprends, duchesse. Et je vous remercie.

— Irene ? lança Clara, stupéfaite. Tu as arrangé cette entrevue il y a deux semaines ?

Sa sœur ne répondit rien. À la place, elle se tourna pour ouvrir la porte. Après un dernier regard glacial à Rex, elle sortit et referma la porte derrière elle.

— Nous avons arrangé cela, oui.

Elle sursauta presque en entendant la voix de Rex.

— Mais pourquoi ? Et comment ?

Il fit quelques pas vers elle.

— Comment ? C'est très simple : je suis allé trouver la duchesse chez elle, je lui ai présenté l'invitation au mariage, et je l'ai priée de bien vouloir m'aider à vous convaincre de l'accepter. Elle a accédé à ma requête, et elle a promis de faire en sorte que nous puissions nous parler en privé vous et moi, si vous y consentiez. Et en ce qui concerne le pourquoi…

Il s'interrompit et s'arrêta devant elle, avec, de nouveau, ce tendre sourire aux lèvres.

— J'avais espéré que mon discours réponde à cette question.

— Vous n'étiez pas sincère, ce n'est pas possible !

s'exclama-t-elle. Le grand amour et le bonheur matrimonial ?

Elle secoua la tête.

— Vous l'avez dit en pensant à eux, à Lionel et Dina.

— Non, trésor. C'est en pensant à vous que je l'ai dit.

Une joie indicible éclata en Clara et fit vaciller tous
ses espoirs et ses craintes. Pourtant, elle n'arrivait pas à
croire tout à fait qu'il puisse penser les mots qu'il avait
prononcés.

— Je vous ai dit non une première fois. Rien ne vous
oblige à me demander en mariage maintenant.

— C'est vrai, admit-il.

— Je ne suis pas enceinte, dit-elle. N'avez-vous pas…

Elle s'interrompit, cependant elle savait qu'elle devait
poser la question.

— N'avez-vous pas reçu ma lettre ? murmura-t-elle.

— Si, je l'ai reçue. Elle est juste là.

Il tapota la poche extérieure de sa veste.

— Contre mon cœur.

Elle étouffa un petit cri, entre le sanglot et le soupir,
mais heureusement, il ne sembla pas l'entendre. À la
place, il prit ses mains et l'attira vers lui.

— Je vous aime, Clara.

Une telle déclaration était irréelle. C'était totalement
absurde.

— À Lisle, vous avez dit le contraire. Et de façon
très claire, si je me souviens bien.

— Oui. C'est parce que je suis un idiot.

— Oui, cela, je veux bien le croire, murmura-t-elle.

Il se mit à rire.

— Vous n'avez pas perdu votre habitude de me
remettre à ma place, à ce que je vois, dit-il avec tendresse.

Quand je vous ai dit cela, je le pensais. Je n'avais jamais
été amoureux de toute ma vie, voyez-vous, et même si je
vous désirais, je n'avais pas compris que les sentiments
que j'éprouvais pour vous étaient bien plus profonds
que du désir. La vérité, c'est que je vous aime depuis
bien longtemps. En fait, quand je me remémore tous
les moments passés ensemble, je crois que je suis tombé
amoureux de vous cet après-midi, sur le canapé.

Elle le fixa, stupéfaite d'apprendre cette incroyable
nouvelle.

— Quand vous m'avez embrassée ?

— Non, plus tôt, quand vous m'avez demandé si
nous étions en train de devenir amis. Je savais que j'avais
follement envie de vous et que je ne voulais pas devenir
votre ami, en revanche, je ne savais pas à l'époque que
c'était de l'amour. Et je ne le savais pas ce soir-là dans
votre bureau non plus, ni quand je suis littéralement
tombé à vos pieds sur le court de tennis. Je ne le savais
même pas quand je suis entré dans votre chambre. C'est
pour cela que, quand vous m'avez demandé si j'étais
amoureux de vous, j'ai dit non. J'étais incapable de
reconnaître l'amour. Je pensais que c'était du désir, et
je ne voulais pas vous donner de faux espoirs sur mes
sentiments. Je ne pensais jamais en avoir, et je ne voulais
pas vous faire de mal.

Elle fut prise d'un accès de colère et recula d'un pas.

— Il est un peu tard, assena-t-elle, en luttant contre
les larmes.

Il pinça les lèvres et déglutit avec peine, tout en la
regardant.

— Oui, admit-il. J'espère juste qu'il n'est pas trop
tard pour vous reconquérir.

Elle tremblait intérieurement.

— Et alors à quel moment avez-vous fait la stupéfiante découverte que finalement vous m'aimiez ?

— Lorsque j'ai reçu votre lettre. Oui, dit-il alors qu'elle regardait la poche de sa veste, cette lettre. Vous m'y disiez que vous n'étiez pas enceinte et que j'étais libéré de toute obligation envers vous. Et c'est là que j'ai su…

Il s'interrompit et attendit qu'elle le regarde de nouveau pour continuer.

— Et c'est là que j'ai su que j'étais amoureux de vous, parce que vos mots m'ont brisé le cœur.

Sa voix se fêla lorsqu'il prononça ce dernier mot, et la coquille protectrice derrière laquelle s'était réfugiée Clara se fêla à son tour.

— Un organe, ajouta-t-il en riant un peu, dont j'ignorais jusqu'alors qu'il puisse être brisé.

Un petit cri lui échappa, un cri de joie qui balaya toute sa colère, sa peur et sa souffrance.

— Rex, je…

— Laissez-moi finir, s'il vous plaît. Je dois dire toutes ces choses pendant que j'en ai l'occasion, car je sais qu'elle ne se représentera peut-être jamais. Puisque vous n'êtes pas enceinte, je savais que je n'avais plus rien à vous offrir, plus rien pour vous retenir. Votre sœur est de retour, je n'écris plus le courrier du cœur de Lady Truelove, et quand j'ai reçu votre lettre, j'ai compris que le dernier lien qui subsistait entre nous était coupé. Je ne l'ai pas supporté, Clara. Et je ne le supporte toujours pas.

— Rex…

— Je ne vous demande pas de m'épouser. Je vous demande de me donner la possibilité de vous faire la cour de façon honorable, comme le mérite toute femme.

Il prit une grande inspiration et saisit ses deux mains.

— Je veux que vous me donniez la possibilité de vous conquérir, de vous montrer que mes sentiments sont inaltérables et mon amour sincère. Je sais que vous ne m'aimez pas, et que je ne peux pas vous forcer à m'aimer, mais je veux tout de même essayer…

— Vous vous trompez, s'exclama-t-elle, incapable d'attendre une seconde de plus pour lui avouer ce qu'elle ressentait. Je vous aime.

— Comment ?

Il la fixa, l'air surpris.

— Est-ce vrai ?

Alors qu'elle acquiesçait, il lâcha ses mains pour saisir son visage et l'embrasser.

— Êtes-vous sérieuse ?

— Oui, je vous aime. À dire vrai, ajouta-t-elle, d'une voix qui devenait légèrement tremblotante, je suis tombée amoureuse de vous un peu plus chaque jour, à partir du moment où je vous ai vu.

— Mais pourquoi diable ne l'avez-vous pas dit plus tôt, Clara ? demanda-t-il avant de l'embrasser de nouveau. Vous êtes amoureuse de moi depuis le début et vous ne m'en avez jamais rien dit. Je vous ai poursuivie de mes assiduités, je vous ai compromise, je vous ai demandée en mariage, je suis tombé amoureux de vous, et vous n'avez jamais dit un mot sur votre amour pour moi. N'auriez-vous pas pu, au moins, faire en sorte que je le devine ?

— Non, parce que je ne voulais pas l'avouer, pas même à moi-même. J'ai essayé de résister depuis le début, et je l'ai nié, parce que j'avais peur et que j'essayais de me protéger. Je ne voulais surtout pas tomber amoureuse de quelqu'un comme vous.

— Parce que vous saviez que j'étais contre le mariage ?

— Oui, à cause de cela, et à cause de votre réputation, et de votre beauté, et…

— Attendez, l'interrompit-il. Vous vous interdisiez de tomber amoureuse de moi sous prétexte que vous me trouviez trop beau ?

— En partie, oui. Mais regardez-vous un peu ! s'exclama-t-elle en reculant, et en désignant d'un grand geste de la main son visage parfait et son corps splendide. Vous pourriez claquer des doigts et avoir toutes les femmes que vous voulez.

— Pas toutes, dit-il en soupirant et en lui adressant un regard lourd de sens. Sinon nous serions mariés depuis plusieurs semaines.

— Presque toutes les femmes, affirma-t-elle avec fermeté. Je l'ai su dès l'instant où je vous ai vu avec Elsie Clark.

Il fronça les sourcils d'un air interdit.

— Avec qui ?

— Elsie Clark, la serveuse du salon de thé, la fille que vous avez charmée pour montrer à votre ami comment procéder. Et le fait que vous ne vous souveniez même pas d'elle, ajouta-t-elle alors qu'il ne semblait toujours pas se rappeler la jeune femme en question, ne fait que me donner raison. J'ai essayé de vous sortir de ma tête, non seulement parce qu'il a toujours été clair que vous ne cherchiez pas le mariage, mais aussi parce que je savais que c'était une fantasmagorie de ma part. Pourquoi, en effet, un homme comme vous tomberait amoureux d'une fille comme moi ?

— Attendez.

Il passa un bras autour de sa taille et l'attira contre lui.

— Arrêtez tout de suite. Je ne vais pas nier que la beauté compte, parce que la vôtre compte pour moi. Depuis votre adorable nez jusqu'à votre sourire irrésistible, dit-il en caressant son visage du bout des doigts. Depuis vos jambes interminables jusqu'à vos jolis petits pieds. J'aime tout chez vous. Et, ajouta-t-il, je crois que je l'ai clairement fait comprendre, il y a quelques mois, sur ce canapé dont nous parlions à l'instant.

Elle sourit en se souvenant de cet extraordinaire après-midi et de la façon dont il avait passé en revue, un par un, les traits de son visage.

— C'est vrai. Et ce qui est très étrange, c'est que, alors même que vous m'avez fait craindre pour mon cœur, vous m'avez appris à n'avoir peur de rien d'autre. Toute ma vie, j'ai été protégée et couvée par ma sœur, et je me suis laissé faire. Je voulais me marier en partie pour continuer à me sentir en sécurité. La première fois où j'ai eu à affronter des responsabilités, c'est quand Irene est partie en voyage de noces. Là, j'ai dû commencer à me fier à mon propre jugement. Mais je ne me faisais pas confiance. J'avais peur de commettre des erreurs, et d'après moi, mes erreurs n'auraient pu être que monumentales. Seulement j'ai changé, Rex, et c'est grâce à vous.

Il secoua la tête.

— Je pense que c'est à vous qu'en revient tout le mérite, mon agneau.

— Non, c'est à vous. Tout cela, c'est uniquement grâce à vous. Vous êtes le premier à m'avoir vue sous un autre jour. Vous êtes le seul à m'avoir donné confiance en moi, à m'avoir soutenue quand j'ai pris certaines décisions…

Il l'interrompit en riant.

— Vous voulez parler de Mr Beale, je suppose ?

— Oui, mais pas seulement. Je vous ai engagé pour que vous deveniez Lady Truelove, et même si c'était par désespoir que je me suis tournée vers vous, j'ai tout de suite su que vous seriez parfait pour le rôle, et vous m'avez donné raison. C'est vous qui m'avez fait comprendre que je devais me faire confiance…

— Un conseil que j'ai mille fois remis en question depuis que vous m'avez éconduit.

— J'ai bien fait, pourtant, affirma-t-elle aussitôt. Mais ce que je veux dire, c'est qu'aucun de ces changements n'aurait eu lieu sans vous. Une semaine de plus à jouer le rôle de Lady Truelove et j'aurais supplié Irene de rentrer. Jamais je n'aurais renvoyé Mr Beale, ni appris à ne pas avoir peur de commettre des erreurs. Jamais non plus je n'aurais appris à me faire confiance ni découvert ce dont j'étais capable. J'ai dirigé le journal, recruté du personnel, j'ai pris des décisions éditoriales, et tout cela a été beaucoup plus facile que je ne l'aurais cru, parce que j'ai appris à me faire confiance et à faire confiance à mon propre jugement. Sans vous, rien de tout cela ne serait arrivé.

— Eh bien, si c'est vrai, pourriez-vous prendre une décision qui ne me rende pas fou ?

Elle passa les bras autour de son cou en souriant.

— Plus important encore, ajouta-t-elle d'une voix douce, jamais je n'aurais su que j'étais désirable. Vous me l'avez montré quand vous m'avez embrassée. Cela a vraiment constitué un tournant dans ma vie, car après cela, j'ai commencé à… m'épanouir.

— Oui, je l'ai remarqué, et quelle souffrance d'assister à cela, je vous l'assure. Vous voir danser avec tous ces hommes au bal m'a rendu absolument fou. Et ensuite, quand je vous ai aperçue au dîner à Lisle, en train de rire avec Paul — qui, en passant, est le plus grand coureur de jupons que j'aie jamais rencontré — …

— Venant de vous, c'est assez savoureux.

— Je ne plaisante pas, Clara. Les vendeuses de tout l'Oxfordshire ont le cœur brisé maintenant qu'il a terminé ses études. Et quand je vous ai vue rire avec lui ce soir-là à Lisle… Eh bien, c'est peut-être cela qui m'a décidé à franchir le pas et à venir vous trouver dans votre chambre cette nuit-là. Et en ce qui me concerne, ajouta-t-il en serrant sa taille, je veux vous répéter ce que je vous ai dit le soir où nous avons bu du champagne dans votre bureau. J'ai abandonné mes mauvaises habitudes depuis bien longtemps.

— Ma sœur ne serait pas d'accord avec vous.

— Je le sais bien ! Elle s'est montrée tout juste polie lorsque je suis venu lui rendre visite il y a deux semaines. Je pense que si je n'avais pas déclaré en préambule que j'avais toujours l'intention de vous épouser, elle aurait très bien pu me tuer.

— Oui, je pense qu'elle en aurait été capable, reconnut Clara en riant.

— Alors, murmura-t-il en faisant grimper une main dans son dos pour doucement caresser sa nuque, allez-vous enfin avoir pitié de moi et me laisser vous faire la cour de façon honorable ?

— Cela dépend, murmura-t-elle en souriant. Connaissez-vous des hôtels discrets où nous pouvons nous réfugier pendant que vous me faites la cour et franchir le Rubicon en toute sécurité ?

— Eh bien, Clara Deverill, vous voilà bien aventureuse, murmura-t-il avant de l'embrasser. Mais non, dit-il en reculant, cela ne sera pas possible, car si votre sœur l'apprenait, elle me tuerait pour de bon.

— Non, pas si nous sommes fiancés. Ma sœur est quelqu'un de très moderne.

— Néanmoins, je ne pense pas que je courrai ce risque. Je demanderai à ce que nos fiançailles durent le moins de temps possible. Avec vous, je ne suis pas sûr de pouvoir me comporter de façon honorable trop longtemps.

— Trois semaines ? Sera-ce suffisamment court ? demanda-t-elle. Juste le temps que les bans soient publiés.

— D'accord, trois semaines.

Puis il pencha la tête et l'embrassa. Et ce baiser fut si fougueux et ardent, si passionné que lorsqu'il y mit fin, Clara avait du mal à respirer.

— Seigneur, haleta-t-elle. Nous devrions peut-être demander une autorisation spéciale et nous marier tout de suite.

— Les bans, Clara ! assena-t-il d'une voix ferme. Nous parlons de grand amour, là, précisa-t-il avec sévérité. Et c'est bien cela le problème avec le grand amour. Tout doit être fait dans les règles de l'art.

— Oh ! très bien, acquiesça-t-elle. Mais, dit-elle en se hissant sur la pointe des pieds pour réclamer un autre baiser, je vais tout de même nous trouver un hôtel discret.

Le gémissement qu'il poussa juste avant que leurs lèvres entrent en contact fit comprendre à Clara qu'un hôtel discret allait vraiment se révéler nécessaire.

Vous avez aimé ce roman ?
Découvrez l'histoire d'Irene et Henry de Cavanaugh
dans le précédent roman des « Presses du cœur »
de Laura Lee Gurkhe :
Orgueil et sentiments
disponible dès à présent sur harlequin.fr

Retrouvez également la série
« Les héritières américaines »
de Laura Lee Guhrke:
1) *La perle rare*
2) *Une épouse à séduire*
3) *Raison et mariage*
4) *La gloire de Miss Valentine*
disponibles dès à présent sur harlequin.fr

Retrouvez en mai,
dans votre collection

Victoria

Kasey Michaels
Une débutante à ne pas convoiter
Série : *La Petite saison*

Angleterre, 1815

Depuis que Cooper Townsend est revenu vainqueur contre l'armée napoléonienne, il a été élevé au titre de baron et a hérité d'un domaine considérable et du statut de héros. Poursuivi sans relâche par toutes les débutantes londoniennes, sa situation est désormais suffocante. Aussi considère-t-il sa rencontre avec la non-conventionnelle Daniella Foster comme un pur délice. Daniella ne flatte pas et ne semble pas chercher à le séduire, alors qu'elle a tous les atouts pour ravir le cœur d'un homme. Et c'est précisément pour cela que, comme elle le désire, Cooper lui viendra en aide pour démasquer le traître qui fait chanter sa famille...

Lorraine Heath
Le miroir du scandale
Série : *La saison du péché*

Londres, 1871

Respecter les convenances. Épouser Lord Kipwick. Aslyn n'a de cesse de se répéter les règles qu'elle doit observer alors qu'elle s'impatiente de retrouver Mick Trewlove pour leur promenade quotidienne dans les dédales de Hyde Park. Comment peut-elle alors frissonner à la simple idée de revoir ce fils illégitime aux yeux d'acier, cet homme au goût d'interdit, qu'elle devrait tenir à distance ? Pour elle qui a tant peiné à s'arracher de sa condition d'orpheline, fréquenter un homme d'aussi basse extraction, qui ne respecte pas ses vœux, est bien le pire qu'il puisse arriver. Car la société victorienne n'admet aucun faux pas sur le parcours de la réussite...

La romance historique n'a jamais été aussi moderne.

HARLEQUIN
www.harlequin.fr

Retrouvez en mai,
dans votre collection

Victoria

Natacha J. Collins
L'épouse du Highlander
Série : Le souffle des Highlands

Écosse, XIIIᵉ siècle

Je vous donnerai tout, je ferai tout ce que vous voulez. La promesse que Brianna a faite à Shaw McAsgaill quelques jours plus tôt lui revient en mémoire. En engageant sa parole pour sauver son cousin Rory, grièvement blessé après l'attaque viking qu'ils venaient d'essuyer, elle s'attendait à une demande de rançon auprès du clan Fraser pour leur libération. Pas à ce qu'un sauvage des terres du Nord tel que Shaw lui demande de l'épouser pour son nom, son titre et le bénéfice qu'il en retirerait pour son clan. Mais elle a prêté serment. Et, puisque ce serment permet de sauver Rory, elle doit accepter la noce avec ce monstre aux yeux de glace…

Margaret Moore
Sur ordre royal

Pays de Galles, 1205

Promise par le roi à un ténébreux seigneur gallois ! À cette pensée, lady Roslynn de Were se révolte, et redoute de rencontrer celui que l'on décrit comme un barbare sans foi ni loi. Mais, après la trahison dont s'est rendu coupable son époux disparu, elle ne songe pas un instant à s'opposer aux ordres du roi. Et, si cette alliance ne peut lui apporter l'amour auquel elle aspire, elle lui permettra au moins de s'éloigner de la Cour, où elle subit les pires humiliations depuis la mort de son mari. Aussi, en dépit de ses réticences, accepte-t-elle de se rendre au manoir de Llanpowell pour s'offrir au sombre Madoc. Mais alors qu'elle pensait que le guerrier accepterait sans hésiter sa main, et sa fortune, elle a la surprise de découvrir que ce mariage lui déplaît au moins autant qu'à elle …

La romance historique n'a jamais été aussi moderne.

H HARLEQUIN
www.harlequin.fr

OFFRE DE BIENVENUE

Vous êtes fan de la collection Victoria ?
Pour prolonger le plaisir, recevez

1 livre *Victoria* gratuit
et 2 cadeaux surprise !

Une fois votre colis de bienvenue reçu, si vous souhaitez continuer à recevoir nos livres Victoria, cela se fera automatiquement. Vous recevrez alors tous les 2 mois 3 livres inédits de cette collection. Le prix du colis s'élèvera à 25,69€ (Frais de port inclus) - (Belgique : 27,69€).

➡ **ET AUSSI DES AVANTAGES EXCLUSIFS :**

➡ **LES BONNES RAISONS DE S'ABONNER :**

Aucun engagement de durée ni de minimum d'achat.

◆

Aucune adhésion à un club.

◆

Vos romans en avant-première.

◆

La livraison à domicile.

Des cadeaux tout au long de l'année.

◆

Des réductions sur vos romans par le biais de nombreuses promotions.

◆

Des romans exclusivement réédités notamment des sagas à succès.

◆

L'abonnement systématique et gratuit à notre magazine d'actu ROMANCE.

◆

Des points fidélité échangeables contre des livres ou des cadeaux.

REJOIGNEZ-NOUS VITE EN COMPLÉTANT ET EN NOUS RENVOYANT LE BULLETIN !

✂ . . . .

N° d'abonnée (si vous en avez un) ⊔⊔⊔⊔⊔⊔⊔⊔⊔

V9ZEA3
V9ZE3B

Mme ☐ Mlle ☐ Nom : .... Prénom : ....

Adresse : ....

CP : ⊔⊔⊔⊔⊔ Ville : ....

Pays : .... Téléphone : ⊔⊔⊔⊔⊔⊔⊔⊔⊔⊔

E-mail : ....

Date de naissance : ⊔⊔⊔ ⊔⊔⊔ ⊔⊔⊔⊔

☐ Oui, je souhaite être tenue informée par e-mail de l'actualité d'Harlequin.

☐ Oui, je souhaite bénéficier par e-mail des offres promotionnelles des partenaires d'Harlequin.

Renvoyez cette page à : Service Lectrices Harlequin – CS 20008 – 59718 Lille Cedex 9 - France

Composé et édité par HarperCollins France.

Achevé d'imprimer en février 2019.

CPi
BLACK PRINT

Barcelone

Dépôt légal : mars 2019.

MIXTE
Papier issu de
sources responsables
FSC® C108412
FSC
www.fsc.org

Pour limiter l'empreinte environnementale
de ses livres, HarperCollins France s'engage
à n'utiliser que du papier fabriqué à partir de
bois provenant de forêts gérées durablement
et de manière responsable.

Imprimé en Espagne.